HEYNE
BÜCHER

MAX ALLAN COLLINS

DIE MUMIE™

Roman

nach dem Filmdrehbuch von STEPHEN SOMMERS
Filmgeschichte von STEPHEN SOMMERS
und LLOYD FONVIELLE & KEVIN JARRE
Nach dem Filmdrehbuch von JOHN L. BALDERSTON
Geschichte von NINA WILCOX PUTNAM &
RICHARD SCHAYER

Aus dem Englischen
von Ursula Graf

WILHELM HEYNE VERLAG
MÜNCHEN

HEYNE ALLGEMEINE REIHE
Nr. 01/20039

Titel der Originalausgabe
THE MUMMY™

Umwelthinweis:
Dieses Buch wurde auf
chlor- und säurefreiem Papier gedruckt.

Redaktion: Eleonore Wurster

Printed in Germany 1999

Umschlaggestaltung: Nele Schütz Design, München
Satz: Buch-Werkstatt GmbH, Bad Aibling
Druck und Bindung: Ebner, Ulm

ISBN 3-453-15907-1

http://www.heyne.de

Für Bill Mumy

Der Tod ist nur der Weg zu neuem Leben ...
Wir leben heute und werden auch morgen leben,
auf vielfältige Art kehren wir wieder.

Altes ägyptisches Gebet

Teil 1

Der Fluch der Mumie

Theben – 1290 v. Chr.

Erstes Kapitel

Die bemalte Geliebte

Gerade und glänzend wie ein blank poliertes Schwert bahnte sich der Fluß, der eines Tages als *Nil* bekannt sein würde, einen Weg durch das grüne Tal inmitten einer unendlichen Sandwüste, die später Sahara genannt werden würde. Jedes Schiff und jede Barke, die über die seidige Oberfläche des Flusses dahinglitt, wurde am Ende ihrer Reise von den glänzenden goldenen Spitzen der Fahnenstangen der Tempel begrüßt. Es gab Hunderte von ihnen, in denen sich die Sonnenstrahlen fingen und die dem wolkenlosen Himmel zuzwinkerten. Kurz dahinter verbreiterte sich der Fluß zu einem Hafen, und eine Heerschar bunter Leinenflaggen, die sich schimmernd von den purpurfarbenen Klippen dahinter abhoben, kündigte die Stadt an, die das Kleinod im Reich des Pharaos war.

Theben, die Stadt der Lebenden, breitete sich am östlichen Ufer aus, eine überfüllte, blühende Metropole der Reichen und Armen. Im Schatten seiner riesigen Paläste aus Kalkstein drängten sich winzige Backsteinhäuser. Breite Straßen, in denen selbst die größten Prozessionen Platz fanden, lagen nur einen Steinwurf von engen Seitenstraßen entfernt, wo Betrunkene ihren Rausch ausschliefen.

Am westlichen Ufer speisten symmetrisch angelegte Wasserwege den mit Schwemmsand bedeckten schwarzen Boden, und grüne Felder wurden durch die bunten Fassaden und die Flaggen der großen Tempel begrenzt. Hinter diesen Tempeln und Feldern erstreckte sich ein schmales Stück Wüste, wo die Toten von Theben, eingehüllt in ihre kostbaren weißen Leinentücher, in Grabkammern unter der Erde lagen. Es hieß, daß sich an bestimmten Tagen bei Sonnenuntergang die Toten aus ihrer unterirdischen Stadt erhoben und in der blauschimmernden Abenddämmerung am Ufer standen und sehnsüchtig über das Wasser auf die Stadt der Lebenden blickten, während die Strahlen der untergehenden Sonne orangefarbene Streifen auf sie warfen.

Wie Pharao Sethos über die Einwohner der geschäftigen, lebendigen Stadt geherrscht hatte, so regierte der Hohepriester des grünäugigen Gottes Osiris über die Toten, die auf ein neues Leben warteten. Der hochgewachsene, sehnige Imhotep – kahlgeschoren, mit kupferfarbener Haut, ernster Miene und mit seinen wie gemeißelten Gesichtszügen gutaussehend wie eine Statue – war einer der mächtigsten Männer in der Stadt der Lebenden: Er war der Wächter der Toten.

Und jetzt stand auch der kürzlich verstorbene Pharao, der von seiner Geliebten, der überaus lieblichen Anchsunamun, ermordet worden war, unter der Herrschaft von Imhotep. Sethos hatte Imhotep immer als loyalen Diener, geschätzten Berater und – sofern ein Potentat so etwas überhaupt haben kann – als getreuen Freund betrachtet. So fiel es nun Imhotep zu, einer letzten Pflicht für seinen ermordeten Freund nachzukommen: den Körper der Frau zu verfluchen, die den Mann betrogen hatte, der das Gewand und die Krone des Pharao getragen hatte.

Unter der sternenklaren Himmelskuppel bahnte sich ein Fackelzug aus Sklaven, Soldaten und Priestern langsam seinen Weg durch die Sanddünen der Wüste. Sklaven aus Nubien, mit nackten Oberkörpern, trugen den in Leinen gehüllten mumifizierten Leichnam von Anchsunamun, deren sinnliche weibliche Formen selbst im Tode noch erkennbar waren. Fünf weitere Nubier trugen juwelenbesetzte Kanopen, in denen die lebenswichtigen Organe der toten Geliebten lagen, und zwei andere trugen einen einfachen Holzsarg. Soldaten mit nacktem Oberkörper und weißen Helmen eskortierten die Sklaven in voller Kampfausrüstung und beschützten die juwelenbesetzten Krüge, aber nicht die wertlosen Überreste dieses verräterischen Frauenzimmers. So grimmig die Soldaten aussahen, so gelassen blickten die Priester Imhoteps drein, die in ihren dunklen Leinengewändern am Ende der Prozession dahinzuschweben schienen. In ihren Armen hielten sie Katzen, so weiß wie der feinste Sand, seltsame Katzen mit Augen, die wie brennende Kohlen in der Dunkelheit glühten. Ihre Körper wirkten so schwerelos, als besäßen sie keine Knochen.

Mit hoch erhobener Fackel führte Imhotep die Totenparade an und lenkte die Gruppe zu einem von ihm ausgewählten Ort, wo man am Nachmittag ein Loch ausgehoben hatte. In seinem langen dunklen Gesicht zeigte sich keine Regung, aber in seinen Augen tanzten die Flammen der Fackeln. Sein schwarzes Gewand war mit Goldfäden durchwirkt und auf seiner muskulösen, blassen Brust zeigten sich Schweißperlen.

In einer Hand hielt Imhotep ein schweres aus purem Gold angefertigtes Buch; Deckblatt wie auch Scharniere bestanden aus massiver Bronze. Es war mit Buchstaben und Bildern ihrer Sprache geschmückt, die Imhoteps Priester als Worte Gottes bezeichneten (die Griechen nannten diese Worte später »Hieroglyphen«).

Das sorgfältig gearbeitete Buch wog so viel wie ein Mann, und die Tatsache, daß die Miene des Hohepriesters angesichts solch einer Last keine Anstrengung verriet, stellte sowohl seine Selbstbeherrschung als auch seine gewaltige körperliche Kraft unter Beweis. Inmitten der Sanddünen nickte der Hohepriester unmerklich mit dem Kopf, und die Sklaven legten die mumifizierte Leiche der Geliebten einige Schritte vom Grab entfernt in den Sand. In Vorbereitung auf die Zeremonie, die Imhotep so fürchtete, stellten sie die fünf juwelenbesetzten Krüge um sie herum.

Wie eine furchteinflößende Fata Morgana stellte sich nun die Leibgarde des Pharao in den Dünen auf, um von dort aus die Zeremonie wachsam zu verfolgen. Ihre Haut war blau gefärbt und stellenweise mit puzzleartig zusammengesetzten Tätowierungen versehen, deren Bedeutung nur dem geheimen Kult bekannt war, in den sie hineingeboren worden waren. Die ergebenen Mumia (wie diese unheilverkündenden Zuschauer genannt wurden) waren hier, so vermutete Imhotep, um ihren toten Herrn zu ehren, indem sie Zeuge wurden, wie der Fluch über die verräterische Geliebte ausgesprochen wurde, die ihren Gebieter ermordet hatte.

Der Hohepriester wußte, daß die Mumia möglicherweise auch einen bestimmten gefährlichen Verdacht hegten, der nur zerstreut werden konnte, wenn Imhotep die heiligen Zauberformeln aus den goldenen Seiten des *Buchs des Amun Ra* las, mit denen er Anchsunamun verdammte, und sie auf eine Reise in die Unterwelt schickte, wo ihre Seele von Ammit, dem Ungeheuer der Toten, gefressen würde.

Eher würde er sich selber dorthin schicken.

Wie der verstorbene Pharao, war Imhotep unter seinen Priestergewändern ein Mann aus Fleisch und Blut; und wie der verstorbene Pharao hatte er diese Frau zärtlich geliebt, ihren Geist, ihren raschen Verstand und vor allen Dingen ihren geschmeidigen Körper. Der Hohepriester, den alle um ihn herum für einen Mann aus Stein hielten, kalt wie die Statuen im Tempel, hatte vor vierzig Nächten (die Zeremonie der Einbalsamierung dauerte sehr lange) auf dem Balkon des Hauses der Geliebten des Pharaos gestanden und gespürt, wie der sanfte Wüstenwind, der über den schlummernden Fluß wehte, seine blanke Brust streifte wie eine sanfte Vorahnung der Freuden, die ihm bevorstanden. Freuden, die sie ihm bereiten würde.

In jener Nacht hatte sich Imhoteps Truppe aus priesterlichen Wächtern in und um Anchsunamun palastähnlichen Haus aufgestellt und Wache gehalten. Ihre Köpfe waren kahl geschoren, ihre Körper mit Symbolen ihres eigenen Geheimkults tätowiert, ihre Haut durch die Wüstenrituale zerfurcht und an Stärke standen sie Imhotep kaum nach. Sie waren ihm ergeben, denn sie sahen in ihm einen Gott in ihrer Mitte. Natürlich war der Pharao, so sagte man, auch ein Gott. Aber die Menschen aus Theben kannten viele Götter. Und diese Priester dienten Osiris, dessen Hohepriester Imhotep war, und der demzufolge ihre Ergebenheit besaß. Der Pharao wurde nicht erwartet – es hieß, er sei auf einem Staatsempfang –, aber bei solch einer gefährlichen Liaison waren Vorsichtsmaßnahmen immer geboten.

In dem hohen, mit zahlreichen Säulen umgebenen Vorraum folgten die Priester Imhoteps mit ihrem Blick der Herrin des Hauses, die durch die hohen goldenen Türen eintrat und wortlos an ihnen vorbeischritt. Sie glitt über den Marmorboden mit der geschmeidigen Anmut einer Tänzerin auf die hauchdünnen Vorhänge zu, die zu ihrem Schlafgemach führten. Die Priester zeigten nicht wie sehr sie die olivfarbene Göttin als Männer erregte, noch waren Anzeichen von Sorge in ihren zerfurchten, steinernen Gesichtern zu erkennen. Aber sie waren nicht aus Stein, diese Priester, und sie hatten gerade die schönste Frau Thebens erblickt, majestätisch mit ihrem kunstvoll frisierten, stumpf geschnittenem Haar, das ihre pfirsichgleichen, vollkommenen Brüste halb bedeckte. Sie war auf dem Weg zu dem denkbar gefährlichsten Rendezvous in Theben; mit dem Mann, den sie Herr nannten.

Imhotep, der vom Balkon in das Schlafgemach trat, verspürte keinerlei Furcht, und anfangs fiel ihm gar nicht auf, daß seine Geliebte nackt war. Sie hätte ein Kleid aus schwarzen, gold- und kupferfarbenen Fäden tragen können, dessen hautenger Stoff ihre Rundungen umschloß, aber dem war nicht so.

Dem Hohepriester entfuhr ein trockenes Lachen. »Kein Mann außer dem Pharao darf dich berühren. So, der Narr glaubt also, er habe einen Weg gefunden, diesen Erlaß durchzusetzen.«

Anchsunamun bezauberndes, katzenähnliches Gesicht lächelte, während sie auf ihren bemalten Körper wies, auf den ein Oberteil aus Krokodilleder und ein kurzer Rock aufgemalt waren. Bis auf den goldenen Schmuck an ihrem Hals, ihren Handgelenken, ihrer Hüfte und an ihren Fesseln war sie splitterfasernackt.

»Das ist die größte Demütigung, mein Liebster«, sagte sie fast so leise wie er. »Jetzt bin ich wahrhaftig der Besitz des Pharao – die Farbe wird jeden Tag neu aufgetragen.«

Im vergoldeten Schlafgemach standen sich die Liebenden neben dem mit Seide bezogenen Bett gegenüber und schauten sich an.

»Aber wenn Sethos stirbt«, sagte Imhotep und nahm ihr Gesicht vorsichtig in seine Hände, wobei er es vermied, ihre bemalte Haut zu berühren, »wird sein Sohn den Thron übernehmen und du bist frei …«

Gierig küßte er sie, und mit gleicher Leidenschaft erwiderte sie seinen Kuß. Beide wußten, daß beim Tod des Pharao seine Geliebte dieses Haus, eine beträchtliche jährliche Zuwendung und die Bürgerrechte erhalten würde. Und obwohl sie nicht heiraten durften, konnte sich ein Priester eine Geliebte halten. Ein Hollepriester in Theben durfte fast alles.

»Er ist ein alter Mann«, sagte sie und streckte eine bemalte Hand aus, hielt jedoch inne, bevor sie seine Wange streichelte, »aber gesund. Ihm bleiben noch viele Jahre.«

»Wirklich?«

Ihre Augen, die in ihrem ovalen Gesicht wie dunkle Edelsteine glitzerten, verengten sich. »Bist du bereit, die nötigen Schritte zu unternehmen?«

Als Antwort lächelte er nur und küßte sie erneut. Und dieses Mal fanden seine Hände ihren Körper, und die dick aufgetragene Körperfarbe verwischte unter seinen Berührungen.

»Für deine Liebe«, sagte er und liebkoste ihren Hals, ohne sich um die Farbe zu scheren, »bin ich bereit, mein Leben zu riskieren.«

»Das Leben«, wiederholte sie und ihre Lippen fanden die seinen.

Während sie lustvoll den Körper des anderen erforschten, konnten sie nicht ahnen, daß der Pharao im gleichen Augenblick über einen nahegelegenen Platz raste und seinen Streitwagen so hart antrieb, daß die Phalanx der blauhäutigen königlichen Leibgarde kaum mit ihm Schritt halten konnte.

Die Liebenden auf dem goldenen Bett sprachen von Liebe und Mord. Imhoteps muskulöser Körper hob und senkte sich über ihrem schlanken Körper, ihre Schatten verschmolzen an den Wänden des Schlafgemachs, und ihr heftiges Atmen und leidenschaftliches Stöhnen wurde nur unterbrochen, um ihr Vorhaben zu planen. Sie würden es tun – ihn töten – hier in diesem Raum, morgen nacht. Imhotep selbst würde die Tat mit einem Hethiter-Dolch begehen. Die Waffe würde er in der Brust des Pharao steckenlassen, damit der Verdacht auf einen bekannten Feind fiel.

Weder ihr Liebesakt noch ihr Mordplan waren vollendet,

als die schwere Goldtür, die Imhoteps Priester bewachten, mit der Wucht einer Explosion aufgestoßen wurde.

Ohne seine königliche Leibgarde, die blauhäutigen Mumia, die er in seiner Eile zurückgelassen hatte, um den Liebhaber seiner Geliebten ausfindig zu machen, stürmte Sethos in den Vorraum, während Imhoteps Priester – entsetzt und fassungslos durch die Anwesenheit des Pharaos – zurückwichen.

Sein Gesicht wirkte durch seine kappenähnliche hohe goldene Krone, auf der eine Schlange eingeprägt war, länglich, und der eckige Ziegenbart sah an seinem Kinn wie ein schwarzer Fleck aus. Sethos fuhr die kauernden Priester wütend an: »Was macht ihr hier?« Dann, ohne eine Antwort abzuwarten, schritt er an ihnen vorbei, wobei seine Sandalen auf dem Marmorboden wie dumpfe Trommelschläge hallten. In hilflosem Entsetzen sahen die Priester zu, wie die furchterregende Gestalt in dem Brustharnisch aus Gold und Leder rasch auf den Vorhang zuging, der den Vorraum vom Schlafzimmer trennte. Sethos' muskulösen Arme und Beine waren nackt, an seinen Handgelenken und am Griff seines Schwerts glitzerten Edelsteine. Sein hauchdünner Umhang umwehte ihn wie ein Geist.

Anchsunamun, scheinbar allein im Schlafgemach, stand am Fuße ihres Bettes, die Arme auf dem Rücken verschränkt, den Kopf unterwürfig gesenkt, während sie ihren langjährigen Geliebten mit dem sinnlichen Lächeln beschenkte, das ihr das Haus und so viele Reichtümer eingebracht hatte.

»Was für eine wundervolle Überraschung, mein Gebieter, mein Geliebter«, schnurrte sie.

Die naturgetreue Körperbemalung auf Brüsten, Hüfte und Beinen war verwischt und unkenntlich. Deutlich waren die Handabdrücke eines anderen auf ihrer Haut zu erkennen.

»Dann sind die Gerüchte also wahr«, zischte Sethos höhnisch.

»Mein Gebieter?«

»Wer hat dich angefaßt?« fragte er. Er wiederholte in befehlendem Ton: *»Welcher Mann hat es gewagt, dich anzufassen?«*

Imhotep trat aus dem Schatten des Balkons hinter den Pharao und beantwortete Sethos Fragen, indem er das mächtige Schwert des Königs aus seiner Scheide riß. Der Pharao wirbelte herum und fand seine eigene gezückte Waffe in unerwarteten Händen wieder. Die Augen des Herrschers weiteten sich vor Entsetzen. »Imhotep? Mein Priester ...« Und dann verengten sie sich vor fassungsloser Bestürzung. »Mein Freund ...«

Diese Worte lähmten Imhotep, und ließen ihn den entscheidenden Schlag nicht führen.

Aber Anchsunamun, die hinter Sethos stand, hob mit weit aufgerissenen Augen und geblähten Nasenflügeln einen glitzernden Dolch, und stach mit dem großen Messer in ihrer kleinen Hand entschlossen zu.

Die Augen des Pharao weiteten sich wieder vor Entsetzen und Schmerz. Ein Schrei der Qual entfuhr dem Gott, der ein Mensch war, ein Schrei, der all seine Qual offenbarte. Der Pharao fiel auf die Knie, als ob er den Priester um Gnade anflehen wolle, der mit seinem eigenen Schwert in der Hand über ihm stand. Einen Augenblick lang baten die Augen des sterbenden Herrschers um Gnade, aber die stählerne Kälte in Imhoteps Blick übertraf selbst die Kälte der Klinge, die über Sethos schwebte. Sein Gesicht wurde ausdruckslos, er schien sich mit dem Streich abgefunden zu haben, den Imhotep ihm gleich zufügen würde.

Im Vorraum beobachteten die kahlköpfigen, tätowierten Priester Imhoteps durch den hauchdünnen Vorhang, wie die Klingen auf den sterbenden Pharao einstachen und schlugen. Instinktiv schlossen die Priester hinter sich die goldenen Türen und verriegelten sie, als wollten sie diesen schrecklichen Anblick vor der Welt verbergen. Hinter dem Vorhang schlugen die Schatten weiter auf das Opfer ein, das schon längst tot war. Sein Blut besudelte den Vorhang wie Schlamm, der durch die Räder eines Streitwagens aufspritzte. Wie Zeugen eines bizarren religiösen Rituals sahen die Priester in fassungslosem Schweigen eine Opferung von besonderer Brutalität, und schreckten auf, als ohne Vorwarnung das lauteste Klopfen, das je im Königreich vernommen worden war, an den zweifach verriegelten Türen ertönte.

Beunruhigt wandten die Priester ihre Blicke zur Tür, so wie auch Imhotep und Anchsunamun, die blutüberströmten roten Klingen in den erhobenen Händen.

»Sie sind da«, flüsterte Imhotep.

»Die Mumia«, hauchte Anchsunamun mit einem Ausdruck blanken Entsetzens im Gesicht.

Die barfüßige Leibgarde Sethos, die schließlich ihren König eingeholt hatte, war unhörbar nähergekommen und hatte sich unbemerkt hinter den verschlossenen Türen verborgen gehalten. Alarmiert von den Schreien ihres Herrn rammten die Soldaten mit den Schultern gegen die Tür.

»Die Leibgarde des Pharao!« rief ein Priester Imhoteps dem Hohepriester zu, und die Tür bebte erneut unter dem unablässigen Ansturm der Leibgarde.

Die Blicke von Imhotep, dem Hohepriester, und Anchsunamun, der königlichen Geliebten, trafen sich in plötzlicher Verzweiflung, als sei ihnen erst jetzt bewußt geworden, was sie angerichtet hatten. Dann schauten sie zu Boden, als sähen sie zum ersten Mal den gekrönten Körper in der Blutlache zu ihren Füßen.

Dann erschien ein Priester Osiris' an Imhoteps Seite und wandte sich respektvoll, aber eindringlich an ihn: »Mein Herr, sie sind gleich da. Kommt!«

»Nein ...«

Zwei weitere Priester traten auf ihn zu. Die drei packten ihn und zerrten ihn in Richtung Balkon, wo ein Sprung aus dem ersten Stock die einzige Fluchtmöglichkeit bot.

Verbissen und unter Protestlauten versuchte Imhotep sein Äußerstes, sich aus der gutgemeinten, aber ungewollten Umklammerung zu befreien, und mußte dabei all seine Kraft aufbieten, gegen seine vereinten Priester anzukommen. Während er sich wehrte, riß ihm jemand das blutige Schwert aus der Hand: Anchsunamun.

Obwohl sie groß und schlank war, wirkte sie mit dem mächtigen Schwert in der Hand klein und geradezu zerbrechlich. Dennoch bewies sie erstaunliche Kraft, als sie dem für eine Sekunde unaufmerksamen Imhotep mit der anderen Hand einen Stoß versetzte, der ihn zusammen mit den drei Priestern, mit denen er kämpfte, auf den Balkon drängte. Wieder stießen Schultern gegen die Doppeltüren und es klang wie das Donnern eines herannahenden Gewitters. »Du mußt gehen, mein Geliebter!« sagte sie ruhig, aber bestimmt. »Du mußt dich retten.«

Ihre Blicke versanken ineinander, und im Bruchteil einer Sekunde wußte er, was sie vorhatte. Seine Lippen formten das Wort »Nein!«, noch bevor sie weitersprach.

»Du bist der einzige, der mich wieder zum Leben erwecken kann!« sagte sie, und im selben Augenblick wurde die Tür aufgebrochen. Die Mumia strömten mit hoch erhobenen Schwertern und Speeren herein. Imhoteps Priester zogen ihn auf den dunklen Balkon, während die Mumia an den Vorhängen zerrten und sie schließlich aufrissen. Einer der Priester, der den Hohepriester retten wollte, legte seinem Herrn die Hand auf den Mund, während sie sich im Schatten des Balkons verborgen hielten, der sie schützte, da die Leibgarde des Pharao die Aufmerksamkeit auf ihren getöteten Herrn und die schöne, mit einem Schwert bewaffnete Frau richtete, die über dem blutigen Leichnam stand.

»Mein Körper ist nicht länger sein Tempel!« schrie sie ihnen entgegen. Und während Imhoteps Schrei von der Handfläche seines Beschützers erstickt wurde, richtete Anchsunamun das Schwert gegen sich, umfaßte den Griff mit beiden Händen und stieß sich die Klinge ins Herz.

Heute – vierzig Tage und Nächte später, die Zeremonie der Einbalsamierung Anchsunamun war vollendet – stand Imhotep unter dem Sternenhimmel im flackernden Lichtschein des Fackelzugs, in Begleitung der nubischen Sklaven, der Soldaten des Pharao und seiner eigenen Osiris-Priester, unter dem argwöhnischen Blick der Mumia, die hoch oben auf den umliegenden Sanddünen standen, und las aus dem *Buch des Amun Ra* die heiligen Zauberformeln der Verdammnis über den in Leinen gehüllten Leichnam seiner Geliebten …

Das Buch aus massivem Metall, das Imhotep aufgeschlagen in den Händen hielt, begann golden zu schimmern, als ob die Sonne von den Buchseiten aufstiege. Goldene Lichtstrahlen blitzten auf, und die muskulösen schwarzen Sklaven fielen auf die Knie wie wimmernde Kinder. Imhotep war von einem goldenen Schimmer umgeben als stünde das Buch in Flammen. Seine monotone tiefe Stimme fuhr mit den furchtbaren Zauberformeln fort.

Nun wurde das goldene Licht von einem aufkommenden Wind begleitet, der die Kleider derer aufwirbelte, die um die mumifizierte Geliebte herumstanden, und Soldaten, die in wilden Schlachten gekämpft hatten, duckten sich wie ängstliche Mädchen und suchten Schutz hinter ihren Schilden, während ihre Schürze in einem Wind flatterten, der nicht ein Körnchen Sand aufwirbelte.

Unberührt von Licht und Wind las Imhotep weiter. Er beschwor den gräßlichen Fluch, während seine getreuen Priester, die ihre weißen Katzen der Zeremonie entsprechend vor sich hielten, genauso ruhig und unberührt von den goldenen Lichtstrahlen und dem peitschenden Wind blieben, wie es ihr Hohepriester augenscheinlich war.

Als sich Imhotep dem Ende der Beschwörung näherte, begann die in Leinen gehüllte Mumie zu zittern, als erwache sie wieder zum Leben. Während das goldene Licht unerwartet aufblitzte, schien ein Wirbelwind den Leichnam der Frau zu erfassen und ihn dann, erst langsam, dann mit dramatischer Schnelligkeit, in die Luft zu heben. Die Blicke der erschrockenen Sklaven, der ängstlichen Soldaten, der gelassenen Priester folgten ihrem Aufstieg und beobachteten wie hypnotisiert, wie die mumifizierte Geliebte auf geradezu unheimliche Weise durch die Luft schwebte, während Imhoteps dröhnende Stimme den letzten Abschnitt sprach.

Danach, in einem letzten, alles erleuchtenden goldenem Blitz und einem Windstoß, der den Sand hätte aufwirbeln müssen, fiel die Mumie zurück auf den Boden. Anchsunamuns Überreste waren nicht länger wohlgeformt, sondern zusammengeschrumpft, grotesk entstellt, als ob selbst die letzten Anzeichen von Schönheit aus ihr herausgesaugt worden wären.

Schweigen senkte sich wie eine erstickende Glocke über die Wüste. Kein Windhauch regte sich. Es fiel kein Wort, als die Osiris-Priester die ausgedörrte Mumie aufhoben und in den Holzsarg legten. Die Kanopen wurden ebenfalls in den Sarg gestellt, dann wurde der Deckel geschlossen. Die Nubier trugen den Sarg zum Grab und ließen ihn hinab. Mit bloßen Händen schaufelten sie Sand in das Grab, bis der Sarg bedeckt war. Auf den umliegenden Dünen wandten sich viele der Mumia zum Gehen und verschwanden in die Nacht, offensichtlich befriedigt, daß ihr verstorbener Herr gerächt worden war. Anchsunamun würde bald in der Unterwelt sein, wo ihre Seele verzehrt würde.

Als das Grab mit Sand bedeckt und im Wüstensand verschwunden war, wandten sich die nubischen Sklaven an Imhotep und warteten auf ihren nächsten Befehl. Aber Imhoteps nächster Befehl war nicht an die Sklaven gerichtet ...

Der Hohepriester nickte den Soldaten zu, die ihre Speere erhoben und sie auf die Nubier schleuderten, deren Schmerzens- und Überraschungsschreie die unwirkliche Stille durchbrachen. Innerhalb von Sekunden war der Boden mit Toten übersät, und der Sand färbte sich dunkelrot: vor Blut.

Die nun unbewaffneten Soldaten baten Imhotep um Erlaubnis, ihre Speere zurückzuholen. Aber Imhotep nickte erneut, und die Priester des Osiris stürzten sich, unter den unberührten Blicken der Katzen, die sie auf dem Wüstensand abgesetzt hatten, mit Dolchen auf die Soldaten und stachen auf die überraschten Männer in der Dunkelheit ein, die nur durch eine flackernde Fackel erhellt wurde – das goldene Licht war erloschen. Und innerhalb kurzer Zeit sickerte erneut das Blut toter Männer in den Sand.

Einige Mumia waren stehengeblieben und beobachteten das Geschehen von den Dünen aus. Sie wußten, daß sie nichts zu befürchten hatten. Wie die Priester des Osiris waren sie heilige Männer. Nur gewöhnliche Menschen wie Sklaven und Soldaten mußten getötet werden, denn keiner durfte je den genauen Ort des Grabes kennen.

Und dann verschwanden auch die letzten Mumia, die noch geblieben waren, um sich das unvermeidbare Abschlachten anzusehen, in der Nacht. Die Priester des Osiris wandten sich von den Menschen ab, die sie getötet hatten, und kletterten auf Imhoteps Geheiß mit bluttriefenden Dolchen auf die Dünen, um den Rückzug der Mumia zu beobachten. Als die Priester ihm berichteten, daß der letzte Mumia weit genug weg war, nickte Imhotep ein letztes Mal. Dann rannten er und seine Priester zum Grab von Anchsunamun und begannen dort fieberhaft mit bloßen Händen im Sand zu graben, als ob dort der wertvollste Schatz der Welt begraben läge und sie erwartete.

Und so war es für Imhotep auch.

Zweites Kapitel

Die Stadt der Toten

Die unzähligen Sterne am Himmel verbündeten sich mit dem sichelförmigen Mond und ließen die Wüste schimmern wie blau getöntes Elfenbein. Die Sanddünen lagen in ihrem Licht da wie sich räkelnde Frauen, die ihre Geliebten zu sich riefen. Man konnte sich keine friedlichere Landschaft vorstellen, keine Stille war vollkommener ... Doch wurde sie abrupt durch Sand aufwirbelndes Hufegestampfe durchbrochen. Wiehernde Pferde zogen Streitwagen, deren schwere Räder Furchen in den Wüstenboden gruben. Peitschenknallen durchschnitt die Nacht, Männer und Pferde gaben ihr Äußerstes, denn die Priester des Osiris folgten ihrem höchsten und heiligsten Herrn in niedrigster, unheiligster Mission.

Imhotep führte die Truppe, im Kampf gegen die Zeit, ihre Entdeckung und gegen die Götter selbst. Er war der General dieser kleinen Armee schwarzer Streitwagen, die von den kahlköpfigen und muskulösen Männern mit der vom Wüstenwind zerfurchten Haut gelenkt wurden. Sie waren ihrem Herrn in blindem Gehorsam ergeben und bereit, ihm bis in die Hölle zu folgen. Und genau dorthin waren sie in dieser Wüstennacht unterwegs.

Auf dem Streitwagen, direkt hinter Imhotep, lag die verkrümmte und welke Mumie, die einst Anchsunamun gewesen war. Der Fluch, den Imhotep über seine Geliebte ausgesprochen hatte, mußte rückgängig gemacht werden; und in diesem Land gab es nur einen Weg, einen Ort und ein Buch, das diese verbotene Gnade herbeiführen konnte. So wie mit dem *Buch des Amun Ra* die Seele aus dem Körper Anchsunamuns gesogen worden war, so vermochte man mit diesem anderen Buch, dessen Namen zu nennen ein Vergehen war, Anchsunamun ihre Seele wiederzugeben. Außerdem enthielt dieses Buch, das nach den Riten seiner Religion niemals geöffnet werden durfte, dieses schwärzeste aller Bücher, *das Totenbuch,* die Zauberformeln, die seiner Geliebten ihre vollkommene Gestalt wiedergeben und ihr neues Leben einhauchen konnten.

Diese unheilige Handlung hieß, die Götter herausfordern. Als Hohepriester des Osiris, dem Gott der Unterwelt, war Imhotep einer der wenigen Lebenden, die dies wußten. Aber war Osiris selbst nicht auch von den Toten auferstanden, aus Liebe zu Isis, seiner Geliebten? Stand Imhotep als ergebenem Hohepriester des Osiris nicht das gleiche zu? Wie dem auch war, um Anchsunamun wiederzubekommen, würde Imhotep nicht nur sein Leben riskieren, sondern auch seine Seele.

Damit niemals eine Gotteslästerung in ihrem Königreich begangen wurde, lag das *Totenbuch* sicher in der Obhut des Gottes Anubis in Hamunapatra, dem Ort, der hinter vorgehaltener Hand als Stadt der Toten bezeichnet wurde. Hamunapatra war keine Stadt wie Theben, die Stadt der Lebenden, sondern der Tempel des Gottes Anubis. Und wie viele Tempel im Königreich war Hamunapatra ein von Mauern umgebener Komplex aus Gebäuden und Innenhöfen mit dem verehrten Standbild Anubis, der mitten im Tempel »lebte«.

Außer den Kriegerpriestern Anubis' lebte niemand dort. Die echte »Stadt der Toten« lag unter der Erde und war in die Felsen unter den Sandhügeln geschlagen worden. In Stein gehauene Grabkammern hatten die monströsen Pyramiden der früheren Pharaonen ersetzt. Sie bildeten ein unterirdisches Labyrinth aus Tunneln, Treppen, Fluren, Mausoleen und eleganten unterirdischen Räumen, die mit falschen Türen und blockierten Durchgängen versehen waren, um Grabräuber in die Irre zu führen.

Die kleine Armee aus Streitwagen raste den ansteigenden Sandhügel hinauf und kam auf der steinernen Auffahrt, die zu den massiven hölzernen Toren des Tempelkomplexes führte, zum stehen. Ein Trupp Kriegerpriester, deren Schilde das einem Totenkopf ähnliche Zeichen von Hamunapatra trugen, hielt dort Wache. Aber die finster dreinblickenden Soldaten des Anubis fragten nicht nach dem Begehr der heiligen Männer, insbesondere, da sie von Imhotep persönlich angeführt wurden. Dieser Ort wurde vor Dieben und Ungläubigen geschützt, nicht vor dem Hohepriester des Osiris. Unter dem Vorwand, dem Gott Anubis einen Besuch abstatten zu wollen, stand Imhotep schon bald in der mit zahlreichen Säulen ausgestatteten Halle des offenen Haupttempels, von dem aus man einen Blick auf den sandigen Innenhof der Anlage hatte. Während Imhotep am Fuße der riesigen Statue mit dem Schakalkopf kniete, konnte man den Eindruck gewinnen, daß er dem großen Gott huldigte. In Wirklichkeit suchte Imhotep den Hebel, der das verborgene Fach am Fuße der Statue öffnen sollte.

Die kleine schwere Steintür öffnete sich mit einem anklagenden Knarren, und Imhotep holte eine reich verzierte, bemalte Truhe hervor. Er öffnete sie und nahm ein großes schweres Buch mit Bronzescharnieren heraus, das in Größe und Form, und in gewisser Weise auch in Aufmachung und Verzierung dem *Buch des Amun Ra* glich. Dieses furchteinflößende Buch war jedoch nicht aus Gold, sondern aus purem Obsidian.

Imhotep starrte auf den schwarzen Einband des *Totenbuchs* und erblickte sein Gesicht auf der glatten steinernen Oberfläche. Für einen Augenblick war er wie erstarrt. Auf seinem gequälten Gesicht spiegelte sich die Frage wieder, ob er auch das Richtige tat.

Dann legte er die leere Truhe zurück an ihren Platz und schloß die Tür. Er steckte das schwere Buch unter sein wehendes schwarzes Gewand, um es vor den Augen der Kriegerpriester zu verbergen, und eilte zu seinen Gefolgsmännern zurück. Mit brennenden Fackeln führte er seine schwarzgekleideten Begleiter in die Katakomben der Stadt der Toten, und trug dabei das *Totenbuch* wie eine Opfergabe vor sich her. Die Prozession mit der Mumie von Anchsunamun, die feierlich von zwei Priestern getragen wurde, schritt die Felsstufen hinab, die in eine höhlenartige Kammer führte. Schwarzhaarige Ratten, so groß wie kleine Hunde, huschten davon, als die Schritte von Sandalen durch die Gewölbe hallten, deren Wände im Licht der brennenden Fackeln gelblich schimmerten.

In einer Ecke der Kammer brodelte in Becken eine schwarze Masse, bei der es sich um menschliche Überreste handelte, die mit etwas, das einst Wasser gewesen war, zu einer Suppe der Verzweiflung zerkocht wurde, und in der Totenköpfe wie Zwiebeln herumschwammen.

In der Mitte der offenen Kammer befand sich ein seltsam gebogener Altar aus schwerem, dunklen Stein, der mit goldenen Skarabäen, Kobraköpfen und Widderhörnern verziert war. Vorsichtig legten die Priester die mumifizierte Geliebte Imhoteps auf die glatte Oberfläche des Altars. Dann stellten sie sich im Kreis um den Altar und stimmten einen monotonen Singsang an. Sie schlossen die Augen, ihre Gesichter wurden ausdruckslos, ihre kahlgeschorenen Köpfe schwangen rhythmisch hin und her und ihre Körper wiegten sich im Gesang. Das unheimliche Summen ihres Gesangs schwoll an, während Imhotep sich von fünf Priestern die fünf kostbaren Kanopen geben ließ. Er stellte sie so um den Altar auf den Boden, wie es die Zauberformel ihm vorgab. Wären mehr als vierzig Tage vergangen, hätten die lebenswichtigen Organe seiner Geliebten für die unheilige Zeremonie nicht mehr benutzt werden können, und ein Menschenopfer wäre nötig gewesen, um den Inhalt der Kanopen zu ersetzen.

Imhotep schlug das in Obsidian gebundene Buch auf und begann zu lesen. Die ausgetrocknete, verkrümmte Mumie begann zu zittern, bewegte und streckte sich. Auf magische Weise nahm sie wieder die ursprüngliche Gestalt und Form von Anchsunamun an. Die Augen des Hohepriesters waren weit aufgerissen, und er lächelte mit entblößten Zähnen, während er die Leinenbinden entfernte. Er atmete auf, als er junges Fleisch darunter enthüllte, den nackten und völlig wiederhergestellten Körper der Frau, die er liebte.

Der erste Teil des Zaubers, die Aufhebung des zuvor ausgesprochenen Fluchs, war erfolgreich verlaufen. Die nächsten Worte würden alle anderen, die er in jener schrecklichen Nacht ausgesprochen hatte, so harmlos wie Kinderreime erscheinen lassen.

Imhotep las weiter aus dem *Totenbuch*, während die Priester mit ihrem monotonen Singsang fortfuhren. Die stinkenden schwarzen Becken begannen zu sprudeln wie ein Topf, der zum Kochen gebracht wird. Blasen platzten, Tropfen spritzten, und einige Priester wurden durch das eigenartige Brodeln abgelenkt. Blaß vor Angst schlossen sie die Augen und nahmen ihren Singsang wieder auf, selbst als der Brei über den felsigen Beckenrand trat.

Wie ein lebendiges Wesen glitt der schwarze Schleim über den Boden der Kammer. Aus allen Ecken kroch er und kam unaufhaltsam näher, eine dünne Lage Schlamm, die bedrohlich auf die Sänger zuglitt, ihre Füße umschloß und ihr Haut berührte. Der Schlamm war warm, aber nicht zu heiß, eine seichte, übelriechende, widerliche Schicht, die bald überall war, sogar an den gemeißelten Ochsenköpfen, die als Beine des Altars dienten.

Imhotep, der völlig in die Zauberformeln vertieft war und dessen tiefe Stimme in der ganzen Kammer widerhallte, schien den schwarzen Schlamm, der seine Füße umgab, nicht wahrzunehmen. Einer seiner Priester, der jüngste unter ihnen, sah auf die schwarze glänzende Flüssigkeit hinunter, die seine Zehen berührte. Er konnte sich darin spiegeln und erblickte seinen eigenen mumifizierten Körper.

Der Priester stieß einen schrillen Entsetzensschrei aus, der schließlich wie ein unheimliches Heulen in der höhlenartigen Kammer widerhallte. Er brach aus dem Kreis aus und rannte über die dünne, heiße Schlammschicht auf die Treppe zu. Dabei verlor er das Gleichgewicht und fiel mit einem gellenden Aufschrei in den dampfenden Schlamm, der ihn verschlang, seinen offenen Mund mit Schlamm füllte und ihn hinabzog.

Imhotep nahm den Vorfall kaum wahr und fuhr mit seinen Beschwörungen fort. Er sah nur, wie der schwarze Schlamm die Kanopen erreichte, an ihnen hinaufglitt, sie umgab und schließlich in sie hineinlief.

Die Krüge zitterten. Dann drang aus einem Krug ein trommelähnliches Schlagen.

Anchsunamuns Herz schlug wieder!

Imhotep sprach die verbotenen Worte. Das Weiße in seinen Augen wurde sichtbar, während er zugleich ängstlich und freudig zusah, wie die schwarzen Finger des Schlamms die Beine des Altars hinaufkrochen, die Skarabäen, die Kobraköpfe und Widderhörner überzogen, bis sie die glänzende Farbe des *Totenbuchs* annahmen, und die Oberfläche des Altars erreichten. Dann glitt die schwarze Flüssigkeit über den nackten Körper der Geliebten, bedeckte sie, modellierte die wohlgeformten Rundungen ihres Körpers und verwandelte ihre Gestalt in eine glänzende schwarze Statue.

Auf wundersame, ja ekelerregende Weise, bewegte sich die Flüssigkeit zielstrebig über ihren Körper und suchte Einlaß. Der Schlamm drang in sie ein. Durch Nase, Ohren, Mund, durch jede Pore wurde er bis zum letzten Tropfen aufgesogen. Es schien, als hätte es die eigenartige schwarze Flut nie gegeben.

Der nackte Körper, der auf dem Altar ausgestreckt lag und in den die übelriechende Flüssigkeit eingedrungen war, lag ruhig dar, wie man es von einer toten Frau erwarten konnte. Dann begann der Körper zu zittern. Imhoteps Augen weiteten sich noch mehr.

Der Körper bebte und zuckte. Die Leben schenkenden Beschwörungen taten ihre schwarze Magie.

»Komm zurück zu mir, Anchsunamun«, sagte Imhotep, und diese Worte gehörten nicht zur Zauberformel. »Komm zurück zu mir …«

Unerwartet riß Anchsunamun die Augen auf, worauf Imhotep aufatmete und die Priester ihren Gesang unterbrachen.

Sie lebte.

Imhotep berührte ihre Wange. Ihre Blicke trafen sich, aber sie sprach kein Wort. Sie konnte noch nicht sprechen. Ihre Seele war von den Toten zurückgekehrt, aber um ihre vollständige Wiedergeburt, ihre körperliche Wiedergeburt zu ermöglichen, mußten die Organe aus den Kanopen an ihren Platz im Körper. Und das machte einen letzten schrecklichen Schritt nötig.

»Du wirst keinen Schmerz fühlen«, sagte er zärtlich. Ihr Gesicht zeigte keine Regung, aber ihre Augen sprachen zu ihm: Tu, was du tun mußt, Liebste …

Imhotep nahm das aufgeschlagene *Totenbuch* in eine Hand, eine Leistung, die seine Priester nur bewundern konnten.

Dann nahm er allen Mut für den nächsten Schritt zusammen und zog unter seinem schwarzen Gewand ein Opfermesser hervor, das einen breiten Griff und eine lange, sehr scharfe Klinge besaß.

Die Angst bezwingend, die ihn befiel und die seine Begleiter nie an ihm vermutet hätten, hob Imhotep die Klinge, die er so fest umklammerte, daß seine Fingerknöchel vor Anspannung weiß hervortraten. Die Klinge schwebte über dem Körper seiner schönen Geliebten, die ihn unverwandt anschaute und ihm die Absolution für die frevelhafte Tat erteilte, die er an ihrem zarten Fleisch verüben würde.

Anchsunamun würde nach Erhalt ihrer lebenswichtigen Organe wieder so lebendig und schön sein wie zuvor. Keine Narbe, keine Spur von Imhoteps Klinge, die in sie eingedrungen war, würde zu sehen sein. Auch nicht der Stich des Messers, mit dem sie vor vierzig Tagen ihrem Leben ein Ende gesetzt hatte. Die übelriechende Flüssigkeit, die in ihr brodelte, würde ihre seltsame Zauberei, ihre mystische Heilkraft tun …

Die Priester hatten ihren eintönigen Singsang wieder aufgenommen. Das Schlagen ihres Herzens in der Kanope wurde immer lauter, als ob das Organ die Rückkehr in die liebliche Brust kaum erwarten könnte. Wie Trommelschlag ergänzte es den monotonen Gesang. Imhoteps Blick fiel auf die Seiten des aufgeschlagenen Buches in seiner linken Hand. Bereit, die Klinge in die Brust seiner Geliebten zu stoßen, las er die letzten Beschwörungsformeln, die er fast schreien mußte, um den immer lauter werdenden Gesang und das unruhig schlagende Herz zu übertönen.

Doch wie aus heiterem Himmel waren sie da, stürzten sie drei, vier Stufen auf einmal nehmend, die Treppe hinunter, und erstürmten das Gewölbe mit lautem Kriegsgebrüll, die blauhäutige, tätowierte Armee: *die Mumia!*

Wie ein Schwarm Heuschrecken fielen sie ein, und bevor Imhotep sich zur Wehr setzen konnte, hatten sie ihn bereits ergriffen und umstellt. Brutal packten sie sein Handgelenk, die Klinge hing wie erstarrt in der Luft. Sein Schrei hallte in der Kammer wider und wurde noch durchdringender, als er sah, wie der Anführer der Mumia einen Fuß hob und kräftig zutrat, als zertrete er einen großen Käfer: Er zerschmetterte die Kanope mit dem schlagenden Herzen und brachte es zum Schweigen.

Als das Gewebe des lebenswichtigen Organs unter dem Fuß des Anführers der Mumia wie eine faule Frucht hervorquoll, geschah etwas Unglaubliches. Es ging so rasch vor sich, daß die Überlebenden dieser Nacht, der Mumiakrieger, sich nie sicher waren, ob es tatsächlich passiert war oder ihre Augen ihnen in dieser dunklen feuchten Halle einen Streich gespielt hatten.

Aus allen Öffnungen von Anchsunamuns Körper entwich die schwarze schleimige Flüssigkeit. Sie strömte aus ihr heraus und verstreute sich in alle Winde, ohne die Umstehenden zu berühren, als ob die fliegende schwarze Brühe ein Untier wäre, das es verstand sie zu umsteuern. Sie verteilte sich in den Ecken der Kammer und vermischte sich wieder mit dem schwarzen brodelnden Gebräu aus menschlichen Überresten.

Imhotep versuchte verzweifelt, die Krieger abzuschütteln, die ihn festhielten. Noch ein letztes Mal wollte er seine Geliebte sehen. Ihre Blicke fanden sich ... Dann schloß sie ihre Augen.

Und wieder stieß der Hohepriester des Osiris einen qualvollen Schrei aus, der die steinerne Kammer erschütterte: Er hatte sie erneut verloren.

Jetzt brauchten die Mumia ihn nur noch für sein Vergehen zu strafen.

»Du hast dein Schicksal besiegelt, Imhotep«, sagte der Anführer der Mumia, und in den Augen seines blaugefärbten Gesichts stand ein eigenartiger Blick, eine Mischung aus Melancholie und Wut. »Aber du hast auch das Schicksal deiner treuen Priester besiegelt. Bevor du deine Strafe bekommst, wirst du Zeuge ihrer Bestrafung, damit du mit dieser Schuld vor das Totengericht in der Unterwelt trittst.«

Und so geschah es, daß in einer anderen Kammer der Stadt der Toten, im Lichtschein flackernder Fackeln, Imhotep von maskierten Balsamierern, die eine Schakalmaske wie Anubis trugen, festgehalten wurde und mit ansehen mußte, wie seine getreuen Begleiter bei lebendigem Leibe einbalsamiert und mumifiziert wurden.

Die Balsamierer waren so gelassen, als ob die Männer, die sie mit Messern, Nadeln und Faden bearbeiteten, leblose Leichen wären und keine schreienden, sich windenden lebendigen Menschen. Im letzten Schritt dieses Rituals wurde der Kopf eines jeden Priesters zwischen zwei Brettern eingeklemmt – kein Schrei drang über die zusammengenähten Lippen –, damit ein rotglühender Eisenhaken durch die Nase geschoben werden konnte, um das Gehirn in kleine Stücke zu schneiden und durch die Nasenlöcher zu entfernen.

Die Priester wurden wahnsinnig, bevor sie starben.

Imhotep versuchte seinen Blick abzuwenden, aber seine schakalköpfigen Wächter zwangen ihn, der Folter zuzusehen, und hielten ihm sogar, wenn nötig, die Augen auf. Unvorstellbar qualvolle Stunden vergingen, ehe alle einundzwanzig seiner getreuen Priester vor ihm auf dem Boden lagen. Sie wanden sich in ihrer Verpackung und zappelten wie Raupen, die aus ihrem Kokon zu entfliehen suchten. Da man ihr Gehirn entfernt hatte, waren das wohl nur Reflexbewegungen – oder litten sie immer noch unter Schmerzen? So grausam die Schmerzen waren, die seine Priester erduldet hatten, konnte sich Imhotep keine schlimmere Pein vorstellen, als das Leiden, das er an Körper und Geist erlitten hatte, während man ihn zwang, Zeuge dieser furchtbaren Tortur zu werden.

Er änderte seine Meinung, als die Balsamierer seinen Mund gewaltsam öffneten und ihm die Zunge herausschnitten. Imhotep schrie, auch wenn es schwierig war, ohne Zunge zu schreien. Der Schmerz machte ihn beinah blind. So blieb ihm den Anblick der Ratten erspart, die aus ihren Verstecken angelaufen kamen, sich um die Zunge balgten und sie dann verspeisten.

Als er nicht mehr zu schreien vermochte, und sein Kopf

nach unten gehalten wurde, damit er nicht an seinem eigenen Blut erstickte, hörte Imhotep die Stimme des Anführers der Mumia. »Dir wird eine seltene Ehre zuteil, Imhotep. Du wirst der erste sein, dem der Fluch des *Hom-dai* auferlegt wird.« Dies war der schlimmste, der schrecklichste aller Flüche; es war ein alter Fluch, der bisher noch niemandem auf Erden getroffen hatte, da noch kein Mensch so schwer gesündigt hatte. In der Tat, eine seltene Ehre.

Wie seine Priester wurde Imhotep bei lebendigem Leibe einbalsamiert. Man schnitt in die Leinenbinden Öffnungen für Augen, Nase und Mund. Das Leinen triefte vor schwarzem Schleim, der aus dem Becken mit der schwarzen Brühe menschlicher Überreste geschöpft worden war. Als Imhotep sich in seiner Hülle auf dem steinernen Boden wand, wurden seine Leinenbinden noch einmal zusätzlich mit dem übelriechenden Schleim eingerieben.

Dann hoben ihn die schakalköpfigen Balsamierer wie einen wertlosen Gegenstand auf und ließen ihn in einen einfachen Holzsarg fallen. Der wiederum wurde in einen Sarkophag gelegt. Völlig benommen vor Schmerz und kaum noch bei Bewußtsein starrte Imhotep auf den hohen steinernen Deckel und wartete darauf, daß er sich über ihm schließen würde. Die Dunkelheit und den Tod, den er brachte, würde geradezu eine Erleichterung sein.

Doch vorher hatten sie sich noch andere Freuden für ihn ausgedacht.

Eine schakalköpfige Maske beugte sich zu ihm hinunter. Der Balsamierer hatte einen großen Krug in der Hand. Eine weitere Schmach würde ihn erwarten – vielleicht noch mehr von diesem übelriechenden Schleim? Der Balsamierer entleerte den Inhalt des Krugs über der lebenden Mumie. Es war kein Schleim, sondern es waren Käfer. Lebende, krabbelnde Skarabäen, widerliche Mistkäfer, die auf ihm herumkrabbelten. Sie liefen über seine Brust, die Kehle hinauf und bedeckten sein Gesicht wie eine schwarze, zuckende Maske. Viele verschwanden in seinem zungenlosen Mund und seinen Nasenlöchern.

Imhotep hätte gelacht, wenn ihm nicht gerade Käfer in

den Hals gekrochen wären. Er aß sie und sie aßen ihn. Imhotep war zu ewigem Leben verdammt ... und den Käfern wurde das gleiche Schicksal zuteil. Gemeinsam, als lebenslängliche Gefährten, würden sie in die Ewigkeit gehen.

Der Sargdeckel wurde über ihm zugeschlagen. Imhotep, der von Käfern bedeckt in der Dunkelheit lag, konnte natürlich nicht sehen, wie der Anführer der Mumia vortrat und den Deckel mit einem goldenen achteckigen Schlüssel fest verschloß. Die Balsamierer hoben den schweren Sarkophagdeckel darüber an und senkten ihn dann so ab, daß er luftdicht schloß. Erneut benutzte der Anführer den seltsamen achteckigen Schlüssel und verschloß nun auch den Deckel des Sarkophags.

»Hier wirst du bleiben«, sagte er leise, aber Imhotep hörte diese Worte, die in seiner kleinen Welt des verschlossenen Sarges widerhallten. »Eingeschlossen und untot bis in alle Ewigkeit.«

Nachdem alles vollbracht war, legte der Anführer den Schlüssel in ein kleines achteckiges Kästchen aus Gold. Als sich seine Soldaten um ihn versammelt hatten, sagte er leise: »Wir müssen alle nötigen Vorsichtsmaßnahmen ergreifen, daß *Er, der nicht bei seinem Namen genannt werden soll,* nie aus seinem Gefängnis befreit wird, da er sonst eine wandelnde Krankheit, eine Plage für die Menschheit wird, ein unheiliger Fleischfresser mit der Stärke von Jahrhunderten, der selbst Macht über die Wüste hat und unbesiegbar ist.«

Die Mumia nickten ernst. Sie wußten, wie auch Imhotep selbst, der mit seinen Käferfreunden in dem schleimversiegelten Sarkophag gefangen lag, daß dies der Preis des schrecklichsten aller Flüche, des *Hom-dai* war. Daher war bisher nie zuvor ein Übeltäter, gleichgültig, wie schwer sein Vergehen auch gewesen war, so bestraft worden.

An Seilen ließen die Balsamierer den schweren Sarkophag in eine Grube hinunter, in der schwarzer Schleim brodelte und kochte. Flüssigkeit spritzte über den Sarkophag und lief an den Seiten wie schmelzendes Pech herunter. Durch die Fugen des Sarkophags wurde die ganze Flüssigkeit aufgesogen, bis kein Tropfen mehr in der Grube war, genauso wie sie vorher schon in Anchsunamuns Mumie eingedrungen war. Das Becken war sauber und trocken und nicht ein Tropfen blieb zurück.

Die Balsamierer zogen den Sarkophag aus der nun ausgetrockneten Grube und trugen ihn auf Anweisung des Anführers zu der vorgesehenen Grabstätte.

Imhotep war gefangen in dieser kalten Hölle, überall auf und in ihm herum krochen Käfer, doch er kannte auch die andere Seite des unheilvollen Fluches *Hom-dai.* Sollten er und seine geliebte Anchsunamun sich aus der Unterwelt befreien können, wären sie zusammen unbesiegbar. Sie würden der Welt die Pest bringen, unbezwingbar und verheerend, und alles Leben auf Erden würde sterben – mit Ausnahme von Imhotep und Anchsunamun.

Vielleicht war auch Imhotep, wie seine Priester vor ihm, durch die Folter der Mumifizierung bei lebendigem Leibe dem Wahnsinn verfallen.

Und doch schienen die erstickten Schreie, die aus dem Steinsarg drangen, der lieblos mit Sand und Schmutz zugeschüttet wurde, mit Rache zu drohen. Die Gewißheit seines unausweichlichen Sieges, die in seiner Stimme schwang, ließ alle frösteln.

Sie begruben ihn im Innenhof des Tempels, in der Nähe der bedrohlich aufragenden Statue des Anubis – das *Totenbuch* kehrte dabei an seinen verborgenen Platz zurück –, wo der schakalköpfige Todesgott finster auf *Den, der nicht mit Namen genannt werden soll,* hinunterschauen konnte. Viele hundert Jahre lang bewachten Anubis und Generationen der bewaffneten Mumia das Grab des Imhotep, bis der Wüstensand die Ruinen von Hamunapatra und den Kopf des Anubis fast vollständig unter sich begrub.

Und doch, obwohl Menschen lebten und starben, Zivilisationen kamen und gingen, war Imhotep mit seinen Käfergefährten in seinem verschlossenen Sarg *am Leben …*

Teil 2

Die Rückkehr der Mumie

Die Sahara 1925

Erstes Kapitel

Die Legion der verlorenen Männer

Erst vor kurzem hatte ein Sandsturm die Ruinen der Tempelanlage von Hamuanapatra freigelegt. Sie ragten wie die sonnengebleichten Knochen eines glücklosen, verdursteten Wanderers aus dem Sand. Große, zum Teil zerfallene Obelisken, die stolz von Göttern und Königen berichteten, waren nun sichtbar. Vereinzelt standen vom Wind zerklüftete Steinsäulen umher. Überreste von Mauern waren zum Teil noch erhalten, andere waren im Laufe der Zeit eingestürzt. Überall lagen Statuen mit sorgfältig gemeißelten Löwen- oder Widderköpfen herum, von denen einige beschädigt waren. Innerhalb dieses offenen Schreins stand einsam der riesige schakalköpfige Anubis. Die Ruinen waren die letzten Überreste eines mächtigen Volkes, dessen tiefer religiöser Glaube auf den modernen Menschen fremdartig und geradezu barbarisch wirken mußte.

Mochte nun auch eine Telefonverbindung von Kairo bis zu den Pyramiden reichen und europäische Touristen Tennis auf dem Rasen eines Hotels nahe der Sphinx spielen: Das Fremdartige und Barbarische dieser Wüste war geblieben. So wie im blutigen Goldenen Zeitalter der Schrei des gefolterten Imhotep durch Hamunapatra hallte, so war nun das Kampfgeschrei der Tuareg-Krieger zu hören.

Eine ›fliegende Kolonne‹ Legionäre, die wie spielende Kinder im Sand der Ruinen von Hamunapatra herumgetollt waren, bezog Stellung. Es war ein Marschbataillon der französischen Fremdenlegion, zweihundert Mann stark, wenn man überhaupt von Stärke sprechen konnte, waren ihnen doch die finsteren Tuareg zehnfach überlegen, die ihnen in sicherem Abstand gefolgt waren, bis sie sich zu weit von einem Fort oder einem Nachschubdepot entfernt hatten. Gleichermaßen hinterhältig wie erbarmungslos hatten die Tuareg gewartet, bis die hervorragend ausgebildeten Soldaten der Fremdenlegion vom tagelangen Marsch unter der heißen Saharasonne nachlässig und müde geworden waren. Dann waren sie wie eine alptraumhafte Fata Morgana hinter den Sandhügeln aufgetaucht. Sie schwenkten ihre Waffen und Schwerter, und ihre langen weiten Gewänder flatterten im Wind, während sie im vollen Galopp näher kamen.

Die Legionäre erschienen dagegen schwerfällig in ihren Infanterieuniformen, bepackt mit Rucksäcken voller Ersatzkleidung, Munition und Lebensmitteln. In diesem Klima waren nur die schwarzen Lederstiefel, die sie an den Füßen trugen, von Nutzen. Das Tuch, das jeder Mann als Sonnenschutz an seinem Käppi trug, flatterte wie eine weiße Friedensfahne im Wind.

In Augenblicken wie diesen stellte ein Mann wie Richard O'Connell, der aus Chigaco in Illinois stammte, seine Berufswahl in Frage.

Seine jungenhaften Züge wirkten reifer durch den forschen Blick seiner blauen Augen, die lederne Bräune und das kaum zu bändigende braune Haar. O'Connell, Rick für seine Freunde und Corporal für seine Männer, trug sein Käppi verwegen schräg. Unter den zweihundert Soldaten, überwiegend menschliches Strandgut aus allen Ecken der westlichen Welt, machte O'Connell in seinem braunen Mantel, und mit den umgeschnallten Patronengurten, eine schneidige Figur, die sich auf jedem Werbeplakat gut gemacht hätte: *»Engagez-vous à la Légion Etrangère!«* Im Moment jedoch schien es angebrachter zu desertieren, wollte man noch am Leben bleiben.

Das gedämpfte Donnern der Pferdehufe auf dem Sand mischte sich mit dem Kampfgeschrei der Tuareg. Hoch oben auf dem ehemaligen äußeren Schutzwall der Tempelanlage von Hamunapatra beobachtete O'Connell ihr Herannahen. Er schaute durch sein Fernglas und warf es dann weg. Das brauchte er jetzt nicht mehr.

»Ich habe schon bessere Tage erlebt«, sagte er zu sich selbst und wog seine Waffe in den Händen – eines dieser überholten Lebel-Bajonette, mit denen er und seine Männer ausgerüstet waren.

Vielleicht war das der passende Abgang, wenn nicht komisch, dann doch gerecht. Gier hatte sie hierher geführt, nicht das Streben nach Ehre. Ihr Colonel hatte eine Karte gefunden, die sie zum legendären Hamunapatra-Tempel geführt hatte, und die Aussicht auf alte Reichtümer hatte die Phantasie der zusammengewürfelten Garnison angeheizt, einer Truppe aus Dieben, Mördern, Söldnern und Abenteurern. Und nun, mit den schrecklichen Tuareg im Nacken, mußte der sagenumwobene Eingang zu diesen unbeschreiblichen Schätzen als improvisiertes Fort dienen.

»Ein taktischer Vorschlag, Corporal«, war eine dünne, unterwürfige Stimme hinter ihm zu hören.

O'Connell wandte sich um. Der Gefreite Beni Gabor aus Budapest war der positive Beweis dafür, daß nicht das ganze Gesindel der Legion aus Italien, England, Norwegen, Rußland oder Spanien kam. Er hatte schmale Schultern, eine schmächtige Brust, dunkle, eng zusammenstehende Augen und einen bleistiftgeraden Schnurrbart in seinem käsigen, mandelförmigen Gesicht. Der findige Schurke war für O'Connell das, was einem Freund am nächsten kam. Vielleicht lag das an der sehr bescheidenen Auswahl an wirklichen Freunden, die die Legion zu bieten hatte.

»Die einzig denkbare Taktik«, erwiderte O'Connell, während er auf die herannahenden Wüstenkrieger blickte, »ist zu feuern, sobald sie in Sichtweite sind.«

»Das ist eine Möglichkeit«, sagte Beni und nickte zustimmend. »Richtig. Ich persönlich würde es jedoch vorziehen, mich zu ergeben.«

»Gib mir deinen Patronengurt.«

Berni befreite sich von seinem Patronengurt und überreichte ihn seinem Corporal. »Oder einfach davonrennen? Es gibt allerdings noch eine Möglichkeit. Ich wette, in diesen Ruinen wimmelt es nur so von Verstecken, und was schulden wir der Legion? Treue für Kekse und Schinderei?«

»Ich gebe dir recht. In den Ruinen wird es bald von ganz anderen Dingen wimmeln.« O'Connell hatte sich den Patronengurt umgelegt.

Das Kampfgeschrei der Tuareg wurde immer lauter. O'Connell hatte Mühe, sich Beni verständlich zu machen.

»Ich werde auch deinen Revolver nehmen, da es ja so aussieht, als ob du ihn nicht mehr brauchen wirst.«

»Hier«, sagte Beni und händigte ihm die Waffe aus. Er folgte ihm dicht auf den Fersen, während O'Connell rasch die Mauer entlanglief. »Weißt du, was heute keiner mehr ausprobiert, Rick? Und ich wette, es würde bei diesen blöden Wilden funktionieren: sich tot stellen!«

Ohne stehen zu bleiben, seufzte O'Connell und öffnete den Revolver, um seine Munition zu prüfen. »Diese ›blöden Wilden‹ haben uns in diese Lage gebracht. Aber mach nur weiter so, Beni, probier es aus. Natürlich wirst du nur gefoltert und dann wahrscheinlich in der Wüste ausgesetzt, um an einem Hitzschlag zu sterben.«

»Es war ja nur ein Vorschlag.«

»Wie zum Teufel bist du überhaupt bei der Legion gelandet?« Diese Frage war ein Verstoß gegen den Ehrenkodex: Viele Legionäre hatten das berühmte Motto verinnerlicht – »*Legio Patria Nostra* (Die Legion ist unser Vaterland)« – da sie in ihrem Heimatland von der Polizei gesucht wurden. Aber in diesem Augenblick, mit den schreienden Tuareg, die über sie hereinbrachen, war dieser Lapsus verzeihlich.

Beni zuckte mit den Achseln. »In Ungarn werde ich wegen Einbruchs in eine Synagoge gesucht. Das ist meine Spezialität: Synagogen. Hebräisch ist eine meiner sieben Sprachen.«

»Kirchenraub.« O'Connell, der sich Benis Revolver in den Gurt steckte, schüttelte den Kopf. »Das ist ja noch mieser, als ich erwartet hatte.«

»An den heiligen Stätten gibt es erstklassige Beute zu holen«, klärte ihn Beni im Tonfall eines Grundschullehrers auf. »Tempel, Moscheen, Kathedralen – und wer steht Wache?«

»Ministranten?«

»Genau! Wie steht es mit dir, Rick?« Beni trottete hinter dem Corporal her, der die Mauer weiter entlang ging, um die vorderste Verteidigungslinie in Augenschein nehmen zu können. Die Legionäre knieten mit dem Gewehr im Anschlag und hatten die herankommende Horde im Visier. Colonel Guizot schritt hinter ihnen auf und ab und war offensichtlich in den Schlachtplan vertieft.

»Was hast du angestellt, daß du in der Legion der verlorenen Männer gelandet bist, Rick?«

O'Connell blieb stehen, um ihm zu antworten, aber Beni war ihm so dichtauf gefolgt, daß sie nun zusammenstießen. Der kleine Ungar verlor das Gleichgewicht und klammerte sich hilfesuchend an O'Connell fest. In Benis Umklammerung gefangen fielen sie beide von der Mauer in den Sand.

»Nun«, sprach Beni weiter und stand auf, ohne sich zu entschuldigen. »Was hast du angestellt, Rick? Jemanden umgebracht?«

»Noch nicht«, sagte O'Connell mit zusammengekniffenen Augen. Er war wieder auf den Beinen, bürstete sich den Sand ab und überprüfte sein Bajonett.

»Was dann? Raub? Erpressung? Nein, ich weiß! Ich habe gehört, daß das der letzte Schrei in Amerika ist – Entführung!«

»Halt endlich das Maul«, sagte O'Connell. Er ging den Sandhügel innerhalb der Ruinenmauern hinunter und lief zwischen den Eingangssäulen auf die steinerne Auffahrt zu, wo sich in einer anderen Zeit das Gefolge des Hohepriesters des Osiris versammelt hatte, um eine verhängnisvolle Beschwörung abzuhalten.

Beni runzelte die Stirn. »Hör mal, ich habe dir meine verdammte Geschichte erzählt! Und jetzt will ich deine verdammte Geschichte hören!«

Die feindlichen Krieger waren nur noch eine halbe Meile entfernt; das Lärmen der Pferde und der brüllenden Männer würde bald ohrenbetäubend sein. O'Connell blieb stehen und dachte nach, als hätte er alle Zeit der Welt. Seine Stimme klang weich, fest und melodisch, als er sagte. »Es war in Paris und es war Frühling. Ich wollte eine junge Dame beeindrucken, und vielleicht war ich auch auf der Suche nach einem kleinen Abenteuer.«

Er verschwieg, daß er außerdem betrunken gewesen war.

»Ich denke, dir wird etwas eingefallen sein«, sagte Beni und wies mit dem Kopf auf die vorderste Linie, wo Colonel Guizot in Panik geraten war.

Völlig ungerührt sahen Beni und O'Connell zu, wie ihr befehlshabender Offizier auf dem Absatz kehrtmachte und davonlief.

»Glückwunsch«, sagte Beni mit einem Lächeln. »Du bist befördert worden.«

Der Horizont war nicht mehr zu erkennen. Nur eine Horde von Tuareg, die schreiend ihre langen, gebogenen Säbel schwangen und mit Gewehren fuchtelten, die sie den bereits dahingemetzelten Legionären gestohlen hatten.

So mußte sich auch Custer gefühlt haben.

»Verdammt«, sagte O'Connell leise zu sich selbst. Dann schrie er so gebieterisch wie er konnte: »Ruhig Männer! Wartet, bis ihr das Weiße in ihren Augen sehen könnt!«

»Ich kann nicht glauben, daß du das gesagt hast«, meinte Beni, der hinter dem Corporal stand.

Hufe wirbelten durch den Sand. Schreie durchschnitten die Luft. Die Tuareg verstanden es anzugreifen. Sie hoben ihre Gewehre und zielten.

»Du bleibst doch an meiner Seite, oder, Kumpel?« fragte O'Connell und warf seinem Freund, der immer noch direkt hinter ihm stand, einen Blick zu.

»Deine Stärke gibt mir Kraft«, sagte Beni und umklammerte sein Gewehr mit beiden Händen.

Der Kriegsruf der Tuareg verwandelte sich in einen vogelähnlichen Laut: »Ooo-loo-loo-loo, ooo-loo-loo-loo!«

»Das war's, Bruder«, sagte Beni, trat zurück und rannte so schnell davon, daß seine Schuhe kaum den Boden berührten.

O'Connell erlaubte sich ein ironisches Grinsen, holte tief Luft, sprach ein kurzes Gebet und schrie: »Ruhig, Männer! ... Ruhig ...«

O'Connell hielt das gesenkte Gewehr in den Händen und wartete. In seinen Ohren dröhnte das furchtbare Geschrei und der donnernde Hufschlag. Aber er wartete immer noch. Dann schrie er: »Feuer!«

Daraufhin feuerten die knienden Legionäre los. Der Knall so vieler Gewehre klang wie eine Explosion, ein Feuerwerk, das ein Dutzend Tuareg von ihren Pferden riß, die schon tot waren, bevor sie den Sand berührten. Die nachfolgenden Pferde stolperten über die Leichen, und Reiter und Tiere gingen zu Boden.

Guter Schuß! dachte O'Connell, der nun auch kniete und

feuerte. Rasch hatten die Legionäre nachgeladen. Hier und da kam ein Mann zu Fall, den eine Kugel der Tuareg getroffen hatte.

O'Connell wiederholte seinen Befehl: »Feuer!«

Nun schoß auch er selbst, aber diesmal feuerten sie nicht mehr alle auf einmal. Erneut rissen die Kugeln die Krieger aus ihren Sätteln. Männer und Pferde stürzten wild durcheinander in den Sand.

Und wieder ein Treffer! dachte O'Connell, aber er wußte nur zu gut: Die Legion war zweihundert Mann stark, und die zweihundert Männer, gleich, wie mutig und gut vorbereitet sie waren, waren dennoch nur zweihundert Mann, die gegen zweitausend ankämpften ...

Jetzt begannen die Tuareg zu feuern und der Lärm ihrer Waffen war nicht der Donner einer gleichzeitigen Feuersalve, sondern vielmehr ein dröhnender, knallender, krachender, nicht enden wollender Hagel von Metall, der die Luft durchschnitt und sich in das Fleisch der Gegner bohrte. Die einheimischen Krieger glichen mit ihren wehenden Gewändern den apokalyptischen Reitern, die durch die Rauchwolken ihrer eigenen Gewehrsalven ritten.

Mindestens ein Drittel von O'Connells Männern fiel diesem Angriff zum Opfer. Sie spien Sand und Blut und wanden sich in Todesqualen.

»Feuer einstellen!« rief er und wich in Richtung Eingangstor der Tempelanlage zurück. »Bringt euch in Deckung!«

Die Legionäre liefen auf den Tempel zu, schossen aber während des Rückzugs weiter. Mit ihren schweren Stiefeln kamen sie im Sand langsam voran, doch die Kugeln fanden ihr Ziel und rissen einige Tuareg aus den Sätteln. Kleine Triumphe, winzige Siege in einer großen Niederlage: Die Krieger hatten sie eingeholt und bahnten sich nun mit den scharfen Krummsäbeln ihren Weg durch die Legionäre. Der Widerstand erlahmte und nur noch vereinzelt waren Schüsse zu hören. Die Schreie, die nun die Luft zerschnitten, waren nicht länger Kampfrufe, sondern Schmerzens- und Todesschreie. Das Blut der Ungläubigen spritzte und versickerte im Sand. Die Männer, die in ihrer Heimat, die sie nie wiedersehen würden, vom rechten Weg abgekommen waren, verloren nun ihr Leben an diesem seltsamen Ort.

Innerhalb der Tempelmauern suchten die Legionäre Schutz in den Ruinen, aber die Tuareg auf ihren Pferden lauerten ihnen überall auf. Sie preschten durch den Vordereingang, setzten über halb eingestürzte Mauern hinweg und stürmten durch Teile der Anlage, deren Mauern nur noch Erinnerung waren. Ihre Säbel durchschnitten die Luft, wenn es kein Fleisch niederzumetzeln gab, und gelegentlich fiel einer von ihnen durch die Kugel eines Legionärs.

O'Connell jedoch, der sich immer noch außerhalb der Mauern von Hamuapatra befand, warf sein leeres Gewehr weg und riß beide Revolver aus den Halftern. Er wußte, daß ihre Lage hoffnungslos war. Er wußte, daß dies ihr Alamo war, und er seine Familie, geschweige denn seine Heimat, nie wiedersehen würde. Aber eigentlich war er verdammt noch mal zu sehr damit beschäftigt, Araber von ihren verfluchten Pferden zu schießen, als sich darüber Gedanken zu machen.

Außerdem mußte er sich irgendwo in Sicherheit bringen. Er warf seine leeren Revolver weg, und zog die Waffe, die er auf dem Rücken trug, sowie Benis Revolver aus seinem Gürtel. Da erblickte er Beni im Innern des Tempels, der sich auf dem Bauch durch den Sand schlängelte und geradewegs auf eine offene Eingangstür zukroch, die halb im Sand vergraben lag.

Abgelenkt durch zwei Tuareg, die auf ihn zustürmten, bemerkte O'Connell weder, wie Beni sich die Zeit nahm, einem toten Legionär die Armbanduhr abzunehmen, noch wie er aufstand und auf die einladende Tür zulief. Aber nachdem er ein weiteres Dutzend Krieger getötet hatte, und wieder einmal, umringt von toten Legionären, ohne Munition dastand, wirbelte O'Connell herum und rannte durch das Vordertor. Er hielt nach Beni Ausschau, der sich bereits im Innern des Tempels befand und mit aller Kraft versuchte, die schwere Sandsteintür hinter sich zu schließen.

O'Connell grinste. Beni hatte schließlich doch sein Versteck gefunden, und O'Connell war nun bereit, einen seiner taktischen Vorschläge zu akzeptieren. »Beni!« rief er. »Warte auf mich, Kumpel! Hey!«

Beni schien seinen Freund entweder nicht zu hören, oder nicht die Absicht zu haben, auf ihn zu warten.

O'Connell sprang über eine große Steinsäule, die auf dem Boden lag. In seinen Ohren dröhnte der Hufschlag der Tuareg, die ihm dicht auf den Fersen waren.

»Wehe, du schließt diese verdammte Tür!« schrie O'Connell Beni zu, der immer noch nicht reagierte, obwohl O'Connell genau wußte, daß er ihn hören mußte.

O'Connell, der wie der Teufel auf die Tür zuraste, die Beni um jeden Preis schließen wollte, warf einen Blick zurück und sah, wie die vier Reiter über die riesige Säule setzten und direkt auf ihn zukamen, während sie ihren Kampfschrei »Ooo-loo-loo-loo-loo« ausstießen.

»Du kleiner Bastard! Wehe, du schließt diese verdammte Tür!«

O'Connell hatte das rettende Versteck gerade erreicht, als die Tür zuging und Benis dunkle, mitleidlosen Augen dahinter verschwanden.

Dieser kleine Bastard hatte die verfluchte Tür geschlossen!

O'Connell schnellte herum und suchte nach einem Fluchtweg, obwohl die Reiter ihn eingekesselt hatten. Auf der anderen Seite des Innenhofs waren die riesigen Säulen eines offenen Schreins zu sehen. Auf dem Boden ganz in der Nähe lagen mehrere tote Legionäre, die vielleicht noch ein oder zwei Waffen bei sich hatten.

O'Connell lief um sein Leben. Er bahnte sich einen Weg durch die Ruinen, während die Tuareg immer näher kamen und der Hufschlag immer lauter in seinen Ohren dröhnte. Auf seinem Weg lag ein toter Legionär, dem er die Waffe aus der leblosen Hand riß. Er wirbelte herum, stellte sich den nahenden Reitern und drückte ab … Leer.

Die Reiter rissen an den Zügeln und brachten ihre Tiere direkt vor ihm zum stehen. Hilflos und unbewaffnet stand O'Connell vor ihnen. Das finstere Quartett musterte ihn und hob die glänzenden Krummsäbel. O'Connell, der bis zum bitteren Ende der Junge aus Chicago bleiben würde, grinste seine Mörder höhnisch an und zeigte ihnen eine lange Nase.

Plötzlich bäumte sich das Pferd in O'Connells Nähe auf

und fing an mit aufgeblähten Nüstern und weit aufgerissenen Augen zu wiehern. Die anderen Pferde taten es ihm nach und waren kaum zu bändigen. Die Araberpferde verwandelten sich in texanische Broncos. Sie wieherten schrill, bockten und schnaubten. Dann rasten sie mit ihren Reitern davon, als hätte jemand einen Startschuß abgegeben. Ihre ebenfalls erschrockenen Reiter machten keine Anstalten, sie zurückzuhalten. Es schien, als ob der Teufel persönlich sie davongejagt hatte.

Erstaunt blickte O'Connell auf seine Hand, als ob sie ihm erklären könnte, warum seine Geste solch einen durchschlagenden Erfolg gezeigt hatte. Dann spürte er, daß sich die Erde unter ihm bewegte.

Später fragte er sich, ob er das nur geträumt hatte. Noch viel später wußte er, daß er es nicht getan hatte.

Aber jetzt bewegte sich der Sand. Es war kein Erdbeben, sondern etwas Anderes, etwas Seltsames, etwas eindeutig Böses …

Als er sich umdrehte, sah er die alte Statue, die in den Überresten des Schreins vor ihm aufragte, auf den er zugelaufen war. Er wußte genug über Ägypten und seine Geschichte, um eine Anubisstatue zu erkennen, wenn er sie vor sich hatte.

Hatte sie die Pferde so in Aufruhr versetzt? Oder hatten die Tiere, mit ihrem untrüglichen Instinkt, den Erdrutsch vor ihm wahrgenommen?

Von Stürmen zerfressen, teilweise zerstört und halb im Sand vergraben starrte ihn die schakalköpfige Statue mit bedrohlicher Gleichgültigkeit an. Fast schien es so, als amüsiere sich Anubis über O'Connell, der verblüfft den Sand unter sich ansah, und kaum glauben konnte, daß dieser sich bewegte und Figuren entstehen ließ, als befänden sie sich unter der Oberfläche.

Durch die Bewegung des Sandes wurde ein Artefakt freigelegt, ein kleines, goldenes, achteckiges Kästchen, das er ohne nachzudenken vom Boden aufhob und in die Tasche steckte.

In diesem Augenblick bemerkte er etwas, das ihn noch mehr erschreckte als alles andere, das ihm an diesem grauenhaften Nachmittag widerfahren war. Es bildeten sich nicht nur bedeutungslose Figuren im Sand, sondern vielmehr Linien, als ob eine Geisterhand ein Bild malte!

Er hatte genug von diesem schrecklichen Ort. Sollte es hier noch andere Reichtümer geben, außer dem goldenen Kästchen, das er gerade eingesteckt hatte, dann durfte die Wüste sie ruhig behalten.

Die Tuareg hatten sich davongemacht und ein Massaker hinterlassen, das zu weiteren Schlachten führen würde. Aber Richard O'Connell würde nicht mehr dabei sein. Er würde nie wieder zur Legion zurückkehren. Er war sich sicher, daß man ihn für tot halten würde. Und er schwor sich, nie wieder an diesen gottlosen Ort zurückzukehren.

Er verließ die Stätte, ohne das Gesicht zu sehen, das der Sand gezeichnet hatte. Es war ein schreiendes Gesicht, das er jedoch nicht erkannt haben würde. Im Gegensatz zu der Gruppe von Reitern, hoch oben auf dem Hügelkamm, die beobachteten, wie er aus den Ruinen der Tempelanlage davonstolperte. Sie hätten in dem Gesicht jemanden wiedererkannt: Imhotep.

Aber das taten sie nicht. Sie sahen nur O'Connell, und das genügte ihnen.

Die Beobachter auf der Kuppe waren keine Tuareg, auch wenn sie arabische Krieger waren; die die weit flatternden Gewändern ihres Stammes trugen.

»Er hat Hamunapatra entdeckt«, sagte einer der Reiter zu Ardeth Bay, ihrem Anführer. »Er muß sterben.«

»Überlaß das der Wüste«, sagte Ardeth Bay. Er war ein großer, sehniger Mann, schwarz gekleidet, mit einem goldenen Krummsäbel an der Hüfte, der von einem goldenen Dolch von beinahe der Größe eines Schwerts gekreuzt wurde.

Und die grausamen dunklen Augen, die wie glitzernde Steine im Gesicht von Ardeth Bay funkelten – ein Gesicht, daß man schön hätte nennen können, wenn es nicht blau angemalt und mit seltsamen Tätowierungen überzogen gewesen wäre – sahen zu, wie der überlebende Legionär in die offene Wüste hinauswankte.

Zweites Kapitel

Wertloser Tand

Kairo, die Hauptstadt der mohammedanischen Welt, war die größte Stadt des afrikanischen Kontinents und zugleich eine seiner ältesten. Majestätisch erhoben sich die Minarette der Moscheen über den überfüllten Elendsvierteln. Selbst die Sterne hatten seit der Geburtsstunde der Stadt ihre Position am Himmel verändert, doch eines war im Laufe der Jahre geblieben: Der Graben, der zwischen Reich und Arm klaffte, den einzigen beiden Klassen, denen die 800.000 Einwohner angehörten.

Diese rasch anwachsende, von Kamelen und Eseln wimmelnde Stadt war eine Welt von turbangeschmückten Männern und verschleierten Frauen. Die Straßen im Basarviertel waren zu eng für Automobile. Fußgänger mußten fürchten, von Eseln umgerannt zu werden, die Getreide oder Ziegelsteine trugen, oder auch von der Frau eines reichen Ägypters, die ganz woanders in der Stadt lebte, auf einem weitläufigen Anwesen hinter hohen, festen Steinmauern, mit Toren, die von Eunuchen bewacht wurden, während die anderen Haremsfrauen dort durch einen großen tropischen Garten schlenderten.

Der moderne Teil von Kairo besaß asphaltierte Straßen, die so breit waren wie in Paris, und einen wunderschönen Park mit Blumen, Büschen und Bäumen. Es gab elektrische Straßenbahnen und Automobile, die man mieten konnte, phantastische Hotels, wunderschöne Villen, moderne Apartmenthäuser und die Mouski, die größte Geschäftsstraße, die von eleganten europäischen Geschäften gesäumt war.

Aber Evelyn Carnahan, die den größten Teil ihrer Kindheit hier verbracht hatte, obwohl sie in ihrem Geburtsland England zur Schule gegangen war, gab sich nie der Illusion hin, daß Kairo eines Tages eine christliche Stadt werden und die arabische Lebensweise der europäischen weichen würde. Sie wußte besser als jede andere weiße Frau ihres Alters in dieser Stadt – oder sonstwo, daß sie in einem Land lebte, daß genauso alt war wie die Zivilisation selbst.

Nach dem Tod ihrer Eltern vor mehreren Jahren bei einem Flugzeugabsturz hatte sich herausgestellt, daß sie nicht so vermögend gewesen waren, wie man angenommen hatte. Auf jeden Fall hatten sie den Großteil ihres Besitzes dem Museum von Kairo vermacht, so daß ihrem Bruder Jonathan und ihr nur das Haus und jeweils ein paar hundert Pfund im Jahr blieben. Im Gegensatz zu Evelyn nahm Jonathan seinen Eltern dies sehr übel. Sie hatte ihre Liebe zu diesem Land und seiner Geschichte von ihrem verstorbenen Vater geerbt, der Archäologe gewesen war.

Howard Carnahan, Sohn eines englischen Vogelmalers und selbst ein talentierter Aquarellierer, hatte sich vor der Jahrhundertwende Sir Gaston Maspero angeschlossen, und sich bei der ägyptischen Altertümerverwaltung mit seinen gerühmten Detailzeichnungen wichtiger Gegenstände und Wandgemälde einen Namen gemacht, die im Tal der Könige entdeckt worden waren. Nicht zu vergessen war auch seine größte Leistung, die Entdeckung von Tutanchamuns Grabstätte im Jahr 1922, bei der er eine entscheidende Rolle gespielt hatte.

Der Verlust ihrer Eltern ging ihr immer noch sehr nahe. Die Presse hatte wiederholt behauptet, daß ihr Unfalltod im Zusammenhang mit dem Fluch Tutanchamuns stand. Im Rahmen ihrer bescheidenen Möglichkeiten hoffte sie jedoch, ein bißchen in die Fußstapfen ihres legendären Vaters zu treten, obwohl sie sich für eine Beschäftigung im Archiv entschieden hatte und kein großes Verlangen verspürte, an Ausgrabungen teilzunehmen. Sie war Archivarin, keine Ägyptologin. Aber sie blieb hin und her gerissen zwischen ihrer Leidenschaft für Geschichte und dem Respekt für diese beiden so tragisch verunglückten Menschen, die in ihrem Leben Geschichte geschrieben hatten.

Was seine Arbeit betraf, so hatten ihren Vater mit Sicherheit Gewissensbisse geplagt, da er wußte, daß der Erfolg der

Tutanchamun-Ausgrabung weniger erfreuliche Dinge wie Grabräuberei nach sich ziehen würde. Genau ein Jahr vor seinem Tod hatte er die Entlassung des Museumskurators betrieben, der dafür bekannt war, daß er Mumien aus dem Tal der Könige für hundert Dollar pro Stück verkauft hatte, bar auf die Hand, zusammen mit einem Echtheitszertifikat und Angaben zu Alter und Adelszugehörigkeit.

Evelyn hatte das Gefühl, im Schatten ihres Vaters zu stehen. Hätte sie nicht so herausragende Kenntnisse der alten ägyptischen Schriften besessen, dann wäre ihr ihre Anstellung im Museum unter dem neuen Kurator nur als Akt der Pflichtschuldigkeit gegenüber ihrem Vater vorgekommen. Nur wenige konnten der jungen Frau das Wasser reichen, was ihre Fähigkeiten betraf, Hieroglyphen und hieratische Schriften zu entschlüsseln. Und vielleicht gab es auch niemand geeigneteren als sie, um den umfangreichen Bestand der Bibliothek im Keller des Museums zu chiffrieren und zu katalogisieren.

So sehr sie diesen Ort auch liebte, hoffte sie dennoch darauf, beruflich weiterzukommen. An diesem Nachmittag, einen Monat und zwei Tage nach dem Massaker an den Fremdenlegionären – einem Vorfall, von dem sie nichts wußte – war Evelyn Carnahan nicht ganz so konzentriert wie sonst, denn sie hatte die Enttäuschung über die Absage ihrer Bewerbung an der Bembridge-Schule noch nicht ganz verwunden. Genaugenommen war es bereits die zweite Absage gewesen.

Die hoch gewachsene junge Frau, deren Figur an Nefertiti erinnerte, verbarg ihren schlanken Körper unter einem langen, beigefarbenen Leinenrock, einem weißgestreiften Herrenhemd mit einem braunen Schal und einer weiten hellbraunen Strickjacke. Sie stand oben auf einer hohen Leiter zwischen zwei der vielen hohen Regale im Magazin, wo das Museum seine umfangreiche Buchsammlung aufbewahrte, die Aufschluß über die Geschichte und Kultur des alten Ägypten gab. Ihr langes braunes Haar war zu einem Knoten festgesteckt und ihre mandelförmigen blauen Augen waren hinter einer Brille verborgen, die sie beim Lesen benutzte. In dieser Aufmachung wirkte sie nicht gerade attraktiv, doch unverkennbar hübsch. War ihre Liebe zu ägyptischen Altertümern das Werk ihres Vater, so hatte sie das Aussehen von ihrer Mutter geerbt.

Durch die Lesebrille konnte sie Entfernungen nicht richtig abschätzen, was ihr zum Verhängnis wurde. Sie hatte gerade ein Buch über Thutmosis entdeckt, das falsch unter ›S‹ einsortiert war, und versuchte es nun an seinen rechtmäßigen Platz in das hinter ihr stehende Regal mit dem Buchstaben ›T‹ zu stellen. Sie mußte sich etwas nach vorne strecken, um an das Regal zu kommen. Sie hielt sich an der obersten Sprosse der Leiter fest, beugte sich über den Gang und ... gleich hatte sie es, nur noch ein paar Millimeter ... Da kippte die Leiter vom Regal weg und Evelyn, die immer sehr stolz auf ihre Selbstbeherrschung und Gelassenheit war, stieß einen Schrei aus und ließ das Thutmosis-Buch fallen, als hätte es Feuer gefangen. Das Buch segelte durch die Luft, die Seiten flatterten wie ein aufgeregter Vogel, und mit einem Knall landete es ganz unten auf dem Boden.

Instinktiv umfaßte sie mit beiden Händen die oberste Sprosse. Dann bemerkte sie jedoch voller Entsetzen, daß die Leiter mitten im Gang stand. Sie versuchte mit angehaltenem Atem die Balance zu halten. Auf keinen Fall würde ihr wieder so ein peinlicher Schrei entfahren. Dann verlor sie das Gleichgewicht.

Wie auf Stelzen bewegte sie sich mit Leiter den Gang hinunter. Sie schrie tatsächlich nicht, sondern murmelte statt dessen etwas wie: »Bitte! O Gott!«

Schwankend stakste sie weiter und bemühte sich um Balance. Vergeblich. Die Leiter krachte in das nächste Bücherregal und steckte nun fest. Evelyn stieß einen erleichterten Seufzer aus. Doch dieses Gefühl währte nur kurz, da das Bücherregal durch den Aufprall umfiel und gegen das nächste kippte. Das hatte zwei Dinge zur Folge: Zum einen, daß Evelyn sich von der nun schräg liegenden Leiter herunterhangeln konnte und ohne weiteren Schaden auf dem Boden landete. Für das andere sollte der Begriff ›Dominoeffekt‹ genügen. Sie zog es vor, die Augen geschlossen zu halten und ersparte sich damit, ein Bücherregal in das nächste fallen zu sehen. Aber sie hatte vergessen, sich die Finger in die Ohren zu stecken, und war dem Krachen Tausender wertvoller zu Boden fallender Bücher ausgesetzt. Als das letzte Regal gegen die am Ende des Raums liegende Wand donnerte und seine Bücher auf den Boden entleerte, als wäre es ein Güterwaggon, der Kohle über eine Rutsche ablud, war das Schlimmste vorbei. Fast.

Als sie ihre Augen öffnete – vorsichtig eins nach dem anderen, um den Schock zu mindern – lag vor ihr nicht nur der schlimmste Alptraum eines jeden Archivars, umgestürzte Regale und auf dem Boden verstreute Bücher, sondern sie bemerkte auch die Anwesenheit ihres Chefs, Dr. Bey, des Kurators des Museums, der sie entsetzt anstarrte. Ängstlich blickte sie zu ihm auf und wagte ein zaghaftes Lächeln.

»Huch«, sagte sie.

Der Kurator war ein kleiner dicklicher Mann in einem schwarzen Anzug mit einer schwarzen Krawatte und einem kleinen runden Gesicht. Sein schwarzes Haar saß auf seinem Schädel wie eine Spinne, die sich ein Netz baut.

»Huch?« fragte er. Seine schwarze Augenbrauen wanderten die hohe Stirn hinauf und sein schwarzer Schnurrbart verlor sich auf seiner gekräuselten Oberlippe.

»Ich habe Sie gar nicht hereingekommen gehört, Dr. Bey.«

»Das wird wohl an den Büchern gelegen haben, die auf den Boden gefallen sind.«

Rasch stand sie auf, glättete sich Strickjacke und Rock und richtete den Schal an ihrem offenen Kragen. Dann fing sie an, die Bücher aufzuheben, als wäre es nur eine Angelegenheit von Minuten, die Unordnung zu beheben, obwohl sie bestimmt Monate dafür brauchen würde.

Dr. Bey schüttelte den Kopf. »Geben Sie mir Frösche, Fliegen oder Heuschrecken! Verglichen mit Ihnen, Miss Carnahan, sind die anderen Plagen ein wahres Vergnügen.«

»Es tut mir leid, Sir. Es war ein Versehen.«

»Nein. Als Ramses Syrien zerstörte, war das ein Versehen. Das hier ist eine Katastrophe.« Er drohte ihr mit einem seiner dicken Finger. »Ich habe mich nur mit Ihnen abgefunden, weil Ihre Eltern unsere angesehensten Förderer waren – Allah sei ihrer Seele gnädig.«

Sie hatte schon seit längerem vermutet, daß sie dem Kurator ein Dorn im Auge war, und sie wußte auch, daß sie ihn verärgert hatte. Mehrmals hatte sie ihm »wertvolle Artefakte« angeboten, die Jonathan von irgendwelchen halbseidenen Archäologen in einer Bar gekauft hatte.

»Dr. Bey«, sagte sie. »Jeder hätte diese Unordnung anrichten können. Aber nicht jeder kann sie wieder in Ordnung bringen.«

Das brachte den fetten kleinen Mann zum Schweigen.

»Wenn Sie meine Kündigung wünschen«, sagte sie, »werde ich Sie ihnen mit Freuden anbieten, doch ich bezweifle, daß Sie im Umkreis von tausend Meilen jemanden finden werden, der dieses Chaos hier wieder in Ordnung bringt.«

Brüsk entgegnete er: »Räumen Sie das auf« und stürzte hinaus.

Wütend und peinlich berührt, aber gleichzeitig zufrieden, daß sie Dr. Bey in die Schranken gewiesen hatte, verschaffte sich Evelyn einen Überblick über das Desaster. Sie mußte alle Bücher einsammeln und sie auf Schäden überprüfen. Einer der Museumsassistenten mußte die Regale wieder aufrichten, denn für sie waren sie viel zu groß und sperrig …

Ein Geräusch unterbrach ihre Überlegungen: Schritte. Sie wandte sich um, um festzustellen, ob Dr. Bey zurückgekommen war, aber es war niemand zu sehen. Die Stille wirkte unheimlich, wie so oft in dem Gebäude, das um die Jahrhundertwende gebaut worden war. In jedem Raum waren Särge mit Königen aufgereiht, deren einbalsamierte Körper man häufig auch sehen konnte. Da war es wieder! Sie hörte Schritte, ein leises, bedrohliches Schlurfen, wie wenn jemand ein Bein nachzog. Es schien aus der Galerie gegenüber zu kommen.

»Dr. Bey?« rief sie.

Keine Reaktion.

»Abdul?«

Wieder keine Antwort.

»Mohammed? … Bob?«

Sie ging durch das Verbindungszimmer in den Bereich, wo Schätze aus dem Mittleren Reich ausgestellt waren. Es war schon nach Dienstschluß, und das Gaslicht flackerte unruhig. Es warf Schatten und machte ein Spukhaus aus diesem Raum, der mit geplünderten Besitztümern der vor Jahrhunderten verstorbenen Toten gefüllt war. Sie lief den Gang entlang, kam an einem geschlossenen Sarkophag vorbei, und um Kisten voller Kunstgegenstände herum.

Und wieder hörte sie das Geräusch!

War jemand im Zimmer? Ein Herumtreiber? Ein Dieb? Hier gab es wirkliche Schätze zu stehlen: große Kisten mit Gold und Silberornamenten aus den Grabkammern, goldene Armspangen in Form von Schlangen, Halsketten, Gürtel, Ketten, die Art Juwelen, die einst die Israeliten eingeschmolzen und zu jenem goldenen Kalb gegossen hatten, das Jahwe so verärgert hatte.

Sie würde Dr. Bey holen.

Sie ging an einer Anubis- und dann an einer Horusstatue vorbei. In diesem gedämpften Licht wirkten ihre starren Blicke unheimlich, und sie eilte weiter. Auf dem Weg zum Ausgang sah sie aus den Augenwinkeln einen Sarkophag, der an der Wand lehnte und eine grauenhafte, verrottete Mumie enthüllte.

Nicht jeder dieser Mumiensarkophage sollte offenstehen. Tatsächlich gab es im ersten Stock einen Raum, in dem Mumien in Glaskästen ausgestellt wurden, und man warnte die Touristen vor dem erschreckenden Anblick. Angeblich waren schon erwachsene Männer vor den grinsenden Mumien geflüchtet und in Schweiß ausgebrochen.

Sie seufzte. Sollte das ein Streich sein oder war es nur Gedankenlosigkeit eines Assistenten des Kurators? Sie beugte sich vor und musterte die verweste Mumie, die wirklich wenig appetitlich aussah. Sie dachte noch darüber nach, daß sie sich nicht für Ausstellungszwecke eignen würde, als sie plötzlich den Eindruck gewann, daß die Mumie ihr, begleitet von einem unirdischen Kreischen, entgegentaumelte. Sie fuhr zurück und schrie.

»Sei still, Schwesterchen«, sagte Jonathan Carnahan und

schlüpfte hinter dem Sarkophag hervor, »oder du rufst diesen schrecklichen kleinen Mann wieder auf den Plan.«

»Jonathan! Du verfluchter Idiot!«

»Was für eine Ausdrucksweise, Schwesterchen!« Jonathan war eine gepflegte, aber verlebte Erscheinung mit vorstehenden Augen und einem fliehenden Kinn. Er war erst dreißig Jahre alt, wirkte aber wie an die vierzig. Ein gedankenloser Müßiggänger, der kaum mit der jährlichen Rente auskam, die er aus dem Treuhandvermögen der Familie erhielt. Meist ging sie für Bourbon drauf, und auch jetzt zog er einen Flachmann aus seiner beigefarbenen Jacke und genehmigte sich einen Schluck.

Sie schloß den Deckel des Sarkophags und widerstand dem Drang ihn zuzuknallen. »Hast du keine Achtung vor den Toten?«

»Hast du keine Achtung vor einer Schnapsleiche?«

Wutentbrannt marschierte sie auf und ab. »Was machst du hier? Ich habe schon genug Schwierigkeiten. Ich habe das Archiv in ein Chaos verwandelt …«

»Das habe ich gehört. Und ich habe gehört, daß Dr. Bey dich gerügt hat.« Er nahm wieder einen Schluck aus der Flasche. »Was für eine Schande.«

Sie musterte ihn mit in die Hüften gestemmten Händen. »Willst du wirklich meine Karriere zerstören, so wie du dir deine ruiniert hast?«

»Das ist jetzt aber unfair, Schwesterchen.« Er rülpste, entschuldigte sich und fügte hinzu: »Nur zu deiner Information, meine Geschäfte gehen bestens, gerade jetzt …«

Eyelyn grinste höhnisch. »Du hast doch seit sechs Monaten nicht mehr gearbeitet.«

»Das stimmt nicht! Das ist nicht wahr. Ich habe gearbeitet, ich habe schwer gearbeitet.«

»Sag jetzt nicht, du hast dich schon wieder in Bars herumgetrieben? Bitte Jonathan, mir steht wirklich nicht der Sinn nach deinen Kapriolen. Die Bembridge-Schule …«

Schwerfällig ließ er sich auf der Kante einer Vitrine nieder. »Erzähl mir nicht, daß diese Narren so dumm waren, dich wieder abzulehnen.«

Sie setzte sich neben ihn. »Sie behaupten, ich hätte zu wenig Erfahrung.«

»Die kriegst du doch hier, oder?«

»Toll. Wirklich toll. Ich bleibe noch ein Jahr hier oder zwei und versuche es wieder. Und was für eine Art Referenz, glaubst du, wird mir Dr. Bey geben?«

Er strahlte sie an. »Ich habe genau das richtige, damit du wieder Gnade vor seinen Augen findest.«

Kopfschüttelnd sagte Evelyn: »Oh nein, nicht schon wieder so wertloses Zeug, Jonathan. Wenn ich Dr. Bey in deinem Namen wieder so einen Plunder bringe …«

Währenddessen hatte Jonathan ein kleines goldenes achteckiges Kästchen hervorgeholt, das augenscheinlich sehr alt war – Neues Reich, schätzte sie.

Sie riß es ihm förmlich aus der Hand. Und er machte keine Anstalten, sie davon abzuhalten.

»Wo hast du das her, Jonathan?«

»Von einer Ausgrabungsstätte … in der Nähe von Luxor.« Mit beiden Händen drehte Evelyn das Kästchen hin und her und untersuchte es vorsichtig. Sie bewunderte seine feingeschnitzte Oberfläche und murmelte vor sich hin, als sie die hieratischen Zeichen und Hieroglyphen übersetzte. Die Füße der Geschwister klopften aufgeregt im Gleichtakt, während sie die Schachtel untersuchte.

»Als Sohn von Howard Carnahan habe ich völlig versagt, Evy. Noch nie bin ich auf etwas Wertvolles gestoßen. Hat es einen Wert? Bitte sag mir, daß ich endlich doch etwas gefunden habe, altes Haus.«

Die Schachtel hatte winzige kleine Stäbe, die sie hin und her zu schieben begann.

»Was ist es Evy? Ist das ein Geheimkästchen?«

Wie zur Beantwortung seiner Frage begann sich das Kästchen zu entfalten und wurde zu einem achteckigen Schlüssel. In dem offenen Kästchen befand sich ein gefalteter Papyrus. Vorsichtig entfaltete Evelyn ihn und entdeckte eine alte Landkarte darauf. Der Nil war deutlich zu erkennen, wie auch die Darstellung des schakalköpfigen Anubis, eines Adlers und verschiedener anderer Zeichnungen und

Hieroglyphen. Und tatsächlich gehörte es in die Zeit des Neuen Reiches.

»Jonathan?«

»Ja, Schwesterchen?«

»Du hast etwas entdeckt.«

In seinem unordentlichen, winzigen Büro nahm der Kurator das Vergrößerungsglas eines Juweliers zur Hilfe, um das Kästchen näher zu untersuchen. Evelyn stand neben Dr. Bey und zeigte ihm, wie der Gegenstand zu öffnen und zu schließen war. Sie deutete auf die Kartusche auf der Oberfläche.

»Das ist das königliche Siegel von Sethos I.«, sagte sie. Der Kurator zuckte die Achseln. »Vielleicht.«

»Daran gibt es keinen Zweifel, Dr. Bey.«

»Welcher Pharao war Sethos doch noch gleich?« fragte Jonathan, während er ihm lächelnd gegenüber saß. »Ich fürchte, ich hab's wieder vergessen. War er zufällig reich?«

Evelyn war sich nie sicher, wann Jonathan scherzte. »Er war der zweite Pharao der neunzehnten Dynastie. Manche Historiker spekulieren, er sei der reichste aller Herrscher gewesen.«

»Was für ein großartiger Genosse, dieser Sethos. Ich mag ihn.« Jonathans Grinsen erinnerte an das einer Mumie, als er sich im Lichtschein der Kerze vorbeugte, die auf Dr. Beys Schreibtisch stand. Obwohl das Museum elektrische Beleuchtung hatte, zündete der Kurator oft eine Duftkerze an. Vor ihm ausgebreitet lag die goldene Landkarte, als ob die drei eine Reise planten. Dr. Bey schob sie näher an die Kerze heran, um sie genauer studieren zu können.

»Diese Karte ist fast dreitausend Jahre alt, Doktor«, erklärte Evelyn ihm. »Und die hieratischen Zeichen hier drüben zeigen genau an, was kartographisch erfaßt wurde …«

Dr. Bey schaute zu ihr auf. Mit einem nervösen Lächeln und einem kurzem Schulterzucken wagte sie sich in gefährliche Gewässer. »Sie zeigt uns direkt den Weg nach Hamunapatra.«

Die Karte zitterte oder vielmehr Dr. Beys Hände, die sie hielten. Ihre Worte schienen ihn erschüttert zu haben, aber nach einem Moment hatte er sich wieder gefaßt. Dann grinste er und schüttelte lachend den Kopf.

»Mein liebes Mädchen, seien Sie nicht albern«, sagte Bey. »Sie überraschen mich, eine Wissenschaftlerin mit Ihren Qualitäten, mit Ihrer fachlichen Qualifikation. Hamunapatra ist ein Mythos, der von den alten Ägyptern erzählt wurde, um seinerzeit die griechischen und römischen Touristen zu unterhalten.«

»Wir sollten nicht den Mythos von Hamunapatra mit der sehr wahrscheinlichen Möglichkeit, daß der Tempel und die Totenstadt existiert haben, verwechseln, Doktor«, entgegnete sie. »Natürlich nehme ich das alberne Geschwätz über den Fluch einer Mumie, den Ort des Bösen, nicht ernst. Das ist purer Blödsinn.«

»Halt mal«, fuhr Jonathan dazwischen, der plötzlich interessiert in die Runde schaute. »Du redest doch nicht etwa von *dem* Hamunapatra? Der Stadt der Toten, oder so? Das Versteck für die Reichtümer der frühen Pharaonen?«

Eyelyn wirkte belustigt. »Es ist schon erstaunlich, wie gut du auf einmal in Ägyptologie bist.«

»Was Reichtümer anbelangt, meine Liebe, bin ich ein Experte. Wie dem auch sei, jedes Schulkind kennt Hamunapatra und seine wundervollen, großen, unterirdischen Schatzkammern. Meinst du, es ist wahr, daß die Pharaonen die Stadt so gebaut haben, daß der ganze Ort unter den Dünen verschwinden konnte – einfach per Knopfdruck?«

»Nichts davon ist wahr«, sagte Bey und lachte in sich hinein, während er immer noch die Karte studierte und sie noch näher ans Licht hielt. »Wie die Amerikaner zu sagen pflegen, alles Quatsch, Gelaber, Mumpitz.«

»Sind Sie sicher, daß das Englisch ist, alter Knabe? Passen Sie doch auf!«

Die Ecke der Karte war mit der Flamme in Berührung gekommen und brannte. Bey sprang auf und warf den brennenden Papyrus auf den Boden, während Jonathan auf die Knie fiel und das Feuer rasch mit der bloßen Hand ausschlug. Dann hielt Jonathan den glimmenden Papyrus hoch. Ein Drittel der Karte fehlte.

»Ach, du meine Güte«, sagte Evelyn und schlug erschrocken die Hand vor den Mund.

Jonathans Stirnrunzeln signalisierte mehr als bloße Verärgerung. »Sie haben die Karte verbrannt! Sie verdammter Trottel! Sie haben den interessantesten Teil vernichtet!«

»Es tut mir leid.« Bey machte eine Verbeugung. »Es war ein Versehen.«

»Ramses zerstörte Syrien«, sagte Evelyn kalt. »Das war ein Versehen.«

»Vielleicht ist es ja besser so.« Bey setzte sich wieder und zuckte die Achseln. »Schließlich sind wir Wissenschaftler und keine Schatzjäger. Viele Männer haben ihr Leben bei solch närrischen Projekten vergeudet. Keiner hat bisher Hamunapatra entdeckt, und viele von denen, die es versucht haben, sind nicht einmal mehr zurückgekommen.«

Evelyn zog erstaunt eine Augenbraue hoch. »Meine Nachforschungen zeigen, daß es die Tempelstadt gegeben hat.«

Jonathan hielt noch immer die Karte in der Hand und starrte auf die verbrannte Ecke. Dabei sah er aus wie ein Kind am Weihnachtsmorgen, das gerade sein erstes Spielzeug kaputtgemacht hat. »Sie haben die verlorene Stadt abgebrannt«, wandte er sich vorwurfsvoll an den Kurator, der wieder nur mit den Achseln zuckte.

»Ich bin sicher, daß es sich um eine Fälschung handelt. Wirklich, Miss Carnahan, ich hätte mehr von Ihnen erwartet, als daß Sie sich so leicht bluffen lassen. Was jedoch das Kästchen angeht ...«, der Kurator langte nach dem goldenen, achteckigen Gegenstand, der auf seinem Schreibtisch lag, »... dafür könnte ich Ihnen eine bescheidene Summe anbieten.«

Jonathan wurde hellhörig, aber Evelyn entriß Dr. Bey das Kästchen und starrte ihn zornig an.

»Nein, vielen Dank, Doktor«, sagte sie. »Jetzt steht es nicht mehr zum Verkauf.«

Rasch verließ sie mit Jonathan den Raum, der belustigt und mit der versengten Karte in der Hand hinter ihr her trottete.

Drittes Kapitel

Galgenhumor

Jonathan Carnahan mochte ein ziemlicher Dilettant sein, was Ägyptologie anging, und ein totaler Nichtskönner als Archäologe, aber von einer Sache hatte er Ahnung: Er kannte jede Kneipe in Kairo, angefangen von den eleganten Cocktailbars im Continental und in Shepherd's Hotel bis hin zu den Spelunken im Hafenviertel, die nur wenige kultivierte Engländer zu betreten wagten – und noch weniger je wieder verlassen hatten –. Dort waren Jonathan, sein Durst und sein Geld immer willkommene Gäste.

Außer an Unmengen Alkohol kam er so auch in den Genuß von Informationen. Daher erfuhr er auch, daß ein gewisser Richard O'Connell in der denkbar schrecklichsten Unterkunft der Stadt wohnte: im Gefängnis von Kairo.

Und so gelang es Jonathan innerhalb kürzester Zeit, durch ein paar Telefonanrufe einen Besuch im gräßlichsten Loch der Stadt zu arrangieren. Gastgeber war der Gefängnisdirektor Gad Hassan, ein gedrungener schmieriger Mann, in dessen Schweinsgesicht dunkle Augen funkelten. In seinem Schnurrbart klebten noch die Reste mehrerer Mahlzeiten, und die schwarzen Bartstoppeln an seinen Wangen zeugten davon, daß er sich offensichtlich seit mehr als einer Woche nicht mehr rasiert hatte.

Der Gefängnisdirektor, dessen zerknitterter, schmutzigweißer Anzug Schweißstreifen, Essensreste und andere nicht ganz definierbare Flecken aufwies, hatte Evelyns Arm genommen – eine Geste, zuvorkommend und lüstern zugleich –, und geleitete die Carnahans durch einen kleinen, schmutzstarrenden Hof zu einem großen steinernen Gebäude, aus dem Schmerzensschreie ertönten und dem widerwärtige Gerüche entströmten. Jonathan nahm wohl nicht zu Unrecht an, daß beides in einem Zusammenhang stand.

Seine Schwester, die sich an ihre Tasche aus Krokodilleder klammerte, machte in ihrem Ensemble, das durch einen großen flachen Hut abgerundet wurde, einen reizenden Eindruck. Vielleicht sah sie zu reizend aus, ging es Jonathan durch den Kopf, um einen solchen Schweinestall zu besuchen …

»Willkommen in meinem bescheidenen Heim, Miss Carnahan«, sagte der Gefängnisdirektor. »Es ist eine seltene Ehre für mich, daß eine elegante Frau wie Sie über diese Schwelle tritt.«

Trotz des typisch melodischen Akzents der Araber, wenn sie Englisch sprachen, verfügte der Gefängnisdirektor über beeindruckende Sprachkenntnisse. Aber ein solch abstoßender Mann – der Hauptunterschied zwischen Hassan und seinen schlimmsten Gefangenen war, daß Hassan über sie bestimmen konnte – gelangte nicht ohne Köpfchen in diese Position.

Während sie weitergingen, umfaßte Hassan mit einer Hand Evelyns Ellbogen, mit der anderen Hand wies er auf eine Schotterfläche. »Das ist die Besucherzone …«

»Ganz reizend«, sagte Evelyn, und der Sarkasmus in ihren Worten war so schwach, daß Jonathan ihn beinahe überhört hätte.

Evelyn schien immer noch beleidigt zu sein. Sie war mehr als aufgebracht gewesen, als sie erfahren mußte, daß ihr Bruder das Kästchen nicht bei einer Ausgrabung in der Nähe des alten Theben gefunden hatte, sondern in einem Etablissement, das als ›Sultans Casbah‹ bekannt war, eine schäbige Spelunke für europäischen Abschaum in einer der weniger rühmlichen Ecken des französischen Viertels.

»Du hast mich angelogen!« hatte sie ihm vorgeworfen und verletzt geklungen.

Warum war dieses dumme Mädchen nur so überrascht darüber? Es war ja wohl kaum das erste Mal. Seiner eigenen Familie Lügen aufzutischen war schließlich eine gute Übung beim Erlernen der Kunst des Schwindelns. Wenn man die leichtgläubigen Idioten nicht täuschen konnte, die einen liebten, wie konnte man da hoffen, einem Fremden erfolgreich einen Bären aufzubinden?

Jonathan hatte ihr erklärt, daß er dem bewußtlosen O'Connell das Kästchen aus der Tasche gezogen hatte, der in eine Schlägerei unter Betrunkenen verwickelt und anschließend verhaftet worden war. Evelyn, die im ersten Augenblick über die Tatsache schockiert war, daß ihr eigener Bruder zu solch einer schrecklichen Tat fähig war, hatte darauf bestanden, daß der ehemalige Besitzer des Kästchens im Gefängnis befragt werden sollte. (Aber sie hatte nichts davon gesagt, daß er das Kästchen zurückbekommen müsse.) Diese Vorstellung begeisterte Jonathan nicht besonders, da er als Dieb des Kästchens wußte, daß in Kairo ein Taschendieb nach erfolgreicher Bestrafung nicht mehr in der Lage war, sich an der Nase zu kratzen, geschweige denn an einer anderen Stelle.

Der Gefängnisdirektor führte die beiden zu einem vergitterten Käfig, der gut und gerne aus dem Affenhaus im Zoo hätte stammen können. Das vergitterte Gehege grenzte an die Gefängniswand, und dorthin wurden vermutlich die Gefangenen gebracht, um ihre Besucher zu treffen.

Evelyn fragte Hassan: »Warum ist Mr. O'Connell in Haft? Ich nehme an, daß er wegen Trunkenheit und ungebührlichem Verhalten verhaftet wurde?«

Der Gefängnisdirektor zuckte die Achseln. »Warum fragen Sie ihn nicht selbst? Seine einzige Entschuldigung ist, daß er auf der Suche nach einem Abenteuer war. Ich muß jedoch sagen, daß Ihr Besuch zur rechten Zeit kommt. Ich habe seinen Namen heute auf der Liste gesehen.«

»Sprechen Sie von seiner Verhandlung?«

»Verhandlung?« Hassan brach in schallendes Gelächter aus. Seine Zähne hatten einen grünlichen Schimmer, der bei Jadeschmuck attraktiv ist, bei einem Lächeln jedoch weniger. »Wie komisch, Miss Carnahan. Es kommt nicht oft vor, daß eine so anmutige und schöne Frau wie Sie einen so ausgeprägten Sinn für Humor hat ...«

Sie waren am Käfig angekommen. Im gleichen Augenblick wurden die Innentüren des Gefängnis aufgestoßen, und vier arabische Wächter in Khakiuniformen zerrten einen gutaussehenden, unrasierten jungen Mann hinter sich her, den sie in Hand- und Fußketten gelegt hatten. Seine Kleidung bestand aus einem ehemals weißen Hemd und Reithosen, die nach einer Woche in Gefangenschaft schmutzig und zerrissen waren.

»Ah« sagte der Gefängnisdirektor. »Hier haben wir nun Ihren Freund.«

Die Wächter schleuderten den jungen Mann gegen die Gitterstäbe. Der Gefangene prallte mit dem Kopf dagegen, aber auf seinem Gesicht zeigte sich keine Regung.

»Na«, wandte sich Jonathan an Hassan. »Mußte das sein?«

Der Direktor entblößte seine grünlich schimmernden Zähne und strahlte Evelyn an. »Wie ich sehe, hat auch Ihr Bruder Sinn für Humor. Darf ich vorstellen, Mr. O'Connell, ehemals aus Chicago, Illinois und später bei der französischen Fremdenlegion. Ihr Freund ist ein Deserteur.«

Evelyn musterte O'Connell von oben bis unten. Er unterzog sie ebenfalls einer gründlichen Betrachtung, wenn auch aus einem etwas anderen Blickwinkel, wie es Jonathan schien.

Sie fragte ihren Bruder. »Ist er das? Hast du ihn bestohlen?«

Jonathan entfuhr ein nervöses Lachen. Er warf dem Gefängnisdirektor einen Blick zu. »Meine Schwester und ihr Sinn für Humor … Ja, meine Liebe, das ist der Kerl, der es mir *verkauft* hat.«

O'Connell zwängte sein Gesicht durch zwei Gitterstäbe und musterte Jonathan stirnrunzelnd. »Was habe ich Ihnen verkauft?«

»Sir, sagte Jonathan zu dem Gefängnisdirektor, »könnten Sie uns für ein paar Minuten mit unserem Freund allein lassen?«

»Mit welchem Freund?« fragte O'Connell.

Jonathan schüttelte dem Gefängnisdirektor die Hand und steckte ihm dabei unbemerkt eine Pfundnote zu.

»Natürlich, Sahib.« Hassan verbeugte sich. »Sie haben fünf Minuten.«

»Sie fehlen uns schon jetzt«, rief O'Connell dem Gefängnisdirektor nach und spitzte die Lippen zu einem Kuß.

Der Gefängnisdirektor verzog keine Miene, drohte ihm jedoch mit dem Finger. »Gefangene mit Sinn für Humor schätze ich gar nicht.«

O'Connell lachte. »Was wollen Sie dagegen tun, Fettsack? Mir nicht mehr die Laken wechseln?«

Der Gefängnisdirektor nickte dem verwahrlosten Wächter zu, der hinter O'Connell stand. Erneut prallte O'Connells Gesicht gegen das Gitter wie ein Gummiball auf Asphalt. Aber auch diesmal verzog er keine Miene, obwohl er dem Wächter einen wütenden Blick zuwarf.

»Das war unklug, Sir«, sagte der Gefängnisdirektor, ging davon und murmelte vor sich hin, »sehr unklug.«

Jonathan blickte Hassan hinterher und meinte zu O'Connell: »Sie wollen es sich doch nicht etwa mit ihm verderben, alter Knabe.«

»Wo habe ich Sie schon einmal gesehen?« fragte O'Connell Jonathan.

»Ich bin nur der hiesige Missionar, der die frohe Botschaft verkündet.«

»Und wer ist das Schätzchen?«

Evelyn runzelte mißbilligend die Stirn. »Schätzchen?«

Jonathan erklärte: »Das ist meine reizende Schwester, Evy.«

»Evelyn«, korrigierte sie ihn.

O'Connell zuckte die Achseln. »Ach ja? Na ja, wenn sie die Haare offen tragen würde, sähe sie eigentlich gar nicht so übel aus.«

Evelyn riß empört die Augen auf. »Also wirklich!«

»Nun beruhigen Sie sich mal wieder«, sagte O'Connell, und an Jonathan gewandt: »Sie kommen mir verdammt bekannt vor ...«

Jonathan lachte übertrieben vergnügt. »Ich habe halt eins von diesen schrecklichen Allerweltsgesichtern, alter Knabe.«

»Nein, ich kenne Sie von irgendwo her.«

Evelyn mischte sich ein. »Mr. O'Connell, erlauben Sie mir Ihnen, zu erklären, warum wir gekommen sind.«

Die Schatten der Gitterstäbe warfen Streifen auf sein Gesicht und O'Connell lächelte spöttisch. »Bis ich Ihren briti-

Anchsunamun, die Geliebte des Pharao Sethos´, in all ihrer Pracht.

Rick O´Connell (*Brendan Fraser*) im aussichtslosen Kampf gegen die erdrückende Übermacht der Tuareg.

Beni läßt seinen »Kumpel« Rick O´Connell im Stich.

Die Geschwister Jonathan (*John Hannah*) und Evelyn Carnahan (*Rachel Weisz*) statten dem Kairoer Gefängnis einen Besuch ab.

Nachdem sie Rick O´Connell aus dem Gefängnis freigekauft haben, brechen Jonathan und Evelyn mit ihm auf zur Stadt der Toten.

In den Ruinen von Hamunapatra begegnen sich zwei Expeditionen.

Die amerikanische Expedition entdeckt das *Totenbuch*.

Auf der Flucht in der Stadt der Toten: Rick O´Connell, Evelyn und Jonathan.

Eine der kostbaren Alabaster-Kanopen, in der Anchsunamuns Eingeweide Jahrtausende überdauert haben...

...was man von dieser Mumie nicht gerade behaupten kann.

Nichts wirft den Abenteurer und Ex-Fremdenlegionär Rick O´Connell so schnell aus der Bahn.

schen Akzent gehört habe, hatte ich fast gehofft, Sie kämen von der amerikanischen Botschaft.«

»Nein, tut mir leid«, sagte sie. »Wir sind wegen Ihres Kästchens hier.«

»Wie bitte?«

»Ihres Kästchens. Ein kleines goldenes Kästchen mit acht Ecken? Sehen Sie, ähem, mein Bruder hat es gefunden ...«

»Jetzt erinnere ich mich«, sagte O'Connell und nickte. Trotz seiner Ketten gelang es ihm, einen kurzen kräftigen Haken auf Jonathans Kinn zu plazieren. Faustkämpfe waren noch nie Jonathans Stärke gewesen, und der Hieb zwang ihn zu Boden. Etwas angeschlagen setzte er sich wieder auf und rieb sich das Kinn.

»Wie dem auch sei«, fuhr Evelyn fort, »wir haben Ihr Kästchen gefunden und sind hier, um Ihnen ein paar Fragen zu stellen.«

Mit neu erwachtem Interesse schaute O'Connell sie an. »Ich habe gerade Ihrem Bruder eine verpaßt.«

»Ja und? Ich bin mir sicher, die hat er sich verdient. Wir sind verwandt. Ich muß es wissen.«

O'Connell grinste sie an. »Das vermute ich auch, Evy.«

»Für Sie immer noch Miss Carnahan, wenn ich bitten darf. Jetzt zu dem Kästchen ...«

»Sie meinen doch wohl eher Hamunapatra, oder?« weiße Zähne blitzten in dem unrasierten, tiefgebräunten Gesicht auf.

Jonathan, der endlich wieder auf die Füße kam, klopfte sich den Staub vom Anzug und setzte seinen Hut wieder auf. Dann warnte er: »Reden Sie doch leise, Mann! Die Wände haben Ohren.«

Eigentlich konnte er damit nur den verwahrlosten Wächter mit dem Schlafzimmerblick meinen, der mit O'Connell in der Zelle stand. Die englische Sprache mochte diesen Ohren nicht vertraut sein, dafür vielleicht umso mehr das Wort ›Hamunapatra‹.

»Was für eine interessante Bemerkung, Mr. O'Connell«, stellte Evelyn kokett fest. »Was an dem Kästchen hat Sie auf diesen mythischen Ort gebracht?«

»Vielleicht die Tatsache, daß ich an diesem mythischen Ort war, als ich es fand.«

Sie blinzelte. »Sie waren dort?«

»Ja, und wenn eine Karawane mit einer Ausgrabungsexpedition aus Kairo nicht in der Wüste über mich gestolpert wäre, wäre ich nicht mehr am Leben, um Ihnen diese Geschichte zu erzählen.«

Jonathan, der wegen seines schmerzenden Kinns ziemlich sauer auf den Burschen war, fuhr ihn an: »Woher wissen wir, daß Sie uns nicht einen Haufen Mumpitz erzählen?«

»Nun, zum einen habe ich nicht die geringste Ahnung, was Mumpitz sein soll, und zum andern – kommen Sie doch noch mal näher ans Gitter heran ...«

»Nein, vielen Dank«, sagte Jonathan und trat einen Schritt zurück.

Dafür näherte sich Evelyn, die sich nichts vorzuwerfen hatte, dem Gitter und fragte: »Sie waren wirklich dort? In Hamunapatra?«

Sein Mund verzog sich zu einem breiten Grinsen. »Das ist so sicher wie das Amen in der Kirche, Lady. Sethos Schuppen. Die Stadt der gottverdammten Toten.«

»Sind Sie sich sicher?«

»Ja, ich hatte schon immer ein gesundes Selbstbewußtsein.«

Sie runzelte verwirrt die Stirn. »Nein, nein, das meine ich nicht, können Sie schwören, daß ...«

»Ich weiß, was Sie meinen. Ich nehme Sie doch nur auf den Arm. Beziehungsweise, ich würde es nur zu gern ...«

Sie reckte das Kinn und ihre Augen musterten ihn mißbilligend. »Sie sind wohl kaum in der Position, anzügliche Bemerkungen zu machen, Mr. O'Connell. Die Sache ist rein geschäftlich.«

»Ach, ist sie das?«

»Was haben Sie dort gefunden?«

»Sand. Eine ganze Menge Sand.«

»Was haben Sie gesehen?«

»Den Tod. Und den ziemlich oft. Es ist kein Scherz, wenn die Leute sagen, daß der Ort verflucht ist.«

»Aberglaube, Mr. O'Connell, ist das Merkmal für Kleingeister. Ich interessiere mich für ernsthafte Forschung. Mein Bruder und ich, wir sind Ägyptologen.«

»Ach wirklich? Na wenn das so ist, dann wette ich, daß Sie gerne dorthin wollen – nach Hamunapatra, meine ich.«

Jonathan zischte wütend: »Wollt ihr wohl beide leiser reden?« Evelyn stand nun ganz dicht an den Gitterstäben des Käfigs.

»Könnten Sie mir sagen, wie wir dorthin gelangen? Den genauen Weg?«

»Ich weiß etwas Besseres. Ich werde Sie hinbringen.«

»Aber Mr. O'Connell. Sie sind doch momentan unabkömmlich.«

»So kann man das auch sehen.«

»Könnten Sie uns nicht einfach den Weg erklären? Die genaue Lage des Orts?«

»Haben Sie das Kästchen geöffnet?«

»Ja, äh, das haben wir.«

»Dann haben Sie auch die Karte.«

Evelyn warf ihrem Bruder einen Blick zu, der mit den Schultern zuckte. »Was die Karte betrifft, alter Junge«, setzte Jonathan an und blieb auf Distanz. »Ich fürchte, da hat es ein kleines Malheur gegeben – ein Teil davon ist abgefackelt, hm, der Teil, auf dem unser Ziel eingezeichnet war.«

»Kommen Sie mal etwas näher, Jonathan«, sagte O'Connell, winkte ihn mit dem Zeigefinger zu sich und lächelte angestrengt. »Ich kann Sie so schlecht verstehen ...«

Jonathan wich noch einen Schritt zurück.

Evelyn wandte sich an den Gefangenen. »Sie sind dort gewesen. Sie können uns den Weg zeigen.«

O'Connell nickte. »Ich kann Sie hinführen.«

»Wie?«

»Nun, Sie könnten damit anfangen, ja, ich weiß nicht recht, vielleicht, daß ...«

Sie beugte sich weiter vor. »Ja? Was?«

»... Sie mich verdammt noch mal hier rausholen!«

Evelyn fuhr zurück. »Sie brauchen doch nicht gleich so unhöflich zu sein, Mr. O'Connell.«

»Verzeihen Sie mir. An einem Ort wie diesem verliert ein Mann leicht den Sinn für alle Regeln des Anstands. Möchten Sie wirklich gerne den Weg dorthin wissen?«

»O ja.«

Er bedeutete ihr näher zu kommen, und sein Blick gab ihr zu verstehen, daß der Wächter nicht mithören sollte. Sie beugte sich zu ihm hin, und er drückte ihr einen Kuß auf die Lippen. Dann grinste er sie verwegen an und zwinkerte ihr zu. »Hol mich hier raus, Süße und wir beide gehen auf Abenteuersuche.«

Der Wächter hatte diese verbotene körperliche Vertraulichkeit beobachtet, und während O'Connell noch mit Evelyn sprach, trat der schäbige Kerl vor, um den Gefangenen zu bestrafen.

Aber diesmal war O'Connell auf der Hut. Er packte den Mann, stieß ihn mit dem Kopf gegen die Gitterstäbe und ließ zur Abwechslung einmal das Gesicht des Wächters mit dem Stahl Bekanntschaft machen. In Windeseile kamen andere Wächter in das Gehege, ergriffen O'Connell und zerrten ihn hinaus.

Er schrie noch: »Nett, Sie kennengelernt zu haben!« Dann war er um die Ecke verschwunden und wurde von wütenden, arabischen Wächtern in die übelriechende Dunkelheit des Gefängnis gezerrt.

Plötzlich war der Gefängnisdirektor wieder an ihrer Seite.

»Ach du meine Güte«, sagte Evelyn. »Werden sie ihn schlagen?«

»Nein, nein, Miss Carnahan«, sagte der Gefängnisdirektor freundlich. »Dafür ist keine Zeit mehr.«

»Keine Zeit?«

»Ja, er wird gleich gehängt.«

»Gehängt?«

»Wie ich Ihnen bereits sagte, ist er ein Deserteur der Fremdenlegion. Das wird mit dem Strang bestraft.«

»Aber die französische Fremdenlegion hat keine Rechtsprechung hier«, wandte Jonathan ein. »Wir sind hier doch nicht in Algerien, zum Teufel ...«

»Wir sind zivilisierte Menschen, Mr. Carnahan, Miss Carnahan, wir haben … wie heißt es noch gleich? Eine gegenseitige Vereinbarung mit der Legion: für fünfzig Pfund ersparen wir ihnen die Umstände der Auslieferung. Und nun, fürchte ich, wird meine Anwesenheit bei der Hinrichtung benötigt. Eine Formalität, aber solche Dinge nehme ich immer peinlich genau.«

»Lassen Sie mich mit Ihnen gehen«, bat Evelyn.

Murrend meinte Jonathan: »Warum denn, Schwesterchen?«

Der Gefängnisdirektor erwiderte. »Das kommt nicht in Frage. In meinem Land ist die Anwesenheit von Frauen bei Hinrichtungen durch den Strang nicht gestattet.« Energisch erwiderte sie: »In Ihrem Land tragen die Frauen Schleier. Ist mein Gesicht verschleiert? Schließlich bin ich eine englische Frau.«

Hassan zuckte die Achseln. »Wie Sie wünschen. Im Gegensatz zu Ihrem Gesicht ist diese Angelegenheit kein sehr hübscher Anblick, meine Liebe.«

Kurz darauf betraten Jonathan, Evelyn und der Gefängnisdirektor einen Balkon, der den Ausblick auf einen weiteren Hof ermöglichte. Von den vergitterten Zellenfenstern aus hatten die Insassen freie Sicht auf den Galgen, der dort aufgebaut worden war. Da eine Umzäunung fehlte, konnten die Zuschauer den Todeskampf und das letzte Aufbäumen des gehängten Mannes sehen. Der Gefängnisdirektor war also doch kein Sadist, denn offensichtlich verspürte er das Bedürfnis, seinen Gefangenen etwas Unterhaltung zu bieten.

Eyelyns Anwesenheit schien den gleichen Zweck zu erfüllen. In jedem der vergitterten Fenster tauchte ein furchteinflößendes Gesicht mit weit aufgerissenen Augen auf, die Jonathans entzückende Schwester begafften. Es gab keine Buhrufe oder bewundernde Pfiffe. Die bemitleidenswerten Gestalten, unter ihnen gab es zahllose Männer mit Narben, ungepflegten Bärten, fehlenden Augen und verfaulten Zähnen, waren bei ihrem Anblick mucksmäuschenstill geworden. Sie wirkten wie verhungernde Schakale, die auf frisches Fleisch starrten.

»Eine Frau ohne Schleier«, erklärte der Gefängnisdirektor

anklagend und zog eine Augenbraue in die Höhe, »könnte hier genauso gut nackt sitzen.«

Evelyn ignorierte die Bemerkung. Ihr Blick war auf O'Connell gerichtet, der auf den Hof geführt wurde. Die gleichen Wächter, die ihn schon in der Besucherzelle mißhandelt hatten, führten ihn den Galgen hinauf und stellten ihn auf die Falltür. Ein maskierter Henker mit nacktem Oberkörper und weiten Hosen legte die Schlinge um den Hals des Gefangenen und zog sie dann fest. O'Connell bemerkte Jonathan und Evelyn auf dem nahegelegenen Balkon und runzelte zuerst die Stirn, dann jedoch grinste er.

Der Gefängnisdirektor nahm Platz, und Evelyn setzte sich neben ihn, während Jonathan es vorzog, stehenzubleiben. Evelyn sagte zu Hassan: »Ich zahle Ihnen fünfzig Pfund mehr als die Legion für seinen Tod bezahlt, wenn Sie ihn am Leben lassen.«

Jonathan traute seinen Ohren nicht. Einhundert Pfund für diesen Rüpel? Wenn er sie jedoch nach Hamunapatra führen konnte …

Die Nase des Gefängnisdirektors zuckte wie die eines großen Hasen. »*Ich* würde einhundert Pfund bezahlen, um dieses unverschämte Schwein hängen zu sehen.«

»Dann zweihundert«, sagte sie.

»Zweihundert Pfund?« fragte Jonathan ungläubig und ließ sich schwerfällig neben seiner Schwester nieder.

»Ja, zweihundert Pfund«, bestätigte Evelyn und nickte kurz. Der Gefängnisdirektor schüttelte abweisend den Kopf und hob die Hand. »Mach weiter!« rief er dem Henker zu, der direkt neben dem tödlichen Hebel stand. O'Connell wirkte angespannt, und auf seiner Stirn bildeten sich Schweißtropfen. Er bekam jedes Wort der Verhandlungen zwischen dem Gefängnisdirektor und Jonathans Schwester mit.

»Dreihundert Pfund!« erhöhte Evelyn ihr Angebot.

Jonathan packte seine Schwester am Arm und flüsterte: »Bist du verrückt geworden? Ein Jahresgehalt für diesen Spitzbuben?«

Evelyn durchbohrte ihren Bruder mit Blicken, und ihre Lippen formten lautlos das Wort »Hamunapatra«.

Der Gefängnisdirektor gab ihr jedoch noch nicht einmal eine Antwort, während unten am Galgen der Henker O'Connell fragte: »Noch einen letzten Wunsch?«

»Ja: könnten wir das nicht morgen erledigen? Ich bin heute wirklich nicht in der Stimmung.«

Der Henker hielt unvermittelt inne – solch eine Bitte war ihm bisher noch nicht untergekommen – und er wandte sich zum Balkon. Mit lauter Stimme wiederholte er die Bitte, obwohl der Gefängnisdirektor und seine Gäste jedes Wort verstanden hatten.

Der Gefängnisdirektor ließ ihn nicht ausreden und befahl: »Nein, er kann nicht bis morgen warten. Mach weiter!«

Der Henker warf O'Connell einen entschuldigenden Blick zu und griff nach dem Falltürhebel.

»Fünfhundert Pfund«, sagte Evelyn bestimmt.

Jonathan bedeckte sein Gesicht mit der Hand.

Der Gefängnisdirektor schaute Evelyn an und rief dem Henker zu. »Einen Moment noch! ... Fünfhundert Pfund?«

»Ja.«

Hassan legte die Hand knapp über dem Knie auf Evelyns Bein. »Ich schlage ein, wenn Sie mir einen weiteren Anreiz bieten, nicht finanzieller, sondern vielmehr persönlicher Natur. Ich bin ein einsamer Mann mit einem schwierigen Job.«

Mit Daumen und Mittelfinger ihrer rechten Hand nahm Evelyn die schmierige Pranke von ihrem Bein, als entferne sie eine besonders abstoßendes Insekt. Sie wandte sich ab und gab einen angeekelten Laut von sich.

Der Gefängnisdirektor hatte seinen Stolz, der durch das grobe Gelächter der zuschauenden Gefangenen verletzt wurde, mit dem sie sich über seine Abfuhr lustig machten. Mit einer ›Daumen runter‹-Geste, die Nero würdig gewesen wäre, gab Hassan dem Henker das Zeichen, den Hebel zu betätigen.

Und der Henker kam seinem Befehl nach.

Die Falltür öffnete sich unter O'Connels Stiefeln, und als Evelyn »Neeeiiin!« schrie, fiel der ehemalige Corporal der Fremdenlegion durch das Loch in der Plattform. Das Seil straffte sich.

O'Connells Körper kam mit einem Ruck zum Halten, aber er war offensichtlich am Leben, denn er kämpfte und trat um sich.

»Ah!« sagte der Gefängnisdirektor und legte spielerisch die Fingerspitzen aneinander. »Ein seltener Genuß. Sein Genick wurde nicht gebrochen. Uns bleibt das Vergnügen, ihm dabei zuzusehen, wie er langsam stranguliert wird.«

Einige der Zuschauer brachen in johlendes Gelächter aus. Andere jedoch waren verärgert oder sogar wütend, daß der Gefangene langsam zu Tode gequält werden würde. Oder waren sie enttäuscht, weil ihnen der Spaß an einem gebrochenen Genick vorenthalten wurde? Jonathan fand auf jeden Fall keinen Gefallen am Anblick des armen Kerls, dessen Gesicht sich in den verschiedensten Rottönen verfärbte, und der mitleiderregend vor sich hin strampelte.

Evelyn flüsterte dem Gefängnisdirektor etwas ins Ohr. Sie erzählte ihm doch etwa nicht von …

»Hamunapatra?« sagte der Gefängnisdirektor und riß vor Erstaunen die Augen auf. »Sie lügen!«

»Niemals! Ich bin eine anständige Frau.«

Hssan runzelte die Stirn. »Dieser dreckige Sohn eines Schweins weiß, wo die Stadt der Toten und all ihre Schätze zu finden sind?«

»Ja, und wenn Sie ihn losschneiden, geben wir Ihnen fünf Prozent.«

O'Connell gelang ein Krächzen: »Fünf Prozent?« Seine Augen traten ihm beinah aus dem Kopf – Jonathan vermutete, daß es zum einen an Evelyns niedrigem Angebot lag, zum anderen aber daran, daß der Mann erstickte.

»Na gut«, sagte Evelyn, »zehn Prozent.«

»Fünfzig«, forderte der Gefängnisdirektor.

»Zwanzig.«

»Geben Sie …«, würgte O'Connell hervor, während er sich drehte und noch dunkler anlief.

»Vierzig«, bot der Gefängnisdirektor.

»Dreißig.«

»Ich sterbe hier gerade!« brachte O'Connell mit letzter Kraft hervor.

»Fünfundzwanzig«, lenkte der Gefängnisdirektor ein.

»Einverstanden!« sagte Evelyn, und sie gaben sich die Hand.

Der Gefängnisdirektor entblößte seine Grünspanzähne zu einem Lächeln und bellte einen Befehl auf arabisch. Ein Säbel fuhr durch die Luft, zerschnitt das Seil und O'Connell plumpste zu Boden.

Er kullerte auf den Schotter und schnappte nach Luft, aber er hatte die Menge für sich gewonnen. Die Gefangenen jubelten, klatschten und pfiffen hinter ihren vergitterten Fenstern, auch wenn ihr Held noch zu große Schmerzen litt, um den Applaus würdigen zu können.

Jonathan fühlte sich nicht viel besser. Fünfhundert Pfund! Er hoffte verdammt noch mal, daß es diese Stadt der Toten da draußen auch wirklich gab.

Evelyn stand auf, beugte sich über die Balkonbrüstung und lächelte auf ihren neuen Partner hinunter.

»Nett, Sie kennenzulernen«, rief sie.

O'Connell wurde ohnmächtig.

Viertes Kapitel

Eine Nacht auf dem Nil

Zusammen mit seinen beiden Nebenarmen, dem Blauen und Weißen Nil, ist der Nil der längste Fluß der Welt. Gleichzeitig war er auch der einzige, von dem Richard O'Connell je gehört hatte, daß er in nördliche Richtung floß. Jeder in diesem verfluchten Land lebte am Ufer dieses Flusses oder an einem seiner Nebenflüsse. Hier in Kairo und südlich davon lag der breiteste Teil des Niltales, der sich über fünf Meilen erstreckte.

In der heißen, trockenen Nachmittagssonne schimmerte der Fluß wie Satin. Er war nur wenige Farbnuancen dunkler als der fast wolkenlose Himmel, gegen den sich die Pyramiden abzeichneten. Auf der ruhigen Oberfläche glitten kleine Boote anmutig dahin. Sie transportierten Fracht und Passagiere. Ihre aufgeblähten Segel flatterten wie die weißen Flügel der Möwen im Wind.

Im Gegensatz zu diesem friedlichen Anblick herrschte auf dem Holzsteg in der Nähe der Docks von Gizeh geschäftiges Treiben. Touristen und Forschergruppen versuchten sich einen Weg durch eine Armee turbantragender Männer in nachthemdähnlichen Gewändern zu bahnen. Es waren zumeist Straßenhändler, die mit wertlosem Trödel von König Tut handelten und, Bettler, die unentwegt nach »Bakschisch« schrien.

Dieses Wort, das soviel wie ›eine milde Gabe‹ bedeutet, schien geradezu ihre zweisilbige Nationalhymne zu sein. O'Connell, der sich mit einem Jutesack abplagte, schenkte ihnen keine Beachtung. Selbst dem Kind nicht, das ihm mitteilte: »Vater und Mutter tot, Bauch leer«. Der Mann aus Chicago hatte genügend Zeit in diesem Teil der Welt verbracht, um zu wissen, daß sich jeder Bettler auf ihn stürzen würde wie ein Defense-Line-Spieler der ›Notre Dames‹, würde er auch nur einem dieser armen Schlucker einen Vierteldollar zuwerfen.

O'Connell war ein neuer Mensch, dank der zwanzig Pfund, die er seiner Wohltäterin, Miss Evelyn Carnahan, abgeschwatzt hatte, um seine Schulden und Ausgaben zu dekken. Er war rasiert, hatte die Haare geschnitten und gekämmt, und trug brandneue Stiefel und Hosen. Sein weißes Hemd war so frisch, daß es noch keine Schweißflecken aufwies, und um den Hals hatte er sich ein Tuch geknüpft, um die Male der Schlinge zu bedecken. Er sah verdammt gut aus und wußte es auch.

Er entdeckte sie in der Menge. Evelyn trug einen weißen breitkrempigen Hut und ein blaues Kleid, das altmodisch gewirkt hätte, wenn es ihre wohlgeformten Kurven nicht so betont hätte. Ihr Bruder Jonathan war mit Tropenhelm und Khakis bekleidet. Beide kämpften mit schweren Reisetaschen gegen die Menschenmenge an und taten ihr Bestes, weder Hüte, Würde noch Geld zu verlieren. Am Landungssteg wartete ihr Schiff, die *Ibis*.

O'Connell hatte sie fast eingeholt und bekam mit, worüber sie sich gerade unterhielten.

»Wie können wir sicher sein, daß er auch kommen wird?« sagte Evelyn. »Vielleicht sitzt er in einer Kneipe und vertrinkt meine zwanzig Pfund.«

»Das klingt wohl eher nach mir, Schwesterchen, als nach O'Connell. Er wird schon kommen. Diese amerikanischen Cowboys stehen zu ihrem Wort. Schließlich ist das alles, was sie haben.«

Evelyn fuhr ungerührt und hochnäsig fort: »Ich persönlich finde, daß er ein schmutziger, grober und unverschämter Kerl ist, und ich kann ihn überhaupt nicht leiden.«

»Meinen Sie jemanden, den ich kenne?« fragte O'Connell und tauchte plötzlich neben ihr auf.

Verlegen riß sie die Augen auf – große blaue Augen, in die O'Connell gerne tiefer geschaut hätte, und dieser volle, sinnliche Mund ...

Er riß sich zusammen, da er ihr seine Bewunderung nicht zeigen wollte. Dabei entging ihm, daß sie ihn in der neuen Kluft genauso bewundernd angesehen hatte.

»Tag, O'Connell«, sagte Jonathan, schüttelte dem Amerikaner überschwenglich die Hand und wies mit dem Kopf auf seine Schwester. »Hören Sie nicht auf meine Schwester. Sie meinte einen anderen Kerl.«

»Hört sich ziemlich unsympathisch an«, stellte O'Connell fest und grinste.

»Hallo, Mr. O'Connell.« Evelyn lächelte ihn nervös an und tat so, als ob sie nicht merkte, wie er sie aufzog. O'Connell schloß sich den beiden an und sie steuerten durch die Menge auf den wartenden Heckraddampfer zu.

»Ein prächtiger Tag, um auf Abenteuerreise zu gehen, oder?« stellte Jonathan fest, wobei er eine Hand auf O'Connells Schulter legte.

»Ja«, bestätigte O'Connell und entzog sich Jonathans Griff. Er blieb stehen und prüfte, ob er seine Brieftasche noch hatte. »Prächtig«.

»Mein lieber Freund«, sagte Jonathan und blieb ebenfalls stehen, wobei er in verletztem Stolz die Hand aufs Herz legte. »Ich würde nie einen Partner bestehlen.«

»Gut zu wissen, daß Sie doch noch ein paar Werte haben. Was macht das Kinn?«

Der Fleck auf Jonathans Kinn, der von O'Connells Fausthieb im Gefängnis stammte, schillerte in schwarz, blau und orangefarbenen Tönen wie eine exotische Blume.

»Ach, machen Sie sich darüber keine Gedanken, Partner«, entgegnete Jonathan vergnügt. »So etwas passiert mir ständig.«

»Glaube ich gerne.«

Evelyn ließ ihre Taschen krachend auf den Steg fallen, um die Aufmerksamkeit der beiden Männer auf sich zu ziehen. Sie räusperte sich und setzte in übertrieben förmlichen Ton an: »Mr O'Connell, wie Sie wissen, haben wir eine weite Reise vor uns …«

»Ja, Ma'am, ein Tag auf dem Schiff, zwei Tage auf Kamelen.«

»Genau. Und bevor wir dieses anstrengende Abenteuer antreten und uns in Schwierigkeiten und Unannehmlichkeiten stürzen – nicht zu vergessen die Unkosten: können Sie mir aufrichtig in die Augen sehen und mich davon überzeugen, daß Sie nicht darauf aus sind, mich um mein Geld zu bringen?«

»Wie bitte?«

Evelyn errötete. Im Schatten ihres breitkrempigen Hutes schien ihr Gesicht eine bläuliche Farbe anzunehmen. Sie reckte ihr Kinn und musterte ihn von oben herab – eine Angewohnheit, die auf O'Connell nicht sehr einnehmend wirkte.

»Gleichgültig, was Sie annehmen, mein Bruder und ich sind weder vermögend, noch verspüren wir den Wunsch, unsere bescheidenen Mittel zu verschleudern, noch unser Leben zu riskieren für … wie heißt das noch mal?«

O'Connell zog die Augenbraue hoch. »Für nichts und wieder nichts?«

»Das scheint es auszudrücken, ja. Ich kann durchaus verstehen, daß ein Mann, der bereits am Galgen gehangen hat, nicht vor Betrug zurückscheut, um seine Freiheit wiederzuerlangen. Wenn das der Fall sein sollte, haben Sie meine Erlaubnis, ja sogar meinen Segen, um …«

»Nun mal gerade heraus: Ist es das, was Sie wollen?« O'Connell ging geradewegs auf die herablassende junge Frau zu und blieb so dicht vor ihr stehen, daß seine Nase beinahe ihre berührte. Ihre Augen wurden ganz groß und ihre Wimpern bebten wie erschrockene Schmetterlinge. »Lady, zweihundert Männer, mein ganzes Bataillon, sind unserem Colonel durch Libyen und Ägypten gefolgt, um Ihre hochverehrte Stadt der Toten zu suchen. Sie haben sie gefunden und sind alle gleich dort geblieben – außer mir. Jetzt will ich dorthin zurück, weil diese verdammte Wüste mich besiegt hat. Und diesmal will ich gewinnen. Ich gehe mit oder ohne Sie … und offen gesagt, rate ich Ihnen sogar, in Kairo zu bleiben, und Ihren Bruder und mich das Risiko alleine eingehen zu lassen.«

Sie wich nicht zurück, sondern blieb stehen, obwohl er geradezu unverschämt nahe vor ihr stand. »Nein, danke. Ich komme mit. Ich kümmere mich selber um meine Interessen.«

Achselzuckend trat er einen Schritt zurück, den Duft ihres Fliederparfums noch in der Nase. »Wie Sie wollen … lassen Sie mich Ihre Taschen nehmen.«

Und O'Connell warf sich den Jutesack über die Schulter, nahm ihre Taschen und ging auf den Landungssteg zu. Er hörte nicht, wie Jonathan Evelyn zuflüsterte: »O ja, du hast so recht, liebe Schwester – er ist ein äußerst übler Kerl. Es gibt wirklich nichts, was an ihm zu bewundern wäre.«

Plötzlich vernahm O'Connell eine ihm vertraute Stimme, die er nie wieder zu hören gehofft hatte. Sie wünschte den Carnahans, einen herrlichen Tag. O'Connell, der bereits die Mitte des Landungsstegs erreicht hatte, wirbelte herum. Evelyn stellte die Frage, die auch er sonst, allerdings begleitet von ein oder zwei Obszonitäten, gestellt hätte: »Was machen *Sie* denn hier?«

Der Direktor des Kairoer Gefängnisses tippte zum Gruß an den runden, verbeulten Filzhut, den er zu seinem zerknitterten, verschmutzen Anzug trug.

»Ich bin hier, um meine Investition zu schützen«, entgegnete Gad Hassan. »Wie meine Leute aus eigener Erfahrung nur allzu gut wissen, sind die Engländer ausgesucht höflich, wenn Sie einem den Boden unter den Füßen wegstehlen.« Dann verbeugte sich der Gefängnisdirektor, der nur eine einzige Reisetasche trug, und begab sich über den Landungssteg zum Deck. Er lächelte O'Connell freundlich zu, der den schmierigen, kleinen Bastard nur anstarrte.

»Nehmen Sie es mir nicht übel«, sagte der Gefängnisdirektor.

O'Connell faßte sich an die Kehle und drohte: »Sollten Sie je ein Halstuch brauchen, fragen Sie mich nur.«

Dem Gefängnisdirektor schien diese Anspielung nicht zu gefallen, und er verschwand ohne eine Antwort rasch in Richtung Bug.

O'Connell trug Evelyn Carnahans Taschen bis zu ihrer Kabinentür, und bat, sich zurückziehen zu dürfen, da er sich das Boot noch anschauen wollte.

»Tun Sie, was Ihnen gefällt, Mr. O'Connell«, erwiderte sie kurzangebunden. »Ich bin nicht Ihr Arbeitgeber.«

»Vergessen Sie das nicht«, gab er zurück. Beleidigt verschwand sie in ihrer Kabine.

»Evy war schon immer ein dickköpfiges Mädchen«, erklärte Jonathan. »Schenken Sie ihrem Verhalten keine Beachtung. Sie will nur nicht zeigen, daß sie Sie gerne mag.«

»Eine komische Art, das zu zeigen.«

»So sind halt die Frauen, oder? Die interessanten zumindest. Sehen wir uns zum Essen?«

»Einverstanden.«

Der Raddampfer war nicht viel mehr als eine schäbige Holzhütte von Boot, ungefähr zwanzig Fuß breit und einhundertfünfzig Fuß lang. Das baufällige Passagierschiff besaß zwei Decks. Im unteren Teil waren dreißig Kabinen, ein Speisesaal und eine Bar untergebracht. Auf dem Oberdeck stapelten sich Gepäck und Kisten. Dort gab es ein Sonnendeck, auf dem Stühle unter einer Markise standen. Der Kapitän, ein bärtiger Nubier mit Turban und Gallabea, fuhr das Boot mit sechs Meilen pro Stunde flußaufwärts gegen den Strom und lenkte es im Zick-Zack Kurs von einem Ufer des Flusses zum anderen.

Eine lange Barke mit einem flachen Deck aus robusten Planken war an der Seite vertäut. Auf ihr waren Pferde und Kamele untergebracht sowie die Passagiere der zweiten und dritten Klasse, die ihr eigenes Bettzeug mitgebracht hatten und auf Deck schliefen.

Um acht Uhr wurde im Speisesaal das Menü serviert. Bis auf O'Connell trugen alle Abendgarderobe. Selbst die Kellner, Nubier in weißen Gewändern mit roten Schärpen, waren elegant gekleidet. O'Connell fühlte sich fehl am Platze, scherte sich aber gleichzeitig nicht wirklich darum, sondern saß gelassen bei den Carnahans. Nicht eine Sekunde ließ er seinen Jutesack aus den Augen. Mit keiner Silbe erwähnten sie Hamunapatra, da sie den Tisch mit Fremden teilten, einer Gruppe aus zwei Missionaren, Hassan, mehreren Händlern und einigen Großwildjägern.

Das Essen war ausgezeichnet – eine klare würzige Suppe, gekochter Fisch, frisch aus dem Nil, Taubenragout, geröstetes Lamm in Pfefferminzsauce, Reis und grüne Bohnen, Tomatensalat, Pudding, Obst. O'Connell schlang alles gierig hinunter, und irgendwann platzte Jonathan heraus: »Lieber Gott, Mann – Sie essen ja alles bis auf die Tischdecke.«

»Ich rate Ihnen, das gleiche zu tun. So ein Essen werden wir in der Wüste nicht kriegen.«

Jonathan dachte kurz darüber nach und langte dann ebenfalls zu.

Nach dem Essen stand O'Connell an der Reling des Unterdecks und beobachtete den Mond, der sich im schillernden Wasser des Nils spiegelte. Die Wüste schimmerte wie Elfenbein. In Augenblicken wie diesen wußte er, warum er Chicago verlassen hatte und auf Abenteuersuche gegangen war. Ein Mückenstich riß ihn aus seinen Gedanken. Er ging in die Bar im vorderen Teil des Schiffs.

Am mittleren Tisch war ein Pokerspiel im Gange, an dem sich vier Amerikaner und Jonathan beteiligten. O'Connell blieb stehen und schaute ihnen zu, den Jutesack zu seinen Füßen. Sie stellten sich einander nicht vor – Poker benötigte keine soziale Umgangsformen –, aber O'Connell fand bald heraus, daß die Amerikaner auf dem Weg zu einer Ausgrabung waren. Ein kleiner Typ, der aussah wie ein Professor, vielleicht fünfundfünfzig Jahre alt mit hellblauen Augen und einem weißen dünnen Schnurrbart – er hieß Dr. Chamberlin –, war der Ägyptologe der Expedition.

Die anderen waren rauhe Abenteurer von O'Connells Schlag, Männer Ende zwanzig, Anfang dreißig. Da gab es Henderson, flachsblond, laut, unerträglich arrogant, Daniels, dunkelhaarig, still, nachdenklich, und Burns, lässig, gut gelaunt, was kein Wunder war, denn er hatte eine Glückssträhne und stapelte Münzen und Dollar vor sich auf dem Tisch.

Burns putzte seine Nickelbrille mit seinem Taschentuch. Sekunden zuvor hatte Henderson seine Karten vor sich auf den Tisch geknallt.

»Verdammt noch mal, Bernie, du siehst doch genug!« brüllte Henderson, dem ein Zigarrenstummel im Mundwinkel hing. »Nun heb schon ab!«

Bernie setzte die Brille wieder auf und erwiderte: »Dazu muß ich was sehen können.«

»Spielen Sie mit, Mr. O'Connell«, forderte Jonathan ihn auf und wies auf einen leeren Stuhl. »Setzen Sie sich! Wir können noch einen Spieler gebrauchen.«

»Nein, danke. Ich bin kein großer Spieler.«

»Da habe ich aber etwas anderes gehört«, mischte sich Henderson ein, der grinsend seine fünf Karten auslegte und gewann. »Nur ein Spieler macht sich auf die Suche nach der Stadt der Toten.«

»Wonach suche ich?«

»Sie haben mich schon verstanden, O'Connell. Sicher, daß Sie niemals wetten?«

»Nicht um Geld.«

»Schade. Weil ich fünfhundert Mäuse wette, daß unsere kleine Truppe noch vor Ihnen in Hamunapatra sein wird.«

O'Connell setzte ein falsches Lächeln auf. »Aha, dann suchen Sie also nach der Stadt der Toten?«

»Na, das will ich hoffen.«

»Und ich suche angeblich auch danach? Interessant.«

Henderson grunzte vor Lachen. »Ganz genau.«

»Wer sagt das?«

»Unser kleiner Lord Fauntleroy hier.« Henderson zeigte mit dem Daumen auf Jonathan, der verlegen lächelte, sich unter O'Connells zornigem Blick wieder seinen Karten widmete und unschuldig vor sich hinpfiff.

Henderson grinste hinterhältig. »Na, was meinen Sie, O'Connell? Wetten wir?«

O'Connell beachtete den siegesgewissen Ausdruck auf Hendersons schwitzendem, stoppelbärtigem Gesicht nicht weiter, aber ein Abenteurer wie er wich keiner Herausforderung aus.

»Ich bin dabei«, sagte O'Connell. Der Ägyptologe, Dr. Chamberlin, hatte sein Blatt bereits abgelegt. Nun musterte er O'Connell wie eine Hieroglyphe, die er zu entschlüsseln suchte.

»Was macht Sie so sicher, junger Mann?« fragte er.

»Was macht ihn so sicher?« erwiderte O'Connell und wies auf Henderson.

Henderson blies einen Rauchring und grinste mit zusammengekniffenen Augen. »Vielleicht haben wir einen Mann in unserem Team, der schon einmal da war.«

»Wo?«

»Wo glauben Sie wohl? In der Stadt der Toten. In Hamunapatra.«

»Na«, meinte Jonathan, »das nenne ich einen Zufall. Wir haben auch ...«

Aber das war alles, was Jonathan sagen konnte, da O'Connell sich seinen Jutesack in diesem Augenblick über die Schulter schwang und ihn dabei versehentlich in die Rippen traf.

Jonathan stöhnte kurz auf, fing sich aber rasch wieder und fragte munter: »Nun, wo waren wir? Wer ist dran, meine Herren?«

O'Connell wandte sich hinaus aufs Deck.

Henderson rief ihm hinterher: »Denken Sie daran, wir haben eine Wette!«

»Keine Angst, meine Herren. Gute Nacht.«

Während er hinausging, hörte er Burns schreien: »Full house.«

»Was für eine verdammte Glücksträhne du hast«, sagte Henderson.

»Die kann nicht ewig anhalten«, meinte Daniels, der endlich auch ein paar Worte sprach.

Die Wüstenbrise war nicht nur kühl, sondern geradezu kalt. Eine typische Nacht auf dem Nil. O'Connell entdeckte Evelyn Carnahan, die ganz allein auf dem Oberdeck saß. Das Mondlicht schien so hell, daß Evelyn dabei lesen konnte. Mit Brille und ohne Hut saß sie neben einem Korbtisch, auf dem sie ihre Teetasse abgestellt hatte, und war in E.M. Forsters ›Eine Reise nach Indien‹ vertieft. Als O'Connell seinen Jutesack neben ihr abstellte, sprang sie erschrocken auf.

»Tut mir leid«, sagte er. »Ich wollte Sie nicht stören.«

Mit erhobenem Kinn wies sie ihn zurecht. »Das einzige, was mich stört, Mr. O'Connell, ist Ihr erschreckend armseliger Sinn für Anstandsformen.«

Er zuckte die Achseln. »Ich habe nun mal keinen Abendanzug eingepackt.«

»Davon habe ich nicht gesprochen.«

»Was, dann ... oh, Sie sind doch wohl nicht mehr sauer

wegen des flüchtigen Kusses, den ich Ihnen im Gefängnis gegeben habe?«

»Flüchtig, Mr. O'Connell?«

»Ja, flüchtig.«

»So nennen Sie das?«

Sie wandte sich wieder ihrem Buch zu und O'Connell kniete achselzuckend neben seinen Jutesack, aus dem er verschiedene Dinge holte, überwiegend Waffen: zwei Revolver, verschiedene Jagdmesser, einen Elefantentöter, und ein halbes Dutzend vorsichtig verpackter Dynamitstangen.

Erstaunt zog Evelyn eine Augenbraue hoch, lugte über ihren Buchrand und sagte: »Habe ich irgend etwas nicht mitbekommen? Ziehen wir in den Krieg?«

»Wir beide haben bereits ein paar Schlachten ausgefochten, würde ich meinen ... Sehen Sie, daß letzte Mal, als ich in der Stadt der Toten war, sind alle anderen, die mit mir dort waren, niedergemetzelt worden.«

O'Connell setzte sich ihr gegenüber und breitete die Waffen zu seinen Füßen aus. Er holte eine Schachtel mit riesigen Patronen heraus und begann, den Elefantentöter zu laden.

»Ich nehme an, daß bestimmte Vorkehrungen notwendig sind«, räumte sie ein.

Er blickte auf. »Ist Ihnen die Gruppe Amerikaner aufgefallen?«

»Diese Grobiane mit dem kleinen Professor?«

»Ja. Genau die.«

Sie nickte kurz. »Ja, die sind mir aufgefallen. Ich habe einen von ihnen wiedererkannt, einen Ägyptologen, Dr. Chamberlin. Er hatte früher einmal eine Anstellung am Metropolitan Museum in New York, die er wegen eines Skandals aufgeben mußte. Schatzsucher, würde ich sagen.« O'Connell grinste sie an. »Raten Sie mal, welchem Schatz sie hinterherjagen.«

»O nein – sagen Sie nicht Hamunapatra! Was für ein schrecklicher Zufall.«

»Ich glaube weder an den Weihnachtsmann noch an Zufälle, doch andererseits ...«

Sie runzelte nachdenklich die Stirn. »Andererseits was, Mr. O'Connell?«

»Irgend etwas ist dort draußen.«

»Bitte?«

»Unter dem Sand.«

»Natürlich ist dort etwas. Unvorstellbare Reichtümer, die meinen Bruder anziehen.« Sie seufzte und schüttelte den Kopf. »Ich fürchte, Jonathan ist kaum besser als diese furchtbaren amerikanischen Schatzjäger.«

»Was zieht Sie dorthin?«

Sie tippte auf den Umschlag ihres Buches.

»Ein bestimmtes Buch.«

»Ein Buch?«

»Ja. Ich verlange nicht, daß Sie das verstehen. Eine seltene Antiquität. Was glauben Sie denn, was wir dort finden werden?«

O'Connell starrte auf den friedlichen Glanz des Nils, während das Schiff dem Mond hinterher zu jagen schien.

»Etwas sehr altes, Miss Carnahan, älter als die Zivilisation selbst … das Böse.«

»Das Böse.«

»Ja, das Böse. Tuareg und Beduinen glauben, daß dieser Ort verflucht ist. Hamunapatra heißt in ihrer Sprache die Tür zur Hölle.«

Sie zog eine Augenbraue in die Höhe. »Genauer gesagt, Ahmar isos Ossirion: ›Der Durchgang zur Unterwelt‹.«

Er begann die Revolver zu säubern und zu ölen, die er gebraucht gekauft hatte. »Aus Büchern werden Sie nichts über das Böse erfahren.«

»Mr. O'Connell, ich glaube auch nicht an den Weihnachtsmann, und auch nicht an Flüche. Aber ich glaube, daß eines der berühmtesten Bücher der Menschheitsgeschichte irgendwo unter diesem Sand begraben liegt: Das *Buch von Amun Ra*. Seit meiner Kindheit bin ich von diesem Buch fasziniert, seit dem Moment, als mein Vater mir zum erstenmal davon erzählt hat.«

»Weil er Ihnen erzählt hat, daß dieses Buch aus purem Gold gemacht ist?«

Das brachte sie aus der Fassung. »Huh, ja …«

»Und Sie wollen behaupten, Sie seien kein Schatzjäger?«

Sie versteifte sich. »Mr. O'Connell, ich verfolge rein wissenschaftliche Ziele.«

»Aha.«

Ihre Gesichtszüge wurden weicher. Er hatte sie beeindruckt. »Aber ich muß schon sagen … daß Sie wissen, daß das *Buch von Amun Ra* angeblich aus Gold gefertigt ist, zeigt, daß Sie mehr darüber wissen als man vermuten würde.«

Er grinste sie an. »Vielleicht weiß ich überhaupt mehr von Schätzen als man vermuten würde.«

Der Mond hatte eine Wolke gefunden, und verschwand. Sie konnte nun nicht länger lesen und war offensichtlich durch die Unterhaltung etwas aus der Fassung gebracht. Also stand Evelyn auf. »Wenn Sie mich bitte entschuldigen wollen, Mr. O'Connell.«

»Sicher. Gute Nacht.«

Aber sie blieb stehen, stand einfach nur da und zögerte. Offensichtlich klaubte sie ihren ganzen Mut zusammen, um ihm etwas zu sagen.

»Was ist los, Miss Carnahan?«

»Ich habe mich nur gerade gefragt … warum haben Sie mich geküßt, damals im Gefängnis?«

Er zuckte die Achseln. »Verdammt, jeder verurteilte Mann bekommt doch ein letztes Mahl, oder?«

Sie schnappte nach Luft und riß empört die Augen auf. »Also wirklich«, sagte sie und stürmte davon.

»Was habe ich denn nur gesagt?« fragte sich O'Connell und widmete sich wieder der Überprüfung seiner Waffen. Er hatte fast alle wieder zurück in den Sack geräumt und wollte die letzte Waffe inspizieren, eine gewehrähnliche Miniarmbrust, als er eine Bewegung wahrnahm und die Anwesenheit einer anderen Person spürte. Er erhob sich langsam und stieg über den Sack. Dann drehte er sich blitzartig um und zog den Lauscher hinter einer großen Kiste hervor.

Beni Gabor, den er das letzte Mal in Hamunapatra gesehen hatte, kurz bevor er ihm die Tür vor der Nase zugeschlagen hatte, zeigte sein schmieriges Grinsen. Er trug etwas, das aussah wie ein schwarzer Pyjama, mit einem roten Fes, Hosenträgern und Sandalen.

»Du lebst!« sagte Beni und strahlte verlogen. »Das ist ein Wunder! Mein Freund Rick lebt!«

»Dir habe ich das aber nicht zu verdanken, Kumpel.« O'Connell drückte Beni die Spitze der Armbrust in den Hals, der zurück zur Kiste wich und die Hände hob. »Warum lebst du noch?«

»Wahrscheinlich ist es mir auf ähnliche Weise wie dir gelungen, Rick. Die Kamele der Toten lungerten noch in den Ruinen herum. Als es draußen sicher war, bin ich rausgekommen und habe mir zwei genommen. Nimm das Ding von meinem Hals weg. Bitte, Rick.«

»Warum sollte ich? Warum sollte ich dich armseligen Kerl nicht töten?«

Trotz der Bedrohung durch die Waffe brachte Beni ein gehässiges Grinsen zustande. »Das würde deiner Lady wohl kaum gefallen. Ihr Lehrerinnengehabe hat was, aber Vorsicht, Rick. Du weißt ja, daß Frauen deine Schwäche sind ...«

O'Connell drückte ihm die Spitze der Waffe noch etwas fester an den Hals. »Ich hätte es mir denken können, daß du diese blutigen Anfänger führst. Was hast du denn jetzt wieder vor? Willst du sie mitten in der Wüste abhängen und sie deinen Verwandten, den Geiern, überlassen?«

Beni brach der Schweiß aus. »Ein bewundernswerter Plan, aber leider nicht durchführbar. Diese Amerikaner mögen dreckige Schweine sein, aber sie sind clever.«

O'Connell zog die Armbrust zurück und lachte hart.

»Die Hälfte als Anzahlung, Rest bei Lieferung?«

Beni nickte bedrückt und rieb sich den Nacken.

»So machen's die Amerikaner, Kumpel«, sagte O'Connell. »Zuerst einmal mußt du die Ware liefern. Und dann mußt an mir vorbeikommen.«

Beni machte eine versöhnliche Geste. »Wir sollten nicht gegeneinander arbeiten, Rick. Wir sind doch Freunde, Kameraden ...«

»Fahr zur Hölle, du kleine Ratte.«

Benis Augen funkelten im Mondlicht. »Da war ich bereits,

Rick, und du auch. Ich will mir die Schätze holen. Was ist es bei dir? Gier kann es nicht sein.«

Unter ihnen ertönte der Schrei einer Frau. O'Connell warf einen Blick über die Reling und sah Evelyn, die sich auf der Seite des Schiffs, an der das Boot mit den Tieren vertäut war, vor einem Kamel in Sicherheit brachte, das offensichtlich seinen langen Hals in Richtung Deck gereckt hatte, um nach ihr zu schnappen. Sie schrie erneut auf, als das Kamel es wieder versuchte, und rannte zu ihrer Kabine.

O'Connell wandte sich wieder Beni zu, der ihn wissend angrinste.

»Rick, Rick ... die Frauen sind noch mal dein Tod.«

»Ja. Aber was für einer.«

Beni widersprach ihm nicht. »Also, trennen wir uns als Freunde? Du nimmst mir nichts übel?«

»Nein. Leb wohl, Beni.«

»Leb wohl? Du meinst wohl eher ›Gute Nacht‹, oder?«

»Nein, ich meine Leb wohl«, sagte O'Connell, packte den kleinen Mann und warf ihn über die Reling. Unter wütendem Protest segelte Beni mit wild rudernden Armen durch die Luft und landete laut platschend im Wasser.

O'Connell nahm seinen Jutesack und machte sich auf den Weg in seine Kabine. Mit wutverzerrtem Gesicht strampelte Beni verzweifelt im Wasser. Seine Stimme schallte zum Schiff herüber: »Dafür wirst du bezahlen, Rick! Und wie du dafür bezahlen wirst!«

O'Connell lauschte Benis Drohungen. Er hatte nicht gewußt, daß der kleine Bastard schwimmen konnte.

Im gleichen Augenblick entdeckte er vier Paar nasse Fußabdrücke auf den Planken. Mit einem Blick über die Reling stellte O'Connell fest, daß ein kleines Boot am Schiff befestigt war und auf die Rückkehr der vier wartete, die sich heimlich auf die *Ibis* geschlichen hatten. Und O'Connell wühlte in seinem Jutesack, als er sah, wohin die Fußabdrücke führten.

Fünftes Kapitel

Ein Bad um Mitternacht

Im Lichtschein der Kerosinlampe auf ihrem Nachtisch betrachtete Evelyn Carnahan ihr Gesicht im Spiegel. Sie fand die Unterkunft in der kleinen Kabine ganz annehmlich. An der Frisierkommode machte sie sich fürs Schlafengehen zurecht. Das weiße, ärmellose Nachthemd ließ ihren wohlgeformten Körper erahnen. Schulterfrei und mit einem tiefen runden Ausschnitt enthüllte es den Ansatz verführerischer Brüste.

Evelyn hielt sich weder für besonders attraktiv noch fand sie sich häßlich. Sie interessierte sich einfach nicht sehr für Männer. Schon immer hatte sie lieber in die Fußstapfen ihres Vaters treten wollen. Sie war eine Feministin – eine moderne Frau. Dennoch regte sich seit kurzem noch etwas anderes in ihr. Schuld daran war dieser amerikanische Kerl, O'Connell. Ein unverschämter Rüpel, aber seine blauen Augen und erst, wie ihm das Haar in die Stirn fiel, waren entschieden sehenswert ...

Sie lächelte über ihre schulmädchenhaft schwärmerischen Gefühle. Aber die Erinnerung an seinen gefühlvollen Kuß, an den weichen sinnlichen Mund dieses Grobians ließ sie nicht los. Was hatte er noch im Gefängnis zu ihr gesagt? Wenn sie ihr Haar offen trüge, würde sie gar nicht so übel aussehen?

Sie löste die Nadeln aus ihren langen, braunen Haaren und warf den Kopf in den Nacken. Eine Lockenflut löste sich und fiel ihr über die Schultern. Während sie ihr Haar bürstete, wanderten ihre Gedanken zurück zu O'Connell. Ich darf nicht weiter an ihn denken, sagte sie sich, verlor sich alsbald aber wieder in ihren Träumereien.

Mit einer geistesabwesenden Bewegung fegte sie ein paar Haarnadeln auf den Boden. Sie bückte sich, um sie aufzuheben. Als sie sich wieder aufrichtete, zeigte der Spiegel ein neues Bild. Genau hinter ihr stand ein unheimlich wirkender Mann mit einem Haken, wo eigentlich eine Hand sein sollte. Seine Haut war blau gefärbt und mit rätselhaften Tätowierungen einer alten Sekte bedeckt, die man schon seit langer Zeit für ausgestorben hielt. Auf jeder sichtbaren Stelle seiner Haut konnte man Hieroglyphen erkennen: in dem schmalen, hageren Gesicht, das von einem schwarzen sphinxähnlichen Kopfputz eingerahmt wurde, auf seinem nackten Oberkörper, der mit Lederschnüren umwickelt war, und sogar auf den muskulösen Beinen unter dem schwarzen Beinkleid, in dessen Bund ein Dolch und ein Revolver steckten. Evelyn wußte, daß sie einen der legendären Mumia vor sich hatte. Bevor sie jedoch schreien konnte, legte sich eine feuchte Hand auf ihren Mund. Sie sah ihr angsterfülltes Gesicht im Spiegel, als er die Hakenhand hob, um zuzuschlagen. Aber nichts geschah. Statt dessen flüsterte er mit rauher Stimme: »Die Karte! Ich will die Karte ...«

Instinktiv richtete sich ihr Blick auf die Karte, die ausgebreitet im flackernden Kerzenlicht auf dem Tisch lag. »Gut, gut ... Und der Schlüssel? Ich will auch den Schlüssel ...«

Meinte er damit das Kästchen? Im Spiegel konnte man es golden unter dem Bett schimmern sehen, wenn man wußte, wo es zu suchen war – und Evelyn hatte nicht vor, ihm das zu verraten. Sie begegnete seinem Blick im Spiegel und schüttelte verneinend den Kopf. Mit den Schultern zuckend tat sie, als wisse sie nicht, was er wollte.

»Sagen Sie mir, wo der Schlüssel ist, oder Sie werden sterben.« Wieder schüttelte sie den Kopf. Die Hakenhand holte gerade zum tödlichen Schlag aus, als die Kabinentür mit einem explosionsartigen Krachen hinter ihnen aufflog. Im Spiegel erkannte sie O'Connell. In jeder Hand ein Gewehr stand er mit grimmigen Blick und vorgeschobenem Kinn in der Tür. Er sah aus wie ein gottverdammter Held – schlichtweg zum Verlieben ...

»Ich hoffe, ich störe euch Turteltauben nicht«, sagte er.

Dieser dreiste Kerl!

Der Mumia packte sie bei den Schultern und wirbelte sie

herum. Er benutzte sie als Schutzschild und hielt ihr seine Hakenhand bedrohlich nah an die Kehle. Ein paar endlose Sekunden lang verharrten sie reglos, und man konnte die drohende Gewalttätigkeit beinahe greifen. Ein Windhauch ließ die Kerze auf dem Tisch neben Evelyn aufflackern. Blitzschnell drehte sich O'Connell dem geöffneten Fenster zu. Ein weiterer blauhäutiger Krieger zielte mit einem Revolver auf O'Connell.

Er duckte sich. Die Holzwand hinter ihm zersplitterte und Holzstücke prasselten auf ihn nieder.

Entsetzt und erstaunt zugleich beobachtete Evelyn, wie O'Connell danach seelenruhig auf den zweiten Mumia am Fenster zielte und zweimal schoß. Die Kugeln trafen den Krieger in die Brust. Sterbend fiel er über den Sims und feuerte dabei weiter. Eine seiner ziellosen Kugeln zerschmetterte die Kerosinlampe, die sofort in Flammen aufging. Evelyns Angreifer lockerte für einen Moment den Griff. Sie nutzte die Chance. Mit einer raschen, ungestümen Bewegung, die sie sich nie zugetraut hätte, stieß sie ihm die brennende Kerze vom Frisiertisch in das rechte Auge. Er schrie vor Schmerzen auf und ließ sie los. Sie floh in O'Connells Arme. Der Raum hatte sich inzwischen in ein prasselndes Inferno aus lodernden Flammen verwandelt.

Evelyn nahm kaum noch wahr, wie sie in den Gang hinaus gezerrt wurde. O'Connnell, ein Gewehr in der Hand, das andere trug er am Gürtel, knallte er die zersplitterte Tür hinter sich zu und zog Evelyn hinter sich her. Plötzlich blieb sie stehen und sagte: »Warten Sie!«

Er blickte sie fragend an. »Warum?«

Sie befreite sich aus seinem Griff und zeigte auf die geschlossene Kabinentür, unter der Rauchschwaden hervorquollen. »Die Karte! Wir brauchen die Karte!«

»Ganz ruhig, Süße«, erwiderte er grinsend und tippte sich mit einem Finger auf die Stirn. »Hier ist die Karte drin.«

»Wie beruhigend.«

»Danke, daß ich Ihre Haut retten durfte.«

Er packte ihre Hand und wollte sie weiter ziehen. Erneut machte sie sich los: »Moment!«

»Verdammt! Was denn noch?«

»Das Kästchen ist immer noch da drin! Es liegt unter dem Bett«

»Sie wollen es doch nicht etwa da rausholen?«

»Der Mumia war hinter der Karte und dem Kästchen her!«

»Was für eine Mumie?«

»Mr. O'Connell ...«

»Dafür haben wir keine Zeit, Süße«, sagte er und zog sie weiter.

»Ich bin nicht Ihre *Süße*!«

Er ging nicht darauf ein. »Wir sollten besser nach Ihrem Bruder suchen ... Es sind mindestens noch zwei dieser Bastarde an Bord.«

»Und wenn sie nach mir suchen«, fügte sie erschrocken hinzu, »dann wollen sie sicher auch Jonathan.«

Sie liefen in Richtung Deck. Dabei verpaßten sie Jonathan, der gerade aus der entgegengesetzten Richtung den Gang herunterkam. Er rief: »Du meine Güte, Rauch!«, als er die demolierte Kabinentür seiner Schwester entdeckte. Was zum Teufel war hier passiert?

Es gelang ihm, die Tür aufzudrücken. Dabei schlug er sie dem Mumia ins Kreuz, der auf allen Vieren und sein Leben riskierend nach dem goldenen Kästchen suchte. »Evy!« schrie Jonathan. Er sah sich suchend im Zimmer um, konnte aber nichts außer Flammen erkennen. Erleichtert stellte er fest, daß sich seine Schwester offenbar nicht hier befand. Dafür bemerkte er das goldene Glitzern des Kästchens unter dem Bett. Trotz Rauch und Flammen beugte er sich nieder, um es aufzuheben. Da schnappten es ihm blau tätowierte Finger vor der Nase weg.

»Also hören Sie mal«, empörte sich Jonathan, »das hier gehört mir ...« Er wandte sich um und erblickte einen furchteinflößenden arabischen Krieger mit einer Hakenhand. Geschmolzenes Wachs lief ihm übers Gesicht, und sein Hinterkopf stand in Flammen.

Jonathan nahm allen Mut zusammen, den er aufbringen

konnte, und riß ihm das Kästchen aus der Hand. Der Krieger schrie vor Wut auf und krümmte sich vor Schmerzen. Er tastete nach seiner Pistole. Geistesgegenwart zählte nicht unbedingt zu Jonathans Tugenden, doch diesmal verlor er keine Zeit. Er krabbelte aus der brennenden Kabine, während Kugeln in die Planken einschlugen, wo er gerade noch gestanden hatte. Er rannte hinaus aufs Backbord-Deck, um nach seiner Schwester zu suchen.

Aber Evelyn und O'Connell befanden sich auf der Steuerbordseite der *Ibis*, eingeklemmt zwischen hysterisch schreienden Passagieren. Das Feuer hatte sich noch nicht weiter ausgebreitet, wohl aber die Panik. Selbst die Tiere in ihrem Pferch auf der mit dem Dampfer vertäuten Barke wurden unruhig. Die Kamele kreischten und stampften wild. Die Pferde wieherten, bäumten sich auf und traten gegen das verschlossene Tor, das sie vom Deck der *Ibis* trennte. Die Passagiere der zweiten und dritten Klasse versuchten bereits, sich in Sicherheit zu bringen, sprangen ins Wasser und schwammen ans Ufer.

»Wir müssen Jonathan finden!« drängte Evelyn, als O'Connell sie an sich drückte, um sie vor der Menge zu schützen.

»Laufen Sie in Richtung Bug«, schlug O'Connell vor und wies mit dem Kopf in die Richtung. »Ich habe ihn zuletzt in der Bar gesehen!«

Ein Gewehrschuß krachte. Die Kugel schlug genau über Evelyns Kopf in die Wand ein. Holzsplitter prasselten auf sie nieder. Sie rang nach Atem, als O'Connell sie zu Boden zog. Dann drehte er sich um und erwiderte das Feuer, das von der Bugseite des Schiffes kam. Ein weiterer dieser blauhäutigen tätowierten Teufel schoß unaufhörlich und durchlöcherte die Holzwände um sie herum. Eine Kugel traf die Kerosinlaterne, die an der Wand genau über ihnen hing. In Sekundenschnelle stand die Wand in Flammen.

Der Mumia kam immer näher und hatte die Waffe genau auf sie gerichtet.

»So sind wir leichte Beute für ihn!« O'Connell schaute

sich hektisch um, während er seinen Revolver nachlud. Der Rückzug zur anderen Seite war durch die angsterfüllten Passagiere versperrt, denen die Rauchwolken den Atem nahmen.

Es bot sich kein Ausweg. Auch ein Sprung ins Wasser war unmöglich, da die Barke mit den wild gewordenen und eingepferchten Tieren zwischen ihnen und dem Ufer lag. Da hatte O'Connell offenbar eine Idee. Er feuerte nicht auf ihren Angreifer, sondern auf die Barke. Evelyn glaubte, er habe den Verstand verloren, bis er erneut feuerte und sie begriff, was er vorhatte: das Schloß des Gatters zu zerschießen.

Die Pferde, die durch die Schüsse noch wilder geworden waren, traten das Tor auf und drängten heraus. O'Connell lenkte sie mit dem Tor auf den blauhäutigen Krieger zu, der erst vor Schreck und dann vor Schmerz aufschrie, als die Hufe über ihn hinweg donnerten und ihn zermalmten.

In der Zwischenzeit hatten sich die Flammen über das ganze Schiff ausgebreitet. Das Oberdeck stand bereits vollständig in Flammen, und die Sonnenmarkise loderte wie ein Banner in der Nacht. Die Passagiere sprangen nach und nach in den Nil und schwammen zum Ufer. So war der Weg zum Bug nicht länger durch die panische Meute blockiert. O'Connell warf sich seinen Jutesack über die Schulter und zog Evelyn dorthin.

Sie bemerkten nicht, daß Jonathan auf der Backbordseite des Dampfers festsaß. Die drei Amerikaner versperrten ihm den Weg. Sie hatten sich wie drei Idioten auf dem Schießstand vor ihm aufgebaut und schienen auf alles zu schießen, was sich bewegte, während sich ihr Ägyptologieprofessor wie ein ängstlicher Schuljunge hinter ihnen versteckte. Ihr eigentliches Ziel, ein weiterer dieser blauhäutigen Schurken unten am Bug, schoß genauso sinnlos um sich wie die Amerikaner.

»Das ist die reinste Wildwestshow«, murmelte Jonathan, der mit dem Gedanken spielte, ob er über die Reling springen und ans Ufer schwimmen solle. Der Mumiakrieger erlag schließlich der Übermacht der Amerikaner und ging über Bord. Jonathan entging dieses Finale, da er sich umdrehte, immer noch in der Hoffnung, seine Schwester zu finden. Er versuchte, in die entgegengesetzte Richtung auszuweichen, als ein brennender Mann auf ihn zukam! Ein brennender Mann mit wildem Blick und einer erhobenen Hakenhand, der offensichtlich nichts Gutes im Schilde führte …

»Deckung!« schrie jemand.

Jonathan warf sich zu Boden, und Schüsse pfiffen über seinen Kopf hinweg. Die Salve der Amerikaner traf den Krieger, der kopfüber in den Nil fiel.

»Wirklich, wie im Wilden Westen!« rief Jonathan begeistert. »Verdammt gute Show!«

Die Amerikaner blickten ihn nur entsetzt an, als sei er einer dieser schrecklichen blauhäutigen Schurken. Wie ängstliche Welpen liefen die Kerle in Richtung Bug davon. Das Gepolter ihrer Füße klang wie eine Herde Pferde.

Erst jetzt bemerkte Jonathan, daß er tatsächlich das Getrappel von Hufen hörte, begleitet von wildem Wiehern. Er drehte sich um, und als er sah, wie die wildgewordenen Biester auf ihn zudonnerten, rannte er los.

Die Amerikaner waren um die Ecke gebogen und an der Steuerbordseite ins Wasser gesprungen. Jonathan tat es ihnen von der Backbordseite aus nach und fragte sich, was aus seiner armen Schwester und O'Connell geworden war.

Die beiden steckten auf der Steuerbordseite zwischen weiteren Passagieren, die sich mit einem Sprung ins Wasser retteten. Dort war auch ihr »Geschäftspartner«, der Direktor des Kairoer Gefängnisses, im Begriff, über Bord zu springen. O'Connell wandte dem Mann den Rücken zu. »Schwimmen Sie an das weit entferntere Ufer«, befahl er Evelyn. Alle anderen schwammen an das nahegelegene Ufer.

»Warum?« fragte sie.

»Sie können doch schwimmen, oder?«

»Natürlich, wenn es die Situation erfordert.«

Sie waren umgeben von Rauchschwaden, züngelnden Flammen, donnernden Hufen, gellenden Schreien und Gewieher.

»Ich wage einfach zu behaupten«, erwiderte er, »daß es die Situation erfordert.« Er nahm sie auf die Arme wie ein Bräutigam seine Braut.

»Lassen Sie mich runter!« verlangte sie.

Er folgte ihrer Bitte, indem er sie über die Reling in den Nil warf. Dann sprang er hinterher.

Das Wasser war eisig und Evelyn fror bis auf die Knochen, auch wenn sie nicht verstand, wie ein Wüstenfluß so verdammt kalt sein konnte. Sie paddelte wie ein Hund, und während sie nach Atem rang, sah sie, wie um sie herum all die anderen Passagiere, auch die Tiere, das nahegelegene Ufer zu erreichen versuchten. O'Connell schwamm jedoch zum weiter entfernt liegenden Ufer durch. Sie folgte ihm und kletterte mühsam die Uferböschung hoch. Glücklich erkannte sie ihren Bruder neben O'Connell. Beide waren sie bis auf die Haut naß und zitterten vor Kälte. Aber sie lebten. Ihr Nachthemd klebte ihr am Körper, doch es war ihr gar nicht bewußt, daß sich jede Rundung ihres Körpers sichtbar darunter abzeichnete; zumindest bis zu dem Moment, als sie O'Connell mit offenem Mund dastehen sah. Das Flußwasser lief ihm über das Gesicht, während er ihren Anblick förmlich in sich aufzusaugen schien.

Sie wrang ihr Nachthemd aus und sagte: »Vergessen Sie Ihre schmutzigen Gedanken! Wir haben alles verloren, Sie Narr! Unsere komplette Ausrüstung, unsere Geräte …«

»Nicht alles«, sagte O'Connell und wies mit dem Kopf auf seinen Jutesack, der zu seinen Füßen lag.

Dann kam Hassan aus dem Wasser gekrochen, wie ein dicker Fisch, der sich sonnen will. »Ich habe Ihren Rat befolgt, zu diesem Ufer zu schwimmen«, sagte er und entblößte beim Grinsen seine grünen Zähne.

»Ich bin so froh darüber, daß Sie nicht ertrunken sind«, frotzelte O'Connell.

Die brennende *Ibis* trieb sinkend den Nil stromabwärts hinunter. Auf der gegenüberliegenden Seite hatten es die Passagiere bis ans Ufer geschafft, und ein dünner Mann mit rotem Fes, schwarzem Hemd und Hosen versuchte gemeinsam mit den Amerikanern, die Pferde und Kamele einzufangen. Die Tiere waren müde und naß und daher leicht zu bändigen.

»Wir haben die Karte verloren«, sagte Evelyn bedrückt zu Jonathan.

»Aber wir haben immer noch das hier«, sagte ihr Bruder und zog das goldene Kästchen aus seinem Hemd. »Habe ich den Kopf verloren? Ich denke nicht.«

»Gut gemacht«, lobte O'Connell«, und Jonathan strahlte über das Kompliment.

»Hey Rick!« ertönte eine Stimme auf der anderen Seite des Flusses. Es war der dünne Mann mit dem roten Fes.

»Wer ist denn diese schreckliche Person?« fragte Evelyn.

»O, das ist mein Kumpel«, sagte O'Connell trocken, oder jedenfalls so trocken, wie das ein durchnäßter Mann überhaupt sagen kann.

»Wir kennen uns von Hamunapatra her.«

»Ach du meine Güte. Er arbeitet bestimmt mit den Amerikanern zusammen.«

»Ja. Er ist auch aus der Fremdenlegion desertiert. Vielleicht können wir den Gefängnisdirektor überreden, daß er ihn für uns aufhängt.«

Beni hüpfte auf und ab und rief: »Hey Rick! Sieht so aus, als ob wir alle Kamele und Pferde haben!« Darauf folgte ein widerliches, schrilles Lachen.

»Kann schon sein, Beni!« rief O'Connell zurück. »Aber mir scheint, daß du auf der falschen Seite des Flusses bist!« Der dünne Mann hörte auf zu hüpfen. Er schaute zu den Sternen hinauf und schüttelte den Kopf und die Fäuste. Dann trat er ärgerlich in den Sand und fluchte in mehreren Sprachen. Die Vorstellung, die er gab, war beeindruckend und lächerlich zugleich.

»Was nun?« fragte Evelyn O'Connell.

»Wir versuchen, uns bis morgen früh warm zu halten. Sie wissen doch, wie man kuschelt, oder?«

Sie grinste ihn mit vor der Brust verschränkten Armen an. »Wenn es die Situation erfordert.«

Sechstes Kapitel

Kamelreiter

Die endlose, von der Sonne ausgedörrte Wüste erstreckte sich vor ihnen, ein Bratofen, in der die kleine Kamelkarawane vor sich hin brutzelte. O'Connell führte die Gruppe an. Evelyn hielt sich dicht hinter ihm, gefolgt von ihrem Bruder und Gad Hassan.

O'Connnell sah die riesige Wüste mit ihren Felsen, Dünen und Sandfeldern, die im Sonnenlicht schimmerten, als eine überwältigende, aber auch furchteinflößende Landschaft, die nicht zu unterschätzen war. Sie durchquerten gerade eine sandige Ebene, die mit Steinen übersät und vereinzelt mit Büschen bewachsen war. Sie erinnerte ihn an den amerikanischen Südwesten. Eine Tagesreise entfernt erwartete sie ein Gebiet mit Dünen und Tälern aus feinem Flugsand. Dort konnte der Schirokko, der versengende, plötzlich aufkommende Wüstenwind, Mann und Maus innerhalb von Minuten unter Sandmassen begraben.

Nachdem sie von Beduinen gerettet worden waren, die das Feuer des brennenden Schiffes am Himmel gesehen hatten, hatten sie in einer geschäftigen Oase mehrere Meilen landeinwärts vier von Flöhen zerbissene Kamele gekauft. Fast die ganze Nacht hatte O'Connell mit den Beduinen um den Preis für Kamele, die Ausrüstung und Proviant – Datteln, Fladenbrote und Pfefferminztee – gefeilscht. Jonathan, dessen Geldvorrat das Bad im Nil überlebt hatte, beklagte sich über den Preis für die vier »räudigen Biester«, bis O'Connell ihm sagte, daß er auch seine Schwester gegen die Tiere hätte eintauschen können.

»Ein verführerischer Vorschlag, oder?« hatte Jonathan erwidert.

»Verführerisch, in der Tat«, hatte O'Connell ihm zugestimmt, damit aber Evelyn selbst gemeint, die gerade in ihrem neuen Kleid aus einem Zelt trat. Es war ein hübsch genähtes blaues Beduinengewand, das sie schmeichelnd umfloß und ihre weichen Kurven betonte.

Zu Beginn waren sie durch das grüne Niltal gezogen, begleitet vom süßen Duft von Gras und Klee, den der kräftige Wüstenwind mit sich trug. Nur wenige Stunden später zogen ihre Kamele über flachen, steinigen Wüstenboden, der völlig ausgetrocknet war, da sein jahrhundertealter Durst nach Regenwasser nie gestillt worden war.

Jonathan hielt sich gut im Sattel. Er war ein geübter Reiter, doch die plumpe Gangart der Kamele schien ihm nicht zu behagen. »Diese dreckigen Viecher«, sagte er zu O'Connell. »Sie stinken, sie beißen und sie spucken. Solche Exemplare sind mir bisher noch nicht untergekommen.«

Offensichtlich hatte Jonathan damit nicht den Gefängnisdirektor gemeint, der genau hinter ihm ritt. Gierig verschlang dieser Datteln, spuckte die Kerne unbekümmert aus und schien den Fliegen, die um seinen Kopf surrten, keine Beachtung zu schenken.

»Ich finde sie anbetungswürdig«, meinte Evelyn.

O'Connell nahm an, daß sie dabei die Kamele im Sinn hatte und nicht Hassans Fliegen.

Evelyn schien die Reise Spaß zu machen, und ihr Können als Reiterin kam ihr dabei zugute. Sie trieb ihr Reittier an, bis sie O'Connell eingeholt hatte. »Hören Sie nicht auf Jonathan. Er ist nur ein bißchen schlecht gelaunt. Ist ja auch kein Wunder, da sein Bourbonvorrat irgendwo auf dem Grund des Nils liegt.«

O'Connell blinzelte in die grelle Sonne, die hoch am Himmel stand. »Wahrscheinlich wird es uns bald allen so gehen, noch bevor diese Reise vorbei ist.«

»Ich jedenfalls finde diese Landschaft wunderschön«, sagte sie vergnügt. »Fragen Sie sich nicht auch, warum wir so viel Aufhebens um die sogenannte Zivilisation machen? Ich meine, hier sind wir mitten in dieser verdorrten Unendlichkeit. Fühlen Sie sich nicht demütig und fern von jeglicher Eitelkeit? Ich meine, ist nicht diese riesige Weite der Wüste wie das Universum und wir nichts als winzige Sandkörner?«

»Ich wollte gerade dasselbe sagen.«

Sie lächelte und zeigte entzückende Grübchen. »Sie machen sich über mich lustig, Mr. O'Connell.«

»Warum nennen Sie mich nicht Rick?«

»Warum sollte ich?«

»So heiße ich.«

Sie blickte ihn herausfordernd an, und zügelte ihr Kamel, um hinter O'Connell herzureiten. Aber dann, Mr. O'Connell, müßte ich Ihnen erlauben, mich Evelyn zu nennen.«

Er grinste zurück. »Oder schlimmer noch, Evy.«

Was ihr ein winziges Lächeln entlockte.

Vielleicht eine Stunde später jedoch ritt sie wieder neben ihm. Ihre gute Laune war verflogen und sie sah ihn besorgt an.

»Ich habe über den unglücklichen Vorfall letzte Nacht nachgedacht«, sagte sie. »Diese schrecklichen Männer auf dem Schiff …«

»Meinen Sie, die mit der blauen Haut und den Tätowierungen?«

»Die sind nicht zu unterschätzen. Ich glaube, daß sie uns womöglich von unserer Suche abhalten wollten.«

»Wie kommen Sie darauf?«

»Ihre Tätowierungen waren die alten Zeichen einer Sekte, die als Mumia bekannt war. Ein Kult, von dem man bis jetzt annahm, daß er schon im Altertum ausgestorben sei.«

»Was für ein Kult?«

»Die Mumia galten als Wächter der Stadt der Toten. Mehr ist nicht über sie bekannt. Ich vermute aber, daß sie versuchen werden, uns davon abzuhalten, Hamunapatra zu erreichen.«

»Halten Sie es also für möglich, daß wir noch weiteren von diesen Clowns in die Arme laufen?«

»Das ist schwierig zu sagen, Mr. O'Connell. Aber meines Wissens waren die, die wir gestern nacht gesehen haben, die ersten, die man im zwanzigsten Jahrhundert gesehen hat – oder im neunzehnten oder im achtzehnten oder …«

»Ich verstehe.«

Im Laufe des Nachmittag bemerkte er, wie ihre Kräfte nachließen. Ihm erging es nicht anders. Der endlose Ritt durch die Wüste war anstrengend, und die Reiter sprachen nur noch das nötigste miteinander. O'Connell spürte, daß seine kleine Gruppe Rast machen mußte. Am späten Nachmittag erspähte er eine Gruppe von Palmen, und sobald er sich davon überzeugt hatte, daß es sich nicht um eine Fata Morgana handelte, lenkte er sie dorthin, um ein Lager für die Nacht aufzuschlagen.

Die Sonne, die als flammender Feuerball unterging, tauchte die Landschaft in dunkelrote Streifen, bis der unheimliche Dunstschleier der Abenddämmerung sie verschwinden ließ. Während sie ihr Lager aufbauten, ließ die sengende Hitze des Tages plötzlich nach. Es wurde kühl, später sogar richtig kalt. Ein alter Brunnen spendete ihnen frisches Wasser, das in einem Beutel am Ende eines Seils über einen abgewetzten Balken, heraufgezogen wurde.

»Legt euch jetzt alle schlafen«, sagte O'Connell, als sie um das kleine Feuer aus Palmenzweigen und Ästen saßen. Sie aßen Datteln und Fladenbrote und nippten an ihrem sirupsüßen Pfefferminztee. »Gegen ein Uhr stehen wir auf, damit wir nicht in der prallen Sonne reiten müssen.«

Nur wenige Stunden Schlaf würden ihnen also genügen müssen. Die Vorstellung, in der Kühle der Nacht zu reiten, klang verlockend nach dem langen Ritt unter der brütenden Sonne.

Von den Beduinen hatten sie vier kleine Zelte mit Pritschen und Decken aus Kamelhaar gekauft, die ganz annehmbare Schlafbedingungen boten, obwohl es trotz des brennenden Feuers, das O'Connell in Gang hielt, bitterkalt war. O'Connell hatte mit den Beduinen auch um vier Kapuzenmäntel gefeilscht, die sie jetzt gut gegen die Kälte schützten.

Obwohl ihn Evelyns hochtrabendes Gerede über die Wüste und das Universum amüsiert hatte, wußte O'Connell, daß sie ihr Geheimnis erfaßt hatte. Dieses Gefühl, daß in der unendlichen Weite der Ewigkeit das eigene Leben bedeutungslos war, vermittelte eine Art Freiheit, beinah die Erlösung von der Suche nach Ruhm und Gewinn. Unter dem Sternenhimmel der Wüste, der sich in seiner unendlichen Weite vor ihm auftat, konnte ein Mann über solche Dinge nachdenken.

Zumindest wäre es theoretisch möglich gewesen, wenn Gad Hassan nicht so laut geschnarcht hätte. Jonathan, der sich hin und her warf, beklagte sich deswegen und schnarchte später selbst. O'Connell mußte noch darüber grinsen, als er bereits in seinem Zelt lag. Er war kaum eingeschlafen, als sie ihn weckte.

»Es tut mir so leid«, sagte sie. »Aber ich friere so. Würde es Sie sehr stören?«

»Was?«

»Mit mir zu kuscheln. Die Situation erfordert es mal wieder.«

Ihre Nähe verwirrte ihn und er war versucht, sie zu küssen. Er lag fast eine Stunde wach, bevor er endlich einschlafen konnte, nicht ahnend, daß es Evelyn genauso ging.

Kurz vor ein Uhr wachte er auf und weckte Evelyn. Sie sollte in ihr Zelt zurückgehen, bevor die anderen wach wurden und die Situation falsch deuteten. Sie nickte zustimmend. Bald darauf hatte er alle aufgeweckt und riet ihnen, die Kapuzenmäntel anzulassen. Sie schlugen die Zelte ab und stiegen auf ihre Kamele, um ihre Reise durch die Wüste fortzusetzen.

Kühl und blau lag die tagsüber heiße braune Sahara nun im Licht der Sterne. O'Connell übernahm wie gewöhnlich die Führung. Evelyn ritt an seiner Seite, und ihre Kamele schaukelten mit großen Schritten voran. Jonathan und Hassan folgten ihnen, Seite an Seite. Beide schienen noch zu schlafen und schwankten auf ihren Kamelen hin und her. Dabei hallte ihr Schnarchen durch die Nacht.

O'Connell behielt sorgsam die junge Frau im Auge, die nach der kurzen Rast noch schläfrig war. Wenn sie langsam aus dem Sattel zu rutschen begann, beugte er sich vor, um sie aufzufangen, und schob sie sanft wieder in ihren Sitz, ohne sie dabei zu wecken. Er nutzte ihren Schlummer, um sie ungestört betrachten zu können. Sie war ohne Zweifel schön mit ihren sanften, fein geschnittenen Zügen, ihren vollen Lippen ... Beni hatte recht. Frauen waren seine Schwäche. Aber bei Evelyn war es anders. Sie interessierte ihn nicht nur als flüchtiges Abenteuer. Er befand sich in der größten Gefahr, die einem Söldner widerfahren konnte: Er war einer Frau begegnet, die er lieben konnte.

Dann fiel sein Blick auf eine Hügelkette in der Ferne, wo er eine weitere Gefahr entdeckte: eine Gruppe Reiter auf Pferden, Araber in dunklen Gewändern, die ihnen zu folgen schienen. Durch die weite Entfernung und das Mondlicht, das die Wüste in blaue und elfenbeinfarbene Töne tauchte, konnte er sich auch täuschen – aber er hätte schwören können, daß die Hände und Gesichter der Reiter so blau waren wie die Gesichter der Krieger, die letzte Nacht die *Ibis* überfallen hatten. Waren diese Schatten der Wüste Evelyns sagenhafte Mumia? Natürlich konnten es auch Wüstennomaden von irgendeinem Stamm sein, die keinerlei Bedrohung für die kleine Karawane darstellten.

Als ob sie dies bestätigen wollten, verschwanden sie von der Hügelkette. Als es allmählich heller wurde, war nichts mehr von ihnen zu sehen. Die Kühle der Nacht verschwand, noch bevor die Sonne aufging. Und bevor die Tageshitze einsetzte, hielten die vier Kamelreiter an, packten ihre Kapuzenmäntel weg und tranken etwas Wasser. Jonathan und Hassan nutzten die Gelegenheit zu einem lautstarken Wortwechsel, wobei der eine dem anderen sein Schnarchen vorwarf und die eigene Schuld bestritt.

Bald war die Karawane wieder unterwegs. Die aufgehende Sonne verbarg sich hinter einer riesigen Sanddüne, in deren Schatten ihre Kamele entlangliefen. Evelyn schloß zu O'Connell auf. »Worüber denken Sie nach?« fragte sie ihn.

»Ich glaube, daß wir bald da sind.«

»Wie können Sie da so sicher sein? Die Wüste sieht doch überall gleich aus.«

»Nicht wenn Sie auf die Wegzeichen achten.« Und er wies mit dem Kopf nach links. Ihr Blick fiel auf ein paar Steine, die sich bei näherer Betrachtung als verblichene Knochen entpuppten. Es waren Menschenknochen, die aus dem Sand ragten, und so aussahen, als versuchten sie aus ihren Wüstengräbern zu kriechen.

»Ach du meine Güte«, rief sie aus.

»Menschenskind!« entfuhr es Jonathan. »Wer, glauben Sie, waren diese armen Kerle?«

»Ebenfalls Sucher nach der Stadt der Toten«, antwortete Gad Hassan. Er zitterte, obwohl die Kühle der Nacht längst vergangen war.

Inmitten der Gebeine steckte ein Schild im Sand, auf dem etwas in arabischer Schrift geschrieben stand. »Was steht da?« fragte Jonathan seine Schwester. »Rasen betreten verboten?«

Evelyn warf ihrem Bruder einen bösen Blick zu. »Da steht: ›Kehren Sie um – Halten Sie sich fern‹.«

Jonathan zuckte die Achseln. »Da lag ich doch gar nicht so verkehrt.«

Das ist erst vor kurzem angebracht worden«, bemerkte O'Connell, denn sonst hätte der Sand diese frisch gemalte Warnung schon längst unter sich begraben gehabt. »Vielleicht ein Rat von Ihren Mumia-Freunden?«

Evelyn entgegnete nichts, aber sie schaute besorgt in die Runde. Dann wandte sie sich um, als sie genau hinter sich ein dröhnendes Geräusch hörte. Das dröhnende Geräusch wurde rasch zu einem donnernden Stampfen von Pferdehufen, als hinter der hohen Sanddüne, die ihnen den Blick auf die aufgehende Sonne versperrte, drei Dutzend Reiter auftauchten, die einen wahren Sandsturm aufwirbelten.

Evelyn griff erschrocken nach O'Connell seinem Ärmel. »Die Mumia!« schrie sie.

»Nein«, sagte O'Connell. »Das sind einheimische Arbeiter, mit meinem Kumpel Beni an der Spitze.«

»Und diesen verdammten Amerikanern«, fügte Jonathan hinzu.

Und so war es auch. Die drei amerikanischen Raufbolde saßen auf Pferden, ihr unscheinbarer Ägyptologieprofessor auf einem Esel und Beni, der die Expedition anführte, da er schließlich den Weg nach Hamunapatra kannte, ritt ein Kamel, das wesentlich besser gepflegt war als die von O'Connell und seiner Gruppe.

Beni hielt sein Kamel an und die Expedition machte hinter ihm halt, wie ein Kavallerie-Regiment, das auf das Zeichen zum Angriff wartet. Gerade hundert Fuß trennten die größere amerikanische Gruppe von der kleinen Karawane.

»Guten Morgen, Rick!« rief Beni. »Was für eine kleine Wüste muß das doch sein, daß Freunde sich immer wieder über den Weg laufen!«

O'Connell nickte nur. Er trat sein Kamel sanft in die Seite und seine Gruppe zog weiter die bergähnliche Düne entlang, auf die aufgehende Sonne zu, die sich immer noch nicht ganz zeigte.

Beni gab den Amerikanern ein Zeichen, und gemeinsam mit den einheimischen Arbeitern folgten sie gemächlich O'Connells Gruppe.

Arrogant wie eh und je schrie Henderson: »Hey, O'Connell! Wir haben doch immer noch eine Wette, oder? Wer zuerst die Stadt erreicht, gewinnt fünfhundert?«

O'Connell nickte erneut, während sein Blick auf den endlosen Horizont vor ihm gerichtet blieb, wo der Himmel über der sandigen Hügelkette heller wurde.

»Was zum Teufel geht hier vor?« fragte der sonst so gleichmütige Daniels Beni leise.

»Geduld, mein guter Barat'm«, beruhigte ihn Beni. »Geduld.«

»Welche Tiere sind auf diesem Gelände am schnellsten? Kamele oder Pferde?« wollte Burns von Beni wissen und blinzelte dabei hinter seiner Nickelbrille.

»Kamele.«

Daniels beugte sich vor. »Willst du hundert Mäuse gewinnen, Beni-boy?«

»Mäuse?«

»Kies. Moneten. Dollars.«

»Ach ja – für diese Sache gibt es viele Namen.«

»Hilf uns die Wette zu gewinnen, dann bist du mit hundert beteiligt. Du bist unser Jockey in diesem kleinen Kamelrennen.«

Während sich Beni mit seinen Arbeitgebern beriet, unterhielt sich O'Connell mit Evelyn. »Sie sind eine gute Reiterin«, sagte er ihr.

»O, danke«, erwiderte sie überrascht.

»Offensichtlich sind Sie eine erfahrene Reiterin, sonst hätten Sie das Kamel nicht so gut im Griff.«

»Vielen Dank, Mr. O'Connell. Warum ...?«

»Machen Sie sich fertig.«

»Wofür?«

Er grinste sie an. »Gleich geht es los.«

Die Sonne war inzwischen aufgegangen und überflutete den Sand mit ihren Strahlen. Vor ihnen erhob sich ein dunkler Schatten. Die Silhouette eines Berges, dessen Spitze abgehackt war ... Nein, es war ein Vulkan, älter als die Zeit, tot wie der Wüstensand, aber das unverkennbarste und erhabenste Wahrzeichen der Götter.

O'Connell und Benis Blicke trafen sich. Als einzige Überlebende jener Expedition, die sie nach der Karte ihres Colonels zu diesem felsigen Wegweiser geführt hatte, kosteten sie diesen Augenblick aus. Beide lächelten ... und versetzten dann beide gleichzeitig ihren Kamelen einen anfeuernden Schlag.

Während O'Connell und Beni auf den Vulkan zurasten, blinzelten die anderen Reiter erstaunt, sammelten sich und setzten ihnen nach. Die Pferde stammten aus einer hervorragenden arabischen Zucht, aber im Wüstensand hatten sie keine Chance gegen die räudigen, plumpen Kamele.

Jonathan, der zu den Kamelreitern zählte, war erstaunt und begeistert zugleich über diesen Wandel der Ereignisse. Er wandte sich zu den Amerikanern um und machte höhnische Bemerkungen, wodurch er fast aus dem Sattel fiel. O'Connell und Beni lagen noch weit vor ihnen, doch Evelyn kam ihnen mit wehendem Haar immer näher. Mit verbissenem Lächeln trieb Beni sein Kamel mit Peitschenhieben an. Plötzlich holte er mit der Peitsche aus und schlug hinterhältig nach O'Connell. Bei Benis drittem Schlag bekam O'Connell die Peitsche zu fassen und zog kräftig an ihr. Beni wurde schreiend aus dem Sattel gerissen und fiel kopfüber in den Sand, direkt vor die herannahenden Kamele und Pferde. Zunächst stolperte er unbeholfen herum, dann sprang er behende beiseite, als Jonathan und die anderen in einer Staub-

und Sandwolke an ihm vorbeidonnerten. Jammernd, hustend und fluchend winkte er hinter ihnen her.

O'Connell bemerkte aus den Augenwinkeln, daß Evelyn ihn eingeholt hatte und ein hartes, gleichmäßiges Tempo ritt. Dabei hatte sie offensichtlich einen Heidenspaß, denn ihre Augen funkelten vor Freude. Der Vulkan ragte neben ihm auf und führte sie in das Tal, in dem die sagenhaften Ruinen von Hamunapatra ihnen als Lohn winkten. Ihr triumphierendes Lachen und ihr siegessicherer Blick ließen ihn schmunzeln, und er sagte sich, daß er dieses Mädchen mochte, auch wenn er sie, was er sich nur noch nicht eingestehen wollte, schon längst liebte. Im gleichen Moment war sie auch schon an ihm vorbei und hielt auf die steinerne Rampe zu, die zu den Eingangssäulen des Tempels führte. Ihm fiel die Sanddüne ein, die direkt hinter den Toren zum Tempel lag, und er schrie: »Evelyn! Reiten Sie langsamer! Da liegt eine wirklich große …«

Aber das war alles, was er noch sagen konnte, bevor sie förmlich zwischen den Säulen hindurchflog. Ihr Kamel stoppte ruckartig ab, sie stürzte Hals über Kopf hinunter und landete hart im Sand.

»Halb so schlimm«, tröstete O'Connell, während er neben ihr zu stehen kam. Benommen setzte sie sich auf und spuckte Sand. Er kletterte von seinem Kamel herunter und half ihr, sich abzuklopfen. Der Sand saß überall, in den Haaren, in den Augen. Sie sah wirklich schlimm aus. Kurz darauf kamen auch Jonathan und Hassan dazu, gefolgt von den Amerikanern und ihren Helfern, die mit großen Augen das Wunder der Ruinen von Hamunapatra bewunderten.

O'Connell machte eine weitausholende Handbewegung und sagte: »Willkommen in der Stadt der Toten, Jungs. Ach übrigens, ihr schuldet der jungen Dame fünfhundert Dollar.«

Siebtes Kapitel

Was weiß denn schon eine Frau?

In den Ruinen der Tempelanlagen von Hamunapatra, die seit den Tagen von Sethos I. verlassen waren, schlugen die rivalisierenden Expeditionen ihre Lager auf. Dutzende von harmlosen Kamelen irrten ziellos durch die Ruinen. Fliegen umschwirrten sie, staubige Rucksäcke und alte Satteltaschen hingen über ihren Höckern. Evelyn hatte O'Connells schmerzlichen Blick bemerkt, als er die herumwandernden Tiere sah.

»Wo kommen diese armen Kreaturen bloß her?« fragte sie ihn. Dabei entging ihr nicht, wie umwerfend er in seinem weißen Hemd und den Lederstiefeln aussah. Dazu das braune Halstuch, die Chinos und der Patronengurt aus Leder, den er quer über der Brust trug.

»Meine Kameraden aus der Fremdenlegion«, sagte er leise. Über seine hellblauen Augen huschte ein Schatten. »Die Geier haben ihr Fleisch gefressen, der Sand ihre Knochen, aber die Kamele warten immer noch auf die Rückkehr ihrer Reiter.«

Die amerikanische Expedition hatte mit ihren zwei Dutzend einheimischen Helfern und ihrer kompletten Ausrüstung mit den Ausgrabungsarbeiten begonnen. Dr. Chamberlin beaufsichtigte die Arbeiten seiner Helfer, die eimerweise Gestein und Schutt aus dem Bereich der riesigen Säulen wegtrugen. Diese waren mit Hieroglyphen bedeckt, die der Ägyptologe beachtenswert fand. Die drei amerikanischen Abenteurer machten sich dabei nicht die Hände schmutzig, sondern saßen vor ihren Zelten und fragten ihren hilfreichen Führer Beni aus, der eine Wasserpfeife rauchte.

O'Connell hatte seine Rivalen kurz besucht, um ihnen Glück zu wünschen, und erzählte Evelyn von einem Ratschlag, den Beni den Männern gegeben hatte: »Wenn ihr von einer Schlange gebissen werdet, dann ritzt ihr mit dem Messer ein X in die Wunde, saugt das Gift heraus und spuckt es aus.«

Burns, der schielende Mann mit der Nickelbrille, hatte daraufhin gefragt: »Und, wenn man selber nicht an die Wunde herankommt?«

»Dafür hat man doch Freunde.«

»Und wenn ich in den Hintern gebissen werde?«

»Nun, *Barat'm,* sollte der Freund, den du um Hilfe bittest, Beni heißen, dann wirst du wohl sterben.«

O'Connell fand diese Geschichte urkomisch, aber Evelyn brachte nur mit Mühe ein höfliches Lächeln zustande. Die feindlichen Gruppen blieben auf Distanz. Davon abgesehen schienen die Amerikaner die kleine Ausgrabungsgruppe für keine ernste Konkurrenz zu halten, zumal sie zufällig mitbekommen hatten, wie Dr. Chamberlin sagte: »Die Leitung der Gruppe hat doch ein Frau – und was weiß die denn schon?«

Diese reaktionäre Einstellung kam Evelyn gerade recht. So hatte sie weder Einmischung noch Sabotage zu fürchten. Davon abgesehen wußte sie nur allzu genau, wo sie mit den Ausgrabungen beginnen mußte.

Innerhalb des offenen Schreins, von dem nur der obere Teil der massiven, verwitterten Anubisstatue aus dem Sand geragt hatte, zeigte sich eine Felsspalte, unter der sich vermutlich eine Höhle oder eine in den Fels gehauene Grabkammer befand.

»Dies ist ein Eingang«, stellte sie fest.

»Das ist ein Loch im Boden«, meinte O'Connell. »Und es stammt nicht von Menschenhand. Man muß kein Archäologe oder Geologe sein, um das zu erkennen.«

»Sie haben recht, sie stammt nicht von Menschenhand, aber Menschen haben sie als Eingang benutzt«, erwiderte sie, fegte den Sand beiseite und legte eine glänzende Fläche frei, die, plötzlich von einem Sonnenstrahl getroffen, ihren Bruder Jonathan blendete. »Verdammt! Was ist denn das?« fluchte er.

»Ein Spiegel«, sagte O'Connell und kniff die Augen zusammen. »Ein alter Spiegel …«

Der kleine runde Spiegel in seinem mit altertümlichen Schriftzeichen besetzten Metallrahmen war an einem Felsen befestigt. Rechts daneben befand sich eine Spalte, die groß genug war, damit sich ein Mann oder eine Frau hindurchzwängen konnte. Evelyn erklärte: »Hier handelt es sich um eine Grabstätte, und es gibt keinen Zweifel daran, daß diese Öffnung einst durch Steine oder vielleicht auch Holz verdeckt war. Die Pharaonen haben sich natürliche Steinformationen, Höhlen und ähnliches zunutze gemacht, und ihre Grabstätten in den massiven Fels getrieben. Ich glaube, daß sich unter uns eine regelrechte unterirdische Stadt mit Höhlen und in Felsen gehauenen Grabkammern befindet.«

Sie wies ihr kleines Ausgrabungsteam an, mit der Handvoll Werkzuge, die sie bei den Beduinen gekauft hatten, nach weiteren Spiegeln am Rand der Felsöffnung zu suchen. Innerhalb einer Stunde hatten sie auf beiden Seiten ein halbes Dutzend dieser antiken Spiegel gefunden.

»Wofür zum Teufel brauchte man die?« fragte O'Connell und klopfte sich den Sand von den Kleidern.

»Das war ein altes ägyptisches Beleuchtungssystem.« Sie ging am Rand der Felsspalte entlang und versuchte die Spiegel so zu stellen, daß sie das Sonnenlicht einfingen. Die richtige Position konnte sie nur vermuten, nichtsdestotrotz war sie sehr aufgeregt. »Wenn meine Vermutungen stimmen, werden Sie sich bald selbst davon überzeugen können.«

»Fertig zum Einstieg?« sagte O'Connell.

»Bitte.«

Er wickelte Seile um eine nahegelegene Säule.

»Wenn man den Wissenschaftlern der Bembridge Schule glauben kann«, erläuterte sie ihrem aufmerksam lauschenden Team, »gibt es irgendwo im Innern der Anubisstatue ein geheimes Fach, in dem das *Buch des Amun Ra* verborgen liegt.«

O'Connell warf die aufgerollten Enden der an der Säule befestigten Seile in die dunkle Felsspalte. Er legte sich seinen Rücksack an. In seinem Hosenbund steckten zwei hölzerne Stöcke, die als Fackeln dienen sollten. Sie waren mit in Kerosin getränkten Stoffenden umwickelt. »Ich gebe mit der Fackel ein Zeichen, wenn alles in Ordnung ist«, sagte er. »Ich möchte nicht schreien und das andere Team auf den Plan rufen.«

»Scharfsinnig, alter Knabe«, bemerkte Jonathan. Am Rand der Spalte blieb O'Connell stehen, holte etwas aus seinem Rücksack und warf es Evelyn zu.

Sie fing es auf. Es war ein brauner Lederbeutel in der Größe eines kleinen Buches. Und bevor sie ihn noch fragen konnte, erklärte er: »Nur eine Kleinigkeit, die ich mir von den Amis geborgt habe, als ich ihnen viel Glück wünschte.«

Er grinste sie an, hielt sich mit den Lederhandschuhen am Seil fest und sprang in die Felsspalte.

»Was für ein hübsches Geschenk«, sagte sie leise, und untersuchte das glänzende Archäologenwerkzeug, das sich darin befand.

Schon bald signalisierte ihnen der Lichtschein der Fackel, daß er auf festen Boden gestoßen war. Auf Jonathans Bitte und nach einem endlosen »Nach Ihnen – Nein, bitte nach Ihnen« kletterte der in Schweiß gebadete Hassan mit großen Augen als erster am Seil herunter.

Jonathan warf seiner Schwester einen verschwörerischen Blick zu und sagte: »Ich vermute, wenn die Säule sein Gewicht aushält, dann haben auch wir nichts zu befürchten.« Schon folgte er Hassan. Schließlich kletterte auch Evelyn in ihrem wehenden Gewand an dem Seil in die unheimliche Dunkelheit, während sie sich wieder einmal sehnlichst wünschte, Hosen zu tragen. Als sie den Boden berührte, rutschte sie auf ihren Sandalen aus und fiel recht unsanft auf den Hintern.

O'Connell kauerte sich nieder, um ihr aufzuhelfen. Dabei streifte der Lichtstrahl der Fackel die Kammer und beleuchtete gerade, glatte Wände, bedeckt mit geometrischen Zeichnungen und Götterfiguren, die im Flachrelief in den festen Stein gearbeitet worden waren. Ihre Schönheit verschlug ihr den Atem.

»Freunde«, sagte sie in jenem ehrfürchtig gedämpften Tonfall, den man gewöhnlich nur in Kirchen anschlug, »seid ihr euch bewußt, daß wir uns in einem Raum befinden, den kein menschliches Wesen seit über dreitausend Jahren betreten hat?«

»Wo ist der Schatz?« fragte Gad Hassan.

»Bedienen Sie sich an meinen Spinnweben«, bot O'Connell an und wischte ein paar beiseite. Er zündete die zweite Fackel an und gab sie Jonathan. »Was riecht es hier so furchtbar?« fragte er.

Evelyn seufzte. Sie stand vor einem archäologischen Fund, der womöglich vergleichbar war mit der Entdeckung des Grabes von König Tutanchamun, und sie teilte diesen besonderen Moment mit einem Trio hoffnungsloser Barbaren.

Jonathan fuchtelte mit der Fackel herum. »Ich sage euch, das ist der Gestank des Todes!« Er klang aufgeregt.

Gad Hassan beugte sich zu Jonathan herüber und schnüffelte. »Ich rieche gar nichts.«

Jonathan rümpfte die Nase und blickte zu dem verschwitzten Gefängnisdirektor hinüber. Dann wich er zurück und lächelte peinlich berührt. »Falscher Alarm ... Sagen Sie, Direktor Hassan, würde es Ihnen etwas ausmachen, etwas Abstand zu wahren? Es ist hier so schrecklich eng.«

Beleidigt verzog Hassan das Gesicht und ging ein paar Schritte zurück.

Evelyn nahm O'Connell beim Arm und bat: »Leuchten Sie mit der Fackel hier herüber.« Schon bald hatte sie gefunden, wonach sie gesucht hatte: eine Metallscheibe, die an der Steinwand befestigt war. Sie wischte die Spinnweben beiseite und richtete die Scheibe auf ihrem winzigen Sockel nach dem Lichtstrahl, der von den Spiegeln heruntergeleitet wurde. Sie hatte sie gut eingestellt. Der Lichtstrahl traf die Scheibe und fiel zurück auf die Außenspiegel, die daraufhin die ganze unterirdische Kammer erhellten.

»Ein schlauer Trick«, sagte O'Connell.

»Gütiger Himmel«, sagte Evelyn atemlos und nahm den prachtvoll gestalteten Raum in sich auf. Selbst die Decke war mit eingemeißelten Figuren verziert. Mit der Hand strich sie über die Hieroglyphen, während sie die Schriftzeichen im Geiste übersetzte. »Es ist ein *Sahet!*«

»Das wollte ich auch gerade sagen«, meinte Jonathan trocken.

»Was ist das?« fragte O'Connell sie, während er eine seiner Fackeln löschte, die in dem erleuchteten Raum nicht mehr nötig war.

»Ein Vorbereitungsraum«, sagte sie und wies mit dem Kopf auf einen altargleichen Sockel in der Mitte des Raums, »durch den man ins Leben nach dem Tod gelangt.«

»Gütiger Gott«, sagte Jonathan. »Es ist eine verdammte Mumienfabrik!«

Evelyn wandte sich an O'Connell. »Ich fürchte, ich habe die Orientierung verloren. Können Sie mir den Weg zur Statue im Schrein zeigen?«

»Natürlich«, sagte O'Connell, hob die Fackel und leuchtete in einen Gang. Er grinste sie an. »Wollen wir?« Sie nickte sittsam, als ob sie eine Aufforderung zum Tanz annahm. »Bitte.«

Der Tunnel, einer von vielen Gängen, war eng, niedrig und voller Spinnweben. O'Connell ging gebückt voran und machte den Weg frei. Sie verfolgten die Richtung, in der sie die Statue vermuteten, bis ein scharrendes Geräusch an den Wänden sie zurückschrecken ließ.

»Klingt wie Insekten«, vermutete Jonathan. Er war direkt hinter Evelyn und bildete mit Gad Hassan die Nachhut.

O'Connell zog einen seiner Revolver. Das Licht der Spiegel wurde schwächer und der Gang dunkler und dunkler, während sie immer tiefer vordrangen.

Endlich erreichten sie eine Höhle, die nicht von Menschenhand geschaffen worden war. Vielleicht hatte der Boden im Laufe der Zeit nachgegeben oder es hatte vor langer Zeit ein Erdbeben gegeben – fest stand, daß sich der untere Teil der Anubisstatue vor ihnen befand.

Sie hörten ein Geräusch – war es das gleiche Scharren wie zuvor? Evelyn war sich nicht sicher. Es schien von der anderen Seite der Statue zu kommen.

O'Connell reichte Evelyn seine Fackel und flüsterte: »Bleiben Sie dicht hinter mir.« Er zog seinen anderen Revolver. Das Geräusch wurde immer lauter. Gad Hassan wich zurück, aber Jonathan schien Mut gefaßt zu haben. Er blieb stehen und zog eine Derringer aus der Jackentasche. Was oder wer es auch war, würde ihm nicht entkommen. Als O'Connell um den Sockel der Statue herumschlich, tauchten drei schwitzende Gestalten vor ihm auf. Es waren die amerikanischen Abenteurer, jeder von ihnen mit einem Revolver in der Hand. Die aufeinandergerichteten Waffen ließen ein Massaker befürchten.

»Halt!« schrie Evelyn. »Daß keiner von euch eine Dummheit macht.«

Die beiden Gruppen blieben stehen, hielten aber ihre Waffen in schußbereiter Haltung. Hinter den drei Amerikanern erschien Beni, der ebenfalls mit einem Revolver herumfuchtelte. Dahinter folgte Dr. Chamberlin mit einer Gruppe erschrockener einheimischer Helfer.

»Verdammt, O'Connell!« fluchte Henderson und wich zurück. »Sie haben uns eine Scheißangst eingejagt!«

»Achten Sie auf Ihre Ausdrucksweise, verdammt noch mal«, sagte O'Connell. »Es ist eine Lady anwesend!«

O'Connell trat einen Schritt zurück und senkte seine Waffen. Nun ließen auch die Amerikaner ihre Waffen sinken, ohne sie jedoch in den Gurt zurückzustecken.

Burns kniff die Augen hinter seiner Nickelbrille zusammen, zeigte auf Evelyn und rief: »Hey! Das ist meine Werkzeugtasche!«

Evelyn drückte den Lederbeutel an ihre Brust und entgegnete: »Unmöglich – das ist ein Geschenk, das ich von einem lieben Freund zur Abschlußprüfung bekommen habe!«

»Ich sage Ihnen, sie gehört mir«, behauptete Burns und kam näher. O'Connell stellte sich zwischen die beiden und hob seinen Revolver. Er richtete ihn direkt zwischen Burns schielende Augen.

»Sie irren sich«, sagte O'Connell. »Aber wenn Sie sich gerne eine Kugel ausleihen wollen, dann brauchen Sie nur zu fragen.«

Burns schluckte und lächelte dann nervös. Er trat zurück und meinte: »Ich glaube, Sie haben recht. Mein Beutel hatte ein dunkleres Braun. Meine Augen sind nicht mehr das, was sie einmal waren.«

Evelyn trat neben O'Connell, in die Nähe des Fußes der Statue, und stützte sich mit der Hand darauf ab. Diese scheinbar zufällige Geste war eindeutig besitzergreifend.

»Nun, meine Herren«, sagte sie gespielt freundlich. »Gehen Sie nur weiter. Ich wünsche Ihnen einen angenehmen Tag. Meine Kollegen und ich haben noch eine Menge zu tun.«

Dr. Chamberlin unterdrückte nur mühsam seine Wut. Er baute sich zwischen Henderson und Daniels auf. Dann erwiderte er: »Junge Dame, dies ist unsere Ausgrabungsstätte. Wären Sie so freundlich, diese Räumlichkeiten augenblicklich zu verlassen?«

Sie fixierte ihn mit verschränkten Armen. »Man sollte annehmen, Dr. Chamberlin, daß ich einem so bedeutenden Ägyptologen wie Ihnen das Protokoll für solche Fälle nicht zu erklären brauche. So will ich es in Worte kleiden, die Ihre amerikanischen Komplizen auch verstehen: Wer's findet, dem gehört's.«

O'Connell und Beni tauschten Blicke, ebenso wie die drei amerikanischen Abenteurer.

Die Männer griffen wieder zu ihren Waffen. Sie waren wieder da, wo sie angefangen hatten. Die Spannung stieg und die Lage war brenzliger als zuvor. Daniels, der Gleichmütige, glaubte einen Kommentar abgeben zu müssen: »Das da ist unsere Statue, Kumpel.«

»Komisch«, sagte O'Connell und lächelte. Evelyn hatte noch nie zuvor ein so unfreundliches Lächeln an ihm bemerkt. »Aber ich habe nirgendwo eure Namen eingeritzt gesehen, Freundchen.«

Beni, der mit seinem dünnen Schnurrbart und dem Fes auf dem Kopf wie ein Araber wirkte, richtete seine Waffe auf den früheren Kameraden aus der Fremdenlegion. »Rick, Rick, Rick«, sagte Beni, mit einem Ausdruck eiskalten Wahnsinns im Gesicht, der verdeutlichen sollte, daß er vor nichts zurückschreckte. »Es sieht verdammt schlimm für dich aus.«

»Das Schlimmste habe ich bereits hinter mir, du kleiner Bastard«, gab O'Connell zurück, »und das weißt du ganz genau.« Beide Seiten entsicherten die Waffen, wobei ein Klikken durch den Raum ging.

Evelyn fühlte sich hilflos. Sie wollte dem ein Ende machen, aber sie wußte nicht wie. Ihr Blick fiel auf einen breiten Riß im Boden. So unauffällig wie möglich senkte sie ihre Fackel und schob mit einem Fuß etwas Geröll in den Riß. Ganz schwach hörte sie, wie die Kiesel durchfielen. *Unter diesem Raum befand sich noch eine weitere Kammer!* »Jungs!« sagte sie daraufhin tadelnd. »Benehmt euch. Dies ist eine riesige Anlage, ihr seid eine so große Gruppe, und wir dagegen nur so wenige. Wir überlassen euch die Statue und gehen weiter. Schließlich gibt es hier ja noch genügend zu sehen.«

Die Spannung wich, aber die Amerikaner, insbesondere Dr. Chamberlin, blieben mißtrauisch.

Evelyns Lachen klang freundlich, vielleicht etwas zu schrill, als sie sich an O'Connells Arm hängte und ihn zurück in den Gang zog. Dabei gab sie ihm mit einem Blick zu verstehen, daß er ihr nicht widersprechen sollte. Laut stellte sie fest: »Wenn wir zusammen hier spielen wollen, müssen wir auch lernen zu teilen.«

Jonathan und Hassan folgten den beiden, hielten aber weiterhin die Gewehre auf Beni und die Amerikaner gerichtet. Sie sahen nicht mehr, wie die Amerikaner ihre Waffen senkten, aber sie hörten ihr hämisches Gelächter und die verächtlichen Bemerkungen über ihre Feigheit.

O'Connell war verärgert, weil man ihn in seiner Männlichkeit verletzt hatte, aber Evelyn hielt ihn am Arm fest und bedeutete ihm und den anderen, im Gang stehenzubleiben. Sie legte einen Finger auf die Lippen.

Die Stimme Dr. Chamberlins drang durch den Gang zu ihnen: »Als nächstes werde ich diese Schriftzeichen übersetzen. Sie werden uns an den Ort führen, wo Sethos seine Schätze aufbewahrt.«

Evelyn konnte über diese Worte nur grinsen. Sie führte O'Connell und die anderen zurück in den Vorbereitungsraum, der noch immer von den Spiegeln erleuchtet wurde.

»Dr. Chamberlin hat offensichtlich keine Ahnung von dem geheimen Fach in der Statue«, erklärte sie ihnen. »Sie suchen nach Sethos' Schätzen, nicht aber nach dem *Buch des Amun Ra.*«

»Danach sollten wir auch suchen!« forderte Gad Hassan. Enttäuschung spiegelte sich auf seinem verschwitzten Gesicht.

»Das Buch, von dem sie spricht, erläuterte O'Connell, »ist aus purem Gold gemacht. Verstehen Sie jetzt?«

Während Hassan noch darüber nachdachte, erzählte Evelyn ihnen von der Kammer, die sie unter der Statue entdeckt hatte.

»Lassen Sie uns den Weg nach unten suchen«, sagte sie. Sie gingen zurück in das Labyrinth. O'Connell übernahm die Führung. Schon nach wenigen Minuten hatte er einen Tunnel entdeckt, der nach unten führte. Und nach einer kurzen Strecke, die sie auf allen Vieren und durch ein dichtes Netz von Spinnweben zurücklegten, befanden sie sich in einem riesigen Raum mit niedriger Decke, der dem Balsamierraum ähnelte, aber mit weniger Schriftzeichen dekoriert war.

»Dies ist auch ein Vorbereitungsraum«, sagte Evelyn, »wahrscheinlich für die Mumifizierung von Menschen, die nicht von königlichem Geblüt waren.«

»Warum?« fragte O'Connell und leuchtete mit der Fackel den Raum ab. »Gab es etwa unterschiedliche Behandlungen in der Mumifizierung?«

»Genau gesagt, gab es drei. Pharaonen und ihre Familien erhielten die beste Behandlung. In diesem Raum wurden die Toten auf eine Fahrt zweiter Klasse vorbereitet, wie Sie es nennen würden. Die Körper wurden gründlich gereinigt, danach in Salz gelegt und in einem Raum wie diesem siebzig Tage lang gelagert. Aber für uns ist die mangelnde Raumhöhe nur von Vorteil – so kommen wir ohne Anstrengung an die Decke. Nach meinen Berechnungen, die sich bisher als ziemlich exakt erwiesen haben, wie ihr zugeben müßt, dürften wir uns genau unter der Statue befinden.«

Jonathan musterte die eingerissene Decke über sich und grinste. »Und wenn sich diese verdammten dreckigen Yankies schlafen legen ..., äh, tut mir leid, O'Connell.«

»Sie meinten die anderen verdammten dreckigen Yankies.«

»Genau«, sagte Jonathan. »Wenn sie für heute Schluß machen, graben wir uns den Weg dort hinauf und schnappen ihnen das Buch vor der Nase weg.«

»Sie werden Wachen aufstellen.« O'Connell ging nachdenklich auf und ab, wobei seine Fackel Muster auf die Wände warf. »Wir können es nicht riskieren, gesehen zu werden. Wir müssen an das Buch herankommen, ohne daß sie etwas merken. Ohne daß sie erfahren, daß dieses verdammte Ding überhaupt existiert. Miss Carnahan, Sie können das Geheimfach doch finden, oder?«

»Ja, solange Dr. Chamberlin nicht vor mir darüber stolpert.«

»Gut, dann sind wir uns ja einig«, sagte Jonathan und wies auf die Decke. »Wir haben die richtigen Werkzeuge. Wir wollen eine geeignete Stelle suchen und uns dann durchgraben.«

Evelyn schaute ihren Bruder mißbilligend an. »Ihnen wird doch ein frisches Loch im Boden auffallen, Jonathan.«

O'Connell untersuchte mit der Fackel die Decke des ganzes Raumes. »Hier können wir graben. Der Stein ist brüchig, und hier müßten wir in einem der Gänge herauskommen.«

»Können wir es wirklich wagen, zu graben?« fragte Jonathan. »Oder werden sie uns hören?«

»Sie erwarten doch von uns, das wir graben«, entgegnete O'Connell und suchte in seinem Rucksack nach Meißeln. »Und außerdem sind wir nicht genau unter ihnen. Ich denke, wir können ruhig anfangen.«

»Ich nehme mir eins von den Dingern«, sagte Evelyn eifrig und meinte die Meißel. Ihr gefiel dieses Abenteuer offensichtlich.

Jonathan wog das Gewicht des Werkzeugs ab. Er stöhnte und sagte: »Jetzt muß ich doch noch körperlich arbeiten. Na, zumindest riecht es hier nicht ganz so schlimm.« Dann fiel ihm auf, warum. Er schaute sich suchend um und fügte hinzu: »Na so was! Wohin ist denn unser wohlriechender Freund verschwunden?«

O'Connell leuchtete mit der Fackel durch den Raum. Jonathan hatte recht. Der Gefängnisdirektor war verschwunden.

Achtes Kapitel

Viel zu sehen

Gad Hassan hatte sich nicht die hohe Stellung eines Direktors im Kairoer Gefängnis erworben, um nun die Anweisungen anderer Männer zu befolgen, und erst recht nicht die einer Frau. Hassan hatte inzwischen genug von Evelyn Carnahans Führung, vor allem seitdem die unverschleierte Dirne ziemlich deutlich gemacht hatte, daß es ihr nicht um die Suche nach dem Schatz des Pharao ging.

In dieser Stadt der grenzenlosen Schätze und Reichtümer suchte sie nach einem Buch! Ja, ja, ein Buch aus Gold, aber als das Grab von König Tut entdeckt worden war, was war da nicht aus Gold gewesen? In einer Sache jedoch mußte er der Frau recht geben: Hier gab es allerhand Beute zu machen.

Aus diesem Grund hatte sich Gad Hassan davongeschlichen und kroch nun mit einer Fackel in der Hand durch einen Tunnel, den er sich ausgesucht hatte. Sein Bauchumfang erleichterte den Durchgang nicht gerade, aber es gelang ihm. Und ein paar Spinnweben machten einem Mann nichts aus, der täglich mit den schlimmsten Dieben und Mördern Ägyptens zu tun hatte. Was für eine Gefahr konnte ihn hier erwarten, im Vergleich zu einem ruhigen Tag im Gefängnis von Kairo?

Schon nach wenigen Minuten in eigener Mission hatte er eine tolle Entdeckung gemacht. Er drehte sich um sich selber und nahm mit offenem Mund diese sagenhaften Räume in sich auf, die von alten Baumeistern aus Stein gemeißelt worden waren. Ihre geraden und glatten Wände waren über und über mit geheimnisvollen Zeichnungen bedeckt. Dann blieb er wie gebannt stehen und beleuchtete mit seiner Fackel eine Stelle an der Wand, wo einige Hieroglyphen mit Juwelen geschmückt waren. Von Gier und Selbstzufriedenheit übermannt, zog der Gefängnisdirektor ein Taschenmesser hervor und begann, die roten Steine aus der Wand zu brechen. Wäre Evelyn Carnahan dabei gewesen – die Frau, von der er so wenig hielt – dann hätte sie ihm sagen können, daß es sich dabei nur um Amethyste, Halbedelsteine handelte, die keine Mühe wert waren, schon gar nicht die, deswegen eine so erlesene und ungewöhnliche Mauer zu entstellen.

Evelyn hätte ihn ebenfalls auf die bizarre Bildergeschichte aufmerksam gemacht, die an der Wand zu lesen war, aber Gad Hassan stand zu nah davor, um die Bilder und Zeichen zu erkennen. So abergläubisch wie er war, hätten sie ihn doch nicht von seiner Schatzsuche abgehalten. Auf der Wand war ein altägyptischer Priester zu sehen, der mit Skarabäen bedeckt war und vor Schmerzen schrie, während die Mistkäfer ihn bei lebendigem Leibe fraßen.

Hassan legte den ersten Amethyst in einen Beutel an seinem Gürtel und wandte sich dem nächsten zu. Es war eine schwierige Prozedur, da er mit einer Hand die Fackel festhalten mußte. Aber nichts konnte ihn abhalten. Auf seiner Stirn bildeten sich Schweißperlen, seine Augen funkelten vor Gier, während er ein Lied über Reichtümer, Wein und schöne Frauen vor sich hinsummte, eine Hymne an seinen Einfallsreichtum. Ihm fiel nicht auf, daß einer der Amethyste seinen Beutel verfehlte und fast lautlos auf den sandigen Boden neben seine Füße fiel.

Er bemerkte auch nicht, daß der Stein, in der Gestalt eines Skarabäus, zu schimmern begann. Etwas regte sich in der Hülle und begann sich wie aus einem Kokon zu schälen. Der Direktor hatte nur Augen für das letzte Juwel, das er auch von der Wand löste, kümmerte sich nicht um den Amethyst, der zu seinen Füßen aufbrach, und einen lebendigen Skarabäus freigab.

Der scheußliche schwarze Käfer bewegte sich zielsicher auf die Ledersandale zu, als schicke ihn eine unbekannte, unsichtbare Stimme zum Angriff. Er grub sich in die Ledersandale des Mannes, der selbstgefällig das Wandbild bearbeitete und eitles Eigenlob vor sich hin murmelte. Sein Gemurmel endete jedoch abrupt, als er einen scharfen Biß spürte – keinen Stich, sondern einen Biß, der mehr von einem kleinen Tier stammte als von einem Insekt. Die Bißstelle brannte, als hätte man ihm heiße Lava mit einer Nadel injiziert. Er spürte beißende, nagende Zähne. Ein nicht endenwollender Schrei entfuhr ihm, ein Schmerzens- und Angstschrei. Er ließ das Messer und die Fackel fallen und zerrte an seinen Hosen, als der Mistkäfer sein linkes Hosenbein hochkrabbelte, aber nicht an seinem Bein, sondern *in* seinem Bein. Das Tier drang unter der Haut fressend vor und bewirkte bei seiner Arbeit höllische Schmerzen.

Hassan schrie in immer kürzeren Abständen, Laute der Angst und des puren Entsetzens, während er spürte, wie der Käfer sich stetig und flink einen Weg zu seinen Rippen fraß. Er riß sein Hemd auf, wobei die Knöpfe abplatzten. Und die bewegliche Geschwulst unter seiner Haut näherte sich seinem Bauch, nahm diesen Hügel und grub sich unter dem Wald seiner haarigen Brust weiter wie ein Maulwurf.

Seine Versuche, den Käfer zu stoppen, waren vergeblich. Er konnte ihn nicht aufhalten. Seine Schreie endeten in Tränen und Wimmern, als er spürte, wie der Käfer das zarte Fleisch seiner Kehle durchpflügte und dann unter seinem Kinn verschwand. Er grub sich nicht mehr unter der Haut fort, sondern im Inneren seines Kopfes.

Der Gefängnisdirektor begann einen wahnsinnigen Tanz aufzuführen. Er bewegte sich in einer Art, die man dem gewichtigen Mann nicht zugetraut hätte. Eine schaurige Melodie erklang im Rhythmus seiner Schreie, während er, die Fackel, das Taschenmesser und die gestohlenen Juwelen zurücklassend, in Begleitung seines unsichtbaren Tanzpartners in das dunkle Labyrinth hinaus tobte.

Die Schreie des Gefängnisdirektors drangen nicht bis zu der amerikanischen Expedition, die immer noch um den Sockel der Anubisstatue versammelt war. Dr. Chamberlin stand am Fuße der Statue und starrte nachdenklich vor sich hin, während er sein Kinn rieb. Seinen Begleitern, diesen Männern der Tat, paßte es gar nicht, daß sie auf einen Mann der Wissenschaft angewiesen waren. Erst jetzt wurde Chamberlin bewußt, wie unberechenbar sie waren. Und trotzdem galt es die Dinge nicht zu überstürzen. »Und«, fragte Henderson ungeduldig, »gibt es da was zu holen, oder nicht?«

Der Ägyptologe nahm eine Bürste zur Hand und kehrte behutsam den Sand aus den Rillen, die er entdeckt hatte und die auf ein geheimes Fach deuten konnten.

»Die Hieroglyphen besagen, daß sich am Fuße der Statue ein wertvoller Schatz befindet«, erwiderte Chamberlin langsam.

»Dann gehen Sie schon zur Seite«, knurrte Henderson ihn an und stieß mit der Spitzhacke in eine der Furchen.

»Nein!« sagte Chamberlin und packte den Amerikaner am Arm, einen gefährlich muskulösen Arm, der mit einem kräftigen Schlag ohne weiteres die Tür des Faches aufbrechen konnte, wenn es tatsächlich eine war.

Henderson blickte ihn drohend an. »Sie sollten es sich gut überlegen, bevor Sie Hand an mich legen, Doc.«

Chamberlin ließ ihn los, wandte jedoch ein: »Wenn es sich hier wirklich um ein verborgenes Fach handelt, dann bedenken Sie bitte eins: Diese Schriftzeichen warnen Plünderer ausdrücklich davor, das zu versuchen, was sie gerade vorhaben.«

Henderson dachte darüber nach. Dann trat er mit seiner Spitzhacke zurück. »Was schlagen Sie vor?«

Mit verschlagenem Lächeln mischte sich Beni ein. »Dürfte ich einen bescheidenen Vorschlag machen, *Barat'm?* Sie zahlen gutes Geld, damit diese Männer für Sie graben.« Er wies mit dem Kopf auf das halbe Dutzend einheimischer Arbeiter, die direkt hinter den Amerikanern standen. Er zuckte mit den Achseln. »Dann lassen Sie sie doch graben.«

Chamberlin nickte zustimmend. Ihr Führer war ein unzuverlässiger Schurke, aber mit seinem Vorschlag hatte er recht.

»Ich denke, wir sollten den *Fellahin* diese seltene Ehre überlassen«, sagte Chamberlin. »Schließlich sind wir in ihrem Land nur zu Gast.«

»Hören Sie auf den guten Doktor«, riet Burns Henderson. Aber Henderson, der die Spitzhacke schon abgestellt hatte, war bereits überzeugt. »Ja, natürlich, lassen wir ihnen das Vergnügen.«

Chamberlin hielt Daniels für den gefährlichsten in der Gruppe. Daher überraschte es ihn nicht, als er sich den Arbeitern zuwandte und sie unfreundlich anfuhr: »Ihr habt den Mann gehört, schafft eure Ärsche hier rüber!«

Die Helfer tauschten untereinander ängstliche und entsetzte Blicke. Sie wichen zurück und zeigten ihren Unwillen.

»Mr. Daniels«, meinte Chamberlin. »Ich will nicht unhöflich sein, aber mit den Umgangsformen eines Ausbilders bei der Army werden Sie hier nichts erreichen. Wir haben es hier mit einer delikaten Angelegenheit zu tun. Sie müssen den Männern gut zureden.«

Chamberlin trat vor und schrie die Männer aus vollem Halse an. In ihrer Sprache drohte er, wenn nicht drei von ihnen auf der Stelle vorträten, würde er einen alten Fluch beschwören, der sie und ihre Familie eines schrecklichen Todes sterben ließe.

In entsetztem Schweigen lauschten die Arbeiter seinen Worten, dann kamen drei Einheimische vor. Mit gesenktem Kopf, Spitzhacken in der Hand, gingen sie zögernd und widerwillig auf die Statue zu. Die anderen Helfer zogen sich ängstlich zurück. Chamberlin zeigte ihnen genau die Stellen, wo sie anfangen sollten. Als die Helfer soweit waren, ging Beni mehrere Schritte zurück. Henderson bemerkte es und folgte seinem Beispiel. Ebenso Burns und Daniels. Chamberlin mußte grinsen. Diese hartgesottenen Abenteurer waren genauso ängstlich wie die Einheimischen. Dann stellte er sich an die Seite und rief: »Feni!«

Die drei schlugen kraftlos zu. Der Professor befahl ihnen in ihrer eigenen Sprache, härter zuzuschlagen, und schrie erneut: »Feni!«

Die drei schlugen kräftiger zu, und das alte Steinfach gab etwas nach.

»Feni!«

Wieder legten sich die Arbeiter ins Zeug und die Tür schien sich zu lockern.

»Feni!«

Dieses Mal gaben sie alles und die Furche öffnete sich wenige Zentimeter.

Da schoß ein kräftiger Schwall Flüssigkeit aus den Furchen und durchnäßte die drei Arbeiter. Alle drei schrien in den unterschiedlichsten Tönen auf. Das Säurebad zerfraß ihre Kleider und löste das Fleisch von den Knochen wie schmelzendes Kerzenwachs. Bevor sie auf den Steinboden fielen, waren ihre Körper kaum noch mehr als Skelette.

Die übrigen Helfer waren schon längst davongerannt. Ihre Schreie hallten durch die Gänge. Chamberlin, die Abenteurer und ihr Führer waren weit genug zurückgewichen, so daß sie keinen Tropfen der ätzenden Säure abbekommen hatten. Sie starrten mit Entsetzen auf die dampfenden Knochenhaufen, die am Fuße der Statue verstreut lagen. Das Fach hatte sich inzwischen wieder fest verschlossen.

Die hartgesottenen Amerikaner waren bleich vor Angst. Beni bedeckte seine Augen und zitterte so stark, daß seine Knie aneinanderschlugen.

»Interessant«, äußerte Chamberlin und rieb sich das Kinn. »Was meinen Sie, meine Herren? Sollen wir weitermachen?«

Gemeinsam mit Jonathan klopfte O'Connell mit einem Meißel die Decke der Grabkammer ab. Evelyn war nicht groß genug für diese Arbeit, deshalb hielt sie die Fackel und ließ sie an ihrem Wissen und ihrer Begeisterung über das alte Ägypten und die Praxis der Einbalsamierung teilhaben. »Die alten Ägypter haben an die Seelenwanderung geglaubt«, erzählte sie. »Nach dem Tod wandert die Seele Tausende von Jahren, bis sie wieder an ihren Platz auf Erden zurückkehrt. Dieser Platz ist der alte Körper. Aus diesem Grund muß der Körper erhalten bleiben.«

O'Connell schabte weiter. »Und dafür muß der Körper in Leinenbinden eingewickelt werden?«

»Oh, das ist nur ein kleiner Teil des Rituals. Die Eingeweide werden durch einen Schnitt in der Seite entfernt, dann mit Palmwein gewaschen und gereinigt, mit Kautschuk bedeckt und in juwelenbesetzten Kanopen aufbewahrt. Das gleiche geschieht mit den Nieren, der Leber und den Gedärmen. Das Herz wird nur denen entfernt, die böse gewesen sind. Die Körperhülle wird mit Kassie, Myrrhe und anderen aromatischen Gewürzen gefüllt, anschließend zugenäht und vierzig Tage lang in einer Art Natronlauge getränkt. Erst dann wird die Mumie mit Leinenbinden umwickelt.«

O'Connell schaute sie an. »Bleibt das Gehirn im Körper?«

»O! Habe ich das Gehirn vergessen? Das Gehirn wurde mit einem scharfen, rotglühenden Eisenstab entfernt …«

Jonathan zuckte zusammen. »So genau wollen wir das gar nicht wissen, liebe Schwester.«

»… den sie durch die Nase stießen. Damit wurde es in Teile geschnitten, die dann durch die Nase herausgeholt wurden.«

»Wie schmerzhaft«, sagte O'Connell.

Evelyn grinste. »Das tut überhaupt nicht weh, Dummkopf. Einbalsamierung war ausschließlich den Toten vorbehalten.«

»Diese Prozedur könnte wohl selbst Tote wecken.«

»Selbst als Leiche würde mir so etwas nicht entgehen«, stimmte Jonathan zu.

Sie verdrehte die Augen. »Ihr seid alberne Schuljungen. Macht ihr Fortschritte?«

Wie zur Beantwortung ihrer Frage löste sich ein großer Klumpen aus der Decke und fiel genau zwischen O'Connell und Jonathan zu Boden. Die schwere Steinplatte zerschmetterte in tausend Teile. O'Connell sprang zur Seite und zog dabei Evelyn mit, während Jonathan sich zur anderen Seite in Sicherheit brachte.

Sie krabbelten immer noch in entgegengesetzte Richtungen davon, als ein massiver Gegenstand aus dunklem Stein durch das Loch in der Decke fiel, der zusammen mit einer Ladung Geröll zu Boden krachte und die Kammer erschütterte. Dabei zermalmte er Kieselsteine zu Staub, der sich in der Luft wie Nebel sammelte.

Hustend kamen die drei langsam wieder auf die Beine. Durch die Staubwolke näherten sie sich vorsichtig dem Stein. O'Connell hob die immer noch brennende Fackel vom Boden auf, die Evelyn fallengelassen hatte.

»Dieser Aufprall hätte nun wirklich Tote wecken können«, meinte Jonathan.

»Du bist näher dran als du glaubst«, sagte Evelyn, als sie im Lichtschein der Fackel erkennen konnte, daß der massive Brocken von Menschenhand bearbeitet worden war.

»Was zum Teufel ist das?« fragte O'Connell.

»Ein Sarkophag«, entgegnete sie ihm. Die Staubwolke lichtete sich. »Begraben im Schatten von Anubis, am Fuße des Gottes. Wer immer das auch gewesen ist, er muß eine Person von großer Wichtigkeit gewesen sein.«

»Sie meinen, Sie haben ihm im Tod eine große Ehre zuteil werden lassen?«

Sie zuckte die Achseln. »Entweder das, oder er mußte unter der Aufsicht der Götter stehen. Vielleicht ist er sehr ...«

»Böse?« half ihr Jonathan. »Sollen wir mal einen Blick hineinwerfen und nachsehen, ob er noch ein Herz hat?«

»Helft mir, den Staub wegzuwischen«, sagte sie. Beide Männer zogen Lappen aus ihren Rucksäcken und schon nach kurzer Zeit war eine einzige Hieroglyphe auf dem Deckel des Sarkophags zu sehen. Obwohl O'Connell diese Hieroglyphe ziemlich einfach vorkam – nicht, daß er auch nur die leiseste Ahnung gehabt hätte, was sie bedeutete, starrte Evelyn sehr lange darauf und blickte immer besorgter.

Jonathan klopfte ungeduldig mit den Fingern auf den steinernen Deckel. »Und? Wer ist das? König Irgendwer oder nur ein königlicher Gärtner?«

Sie schien verwirrt und erschrocken zu sein, aber schließlich sagte sie: »Es bedeutet *Er, der nicht genannt werden soll.*«

»Vielleicht war er ein sehr schlechter Gärtner«, warf Jonathan ein.

»Dies sieht nach Granit aus«, stellte O'Connell fest. »Könnte der innere Sarg aus Gold sein, wie der von Tutanchamun?«

»Schon möglich«, räumte Evelyn ein.

»Ohne Schlüssel«, seufzte O'Connell und schüttelte dabei den Kopf, »brauchen wir einen Monat, um dieses Ding aufzubrechen und festzustellen, ob dem so ist.«

Evelyn riß die Augen weit auf und schnipste mit den Fingern. »Ich hab's – der Schlüssel! Versteht ihr denn nicht? Danach hat der Mumia auf dem Boot gesucht, dieser Teufel mit dem Haken! Er hat mich nach dem Schlüssel gefragt!«

»Na klar«, sagte Jonathan und ein Lächeln breitete sich auf seinem Gesicht aus. »Das Kästchen. Er war hinter dem verdammten rätselhaften Dingsda her!«

Evelyn holte das goldene Kästchen aus dem Rucksack ihres Bruders und öffnete es rasch. Der gezackte Schlüssel paßte genau zum Schlüsselloch des Sarkophags. Ihre Gesichter zeigten nur sprachloses Erstaunen. Dann grinsten sie sich aufgeregt an. O'Connell und Jonathan beobachteten, wie Evelyn sich dem Sarg aus Granit mit dem sperrigen Schlüssel näherte.

Aber dieser historische Augenblick wurde durch einen schmerzerfüllten Schrei unterbrochen, der durch die verzweigten Gänge hallte. Deutliche Schreie eines Menschen. Rasch faltete Evelyn das Kästchen zusammen und warf es Jonathan zu, der es in seinem Rucksack verstaute, während O'Connell Evelyn die Fackel entriß und ihr voranging, hinein in die dunklen Gänge, auf der Suche nach der Person, die ihre Hilfe brauchte.

Als sich der Gang zu einer kleinen Höhle verbreitete, blieben sie stehen. Die Schreie schienen ihnen entgegenzukommen. Kurz darauf tauchte aus einem Durchgang Gad Hassan auf, wobei er einen wahnsinnigen Tanz aufführte. Seine Augen quollen förmlich aus ihren Höhlen. Er riß sich büschelweise die Haare vom Kopf.

»Packen Sie ihn!« befahl O'Connell Jonathan. Bald hielten ihn die Männer an den Armen fest. So konnte er sich nicht weiter die Haare ausreißen.

Aber der Direktor befreite sich, vor Schmerzen wahnsinnig, aus ihrem Griff und drängte an seinen Helfern vorbei, während er wie eine angreifende Tuareg-Horde schrie und blindlings durch die Höhle lief. Dann prallte er gegen einen Felsen, wie ein Auto, das auf einen Telefonmast trifft.

Einen Moment stand Hassan einfach nur da. Evelyn schrie entsetzt auf, während er zu Boden fiel und mit weit aufgerissenen Augen und leerem Blick zur felsigen Decke starrte.

»Mein Gott!« sagte O'Connell. Evelyn hatte sich die Hand auf den Mund gelegt.

»Was ist bloß in ihn gefahren?« fragte sich Jonathan. O'Connell ging zu ihm hinüber. Er kniete nieder und fühlte Hassans Puls. Dann schloß er seine Augen und stand auf.

»Die Stadt der Toten hat nach einem neuen Bewohner verlangt«, sagte er.

Weinend wandte sich Evelyn ab. O'Connell und Jonathan tauschten besorgte Blicke.

Daher bemerkte keiner von ihnen, wie ein mit Blut vollgesaugter Käfer aus dem Ohr des Verstorbenen kroch und in der Dunkelheit verschwand.

Neuntes Kapitel

Nächtliche Besucher

Ein funkelnder Sternenhimmel lag über der Stadt der Toten. Das Mondlicht tauchte die Ruinen von Hamunapatra in fahles Licht.

Die beiden Gruppen hatten ihre Lager so weit wie möglich voneinander aufgestellt. Die Amerikaner hatten eine regelrechte Zeltstadt mit einem riesigen Feuer aufgebaut, neben dem sich die vier kleinen Zelte der Carnahan-Gruppe wie eine mitleiderregende Vorstadt ausnahm. Ihr kleines Lagerfeuer bestand aus Reisig, das O'Connell noch in der Beduinenoase gesammelt hatte.

O'Connell hatte Hassan begraben. Er fand Evelyn und ihren Bruder eng aneinander gekauert an ihrem kleinen, prasselnden Feuer. Evelyn sah zu O'Connell auf, der die Schaufel neben seinen Jutesack warf, und fragte ihn: »Was, glauben Sie, hat den armen Mann getötet?«

»Vielleicht hat er etwas Falsches gegessen«, schlug Jonathan trocken vor. Die kleine Gruppe konnte sich nur zu gut an die abstoßenden Eßgewohnheiten des Verstorbenen erinnern.

»Oder etwas hat ihn aufgefressen«, sagte O'Connell und setzte sich neben die junge Frau. Daraufhin schauten ihn beide neugierig an. »Er hatte eine Wunde am Fuß, die wie ein Tierbiß aussah.«

»Von einer Schlange vielleicht?« fragte Jonathan.

»Da bin ich mir nicht sicher. Es war ein ziemlich kleiner Biß, aber die Wunde war tief. Ich konnte mit meinem Finger kein Ende der Öffnung finden.«

Evelyn schüttelte sich und verschränkte die Arme noch enger vor der Brust. »Ich habe gesehen, wie Sie mit den Amerikanern gesprochen haben. Haben wir Frieden geschlossen?«

»Das würde ich nicht behaupten«, antwortete O'Connell.

»Aber sie führen sich nicht mehr so großspurig auf wie zuvor. Sie hatten heute ein ernüchterndes Erlebnis, ihre ganz persönliche Tragödie.« O'Connell erzählte ihnen von den drei Arbeitern, die durch eine antike Säurefalle getötet worden waren.

Evelyns Augen weiteten sich vor Entsetzen. »Vielleicht hatten wir heute Glück, daß wir gestört worden sind. Wir müssen vorsichtig sein, wenn wir morgen den Sarkophag öffnen wollen.«

Jonathan nippte an einer winzigen Tasse mit Pfefferminztee, schaute sich unbehaglich um und meinte ohne seine übliche Ironie: »Vielleicht ist dieser Ort wirklich verflucht.«

Wie zur Antwort ging ein Windstoß durch das Lager, der wie ein gespenstisches Ächzen klang. Sand wurde aufgewirbelt. Der Wind zerrte an Evelyns Beduinengewand, an Hemd und Hose der Männer und hätte ihnen fast das kleine Lagerfeuer ausgelöscht.

O'Connell schluckte. Während das Feuer wieder aufflackerte, tauschten er und Jonathan argwöhnische Blicke. Evelyn entging das nicht. Sie lachte sie aus: »Ihr zwei! Ihr seid wie kleine Kinder.«

O'Connell lehnte sich mit verschränkten Armen gegen den Felsen. »Sie glauben wohl nicht an Flüche, wie?«

»Nein«, erwiderte sie schnippisch. »Das ist doch Unsinn.«

»Wie kannst du das behaupten?« fragte Jonathan. »Die Carnahans sollten eigentlich wissen, daß man solche Dinge nicht auf die leichte Schulter nimmt.«

Evelyn winkte ab und lachte noch lauter. »Sei still, Jonathan. Hören Sie nicht auf ihn, Mr. O'Connell.«

Jonathan wirkte plötzlich bedrückt. »Fragen Sie sie nach unseren Eltern, O'Connell. Urteilen Sie selbst.«

»Habe ich etwas verpaßt?« fragte O'Connell verwirrt und fühlte sich genauso unbehaglich wie in dem Moment, als der gespenstische Wind durch das Lager gefahren war. Evelyn entgegnete selbstbewußt: »Ich glaube an Dinge, die man sehen und fühlen kann. An Dinge, die wirklich sind. Das ist meine Überzeugung.«

»Meine Schwester ist eine Atheistin, Mr. O'Connell«, stellte Jonathan fest. »Eine vor kurzem bekehrte, die eigentlich an nichts mehr glaubt. Fragen Sie sie mal bei Gelegenheit danach. Woran glauben Sie denn, alter Junge? An das Sternenbanner, ihre Mutter, und was war das noch gleich? Kirschkuchen?«

»Apfelkuchen«, berichtigte O'Connell. Er zog seinen Elefantentöter aus dem Jutesack und spannte ihn. Ein metallisches Klicken ging durch die Nacht. »Ich bin ein alter Pfadfinder, Jonathan. *Allzeit bereit* ist mein Motto.«

»Meins auch«, sagte Jonathan. »Ich bin ein Anhänger des Glaubens, daß nur Vergnügen und Genuß zählt.« Er hob etwas vom Boden auf. Es war der Beutel von Gad Hassan, den er an seinem Gürtel getragen hatte.

»Gehörte der nicht dem Direktor?« fragte O'Connell und legte die schwere Waffe über seine Beine.

»Ja, mein lieber Junge. So etwas Wertvolles hätten Sie doch bestimmt nicht mit dem armen Kerl begraben wollen, oder? Womöglich wäre sein Grab noch von zukünftigen Räubern geplündert worden. Aua!«

Besorgt beugte sich Evelyn vor. »Jonathan! Was ist los mit dir?«

»Verdammt«, schimpfte Jonathan. »Hab ganz vergessen, daß das verdammte Ding kaputt ist!«

Er holte eine kleine Flasche mit Whisky aus dem Beutel. Anfangs nippte er vorsichtig an der gesplitterten Öffnung. Dann trank er mit offensichtlichem Genuß gierig weiter. »Glen Dooley«, seufzte er und wischte sich mit dem Handrücken über den Mund. »Zwölf Jahre alt. Für einen Mann mit solchen Mängeln im Bereich der körperlichen Hygiene hatte unser verstorbener Freund einen bemerkenswert guten Geschmack, was das Trinken angeht.«

Achtlos warf Jonathan den Beutel zu Boden und der restliche Inhalt fiel heraus. Aber es war nur Sand.

O'Connell und Evelyn schauten sich nur an und schüttelten den Kopf. Sie mußten beide über ihre Angst von vorhin grinsen.

Von Ferne hörten sie ein Grollen. Es klang noch weit entfernt. O'Connell nahm es als erster wahr, hob die Hand und wies die anderen beiden an, zu schweigen. Bruder und Schwester beobachteten ihn mit argwöhnischem Interesse, während er sich niederkniete, ein Ohr auf den Boden preßte und lauschte. Das plötzliche Geräusch donnernder Pferdehufe, das von einem Geschützfeuer begleitet wurde, machte dies überflüssig.

Ein Bleiregen hagelte auf das amerikanische Camp nieder. O'Connell konnte die kleinen gelblichen Explosionen der Gewehre in der Dunkelheit gleichzeitig sehen und hören. Er warf Evelyn den Elefantentöter in die Arme. Sie fuhr erschrocken zusammen. Mit einem Satz sprang er auf die Füße und zog dabei mit einer Hand einen Revolver aus seinem Schultergurt. Mit der anderen packte er seinen Jutesack und sagte zu den Carnahans: »Bleibt, wo ihr seid!« Und schon rannte er mit der Waffe in der Hand durch die Ruinen davon auf das Schlachtfeld zu.

Er hatte nicht bemerkt, daß Evelyn ihm folgte. Durch den schweren Elefantentöter kam sie nur langsam voran, dennoch schleppte sie ihn mit. Widerwillig sprang auch Jonathan auf die Füße. Er trug den Derringer bei sich und hatte den kostbaren Brandy an seine Brust gedrückt wie ein Baby, das Schutz braucht. Verärgert rief er seiner Schwester hinterher: »Also wirklich, Schwesterchen! Hat uns der Mann nicht gerade genau das untersagt?«

Geduckt huschte O'Connell durch die Ruinen und lief auf das belagerte Camp zu. Durch die Zeltstadt ritt ein Dutzend Mumiakrieger und zielte auf die fliehenden Arbeiter, die wie Blechdosen vom Zaun geschossen wurden. Die blauhäutigen, tätowierten Reiter feuerten wahllos ins Camp. Mit Ausnahme von Chamberlin, der sich in seinem Zelt versteckte, hielten die Amerikaner die Stellung und feuerten auf die Angreifer. Sie trafen nur gelegentlich, da sie durch den Staub, den die Pferde aufwirbelten, kaum etwas sehen konnten. Sie waren deutlich in der Unterzahl.

Daniels erwischte eine Kugel in die linke Schulter, aber der Bastard, der hart im Nehmen war, schoß noch weiter, während er taumelnd zu Boden fiel. Dabei tötete er den Mann, der ihn verwundet hatte. Henderson und Burns ballerten wie wild um sich, während sie ihren verletzten Freund aus der Schußlinie zogen.

O'Connell hatte inzwischen den Rand des Camps erreicht. Er schlich um die Ruinen herum, als eine Gestalt hinter einem Gesteinshaufen hervorschoß und direkt in ihn hineinlief: Beni.

»Wohin so schnell?« fragte O'Connell.

»Rick! Nach dir habe ich gesucht! Ich wollte dich warnen, mein Freund!«

O'Connell packte Beni beim Ärmel und zerrte ihn mit sich. »Komm, wir wollen uns nützlich machen, was meinst du?«

»Eine kleine Frage, mein Freund. Was hast du eigentlich dagegen, dem Schlachtfeld den Rücken zu kehren?«

»Ich weiß nicht. Vielleicht liegt's an meiner Gesellschaft.«

Sie blieben in Deckung und hielten sich im Schutz einer Felsgruppe. Schließlich zerrte O'Connell Beni hinter einen Geröllhaufen.

Genau vor ihrem Versteck ritt eine große Gestalt mit kantigem Gesicht vorbei und zückte einen goldenen Krummsäbel. Er schien der Anführer zu sein. Offensichtlich mit großer Genugtuung darüber, daß die Verräter ihre wohlverdiente Strafe erhielten, hieb er auf die einheimischen Arbeiter ein. Diese schrien auf, bevor sie starben. Ihre Gewänder flatterten in der Nacht wie die Flügel sterbender Vögel.

»Bleib hier und paß auf die Waffen auf«, wies O'Connell Beni an und vertraute ihm seine Waffensammlung an. »Sorg dafür, daß die Waffen immer geladen sind.«

»Du kannst mir vertrauen, Rick!« Bei jedem Schuß, der hinter dem schützenden Felsen ertönte, zuckte Beni zusammen.

»Natürlich kann ich dir nicht vertrauen. Aber wenn du mich verarschst oder mit meinen Waffen abhaust, solltest du darum beten, daß ich da draußen umkomme.«

»Rick, das verletzt mich!«

»Soll es auch.«

O'Connell spähte über die Felskante und wartete auf den richtigen Moment. Mit dem Revolver in der rechten Hand kletterte er auf den Felsen. Genau in diesem Augenblick ritt der Anführer der Mumia vorbei. O'Connell stürzte sich auf ihn und zerrte ihn aus dem Sattel. Beide Männer fielen zu Boden und wirbelten Staubwolken auf.

Geschickt kamen sie wieder auf die Füße und gingen aufeinander los. Bevor der Mumiakrieger zum tödlichen Schlag ausholen konnte, schoß O'Connell ihm das verfluchte Schwert aus der Hand. Sein nächster Schuß hätte das Ende für seinen Widersacher bedeutet, wenn nicht ein anderer Krieger dazwischen geritten wäre. Dessen Schwertschlag kostete O'Connell um ein Haar seinen Kopf. Er zielte auf den Kerl und schickte ihn in sein nächstes Leben.

Als O'Connell herumwirbelte, um sich wieder dem Anführer zu widmen, ritt der Mann davon. Er zog seinen anderen Revolver und feuerte beide Waffen leer. Dann tauchte er hinter dem Felsen ab, wo Beni auf ihn wartete. Er verbarg sich immer noch dahinter und lud seine Revolver nach, als ihn eine Explosion aufhorchen ließ: das Geräusch seines Elefantentöters, der seine tödliche Munition verschoß!

O'Connell spähte über den Schotterhaufen und sah gerade noch, wie ein Mumiareiter aus dem Sattel gerissen und einige Meter durch die Luft gegen eine eingestürzte Mauer geschleudert wurde. Die Wucht des Schusses riß Evelyn von den Füßen. Sie landete in einem Sandhaufen. Entsetzt begriff O'Connell, daß sie ihm gefolgt sein mußte, aber ihr Mut begeisterte ihn. Dann erkannte er auch Jonathan, der sich seiner Schwester angeschlossen hatte. Und er war stolz auf ihn. Jonathan hatte eine Gruppe Arbeiter zusammengetrieben, die sich mit Pistolen bewaffnet hatten. Anscheinend war Jonathan nur mit seiner Derringer und der Flasche Glen Dooley ausgestattet, die in seinem Gürtel steckte. Er hatte seine Leute unten vor den Eingangssäulen positioniert, und als vier Mumiareiter vorbeikamen, schossen sie. Vier reiterlose Pferde galoppierten danach in die Nacht hinaus.

Mehrere Mumiakrieger stürzten sich nun auf Jonathan und die Arbeiter. O'Connell wies Beni nur kurz an, bei seinen Sachen zu bleiben, dann rannte er, bis an die Zähne bewaffnet, um seine Deckung herum, um Jonathan zu helfen. Aber soweit kam er gar nicht. Er hörte donnernde Hufe hinter sich, und als er sich umdrehte, war der Anführer der Mumia direkt über ihm und schwang seinen Krummsäbel. O'Connell duckte sich und hob schützend seinen Arm über das Gesicht. Das Schwert schlug ihm den Revolver aus der Hand. Ein weiterer Hieb sauste durch die Luft, dann war seine zweite Waffe auch weg.

Ein harter Blick aus dem hageren Gesicht des Kriegers traf ihn. Der Mumia lächelte, in einer Mischung aus Respekt und prahlerischem Stolz, da er O'Connell nun ebenso wie dieser ihn vorher entwaffnet hatte. Diesen Moment des Triumphs, den der Anführer auskostete, gab O'Connell wertvolle Zeit. Er verschwand blitzschnell hinter dem Gesteinshaufen, wo Beni ihm den Jutesack entgegenhielt, wie der Nikolaus, der einem Kind erlaubt, sich ein Spielzeug auszusuchen. Als O'Connell wieder hervorkam, hatte er eine Dynamitstange in der Hand. Rasch zündete er sie an einem brennenden Ast des nächsten Lagerfeuers an. Mit brennender Lunte stellte er sich vor den Mumia und hielt ihm die zischende Stange entgegen.

»Ich verliere nur ungern einen Kampf«, sagte O'Connell und grinste den Krieger an. »Aber ich gebe mich mit einem Unentschieden zufrieden.«

Der Krieger durchbohrte O'Connell mit seinem Blick. Die Lunte brannte und wurde immer kürzer. Sie bedrohte alle im Camp mit dem sicheren Tod.

Der Anführer der Mumia richtete sein Schwert drohend auf O'Connell. »Verlassen Sie diesen Ort«, sagte er mit tiefer, rauher Stimme. »Verlassen Sie diesen Ort oder Sie sterben!«

O'Connell schaute ihn nur an. »Das müssen Sie schon mir überlassen.«

Der Krieger riß sein Pferd herum und ritt davon. Er befahl dem Rest seiner Truppe, ihm zu folgen. Dann verschwanden sie in der Nacht und der Wüste. Staubwolken waren das einzige, was sie zurückließen – und die Zerstörung, die sie angerichtet hatten.

Beni lugte hinter dem Gesteinshaufen hervor. »Willst du das Ding da nicht endlich ausmachen, Rick? Du hast doch erreicht, was du wolltest.«

»Oh«, sagte O'Connell. »Ach ja.« Und riß die Lunte aus der Dynamitstange.

Evelyn kam, über und über mit Sand bedeckt, stolpernd auf ihn zu. Sie wirkte sehr mitgenommen. Er ging ihr rasch entgegen, um sie in den Arm zu nehmen.

»Liebes«, flüsterte er. »Ist alles in Ordnung?«

Erschrocken wich sie ein wenig zurück, aber sie löste sich nicht aus seiner engen Umarmung. Diese plötzliche Intimität hatte sie überrascht. O'Connell nicht minder. Es war ihm einfach so herausgerutscht.

»Ja«, sagte sie. »Jetzt geht es mir wieder gut.«

Henderson und Burns stolperten mit zerrissener Kleidung auf sie zu. Burns stützte Daniels, dessen Hemd an der Schulter einen riesigen Blutfleck aufwies, doch der Mann zeigte keinerlei Anzeichen von Schmerz.

»Das beweist es doch«, zischte Daniels mit zusammengebissenen Zähnen. »Die Schätze des alten Sethos sind unter dem Sand.«

»Sie müssen einfach da unten sein! Warum sonst würden diese Wilden alles daran setzen, um uns zu vertreiben?« meinte Henderson.

O'Connell suchte mit den Augen die umliegenden Ränder des Tals ab. »Das sind Wüstennomaden. Ihnen ist Wasser wichtiger als Gold.«

»Es gibt doch gar keinen Brunnen hier!« wandte Burns ein und putzte sich seine Brillengläser mit dem Hemd. »Dieser Ort ist doch keine Oase!«

»Ich weiß«, bestätigte O'Connell. »Das ist ja auch das, was mich beunruhigt.«

Dr. Chamberlin kroch schließlich mit einem Erste-Hilfe-Koffer aus seinem Zelt und kümmerte sich um Daniels. Henderson fuhr sich mit der Hand durch seine blonde Mähne und sagte sichtlich verlegen: »Hören Sie, äh, vielen Dank, daß Sie mitgeholfen haben.«

»Sie hätten das gleiche getan«, entgegnete O'Connell, obwohl er sich dessen gar nicht so sicher war.

»Und wegen vorhin … heute, da unten … Wir sollten uns nicht länger mit Waffen bedrohen. Wir können Konkurrenten sein, ohne uns zu befeinden.«

»Einverstanden.«

»Vielleicht sollten wir uns bei Nacht zusammenschließen. Vielleicht würden Sie gerne zu uns ins Lager ziehen«, schlug Burns vor.

O'Connell warf Evelyn einen fragenden Blick zu. Sie nickte zustimmend. »Gerne«, erwiderte er. »Morgen ziehen wir um.«

Evelyn schaute sich in dem zerstörten Lager um. »Wo ist Jonathan? Hat einer von Ihnen meinen Bruder gesehen?«

Alle verneinten.

»Wir müssen nach ihm suchen«, stellte Evelyn fest und zog besorgt die Augenbrauen hoch, während sie hilfesuchend nach O'Connells Arm griff.

»Brauchen Sie noch Hilfe?« fragte O'Connell die Amerikaner. »Gibt es Tote zu begraben?«

»Nein«, erwiderte Henderson. »Danke. Wir kommen schon klar. Sie haben bereits eine Menge für uns getan.« Und Henderson reichte O'Connell die Hand, die er auch ergriff.

Danach liefen O'Connell und Evelyn rasch zurück zu ihrem Lager, wo sie Jonathan ausgestreckt im Licht des ausgehenden Feuers liegen sahen. Mit leerem Blick starrte er zum Himmel.

»Sie haben ihn getötet!« schrie Evelyn. »O lieber Gott im Himmel.«

Jonathan blinzelte und blickte seine Schwester dümmlich an. »Ich dachte, du biss Adeisdin«, lallte er. O'Connell bemerkte die Flasche Glen Dooley, die er immer noch mit einer Hand umklammert hielt. Die Hälfte der Flasche war leer, und O'Connell teilte sich den Rest mit Evelyn, während Jonathan seinen Rausch im Zelt ausschlief.

Sie hatten das Feuer zwar wieder angefacht, aber die Wüste war so bitterkalt bei Nacht, daß sie dicht beieinander saßen und sich gegenseitig wärmten. Sie erzählte ihm, daß sie eigentlich gar nicht trank, und fuhr dann damit fort, ihn unter den Tisch zu trinken, zumindest hätte sie das getan, wenn es denn einen Tisch gegeben hätte. Schließlich war sie besorgt, daß sie sich nicht verteidigen könnte, und verleitete ihn dazu, ihr Boxunterricht zu geben. Nach dem Kampf mit den Mumia verspürte sie den dringenden Wunsch, sich besser verteidigen zu können. Sie holte aus und landete in seinen Armen. Dabei fielen sie zusammen in den Sand und rangen, beide ziemlich betrunken, im Schein des Lagerfeuers. Er bot ihr einen weiteren Schluck aus der Flasche an.

»Im Gegensatz zu meinem Bruder, Sir«, brachte sie ziemlich würdevoll hervor, »weiß ich, wann ich Nein sagen muß.«

Das Wort Nein wollte ein verliebter Mann natürlich nicht hören. »Ich sollte böse auf Sie sein«, sagte er und nahm einen Schluck.

»Wieso?«

»Ihr Leben so aufs Spiel zu setzen. Ich hatte Ihnen doch gesagt, daß Sie sich nicht von der Stelle rühren sollten.«

Sie zog die Augenbrauen ärgerlich in die Höhe und verengte die Augen. »Wer ist für die Expedition verantwortlich?«

»Hören Sie, ich verstehe ja, warum Ihr Bruder hier ist. Er ist hinter den Reichtümern her. Das kann ja noch jeder nachvollziehen. Aber warum ...?«

»Was macht ein so nettes Mädchen wie ich an diesem verkommenen Ort?«

»Ganz genau.«

Ein schwaches Lächeln umspielte ihre vollen Lippen. Ihre Stimme bekam einen verträumten Klang. »Ägypten ist in meinem Blut. Wissen Sie denn nicht, wer mein Vater war?«

»Wer?«

»Ich zeige Ihnen ein Bild von ihm.« Sie holte ihre Halskette unter ihrem Beduinengewand hervor und öffnete das daran hängende Medaillon. Auf der Innenseite waren Miniaturbilder ihres gutaussehenden Vaters und ihrer reizenden Mutter, einer Ägypterin, zu sehen. Evelyn hatte die Augen und den Mund ihrer Mutter. »Howard Carnahan war mein Vater.«

»Es tut mir leid, aber der Name sagt mir nichts. Ich bin nur ein dummer Amerikaner.«

»Aber Sie sind doch ein Söldner in Arabien, oder? Bestimmt haben Sie von den Leuten gehört, die das Grab von König Tutanchamun entdeckt haben. Mein Vater war einer davon.«

»Lieber Gott. Sind Ihre Eltern …?«

»Tot«, sagte sie und bestätigte das durch ein heftiges Kopfnicken. »Ein Flugzeugabsturz. Und ich glaube nicht, daß es ein Fluch war. So ein dummes Zeug, so ein Blödsinn. Ja, es stimmt, dreizehn Menschen sind bisher gestorben, aber es sterben jeden Tag Menschen. Und das hat nichts mit einem Fluch zu tun. Nichts mit dem Schicksal …«

O'Connell war selber sternhagelvoll, aber sie konnte ihn mit ihrer so offensichtlich zur Schau getragenen Vernunft nicht täuschen.

»Dann setzen Sie also die Arbeit Ihres Vaters fort«, sagte er. »Sie pfeifen also auf den Fluch von König Tut.«

»Das können Sie sehen, wie Sie wollen. Ich bin zwar kein Forscher wie mein Vater oder ein Abenteurer wie Sie, Mr. O'Connell, aber ich bin äußerst stolz auf das, was ich bin.«

»Und was ist das, wenn ich mir die Frage erlauben darf?«

Sie schlug sich auf die Brust und reckte ihr Kinn. »Nun, ich … bin … eine Archivarin.«

Er prustete los. »Sie meinen, eine betrunkene Archivarin.«

Sie schmiegte sich an ihn. »Wie können Sie solch eine Behauptung aufstellen«, gurrte sie. »Und überhaupt, Mr. O'Connell, wann werden Sie mich wieder einmal küssen?«

»Ich werde Sie überhaupt nicht mehr küssen, sollten Sie mich noch einmal Mr. O'Connell nennen. Ich habe es Ihnen schon einmal gesagt. Nennen Sie mich Rick.«

»Warum sollte ich?«

»Weil ich so heiße.«

»Rick. Rick, küß mich, Rick.«

Dann küßte sie ihn und sank ohnmächtig in seine Arme. Dabei spiegelte sich auf ihrem Gesicht der gleiche törichte Ausdruck wie bei ihrem Bruder. O'Connell blickte sie liebevoll an und drückte sie an sich. Schließlich fiel auch er in tiefen Schlaf und lächelte genauso selig vor sich hin wie sie.

Zehntes Kapitel

Entdeckungen

Bei Tagesanbruch kehrten die beiden Gruppen an ihre Ausgrabungsplätze in den Höhlen und Kammern der Stadt der Toten zurück. Vier Tote gingen auf das Konto ihrer gestrigen Ausgrabungsversuche, ganz abgesehen von den fünf einheimischen Helfern, die durch den Angriff der Mumia ums Leben gekommen waren. Aber der nächtliche Überfall hatte die amerikanische Gruppe nur weiter davon überzeugt, daß unermeßliche Reichtümer auf sie warteten.

In Begleitung von nur noch drei Helfern kehrten die Amerikaner zum Fuß der Anubisstatue zurück. Bei einem Frühstück aus Dosenbohnen waren sie sich einig, daß die Todesfalle, die aus drei Männern dampfende Skelette gemacht hatte, ihr »Pulver verschossen« habe, wie es Henderson blumig umschrieb. Der Säurevorrat mußte erschöpft sein. Trotzdem wurden bestimmte Vorsichtsmaßnahmen getroffen. Mit vorgehaltener Waffe zwang man die Einheimischen, den Deckel des verborgenen Fachs zu öffnen.

Es kam ihnen kein Säureregen entgegen, doch als der schwere Steindeckel zu Boden krachte, sprangen alle zur Seite, bis auf den offensichtlich nicht aus der Ruhe zu bringenden Daniels, der einen Arm in einer Schlinge trug. Beni hatte sich dagegen gewehrt, hierher zurückzukehren, kauerte nun ängstlich an der Wand und betete in mehreren Sprachen. Wenn es nach ihm gegangen wäre, hätten sie den Schatz des Pharao irgendwo anders in dem unterirdischen Labyrinth gesucht.

Dr. Chamberlin trat vor und forderte die Einheimischen in ihrer Sprache auf, in das Geheimfach zu greifen. Sie weigerten sich zunächst, aber Chamberlin wiederholte seine Drohung, ihnen und ihren Familien einen schrecklichen Todesfluch aufzuerlegen. Um seine Worte zu unterstreichen, entsicherten die Amerikaner ihre Gewehre. Die vor Angst zitternden Helfer langten mit schweißnassen Gesichtern in die dunkle, gähnende Öffnung.

Sie holten eine hölzerne Truhe hervor, die mit kunstvollen Schnitzereien dekoriert war. Sorgfältig gearbeitete Hieroglyphen in goldenen, schwarzen, roten und blauen Farben leuchteten ihnen entgegen. Vorsichtig setzten die Helfer die Truhe auf den sandigen Boden. Chamberlin musterte gierig die Symbole: Sonnenscheiben mit stilisierten Flügeln als Symbol des Sonnengottes, Greife, kauernde Götter, der falkenköpfige Horus, der schakalköpfige Anubis – aber als er neben der Truhe kniete, um die Symbole zu deuten und die schreckliche Geschichte zu entziffern, die sie erzählten, spürte der Ägyptologe, wie sich ihm die Nackenhaare aufstellten. Sein Herz raste, Kehle und Mund wurden ihm trocken.

»Was ist los?« wollte Daniels wissen und verlieh seiner Frage mit der Waffe in der Hand Nachdruck. »Raus damit.«

Mit leiser, melancholischer Stimme, die einen geradezu unheimlichen Unterton hatte, sprach Chamberlin, während er seinen Blick auf die Schriftzeichen heftete: »Auf dieser Truhe lastet ein Fluch – ein höchst grausamer Fluch.«

»Verfluchen Sie meinen haarigen Arsch«, knurrte Daniels abfällig. »Steht denn da nichts über die Schätze des Pharao?«

Chamberlin, der immer noch kniete, warf den drei ungehobelten, bewaffneten Abenteurern einen scharfen Blick zu. »Meine Herren, bitte. Wir müssen mit äußerster Vorsicht vorgehen.«

»Hören Sie, Doc«, widersprach Henderson. »Ich verstehe ja, daß diese alten Wilden ziemlich gewitzte Kerle waren. Mit ihren verrückten Todesfallen und ähnlichem Spielzeug. Darauf passen wir schon auf. Aber ersparen Sie uns doch den Hokuspokus.«

»Das waren keine Wilden«, stellte der Ägyptologe fest und berührte den Deckel der Truhe, als ob er sie beschützen wolle. »Das war eine ruhmreiche und beispiellose Zivilisation, die vor Jahrtausenden existiert hat.«

»Schreiben Sie ein Buch darüber«, höhnte Daniels. »Was steht da über den Schatz?«

»Sie befinden sich auf heiligem Boden, meine Herren. Wer sind wir, daß wir den Glauben dieser Menschen als wertloser einstufen als den unsrigen?«

Burns lachte. »Ich glaube an Gold und Silber, Doc.«

»Die Zauber und Flüche aus den alten Zeiten«, warnte der Ägyptologe, »könnten heute noch wirksam sein.«

Beni kam vorsichtig näher, verbeugte sich, faltete die Hände und wandte sich an Henderson: »Hören Sie auf ihn, *Barat'm*. Beni ist für jeden Diebstahl zu haben, aber wir müssen vorsichtig und klug vorgehen ...«

»Ja, ja«, entgegnete Henderson. »Wir kriegen alle das große Zittern und gehen vor dem hundsköpfigen Gott auf die Knie, okay? Und jetzt sagen Sie mir, was auf diesem verfluchten Kasten steht!«

Chamberlin kannte die Inschrift auf der Truhe bereits auswendig und wiederholte sie nun für seinen ungeduldigen Partner: »Der Tod wird jeden auf raschen Schwingen ereilen, der diese Truhe entweiht.«

Ein gespenstischer Windstoß fuhr heulend durch die Kammer, und die Fackeln in den Händen von Henderson und Burns drohten auszugehen. Die drei Arbeiter hatten genug gehört und gesehen. Gewehre oder nicht, sie warfen wehklagend die Arme in die Luft und schrien. Dann liefen sie davon und verschwanden im Labyrinth, während sie in ihrer Muttersprache murmelten.

»Abergläubischer Unsinn«, bemerkte Burns.

»Sind Sie da so sicher?« fragte der Ägyptologe. »Finden Sie einen Windstoß unter der Erde nicht etwas ungewöhnlich?«

Die drei Abenteurer, selbst Daniels, schienen darüber nachzudenken. Chamberlin bemerkte es mit Erleichterung. Vielleicht würden sie jetzt zur Besinnung kommen.

»Ich schlage vor, daß wir weitersuchen«, sagte Chamberlin. »Es gibt keinen Grund, sich unnötig Schwierigkeiten einzuhandeln. Wie Beni bereits angedeutet hat, sollten wir diese unterirdische Stadt noch etwas gründlicher untersuchen. Wir könnten um die nächste Ecke biegen, meine Herren, und eine Grabkammer entdecken, die mit Gold, Juwelen und anderen wertvollen Gegenständen gefüllt ist.«

»Öffnen Sie den Kasten«, fuhr ihn Daniels an.

»Die Inschrift auf dem Kasten, wie Sie die Truhe nennen, besagt weiterhin, daß es hier eine Mumie gibt …«

»Hier sollte es eine ganze Menge Mumien geben, Doc«, unterbrach ihn Henderson.

»… aber hier handelt es sich um eine ungewöhnliche Mumie, meine Freunde. Sie wird als ›der Untote‹ beschrieben, und sollte er je ins Leben zurückgerufen werden, ist er durch ein heiliges Gesetz dazu bestimmt, den schrecklichsten aller Flüche zu vollziehen.«

»Ja, ja, schon gut«, drängte Henderson. »Wir passen schon auf, daß wir keine Mumien ins Leben zurückrufen.«

»Öffnen Sie den Kasten, Doc«, wiederholte Daniels.

»Die untote Mumie wird alle töten, die der Öffnung dieser Truhe beiwohnen«, warnte Chamberlin sie. »Sie wird unsere Organe und Körperflüssigkeit aufnehmen.«

»Sie meinen, sie wird uns essen?« fragte Daniels, der sich kaum ein Grinsen verkneifen konnte.

»Huuh«, witzelte Henderson. »Klingt, als ob sie einen riesigen Appetit entwickelt hat, diese Mumie, die schon seit ein paar Tausend Jahren tot ist.«

»Sie wird sich durch das Fleisch derer, die der Öffnung der Truhe beigewohnt haben, regenerieren«, fuhr Chamberlin fort und Angst mischte sich in seine Worte. »Dann wird er nicht länger der Untote sein, sondern eine Plage auf Erden.« Der Wind raschelte durch die Gänge und pfiff dabei eine unheimliche Melodie. Die Fackeln drohten wieder auszugehen.

Henderson meinte: »Wir haben den weiten Weg hierher doch nicht für nichts und wieder nichts gemacht! Beni! Schaff deinen dünnen Arsch hierher.«

Beni, der sich verzweifelt bemüht hatte, mit der Wand der Kammer zu verschmelzen, lächelte nervös und verbeugte sich mit den Worten: »Die Aussicht von hier aus genügt mir völlig. Danke, *Barat'm.*«

»Komm her!«

Beni gehorchte.

Henderson wies mit dem Kopf auf die Spitzhacken, die

die Arbeiter auf dem Boden liegen gelassen hatten. »Nimm dir eine und brich das Baby auf.«

»Nein, *Barat'm!*«

Henderson hielt Beni den Revolver vor die Nase. »Ist mir auch recht – ich habe eh schon die Nase voll vom Dosenfraß. Dann gibt es zur Abwechslung mal ungarisches Gulasch zum Mittagessen.«

Daraufhin machte sich Beni am Deckel der verschlossenen Truhe zu schaffen. Aus sicherer Entfernung beobachteten die Amerikaner ihn dabei, während der Ägyptologe geduckt hinter ihnen stand.

Die Versiegelung drohte aufzubrechen, als Beni aufschrie: »Nein, der Fluch … der Fluch!«

Beni schubste Henderson gegen Daniels, der gegen Burns fiel. Dann rannte der knochige kleine Führer wieselflink davon und verschwand in den Gängen, in denen seine Worte widerhallten: »Der Fluch! Der Fluch!«

»Dieser dumme, abergläubische kleine Bastard«, sagte Daniels und rappelte sich wieder hoch.

Henderson wandte sich an Chamberlin: »Ist es möglich, daß diese Truhe auch mit einer Todesfalle versehen ist? Sagen Sie mir die Wahrheit!«

Chamberlin schüttelte den Kopf. »Das käme einer Schändung dieses heiligen Gegenstands gleich. Die ›Todesfalle‹, wie Sie es nennen, ist der Fluch! Ich rate Ihnen, nicht …«

Aber Henderson hatte bereits die Spitze der Hacke in den versiegelten Deckel geschlagen und begann, die Truhe aufzubrechen. Die Versiegelung öffnete sich und der Deckel schlug auf. Eine riesige schmutzige Staubwolke erfüllte die Luft. Scheußlicher Dampf hüllte die Kammer und die Männer ein. Sie rangen nach Atem und liefen ängstlich und orientierungslos ineinander …

Aber innerhalb weniger Minuten hatte sich der Staub gelegt, der übelriechende Dampf verschwand, und Chamberlin war fast versucht zu grinsen, als er die drei Amerikaner sichtete, die ihre Waffen auf die offene Truhe gerichtet hielten. Als ob ihre brutale Gewalt und ihre Waffen irgend etwas gegen Jahrtausende alte Flüche ausrichten könnten. Doch sie hatten überlebt. Chamberlins Wissensdurst und, um die Wahrheit zu sagen, seine Gier überwältigten seine besseren Instinkte. Er mußte einfach nachsehen, was sich in der Truhe befand.

Langsam und geradezu ehrfürchtig näherte sich Chamberlin der Truhe. Er griff hinein und holte eine große sackleinene Tasche hervor, in der sich offensichtlich ein großer viereckiger Gegenstand befand. Vor Ungeduld zitternd entfernte er die schützende Hülle. Darunter kam ein schweres, mit bronzenen Scharnieren versehenes Buch hervor. Es bestand aus reinem Obsidian, in dem ein antiker Künstler sorgfältig gearbeitete Hieroglyphen eingeschnitten hatte. »Ich habe darüber gelesen«, flüsterte Chamberlin atemlos. »Ich habe davon gehört, aber kein Mensch der Neuzeit war sich bis zu diesem Tag, diesem Moment, sicher, daß das *Totenbuch* tatsächlich existiert.«

»Ein Buch?« fragte Daniels und stampfte vor Enttäuschung mit dem Fuß auf. »Ein verfluchtes Buch? Deswegen dieser ganze Aufstand?«

»Aber meine Herren«, sagte Chamberlin und fuhr behutsam mit den Fingern über die verzierte Oberfläche des Buches. »Dieser Schatz ist von unermeßlichem Wert.«

»Für dieses verdammte Ding gäbe ich noch nicht einmal einen Messingspucknapf«, knurrte Henderson ärgerlich und versetzte der Truhe einen wütenden Tritt.

»Bitte nicht!« schrie der Ägyptologe, aber der Schaden war bereits angerichtet. Wenn man überhaupt von Schaden sprechen konnte: Durch das aufgeplatzte Holz wurde ein tieferes Fach enthüllt. Darin standen fünf juwelenbesetzte Kanopen. Eine davon war zerschlagen.

Chamberlin schüttelte sich, als ob er gerade die schwindelerregende Wirkung eines Cocktails aus Schrecken und Begeisterung gekostet hätte: Diese Kanopen waren wertvolle Gegenstände, aber sie verwiesen auch auf den Fluch, enthielten sie doch Eingeweide einer Mumie.

Burns Augen funkelten gierig hinter seinen Brillengläsern: »Juwelen! Jetzt kommen wir der Sache schon näher.«

Der Überfall der letzten Nacht hatte auch die andere Gruppe nicht abgeschreckt. Im Gegenteil. Evelyn Carnahans Wissensdurst, ihr Drang nach wissenschaftlichen Entdeckungen war nur noch größer geworden.

Ihr Durst vom Vorabend machte ihr jedoch am nächsten Morgen noch einiges Kopfzerbrechen. Und gerade jetzt, wo es den Sarkophag zu untersuchen galt, der ihnen gestern wie ein Geschenk der Götter vor die Füße gefallen war. Evelyn wie auch O'Connell und Jonathan – nach den dunklen Ringen unter ihren Augen und ihren schwerfälligen Bewegungen zu urteilen – litten unter der unehrenvollsten aller Krankheiten, einem Kater.

Im Augenblick versuchte sie, das Kästchen aufzuklappen. Es fiel ihr jedoch sehr schwer, obwohl sie es zuvor schon unzählige Male mit einem Griff geöffnet hatte. »Ich kann es nicht fassen«, meinte sie, »daß ich meine Zurückhaltung soweit aufgegeben habe und ihr zwei mich beschwipst machen konntet.«

»Gib mir keine Schuld, Schwesterchen«, verteidigte sich Jonathan. »Wie es sich für einen echten und anständigen Säufer gehört, bin ich schon vorher umgekippt.«

»›Beschwipst‹ trifft es wohl nicht ganz«, sagte O'Connell. Seine Augen waren rotgerändert und seine Haut kränklich grau. »Sie waren sturzbetrunken.«

»Also, bitte!« erwiderte Evelyn eingeschnappt und fixierte ihren Bruder. Jonathan rang hilflos die Hände. Er sah sogar noch schlimmer als O'Connell aus. »Bitte mich nicht um irgendeine Erklärung. Ich kann mich ja noch nicht einmal mehr daran erinnern, dabei gewesen zu sein.«

»Ich auch nicht«, sagte sie. »Vielen Dank.«

»Das ist aber schade«, meinte O'Connell und täuschte vor, verletzt zu sein. »Gestern nacht haben Sie mir gesagt, daß Sie diesen Abend nie vergessen würden.«

»Bestimmt nicht!«

»Bis gestern nacht!« Er grinste sie an.

Evelyn wurde vor Verlegenheit ganz rot und fummelte an dem Kästchen herum. O'Connell nahm es ihr aus der Hand und öffnete es.

»Es ist nichts passiert«, sagte er sanft. »Außer daß Sie zugestimmt haben, mich Rick zu nennen.«

Erleichtert lächelte sie ihn an, aber dann war sie doch noch ein wenig eingeschnappt, weil er sie aufgezogen hatte. Sie sagte bestimmt: »Die Lage ist ernst. Jetzt möchte ich, daß ihr euch benehmt.«

»Tretet zurück«, wies O'Connell sie an und steckte den entfalteten Schlüssel in das riesige Schloß, das dem ungeöffneten Kästchen ähnelte. Dann duckte er sich und wandte dem Sarkophag den Rücken zu.

»Mr. O'Connell«, belehrte ihn Evelyn. »Ich weiß Ihre Besorgnis zu schätzen, aber es gibt keine Aufzeichnungen darüber, daß Sarkophage mit Todesfallen versehen wurden.« Sie trat an den Sarkophag heran, drehte den Schlüssel nach rechts und löste eine Reihe von knirschenden Geräuschen aus, als der Mechanismus reagierte. Schließlich deutete ein leises Zischen darauf hin, daß die luftdichte Versiegelung aufgebrochen war.

Alle drei wichen zurück und tauschten aufgeregte und besorgte Blicke. Es gab jedoch kein spritzendes Säurebad, keine hervorschießenden Stahlspeere, keine unangenehmen Überraschungen. Bald schon trainierten sie ihre schmerzenden, verkaterten Muskeln, indem sie mühsam versuchten, den schweren Granitdeckel vom Sarkophag zu schieben. Sie drückten mit aller Kraft und stöhnten dabei vor Anstrengung, aber es tat sich nichts. Schließlich gab der Deckel, wenn auch nur widerwillig, Millimeter für Millimeter, doch noch nach.

»Er ist zu schwer, um ihn runterzuheben«, meinte Evelyn, als sie eine Pause einlegten, verschnauften und eine Feldflasche kreisen ließen. »Ich fürchte, wir müssen ihn auf den Boden schieben, auch wenn wir dabei riskieren, daß er zu Bruch geht.«

»Entweder er oder unsere Rücken«, bemerkte Jonathan.

Bei ihrem nächsten Versuch drückten sie mit ihren Rükken gegen den Deckel. Plötzlich kam er ins Rutschen und fiel mit einem lauten Aufprall, der durch die ganze Kammer und ihre gemarterten Köpfe hallte, zu Boden. Jonathan hielt sich die Hand vor den Mund, O'Connell bedeckte seine Augen und Evelyn hielt sich die Ohren zu.

In dem Sarkophag lag ein deutlich kleinerer Holzsarg. Evelyn bat ihre beiden Assistenten, ihn herauszuholen. Und sie hätte nicht ungeduldiger und begeisterter auf den antiken Gegenstand starren können, der nur mit Spinnweben und Staub verziert war, wenn er aus echtem Gold gemacht gewesen wäre.

»Von diesem Augenblick habe ich schon als kleines Mädchen geträumt«, sagte sie.

»Sie müssen ein merkwürdiges Kind gewesen sein«, bemerkte O'Connell, der immer noch neben dem Sarg kniete.

»O, das war sie«, äußerte Jonathan, der wie ein widerstrebender Sargträger auf der anderen Seite kauerte.

Sie warf ihnen verächtliche Blicke zu und bat O'Connell um einen Lappen. Dann begann sie, die Spinnweben und den Schmutz abzuwischen und den Sargdeckel zu säubern, um nach Hieroglyphen zu suchen. Was sie sah, aber auch nicht sah, jagte ihr eine Gänsehaut über den Rücken. »Die üblichen heiligen Zaubersprüche sind weggemeißelt worden!« erklärte sie den beiden Männern.

»Was bedeutet das?« fragte O'Connell.

»Die Hieroglyphen, die den Verstorbenen im Sarg schützen und ihn in sein anderes Leben begleiten sollten, sind systematisch entfernt worden.«

»Dann war er also *unartig*«, schloß Jonathan.

Evelyn nickte. »Offensichtlich hat es ihnen nicht gereicht, ihn in diesem Leben zu verfluchen. Sie haben auch sein nächstes Leben mit einem Fluch belegt.«

»Diese alten Ägypter waren ganz schön streng«, meinte O'Connell.

»Der arme Kerl hat mein ganzes Mitgefühl«, sagte Jonathan. »Sollen wir jetzt mal einen Blick reinwerfen und nachsehen, ob er eine goldene Maske oder silberne Unterwäsche trägt?«

Evelyn gab es auf, den beiden etwas erklären zu wollen, und wischte ein großes Schloß ab, das sich an der Seite des Sargs befand. Wieder paßte der achteckige Schlüssel genau in die Öffnung. Jonathan befolgte die Anweisung seiner Schwester und drehte den Schlüssel hart nach rechts.

Die seit Jahrhunderten versiegelte Luft entwich mit einem Zischen. Dieses Mal drang ein fauliger Geruch aus dem aufgeschlossenen Sargdeckel.

»Iiih!« rief Jonathan und wich zurück, während er sich die Nase zuhielt. »Sie haben hier doch nicht zufällig Direktor Hassan begraben, oder, O'Connell?«

Evelyn ging ebenfalls mehrere Schritte zurück und rang nach Atem. O'Connell versuchte währenddessen, den Dekkel mit einer Hand zu öffnen. Mit der anderen hielt er sich Mund und Nase zu. So ging es nicht, er versuchte es mit beiden Händen unter Aufbietung all seiner Kraft.

»Das verdammte Ding klemmt«, sagte er. »Es hängt irgendwo fest. Helfen Sie mir mal, Jonathan.«

Beide Männer drückten mit aller Kraft gegen den Deckel, der sich langsam bewegte.

»Halten Sie durch!« bat O'Connell Jonathan. »Ich glaube, er lockert sich ...«

Und der Deckel sprang auf! Aber gleichzeitig schien ihnen auch der Sargbewohner entgegenzuspringen. Es war eine grauenhafte, mit Maden übersäte und in schwarze, durchnäßte Leinenbinden gehüllte Mumie, deren Verwesungsprozeß wohl noch nicht beendet war.

Der tapfere Amerikaner, die gelassene Engländerin und ihr gepflegter junger Bruder schrien wie die Wahnsinnigen.

Die Mumie fiel in ihren Sarg zurück.

O'Connell schluckte. Dann lachte er nervös. »Ein paar der Leinenbinden müssen im Deckel hängengeblieben sein.«

»Diese Leinenbinden sehen so furchtbar eklig aus«, bemerkte Jonathan.

»Hier ist etwas furchtbar schief gelaufen«, meinte Evelyn, die sich langsam dem Sarg näherte und vorsichtig einen Blick auf die deformierte Mumie warf. »Ich habe noch nie solch eine Mumie gesehen ... Nach dreitausend Jahren ist sie immer noch ...«

»Feucht?« fiel ihr Jonathan ins Wort.

»Ja. Selbst in einem luftdichten Sarg müßte sie verwesen. Von sowas habe ich noch nie gehört.«

O'Connell untersuchte die Innenseite des Sargdeckels. »Gucken Sie mal hier«, wandte er sich an Evelyn und wies auf die Spuren trockenen Bluts und Dutzender tiefer Kratzer auf der Innenseite des Deckels. »Das sind Fingernagelspuren.«

»Du meine Güte«, sagte Evelyn. »Dieser Mensch ist lebendig begraben worden.«

»Er war wohl sehr unartig«, bemerkte Jonathan ruhig.

»Sieht so aus, als ob er uns eine Nachricht hinterlassen hat.« O'Connell wies auf eine Reihe von grob gemalten hieratischen Zeichen, die mit Blut geschrieben worden waren.

»›Der Tod ist nur der Anfang‹«, übersetzte Evelyn.

Jonathan zitterte. O'Connell und Evelyn blickten sich entsetzt an.

»Wollen Sie hier unten noch viel länger verweilen?« fragte O'Connell. »Ich glaube, ich sollte besser mal meinen Jutesack holen.«

Elftes Kapitel

Die Plagen

Und wieder legte sich eine sternenklare Nacht über die Stadt der Toten. Die Carnahans und O'Connell waren inzwischen in die Zeltstadt der Amerikaner umgezogen. Mitglieder beider Teams hatten sich um ein großes Lagerfeuer versammelt. Trotz Waffenstillstand war man auf der Hut voreinander. Es herrschte eine beklemmende Stille. Gleichzeitig lagen die Waffen griffbereit zur Hand, falls sich das Willkommens-Komitee der Mumia noch einmal entschließen sollte, vorbeizuschauen.

Evelyn war mit einem kleinen Leinenbeutel unterwegs zum Lagerfeuer. Sie genoß die kühle Abendluft, auch wenn sie fror und wärmend die Arme vor der Brust verschränkt hielt. Auf ihrem Weg kam sie zufällig an dem großen Zelt vorbei, das Dr. Chamberlin als Hauptquartier diente.

Der Ägyptologe, der selbst im Mondlicht seinen Tropenhelm nicht ablegte, stand an einem Arbeitstisch, auf dem verschiedene Kunstgegenstände aufgereiht waren. Sie stammten aus der unterirdischen Kammer. Vor sich hatte er außerdem eine der erhaltenen juwelenbesetzten Kanopen, und eine zweite, die jedoch in Einzelteile zerbrochen war. Ein halbes Dutzend Arbeiter hatte sich wie Schüler um seinen Tisch in den Sand gesetzt und wartete auf das heilige Wort des unscheinbaren Professors.

»Hallo Doktor«, grüßte sie, als sie vorbeiging, aber Chamberlin erwiderte ihren Gruß nicht. Sein Verhalten war nicht absichtlich unhöflich. Er schien völlig in die Untersuchung eines bestimmten Gegenstandes vertieft zu sein: eines großen Buches, aus Obsidian, mit bronzenen Scharnieren, und einem seltsamen, großen Schloß auf der Oberfläche, das Chamberlin daran hinderte, es zu öffnen.

Evelyn mußte über ihn lächeln und ging weiter zum Lagerfeuer. Sie setzte sich zwischen ihren Bruder und Rick O'Connell, der neben seinem alten Kameraden Beni saß. Beide rösteten sehniges Fleisch an Stöcken über dem Feuer. Dadurch entstand ein durchdringender, fast fauliger Geruch.

Jonathan rümpfte die Nase. »Dürfte ich mir die Frage erlauben, was dieses übelriechende Hauptgericht sein könnte?«

»Es könnte eine Ratte sein«, erklärte ihm Beni. »Das beste, was die Wüste zu bieten hat.«

»Möchten Sie kosten?« fragte O'Connell. »Keine Angst, es schmeckt nicht so schlecht wie es riecht.«

»Nein, vielen Dank.« Jonathan schüttelte sich. »Einen Moment lang habe ich gedacht, daß unser alter Freund, Direktor Hassan, von den Toten auferstanden sei.«

Auf der anderen Seite des prasselnden Feuers hockten Henderson, Burns und Daniels zusammen. Sie redeten leise miteinander und waren guter Dinge. Wie Chamberlin hatte jeder von ihnen eine Kanope, die mit erlesenen Juwelen besetzt war. Immer wieder drehten und wendeten die Männer die Kanopen in ihren Händen. Es schien fast, als liebkosten sie die Krüge.

Henderson hielt seine Kanope in die Höhe und grinste Evelyn und O'Connell über die Flammen hinweg an: »Miss Carnahan – Sie sind doch eine Expertin. Was, glauben Sie, wird diese Schönheit auf dem Sammlermarkt einbringen?«

»Mein Fachwissen beschränkt sich auf das Gebiet der Wissenschaft«, erwiderte sie steif. »Ich fürchte, dubiose Geschäfte sind eher Ihre Sache, Mr. Henderson.«

»Beni hat uns erzählt, daß Sie heute eine Mumie entdeckt haben«, bemerkte Burns. Das Lagerfeuer spiegelte sich in seinen Brillengläsern. »Meinen Glückwunsch.«

Verärgert warf O'Connell Beni einen Blick zu, der sich gar nicht bewußt zu sein schien, einen Vertrauensbruch begangen zu haben, und sich ganz seinem Rattenspieß widmete.

»Ich habe gehört, daß sie hübsch modrig ist«, fügte Burns hinzu.

»Warum laßt ihr sie nicht trocknen«, warf Daniels ein und machte damit eine seiner seltenen witzigen Bemerkungen. »Wir könnten noch etwas Feuerholz gebrauchen.«

Die Abenteurer brachen in schallendes Gelächter aus und schlugen sich johlend auf den Rücken. Heute war ihr Glückstag.

Evelyn schenkte ihnen keine weitere Beachtung und sagte zu O'Connell: »Ich habe eine weitere interessante Entdeckung gemacht, nachdem Jonathan und Sie nach oben gegangen waren.«

O'Connell runzelte mißbilligend die Stirn. »Sie sind doch nicht etwa ohne uns in eine andere Kammer gelaufen, oder?«

»Himmel, nein! Das hier habe ich im Sarg unseres Freundes gefunden.« Sie entleerte den Inhalt des Beutels zu ihren Füßen auf den sandigen Boden, damit O'Connell und ihr Bruder einen Blick auf ihren neuesten wertvollen Fund werfen konnten: Es war ein Haufen großer, getrockneter Käfer.

Jonathan wich zurück. »Das sind ja gräßlich aussehende Teufel. Zum Glück sind sie tot. Ich möchte nur ungern einem begegnen, der sich noch regt.«

»Das würde ich dir auch raten«, erläutere Evelyn. »Diese Käfer sind geradezu berühmt wegen ihrer Bösartigkeit. Es handelt sich um Skarabäen – Fleischfresser. Sie können jahrelang am Leben bleiben und sich am Fleisch einer Leiche gütlich tun. Haben Sie für mich auch einen Rattenspieß, Mr. O'Connell? Ich sterbe vor Hunger.«

»Ich lege einen ins Feuer für Sie«, entgegnete O'Connell und zog erstaunt eine Augenbraue hoch.

Jonathan starrte immer noch entgeistert auf die Überreste der Käfer. »Liebe Schwester, willst du uns etwa sagen, daß diese abscheulichen Viecher das Fleisch unserer Leiche gefressen haben?«

»Ja … und nein. Ich fürchte, was unseren Freund betrifft, war er noch nicht tot, als sie angefangen haben, ihn zu fressen.«

Jonathan und O'Connell schauten sie ungläubig an. Evelyn hielt ihren Rattenspieß über die Flammen. »Unsere Theorie, daß er unartig gewesen sein muß, dürfte sich damit als begründet erweisen.«

»Sie meinen also, daß er nicht nur bei lebendigem Leibe

begraben wurde«, wiederholte O'Connell, »sondern ihm auch die seltene Ehre zuteil wurde, eine Handvoll fleischfressende Käfer mit ins Grab zu nehmen? Die ihn genüßlich aufmampften?«

Nachdenklich runzelte sie die Stirn. »Mehr als eine Handvoll, würde ich fast annehmen.«

»Was könnte er nur angestellt haben, um so beliebt gewesen zu sein?« fragte sich Jonathan.

O'Connell grinste höhnisch. »Wahrscheinlich war er etwas zu stürmisch mit der Tochter des Pharao.«

»Das ist doch harmlos.« Evelyn drehte ihren Spieß langsam über den Flammen. »Angesichts der vorliegenden Beweise möchte ich die wohlbegründete Vermutung anstellen, daß unsere Mumie der schlimmste aller ägyptischen Flüche auferlegt wurde: der *Hom-dai.*« Sie erklärte ihnen, daß der *Hom-dai* nur den schlimmsten Gotteslästerern vorbehalten war. »Laut wissenschaftlicher Forschungsergebnisse ist dieser Fluch jedoch nie angewandt worden«, sagte sie. »Das ist der einzige Zweifel, den ich diesbezüglich noch hege.«

Jetzt grinste Jonathan zynisch. »Dann ist unser Mumienfreund also tatsächlich hingerichtet worden.«

»Angenommen, dieser berühmte Fluch ist wirklich nie angewandt worden«, überlegte O'Connell. »Was sollte dann damit bezweckt werden?«

Sie zuckte die Achseln. »Er war als Drohung gedacht, als Abschreckung vor sehr schweren Vergehen. Aber die alten Ägypter haben diesen Fluch nie angewandt – so wird es zumindest angenommen –, weil sie solche Angst davor hatten.«

»Warum denn zum Teufel?« fragte Jonathan. »Sollte sich nicht eher die Person fürchten, die verflucht wird?«

Nüchtern erklärte sie ihnen: »Es steht geschrieben, daß derjenige, der die Qual des *Hom-dai* erträgt, sollte er je wieder von den Toten auferstehen, als Überbringer der zehn Plagen zurückkehren wird.«

»Wieviele Plagen?« fragte O'Connell leichthin, aber Evelyn sah an seinem Blick, daß er wußte, wovon sie sprach.

Beni, der an seiner Ratte nagte, schien ihrem Gespräch

nicht allzuviel Bedeutung geschenkt zu haben, warf aber plötzlich ein: »Wie Moses und der Pharao?«

»Genau wie bei Moses und dem Pharao.« Evelyn nickte zustimmend.

»Wollen wir doch mal sehen, wieviel von der Sonntagsschule noch hängengeblieben ist«, meinte Jonathan, und begann die Plagen an seinen Fingern abzuzählen. »Da haben wir die Frösche, die Stechfliegen, die Heuschrecken ... Ach du Schreck, weiter weiß ich schon nicht mehr.«

»Hagel«, rief Burns von der anderen Seite des Feuers. »Und Feuer.«

»Die Finsternis«, fügte Henderson hinzu.

»Das Wasser verwandelt sich in Blut«, ergänzte Daniels. Offensichtlich hatten die Amerikaner die ganze Zeit mitgehört.

»Nun, und dann gibt es ja noch meinen persönlichen Favoriten«, sagte Jonathan. »Die Pest. Immer wieder ein großer Erfolg. Was waren noch die anderen beiden?«

Sie schwiegen, dann lachten sie nervös. Evelyn konnte die Beklommenheit dieser sonst so mutigen Abenteurer spüren. Männer waren solche Kinder. Sie nahm ihren Spieß vom Feuer, pustete darauf und nagte an dem warmen Fleisch. »Gar nicht so schlecht«, sagte sie fröhlich.

Eine Weile später, als sie auf dem Weg zurück in ihr Zelt war – sie hatte sich, so gut es ging, frisch gemacht –, kam sie wieder an Dr. Chamberlins Zelt vorbei.

Der Professor schlief. Er lag auf seiner Pritsche und hatte sich auf die Seite gerollt. Mit einem Arm drückte er fast zärtlich die Kanope an seine Brust. Die andere Hand lag locker über dem großen schwarzen Buch. Sie sah sich um und bemerkte, daß Chamberlins Arbeiter verstreut unter freiem Himmel schliefen. Sie war also ungestört.

Sekunden später saß Evelyn im Lichtschein des ausglühenden Lagerfeuers und hielt das große Buch in den Händen.

»Das nennt man Diebstahl«, sagte eine Stimme hinter ihr. O'Connell hockte sich neben sie.

»Ich glaube, das Wort, was Sie zuvor benutzt haben, war

›borgen‹«, entgegnete sie und spielte auf die Werkzeugtasche an, die er ihr gegeben hatte. »Sind Sie so lieb und holen mir das Kästchen aus Jonathans Rucksack?«

O'Connell holte es. Dann steckte sie den Schlüssel in das riesige Schloß des Buches, das genauso groß war wie die bereits geöffneten Schlösser des Sarkophags und des Holzsargs.

»Haben Sie nach diesem Buch gesucht?« fragte O'Connell. »Das ist mit Sicherheit nicht aus Gold.«

»Es ist nicht das *Buch des Amun Ra,* aber genauso wertvoll.«

»Ja? Was ist es denn? Das kleine schwarze Buch von König Tut?«

»Ich glaube, das dürfte das *Totenbuch* sein.«

O'Connell runzelte die Stirn. »Tot? Das Wort gefällt mir nicht …«

»Seien Sie doch nicht albern. Was kann ein Buch denn schon anrichten?« Und die Archivarin drehte den großen Schlüssel. Mit einem klickenden Geräusch ging das Schloß auf. Evelyn versicherte sich, daß niemand aufgewacht war, insbesondere nicht Dr. Chamberlin. Das Lager war ruhig, nur hin und wieder war ein vereinzeltes Schnarchen zu hören. Eine Brise ging durch das Lager, keine starke Bö wie zuvor, sondern eher wie der gelangweilte Atem eines Riesen. Trotzdem zitterten die Flammen des Lagerfeuers, als spürten sie die nächtliche Kälte der Wüste.

Sie tauschten einen nervösen Blick. Aber dann fing Evelyn an zu lachen. O'Connell stimmte ein, aber es klang nicht sehr überzeugend.

Er rückte näher und legte ihr beschützend den Arm um die Schulter. Obwohl er ihr ein Gefühl der Sicherheit geben wollte, spürte sie, daß er ihre Nähe suchte. Langsam überflog sie die Hieroglyphen auf der ersten Seite. Sie bewegte die Lippen, während sie lautlos vor sich hinlas.

»Was ist es denn nun?« fragte er schließlich. »Das Telefonbuch von Hamunapatra?«

»Amun kum ra, Amun kum dei.«

»Ich bin so froh, daß ich gefragt habe.«

»Es geht um die Nacht und den Tag.«

Sie las anfangs leise, aber der Wunsch, die Worte zu hören, war stärker, und sie sprach sie laut aus …

(Was sie jedoch nicht wissen konnte, war, daß die Mumie in ihrem offenen Sarg neben dem Sarkophag ihr altes, verwestes Fleisch rührte, die Knochen bewegte und die Augenlider öffnete. Mit einem Schlag wachte Imhotep auf und starrte mit leeren Augenhöhlen in die Dunkelheit.)

… und so geschah es, daß Evelyn Carnahan, die ernsthafte Forscherin, die hoffnungslos den Überlieferungen des alten Ägypten verfallen war, im Angedenken an ihren verstorbenen, berühmten Vater weiterlas und die Mumie weckte.

»Nein!« schrie eine Stimme hinter ihr.

Sie hatte noch jemanden geweckt: Dr. Chamberlin.

»Das dürfen Sie nicht!« rief er. »Hören Sie auf!«

Wie ein Teenager, der beim Lesen eines verbotenen Romans im Dunkeln ertappt wird, schlug Evelyn das Buch zu, als sie den untersetzten Ägyptologen auf sich zulaufen sah. Sie bemerkte, daß er zum ersten Mal nicht seinen Tropenhelm trug. Sein dünnes weißes Haar stand ihm, vom Schlaf zerzaust oder aus Furcht, zu Berge. Kurz vor dem Lagerfeuer blieb Chamberlin wie erstarrt stehen und wandte seinen Blick in Richtung Wüste, als hätte er etwas gehört.

Jetzt vernahmen es auch Evelyn und O'Connell: ein Summen, ein Geräusch wie von einem abstürzenden Flugzeug, nur klang es eindringlicher und ähnelte mehr einem Heulen. Evelyn und O'Connell sprangen auf. Jonathan, der im Zelt geschlafen hatte, war schlagartig wach. Das Heulen wurde stärker und klang jetzt wie eine Sirene. Beni stolperte aus einem Zelt der Amerikaner und schlug sich auf den Magen. »Ich muß eine schlechte Ratte gegessen haben«, murmelte er. Dann riß er die Augen entsetzt auf, als auch er das lauter werdende Geräusch wahrnahm. Henderson, Burns und Daniels kamen bewaffnet aus ihren Zelten.

Alle standen nun im flackernden Licht des Lagerfeuers und starrten hilflos und verwirrt in die Dunkelheit der Wüste. Die Amerikaner fragten sich lautstark, was das denn zum Teufel sein könnte.

Kurz darauf wußten sie es: eine Wolke aus lebenden Heuschrecken kam auf das Lager zu und umhüllte alles und jeden.

Während Evelyn die Tiere abzuwehren versuchte, fühlte sie, wie O'Connell ihr den Arm um die Taille legte und sie durch den Heuschreckenregen zog. Gemeinsam mit Jonathan rannten sie auf die Felsspalte am Fuß des Anubisstandbildes zu. Verzweifelt hielten sie sich die Heuschrecken, so gut es ging, vom Leib. In der Zwischenzeit liefen Beni und seine amerikanischen Arbeitgeber auf ihren eigenen Eingang zur Unterwelt zu. Dr. Chamberlin blieb zurück. Er hatte sich das *Totenbuch* zurückgeholt und starrte fragend in den Himmel. »Was haben wir nur getan?« Dann spuckte er die Heuschrecken aus, die ihm in den Mund geflogen waren, und folgte dem Rest seiner Expedition in die Unterwelt.

O'Connell, Evelyn und Jonathan hatten den dunklen und inzwischen vertrauten Vorbereitungsraum durchquert und liefen in das Labyrinth. Sie kamen nur langsam voran, da sie die Heuschrecken abzuschütteln versuchten, die ihnen überall am Körper saßen. O'Connell, der geistesgegenwärtig seinen Jutesack mitgenommen hatte, entzündete ein Streichholz und setzte eine Fackel in Brand.

»Ich habe noch nie in meinem Leben so viele verdammte Grashüpfer gesehen!« rief er.

»Keine Grashüpfer«, berichtigte ihn Evelyn, die um Fassung rang, »Heuschrecken.«

»Das ist eine dieser zehn verfluchten Plagen, oder?« wollte Jonathan von seiner Schwester wissen. »Heuschrecken!«

»Das ist keine Plage, Jonathan«, entgegnete sie nunmehr ruhig, und holte sich eine Heuschrecke hinter ihrem Ohr hervor. »Es ist ein natürliches Phänomen. Sie pflanzen sich fort. Alle paar Jahre vermehren sich die Heuschrecken in diesem Land explosionsartig. Dann fliegen sie alle los. Wahrscheinlich sind sie jetzt schon längst weg und weitergezogen.«

Evelyn ging einen Schritt zurück in die Richtung, aus der sie gekommen waren und spürte etwas Zermatschtes unter ihrer Sandale. »Iiih«, sagte sie. »Ich bin in etwas getreten.«

»Nicht in etwas«, korrigierte O'Connell sie stirnrunzelnd und leuchtete mit der Fackel auf den Boden. »Auf etwas.«

Der Boden war mit Fröschen übersät, schleimigen, ekelerregenden Fröschen!

Evelyn unterdrückte einen Schrei, so daß sie O'Connells Frage mitbekam. »Okay, dann brüten also die ägyptischen Frösche auch gerade? Und sind sie auch hierher geflogen?«

Bevor sie antworten konnte, begann der Boden zu zittern. Der Sand bewegte sich.

Im Lichtschein der Fackel wurden sie Zeugen des Unmöglichen. Vor ihren Augen erhob sich der Sand wie von Geisterhand zu einem Hügel. Aber es war auch kein Sand. Von irgendwo her, vielleicht durch die Risse im Boden, waren sie gekommen, und jetzt krochen sie aus dem, was ein Sandhaufen zu sein schien, aber in Wirklichkeit aus ihnen selbst bestand: Skarabäen!

Hunderte der grauenhaften Mistkäfer bildeten eine schnelle krabbelnde Armee, die wie eine schwarze Welle auf sie zukam.

Evelyn und Jonathan schrien auf. Selbst O'Connell konnte sich nur mühsam beherrschen und rief mit bebender Stimme: »Kommt weiter!«

Mit der Fackel leuchtete er ihnen den Weg und führte sie in einen Gang. Die Käfer folgten ihnen.

In einen anderen Teil der unterirdischen Gänge hatten sich auch die Amerikaner vor den Heuschrecken in die Dunkelheit geflüchtet. Sie rasten einen Gang hinunter. Burns hatte die Gruppe anfangs geführt, war aber dann gestürzt. Dabei hatte er seine Brille verloren.

Ohne seine Brille konnte Burns seine Brille nicht finden. Und selbst wenn er sie gefunden hätte, wäre sie zerbrochen und nicht mehr zu gebrauchen gewesen. Außerdem war er schon weit hinter seine Kameraden zurückgefallen. Ohne Fackel und halbblind blinzelte er den verschwommenen Gestalten hinterher, die in der Dunkelheit des Tunnels vor ihm verschwanden.

»Wartet!« rief er. »Wartet!«

Aber entweder hörten sie ihn nicht oder es war ihnen egal.

Burns versuchte sich in der Dunkelheit zu orientieren. Mit einer Hand tastete er die Wand entlang. Vor ihm wurde es hell. Es war nicht das Licht einer Fackel, sondern das Mondlicht, das von oben durch die Felsspalte drang. Er stolperte auf das Licht zu, plötzlich erkannte er etwas. Vielleicht ein paar Meter von ihm entfernt hatte sich eine verschwommene Gestalt vor ihm aufgebaut.

»Daniels?« fragte er. »Henderson, bist du das?«

Burns taumelte auf die Gestalt zu. Dann stolperte er und warf die Arme nach vorne, um sein Gleichgewicht zu halten. Aber seine Hände fanden keinen Widerstand! Es kam ihm so vor, als hätte er seine Hände in Schlamm, in faulen, klebrigen Schlamm gestoßen, und er zog sie mit einem widerlich schlürfenden Geräusch wieder heraus. Trotz seiner schlechten Augen konnte er erkennen, daß seine Hände mit gallertartigem Schleim bedeckt waren. Er stand einer lebenden Mumie gegenüber, und der Schleim an seinen Händen bestand aus Maden und verwestem Fleisch, der aus einer verfaulten Brusthöhle stammte. Burns wollte schreien, aber eine Skeletthand legte sich über seinen Mund und erstickte jeden Laut.

Mit den Insekten im Nacken führte O'Connell Evelyn und Jonathan mehrere Gänge hinunter, in denen sie noch nie zuvor gewesen waren. Bald fanden sie sich in einer Kammer wieder, in der Stufen in den Fels geschlagen waren. Sie rannten auf die hohe enge Treppe zu, die nach oben führte. Die Käfer hielten das offensichtlich für eine gute Idee und blieben ihnen dicht auf den Fersen.

Auf halber Höhe befand sich in der linken Seite der Wand eine Nische mit Sockel, wo einst Standbilder oder Urnen gestanden hatten. O'Connell sprang darauf, und Jonathan tat es ihm nach. Eine ähnliche Einrichtung fand sich auf der anderen Seite. Evelyn kauerte sich dort zusammen wie eine ängstliche Göttin.

Kurz darauf kletterten die Käfer wie ein beweglicher schwarzer Teppich die Stufen hinauf und an ihnen vorbei.

O'Connell und Jonathan schauten ihnen nach, bis sie nicht mehr zu sehen waren.

Jonathan seufzte erleichtert auf. »Sie sind weg.«

»Verflucht!« sagte O'Connell und schaute an ihm vorbei. »Evelyn auch!«

Der Sockel, auf dem sie gekauert hatte, war leer.

Zwölftes Kapitel

Der Überbringer des Todes

O'Connell tastete die Wand hinter dem Sockel ab, auf dem Evelyn Carnahan gehockt hatte.

Jonathan stand genau hinter ihm und hielt die Fackel. Er fragte: »Sehen Sie was?«

»Nichts, aber da muß es doch, verdammt noch mal, einen versteckten Hebel geben oder eine Falltür, oder ...«

Irgend jemand schrie. Es war keine Frau, nicht Evelyn. Es war ein Mann. Genauer gesagt, mehrere Männer, deren Schreie sie von oben hörten. O'Connell warf Jonathan einen verwirrten Blick zu. Den Elefantentöter im Anschlag sprang er von dem Sockel herunter und kletterte die Stufen hinauf.

Aus der Dunkelheit tauchten Henderson und Daniels auf. Mehrere einheimische Arbeiter folgten ihnen. Alle, auch die hartgesottenen Amerikaner, schrien verzweifelt, dem Wahnsinn nahe. Sie jagten die Treppe hinunter, nahmen bis zu vier Stufen auf einmal und schrien sich dabei die Lunge aus dem Leib.

Henderson brüllte zu O'Connell und Jonathan hinunter: »Aus dem Weg, ihr bemitleidenswerten Ärsche. Lauft um euer Leben!«

Und hinter ihnen war wieder dieses schreckliche Geräusch zu hören. Die hungrige Käferherde strömte unaufhaltsam die Stufen hinunter.

Jonathan schloß sich den rennenden Männer an, aber einer der Einheimischen stolperte und fiel genau vor der Treppe zu Boden. Ohne es zu wollen, opferte er sich. O'Connell wollte ihm noch zu Hilfe eilen, aber die Käfer hatten sich bereits über den Arbeiter hergemacht, und das metallische Geräusch ihrer mahlenden Kiefer wurde geradezu ohrenbetäubend laut, während sie ihn auffraßen. In Sekundenschnelle hatten die Biester den Körper des armen Kerls bis auf die Knochen abgenagt.

Und O'Connell, der zwar mutig, aber nicht dumm war, sah zu, daß er wegkam. Die Männer verstreuten sich in den Katakomben. Sie teilten sich auf und verschwanden in der Dunkelheit der verzweigten Tunnel. Sie nutzten den Zeitvorsprung, den sie gewannen, während die Käfer ihr Mahl beendeten.

Evelyn konnte die Hand vor Augen nicht sehen. Schutzsuchend hatte sie sich an die Wand hinter dem Sockel gepreßt, und dabei durch ihr Gewicht einen Hebel betätigt. Wie wenn sich in einem Geisterhaus eine Falltür öffnet, war sie nach hinten gefallen und unsanft auf dem sandigen Boden der angrenzenden Kammer gelandet. Dann schloß sich die Steinplatte wieder.

»Jonathan! Mr. O'Connell … Rick!« rief sie.

Keine Antwort. Sie schüttelte sich den Sand aus den Haaren und tastete sich langsam die Wand entlang. Allmählich gewöhnten sich ihre Augen an die Dunkelheit. Zumindest gab es hier weder Käfer, noch Heuschrecken, noch Frösche …

Sie bog um eine Ecke und betrat eine Kammer. Erleichtert stellte sie fest, daß Mondlicht durch einen langen Riß in der Decke fiel. Ein Hinweis auf jene Öffnung, die ihnen Zugang zu dieser unterirdischen Welt geboten hatte. Ihre Erleichterung war um so größer, als sie einen der Amerikaner entdeckte. Das mußte Burns sein, dachte sie, der mit dem Rükken zu ihr im Mondlicht stand, den Kopf in den Nacken gelegt und nach oben starrend.

»Dem Himmel sei Dank«, sagte sie und ging auf ihn zu. »Ich habe gerade angefangen, mir Sorgen zu machen …«

Als sie fast bei ihm war, hörte sie plötzlich ein Schluchzen.

Sie berührte ihn an der Schulter und fragte: »Ist alles in Ordnung?«

Burns drehte sich um und starrte sie aus blutigen und leeren Augenhöhlen an. Blut strömte ihm wie Tränen über sein schmerzverzerrtes Gesicht.

Evelyn tat, was jede anständige Engländerin in ihrer Situation getan hätte: Sie schrie wie eine Wahnsinnige. Stöhnend fiel Burns auf die Knie, als wolle er im Gebet vor ihr verharren. Evelyn fuhr zurück und ihr Schrei verwandelte sich in stoßweises, hysterisches Atmen. Sie stieß gegen etwas, das genau hinter ihr stand. Sie wirbelte herum und blickte in das schleimige Gesicht der erwachten Mumie, die sie mit den eben erbeuteten und gerade eingesetzten Augen ansah.

Die Mumie blinzelte sie an. Burns hatte schließlich nicht die besten Augen. Und eine verweste Hand fuhr durch die Luft. »Anchsunamun?« krächzte die Mumie.

Evelyn gab einen markerschütternden Schrei zur Antwort. Entsetzt wich sie zurück, bis sie an eine Wand stieß. Die Mumie stolperte auf sie zu. Die abgemagerten Beine verloren verweste Fleischstücke und seine in Schleim getränkten Leinenbinden baumelten lose an ihr herunter.

»Bitte!« schrie Evelyn, als die Mumie auf sie zugetaumelt kam.

Burns schaute hoch und öffnete den Mund, als ob er ihr antworten wollte, aber er brachte nur ein Stöhnen und Gurgeln zustande. Blut strömte aus seinem Mund. Seine Zunge fehlte. Sie war herausgerissen worden.

Während ihr diese furchtbare Erkenntnis kam, bemerkte Evelyn, die immer noch im Halbdunkeln die Wand entlangrutschte, daß die Mumie mit ausgestreckten Armen auf sie zuging. Sie schien sie in die Arme nehmen zu wollen, und selbst unter den schmutzigen Leinenbinden waren die Gefühle sichtbar, die sich auf dem Gesicht der Mumie regten.

»*Kadeesh pharos Anchsunamun!*« rief die Mumie. Hinter übelriechenden Lippen und verwesten Zähnen sah Evelyn die neue Zunge, die Zunge von Burns.

Zitternd vor Angst gelang es ihr dennoch weiterzugehen. Die Mumie folgte ihr langsam. Sie gelangte ans Ende der Wand und stellte dann fest, daß sie sich am Eingang eines Tunnels befand.

Erleichtert wandte sie sich um und prallte mit jemandem zusammen. Erschrocken schrie sie auf.

»Hey, ganz ruhig«, sagte O'Connell. Er ergriff ihren Arm und führte sie zurück in die vom Mondlicht erhellte Kammer. »Wo sind Sie gewesen? Das ist wohl kaum der richtige Zeitpunkt, um nach weiteren Funden zu suchen. Lassen Sie uns endlich sehen, daß wir hier rauskommen ...«

Im gleichen Augenblick nahm er die hohe Gestalt wahr, die auf sie zukam.

»Verflucht!«, sagte O'Connell, zog Evelyn dicht an sich heran und stellte sich schützend vor sie. Dies schien die Mumie zu verärgern, denn ihr Gesicht nahm einen wutverzerrten Ausdruck an. Gerade als die Mumie zum Angriff übergehen wollte, bekamen sie unerwartet Verstärkung.

Jonathan, Henderson und Daniels kamen aus einem Gang hinter der Mumie hervor. Beim Anblick der hochgewachsenen Gestalt, deren ungesundes Aussehen durch das fahle Mondlicht noch verstärkt wurde, blieben die Männer abrupt stehen. Jeglicher Kommentar blieb ihnen im Hals stecken, als sie das furchtbare Resultat ihrer Gier, eingewickelt in schmutzige Leinenbinden, bedrohlich auf sich zuschwanken sahen.

Mit ihren neuen Augen warf die Mumie einen Blick in die Runde und musterte voller Abscheu und Zorn die Gesichter der Grabschänder. Es schien fast, als machte sie Inventur und fragte sich, mit wem sie anfangen wollte.

Schließlich blieb ihr Blick an O'Connell haften, der schützend vor Evelyn stand. Und *Der, der nicht bei seinem Namen genannt werden soll* hängte seinen knochigen Kiefer aus und dehnte seinen fast fleischlosen Mund zu unmenschlicher Größe aus, wie es bei Schlangen zu beobachten ist, wenn sie eine größere Beute verschlingen. Dann stieß er einen Schrei aus, der laut genug gewesen wäre, um die Toten zu wecken, wenn die Toten nicht schon längst erwacht gewesen wären.

Nicht nur Evelyn, sondern auch die Männer im Raum, O'Connell eingeschlossen, schrien daraufhin entsetzt auf. O'Connell, der sich auf der Stelle für sein ängstliches Benehmen schämte, äffte den Schrei der Mumie nach und verpaßte ihr eine Breitseite mit dem Elefantentöter. Die Explosion in dem kleinen Raum war so laut, daß alle dachten, ihnen platze das Trommelfell.

Die Mumie hatte es schlimm erwischt. Die Wucht des

Schusses schleuderte den schlaffen Haufen aus verwesendem Fleisch und schmutzigen Leinenbinden gegen die gegenüberliegende Wand. Der halbe Brustkorb war weggerissen worden, und glibbrige und halbverweste Organe quollen daraus hervor.

Aber keiner blieb zurück, um der Mumie den Puls zu messen. O'Connell packte Evelyns Hand und zog sie in den nächsten dunklen Gang. Nur allzu gern folgte sie ihm. Die anderen flohen hinterher.

Unter O'Connells Führung hatten sie schon bald den Vorbereitungsraum unterhalb der Felsspalte erreicht, wo sie an den herunterbaumelnden Seilen nach draußen klettern konnten. Erleichtert stolperten sie in die kalte Nacht hinaus und atmeten gierig die frische Luft ein. Es war ihnen gleich, daß der Wind durch die Ruinen peitschte, den Sand aufwirbelte, und auch das Lagerfeuer schon längst ausgegangen war. Entmutigt und kraftlos drängten sie sich im Schatten der halb im Sand begrabenen Anubisstatue zusammen.

Aus der Dunkelheit tauchten Mumiakrieger auf. Sie kamen zu Fuß und hatten ihre Waffen im Anschlag. O'Connells Munition war verschossen. Die übrigen Männer um ihn herum ergaben sich kampflos. Dr. Chamberlin, der immer noch das *Totenbuch* festhielt, war bereits von einem der Krieger gefangengenommen worden und wurde auf allen Vieren hinter ihm her geschleift.

Ihr Anführer trat vor. Der Wind zerrte an seinen schwarzen Gewändern. »Wer war das? Wer hat aus dem *Totenbuch* vorgelesen? Wer hat die heiligen Zauberformeln beschworen?«

Mit hoch erhobenem Haupt trat Evelyn hervor. »Ich war das. Evelyn Carnahan.«

»Carnahan«, wiederholte der Anführer, als ließe er sich das Wort auf der Zunge zergehen, aber es schien ihm nicht zu schmecken. »Ich habe von Ihrem Vater gehört …«

»Mein Vater war ein großer Mann.«

»Ihr Vater war ein großer Narr. Und seine Tochter hat bewiesen, daß sie eine noch viel größere Närrin ist, als ihr Vater, der der Welt nur den Fluch des Tutanchamun auferlegt hat.«

O'Connell trat neben Evelyn. »Wer sind Sie eigentlich?« wollte er wissen.

»Ich werde Ardeth Bay genannt.« Seine Augen verengten sich zu Schlitzen, während er O'Connell musterte. »Wie lautet Ihr Name?«

»O'Connell.«

»Sind Sie der Anführer?«

Evelyn wollte etwas sagen, aber O'Connell kam ihr zuvor und entgegnete: »Ja.«

Ardeth Bay seufzte tief. »Man hat Ihnen gesagt, daß Sie diesen Ort verlassen oder sterben müssen. Sie haben sich geweigert. Und damit haben Sie sich wahrscheinlich mit der Schuld an unser aller Tod beladen und noch vieler anderer mehr. Sie haben das Böse zum Leben erweckt, das wir seit mehr als dreitausend Jahren in Schach halten.«

»Ja, vielleicht haben wir ihn zum Leben erweckt«, sagte O'Connell und wies mit dem Kopf auf die Felsspalte. »Aber wir haben ihn aufgehalten. Ich habe ihm damit eine verpaßt.« Er hob den Elefantentöter hoch.

Ardeth Bay lächelte gespielt. »Keine noch so tödliche Waffe kann diese Kreatur zur Strecke bringen. Sie ist nicht von dieser Welt.«

Zwei Mumiakrieger brachten Burns. Er konnte sich nur mühsam auf den Beinen halten und war kaum bei Bewußtsein. Blutüberströmt und mit den schrecklich roten Höhlen, in denen einst seine Augen gesessen hatten, stand er da.

Entsetzt und aufgebracht über die Verfassung ihres Freundes stürzten Henderson und Daniels vor. Henderson schrie: »Was habt ihr Bastarde ihm angetan?«

Daniels spuckte vor ihnen aus. »Ihr gottverdammten Wilden!«

Ohne eine Miene zu verziehen verpaßte Ardeth Bay Daniels eine Ohrfeige. Durch die Wucht des Schlages fiel er in den Sand und landete auf seinem verwundeten Arm. Vor Schmerzen stöhnte er auf. Henderson wollte schon ausholen, aber ein Krieger setzte ihm eine Waffe an den Kopf, was ihn zur Besinnung brachte.

»Wir haben ihm geholfen, ihr Narren«, fuhr Ardeth Bay

sie an. »Wir haben ihn gerettet, bevor die Kreatur, die ihr entfesselt habt, ihre Arbeit vollenden konnte. Ihr Freund kann sich glücklich schätzen. Er hat nur seine Augen und seine Zunge verloren.«

Henderson half Daniels aufzustehen. Evelyn ließ O'Connells Arm nicht mehr los. Ihr Stolz war verflogen. Als wolle er zu einem tödlichen Schlag mit seinem Krummsäbel ausholen, wandte sich nun Ardeth Bay eindringlich, wenn auch abweisend, an die Gruppe der Ungläubigen. »Geht nun! Ihr alle! Und macht schnell, bevor *Der, der nicht genannt werden soll* zurückkommt und euch tötet.«

»Oh!« meinte Jonathan erleichtert. »Dann werden Sie uns nicht töten?«

Evelyn warf ihrem Bruder einen Blick zu.

»Euch zu töten, hilft uns nicht mehr weiter«, erwiderte Ardeth Bay. »Wir müssen nun auf die Jagd gehen und diese Kreatur finden. Und wir müssen einen Weg finden, sie zu töten.«

Die Mumia, deren Gewänder im Wind flatterten, ließen den kauernden Ägyptologen und den angeschlagenen Daniels zurück und liefen zur Felsspalte.

»Ardeth Bay!« rief ihm O'Connell hinterher.

Der Anführer blieb stehen und wandte sich um.

»Sie verschwenden Ihre Zeit«, insistierte O'Connell. »Ich habe es Ihnen bereits gesagt. Ich habe den Bastard ins Jenseits befördert!«

Auf Ardeth Bays Gesicht spiegelte sich anfangs Mitleid, dann Verachtung, bevor seine Miene wieder düster und undurchdringlich wurde. Er sagte: »Merkt euch dies: *Der, der nicht genannt werden soll* ist der Überbringer des Todes. *Der, der nicht genannt werden soll* ißt nicht, schläft nicht und wird nicht eher ruhen, bis er Feuer und Pestilenz über die Erde gebracht hat … Allah sei mit euch.«

Dann verschwanden die Mumia in der Felsöffnung.

O'Connell versammelte die beiden Expeditionen um sich und übernahm das Kommando. »Wir sollten das Lager abschlagen und sehen, daß wir hier wegkommen, solange es noch geht. Übrigens, wo ist eigentlich Beni?«

Nachdem die Heuschrecken alle in die unterirdischen Gänge getrieben hatte, hatte Beni die erstbeste Gelegenheit genutzt und sich von der amerikanischen Gruppe abgesetzt. In der abgelegensten Ecke, die er finden konnte, hatte er Unterschlupf gesucht. Die Schreie, die durch die Katakomben gehallt waren, hatten ihn nicht gerade dazu ermutigt, sein Versteck zu verlassen. Aber jetzt schien alles ruhig zu sein – offensichtlich war das Schlimmste vorbei – und Beni machte sich auf den Rückweg.

Das Gewehr in der Hand kroch er vorsichtig um die Anubisstatue herum. Er wußte, daß sich genau eine Kammer über ihm ein Fluchtweg über die Felsspalte bot, die die Carnahan-Gruppe als Einstieg benutzt hatte. Das Mondlicht erleichterte es ihm, den Weg dorthin zu finden. Er umrundete die Statue und wäre fast in jemanden hineingelaufen.

In etwas.

Beni starrte auf die verwesende Mumie, die ein riesiges Loch in der Brust hatte, als wäre sie von einer Kanonenkugel durchbohrt worden. Einen Moment lang fragte er sich, wie sich dieses Kunstwerk wohl auf den Beinen hielt. Dann machte die Mumie einen Schritt nach vorne, worauf Beni schrie und auf sie schießen wollte. Aber die knochige Hand war schneller und schlug ihm die Waffe aus der Hand.

Beni wich zurück und war gefangen. Zitternd vor Angst griff er nach den Ketten, die er um den Hals trug, und an denen Symbole vieler Glaubensrichtungen baumelten. Beni war kein religiöser Mann, er wollte nur auf Nummer Sicher gehen. Er hielt der Kreatur ein christliches Kreuz entgegen, als handele es sich um einen Vampir und nicht um eine Mumie. Gleichzeitig zitierte er die Anfangssätze des Vater Unser.

Die Mumie war offensichtlich kein Christ und schwankte weiter auf ihn zu. Beni fummelte an den anderen Symbolen, um den Untoten aufzuhalten. Er zeigte ihm nacheinander ein islamisches Schwert und eine Halbsichel, ein Medaillon des Hindu Brama und eine kleine buddhistische Bodhisattwa-Statue, er segnete sich in Arabisch, Hindu, Chinesisch und sogar auf Latein, falls dieses Monster vielleicht katholisch war. Die Mumie hatte bereits die Hand ausgestreckt, nicht um sich zu bekreuzigen, sondern um Beni an die Kehle zu gehen. Hysterisch wimmernd hielt Beni einen Davidstern hoch und begann auf Hebräisch zu beten – und die Mumie blieb wie angewurzelt stehen. Komisch, dachte Beni, dabei sieht er doch gar nicht jüdisch aus. Die Mumie ließ die Hand sinken und musterte Beni aus ihm merkwürdig vertrauten Augen.

Die Mumie sprach mit krächzender Stimme: »Du sprichst die Sprache der Sklaven.«

Beni verstand die Bedeutung der ägyptischen Worte nicht, aber den nächsten Worten in hebräischer Sprache konnte er folgen: »Ich bin Imhotep. Diene mir und du wirst großzügig belohnt.«

Aus ihren Leinenbinden zog die Mumie einen kleinen Gegenstand hervor, den sie Beni zeigte: eine mit Juwelen besetzte Tonscherbe, die von der einen zerbrochenen Kanope stammte. Auf Hebräisch fragte ihn die Mumie: »Wo sind Anchsunamuns heilige Kanopen?«

Und Beni antwortete ihr: »Ich werde dir bei der Suche behilflich sein.«

Die beiden Expeditionen hatten ihr Lager abgebrochen und beluden Pferde und Kamele. Henderson und Daniels halfen ihrem blinden Freund aufzusitzen und legten ihm die Zügel in die Hände. Sie versicherten ihm, daß sie ihn führen würden. Burns sagte nichts. Er saß mehr tot als lebendig im Sattel, aber zumindest fiel er nicht vom Pferd.

O'Connell half Evelyn auf ihr Kamel. Sie schaute zu Dr. Chamberlin hinüber, der ebenfalls aufsaß und das *Totenbuch* an sich klammerte, als ob es ein Lebensretter sei, der ihn die lange Reise überstehen ließ.

»Soll er doch das verdammte Ding behalten«, sagte ihr O'Connell. »Überleben ist doch jetzt das einzige, was zählt.«

Sie schluckte und nickte. »Sie haben recht … Rick.«

Er lächelte sie an. »Lassen Sie uns in die Zivilisation zurückkehren, Evelyn, in unsere Zivilisation.«

Bald darauf saßen auch O'Connell und Jonathan auf ihren Kamelen und sie ritten in die mondbeschienene Wüste hinaus. Mit Freuden ließen sie die Ruinen und Reichtümer von Hamunapatra hinter sich zurück.

Während sie rasch davonritten, sah keiner von ihnen, wie eine knochige Hand aus dem Sand kam. Aber sie hörten den schrecklichen, lauten Schrei der Mumie, der durch die Wüste hallte und ihnen bestätigte, daß Ardeth Bay recht behalten hatte. O'Connells tödliche Waffe hatte *Den, der nicht genannt werden soll* nicht zur Strecke gebracht.

Sie hatten den Überbringer des Todes zum Leben erweckt.

Teil 3

Die Rache der Mumie

Kairo, 1925

Erstes Kapitel

Zuflucht

In den südlichsten Außenbezirken von Kairo lag Fort Stack, das nach Sir Lee Stack benannt worden war, dem ermordeten Generalgouverneur des Sudan. Das schmutzige Fort erinnerte O'Connell an einen Vorposten der Kavallerie im alten amerikanischen Westen. Großbritannien hatte sich vor nicht allzu langer Zeit aus den ägyptischen Regierungsgeschäften zurückgezogen – Fuad I. war der gewählte König –, aber die britische Armee blieb in beratender Funktion vor Ort.

Die staubige und angeschlagene Karawane der beiden Expeditionen suchte Zuflucht vor der glühenden Sonne, von den Plagen und der wiederbelebten Mumie einmal ganz abgesehen. Nach einer dreitägigen, mühseligen Tour von Oase zu Oase waren sie hier angekommen. Sie zeigten ihre Papiere und erhielten die Erlaubnis zu bleiben. In den Gästeunterkünften des Forts bezogen sie Quartier. Dann schliefen sie zwei Tage lang am Stück. Auf großzügige Einladung des Kommandanten durften sie ihre Mahlzeiten in der Offiziersmesse einnehmen. Ein einziges Mal verließen sie ihr Lager, um in die nahegelegene Bar zu gehen, wo die nicht diensthabenden Soldaten zu finden waren.

Am zweiten Tag war ein Schrankkoffer mit Kleidern für Evelyn angekommen. Sie hatte Jonathan nach Hause geschickt, um ihr den Koffer zusammen mit ihrer weißen Katze Cleo zu holen. O'Connell hatte ihr den Koffer zu ihrem Quartier hochgeschleppt, das im zweiten Stock mit Blick auf den Hof lag. Evelyn trug ihre schnurrende Katze hoch und streichelte sie.

Heute, am dritten Tag, hatte sie O'Connell zu sich gebeten. Während sie ihre Kleider aus dem Schrank in dem spartanisch eingerichteten Schlafzimmer wieder in den Schrankkoffer packte, verkündete sie ihm, daß sie eine Rückkehr in die Stadt der Toten organisiere. Und er sei auch eingeladen.

Sprachlos stand er vor ihr und beobachtete, wie sie forsch zwischen Wandschrank und Koffer hin und her lief. Sie wirkte entschlossen wie ein Mann und sah auch so aus. Sie trug Reithosen, schwarze Stiefel und eine weiße Bluse. Ihr fehlten nur noch eine Kappe, eine Peitsche und ein Fuchs, den sie jagen konnte.

»Noch eine Expedition?«

»Ja«, sagte sie steif. »Ich organisiere eine komplette Mannschaft. Und dieses Mal haben wir die richtige Ausrüstung und die richtigen Waffen ...«

»Evelyn, ich habe die Mumie mit dem Elefantentöter erschossen.«

Ihre Katze kroch in den Koffer. Sie nahm die weiße Katze wieder heraus und legte ihre Unterwäsche hinein. »Ich möchte, daß Sie ein paar tapfere, fähige Männer suchen, ein paar Abenteurer ...«

»Wofür halten Sie denn Henderson und seinen Haufen? Und Sie haben doch selbst gesehen, wie es ihnen ergangen ist! Hören Sie zu, soweit wir wissen, ist die Mumie tot, oder wieder tot. Ich habe den Bastard abgeknallt! Entschuldigen Sie meine Ausdrucksweise.«

Sie blickte ihn nachdenklich an. »Sie haben doch den furchtbaren Schrei gehört, als wir davongeritten sind.«

Er folgte ihr zum Schrank. »Vielleicht war er das. Vielleicht war es aber auch der Wüstenwind, der unseren Ohren einen Streich gespielt hat.«

»Schön.« Sie drapierte Kleider über ihren Arm, ging zum Koffer hinüber und verstaute sie dort. »Wenn die Mumie wirklich tot ist, was spricht dann dagegen, dorthin zurückzukehren und die Stätte ordentlich auszugraben? Wir haben ja kaum die Oberfläche abgekratzt.«

»Wollen Sie uns wieder die Mumiakrieger auf den Hals hetzen?«

Sie zuckte die Achseln und kehrte zurück zum Schrank. »Sie hatten genügend Gelegenheiten, uns etwas anzutun, und sie haben nichts gemacht.«

O'Connell gestikulierte wild. »Glauben Sie wirklich, daß dieser wandelnde Tote uns nachkommt? Es sind schon Tage vergangen, und wo bleiben seine restlichen Plagen? Ist Ihnen aufgefallen, daß sich die Sonne verfinstert hat, oder haben Sie gesehen, wie sich das Wasser in Blut verwandelt hat? Von mir zumindest kann ich das nicht behaupten.«

Während sie ein paar Schuhe verstaute, blickte sie auf und zog eine Augenbraue hoch wie eine Lehrerin, die einem besonders dummen Schüler etwas erklärt: »Dieser Fluch ist etwas besonderes. Er wird uns ausfindig machen, wenn wir ihn nicht ausfindig machen. Die, die seinen Schlaf gestört haben …«

»Ich dachte, Sie glauben nicht an Flüche.«

»Ich habe mich geirrt.«

»Sie glauben jetzt also, daß Ihre Eltern infolge des Fluchs von König Tut gestorben sind?«

Sie schwieg und blieb auf halbem Wege stehen. »Ich … ich denke ja. Verstehen Sie doch, Mr. O'Connell, wenn eine junge Frau erst einmal ein Rendezvous mit einer wandelnden und sprechenden Leiche hatte, kommt es schon mal vor, daß sich ihre Ansichten ändern.«

Er folgte ihr, während sie weiterpackte. »Okay, das leuchtet mir ja noch alles ein, aber keine neue Expedition. Warum sollten wir es auf Ärger ankommen lassen? Vielleicht möchten Sie sich ja Chicago ansehen. Wir machen eine Bootstour auf dem See. Oder vielleicht zeigen Sie mir London? Ich wollte mir immer schon mal die Clowns am Piccadilly Circus ansehen.«

Sie sah ihn mit offener Zuneigung an. »Rick, wir können vor dieser Sache nicht davonlaufen.«

»Wer läuft denn davon? Ich verstehe nur nicht, warum wir dahin zurück sollen, wo wir doch gerade mit unserem Leben davongekommen sind.«

Ihr Gesichtsausdruck wurde ebenso hart wie ihre Stimme. »Wir haben ihn zum Leben erweckt … und wir sind dafür verantwortlich, daß er aufgehalten wird.«

»*Wir* haben ihn erweckt?«

»Schon gut, ich habe ihn erweckt. Und ich bin entschlossen, ihn aufzuhalten. Wenn Sie mir dabei nicht helfen wollen – gut, dann ist das Ihre Entscheidung ... Cleo! Du böses Mädchen.« Die Katze saß wieder im Koffer.

»Hören Sie zu«, versuchte er es erneut. »Ich bin kein Feigling, aber Sie haben doch den Anführer der Mumia, Ardeth Bay, gehört. Er sagte, daß keine tödliche Waffe dieses Ding töten kann.«

Sie blieb stehen, aber nur um sich seine Worte durch den Kopf gehen zu lassen. »Dann sollten wir vielleicht überlegen, ob es eine Alternative gibt. Vielleicht eine andere Beschwörung aus dem *Totenbuch* ...«

»Damit möchte ich nichts zu tun haben.« Er ging zu ihrem Koffer hinüber, nahm sich eine Handvoll ihrer Sachen und brachte sie zurück zum Schrank. »Und ich kann es nicht zulassen, daß ...«

»Zulassen? Wer hat Sie zu meinem Beschützer ernannt?«

Während er ihre Kleider zurück in den Schrank hing, versuchte er es noch einmal: »Evelyn, es ist verdammt noch mal viel zu gefährlich.«

»Rick, ich brauche Ihre Hilfe. Jetzt, wo diese Kreatur wiedergeboren ist, wird sich sein Fluch wie eine schreckliche Epidemie verbreiten. Die Mumie selbst ist die eigentliche Plage, eine Plage, die die ganze Welt zerstören könnte.«

Wahllos griff er sich Unterwäsche aus ihrem Koffer und legte sie in den Schrank. »Das ist nicht mein Problem.«

Sie blieb genau vor ihm stehen. »Sind Sie verrückt? Das ist doch das Problem aller!«

»Ich bin nicht verrückt. Das ist der Grund, warum ich da nicht mitmachen möchte. Sehen Sie doch mal, ich weiß es zu schätzen, was Sie für mich getan haben. Sie haben mich freigekauft und mir das Leben gerettet. Aber unsere Abmachung lautete, daß ich Sie nach Hamunapatra bringe. Das habe ich getan und Sie auch wieder zurückgebracht.«

Sie riß ihm die Unterwäsche aus der Hand, lief damit wieder zum Koffer und warf sie hinein. »O, und wie lautet der amerikanische Begriff dafür? Sind wir jetzt – quitt?«

»Das habe ich nicht gemeint ...«

Die Hände in die Hüften gestemmt, das Kinn nach vorne

geschoben, blickte sie ihn herausfordernd an, auf diese ihm mehr als vertraute Weise, die ihn so wütend machte. »Also, das war es für Sie, das war *ich* für Sie? Eine geschäftliche Vereinbarung?«

»Hey – Sie haben doch die Wahl: Kommen Sie mit mir und lassen Sie diesen Wahnsinn hier hinter sich. Oder mieten Sie ein Schiff zurück zur Hölle, und versuchen Sie die Welt zu retten.«

»Ich habe bereits die Passage gebucht. Vielen Dank.«

»Na schön«, sagte er.

»Na schön«, erwiderte sie.

Er suchte nach der richtigen Entgegnung, um sie in ihre Grenzen zu weisen, um ihr die Sache so plausibel zu machen, daß sie ihm später, nach reiflicher Überlegung, zustimmen würde. »Na schön!« wiederholte er schließlich nur und schlug die Tür hinter sich zu.

Erst jetzt bemerkte er, daß er ihre Unterwäsche noch in der Hand hielt. Er öffnete die Tür, warf sie ins Zimmer und stürmte davon, um sich zu betrinken.

Kurz darauf saß O'Connell an der Bar der schmuddeligen Spelunke in der Nähe des Forts, wo selbst am frühen Nachmittag viel los war. Im dämmrigen Licht dieser schäbigen Räumlichkeiten hockten Soldaten Ihrer Majestät, Veteranen und Söldner zusammen, um sich mit leichten Mädchen zu vergnügen, billigen Fusel in sich hineinzuschütten und es sich gutgehen zu lassen.

Ein Deckenventilator sorgte für frische Luft. O'Connell saß zwischen Jonathan und Winston Havlock von der Royal Air Force, der schon seit Jahren hier stationiert war. Er war ein alter Freund von Jonathan und hatte einen riesigen Schnauzbart. Seine Augen waren fast so blutunterlaufen wie seine Nase dunkelrot leuchtete. Er war tatsächlich der letzte seiner Truppe. »Die restlichen Jungs«, wie er sie nannte, waren entweder mit dem Flugzeug abgestürzt oder auf eine bessere Stelle versetzt worden. Statt zu fliegen, chauffierte er nun die britischen Offiziere durch die Gegend. Daher verbrachte er mehr Zeit in dieser Spelunke als an der Luft.

Nachdem sie zehn Minuten einer Whiskeyflasche zugesprochen hatten, zählte Havlock bereits zu O'Connells »alten Freunden«.

»Rick, alter Junge«, hub Winston an, »seitdem der Weltkrieg vorbei ist, gibt es doch für Männer unseres Schlags keine echte Herausforderung mehr.«

»Sie würden sich wundern«, erwiderte O'Connell.

»Es gibt Momente, da wünsche ich mir, ich wäre wie die anderen Jungs mit Glanz und Gloria untergegangen, statt an diesem stinkenden Wasserloch zu sitzen und aus Langeweile und durch zuviel Schnaps vor die Hunde zu gehen«, fuhr Winston fort.

Jonathan hielt gerade sein Glas an die Lippen, als Havlock es ihm aus der Hand riß und den Inhalt hinunterkippte. »Verflucht, Winston!« rief er. »Was soll das?«

»Dieser Fusel ist nicht gut für dich, Junge«, erklärte ihm Havlock und kletterte von seinem Barhocker. Er konnte sich kaum noch auf den Beinen halten. »Es soll niemand von Winston Havlock behaupten, daß er nicht bereit ist, sich für seine Freunde zu opfern.«

»Ganz herzlichen Dank«, bemerkte Jonathan trocken. Der Pilot versetzte O'Connell und Jonathan einen freundschaftlichen Stoß in den Rücken und verabschiedete sich von ihnen. »Jawohl, Jungs. Ich muß zurück zum Flugplatz.«

Und er stolperte davon.

O'Connell zog kritisch die Augenbraue hoch. »Was würden Sie davon halten, ihn als Pilot zu haben?«

»Winston hat eigentlich nie ein Flugzeug gebraucht, um höher als ein Vogel zu fliegen. Barkeeper!«

Während O'Connell und Jonathan ihren Whiskey tranken – Havlock hatte recht: es war wirklich widerlicher Fusel –, gesellten sich Henderson und Daniels zu ihnen an die Bar. Daniels hatte immer noch einen Arm in der Schlinge. Beide Männer machten einen niedergeschlagenen und ungepflegten Eindruck, obwohl sie rasiert und gewaschen waren, frische Hemden und Chinos trugen.

»Nun«, Henderson seufzte resigniert. »Wir haben alles gepackt. Morgen nehmen wir das Schiff nach Alexandria.«

Jonathan, der schon leicht betrunken war, meinte: »Fahren Sie nach Hause zu Mami?«

Henderson entblößte die Zähne, aber ein Lächeln sah anders aus. O'Connell stieß Henderson freundschaftlich an und sagte: »Nehmen Sie es ihm nicht übel. Er ist einfach ein Idiot.«

»Ein verdammter Idiot, wenn Sie es genau wissen wollen«, bekräftigte Jonathan. »Setzen Sie sich, meine Herren. Meine Schwester lädt Sie zu einem Drink ein.«

Henderson nahm sich einen Hocker neben O'Connell, aber Daniels, der immer noch wütend auf Jonathan war und zu überlegen schien, ob er ihm den Schädel einschlagen sollte oder nicht, blieb einfach stehen.

Henderson wandte sich an O'Connell. »Die Saison der Plagen scheint vorbei zu sein. Komisch …, jetzt, wo wir so weit von diesem gottlosen Ort entfernt sind, kommt es mir so vor, als ob das alles nie passiert wäre.«

»Erzähl das mal Burns«, fuhr Daniels ihn an, der sich immer noch nicht gesetzt hatte.

O'Connell fragte: »Wie geht es ihm?«

»Wie zum Teufel soll es ihm wohl gehen? Man hat ihm seine Augen und die Zunge rausgerissen. Wie würde es Ihnen denn gehen?« Damit stürmte Daniels kopfschüttelnd aus der Spelunke.

»Nehmen Sie es ihm nicht übel«, sagte Henderson, der nun an der Reihe war, sich für das Verhalten seines Freundes zu entschuldigen. »Es ist nur … verflucht, können Sie sich das vorstellen? Ihre Augen, Ihre Zunge werden Ihnen einfach so rausgerissen, wie die Seiten eines Buchs. Wenn ich Burns wäre, würde ich mir die Knarre an den Kopf halten.«

»Vielleicht können Sie dafür sorgen, daß ihm geholfen wird, wenn Sie zurück in den Staaten sind«, meinte O'Connell und schenkte sich Whiskey nach.

»Da bitten Sie mich um was«, entgegnete Henderson. »Die einzige Möglichkeit, dem armen Bastard zu helfen, ist, ihn zu töten.«

Henderson kippte ein Glas Whiskey runter und bestellte gleich ein neues.

Sonnenlicht drang bereits durch die geschlossenen Vorhänge, aber in der Unterkunft, die Burns bewohnte, war es dunkel. Es gab elektrisches Licht im Fort, aber die Lichter im Zimmer waren aus. Vereinzelte Sonnenstrahlen tanzten auf den wertvollen Juwelen der Kanope, die als Blickfang mitten auf dem Tisch stand. Der Mann, der das spartanisch eingerichtete Gästezimmer bewohnte, benötigte kein Licht, er war schließlich blind. Mit dunklen Brillengläsern saß er am Tisch.

Er hörte ein Klopfen an der Tür und bat den unbekannten Gast herein. Der Unbekannte entpuppte sich als der verlorengegangene Beni, dem es auch gelungen war, nach Kairo zurückzukommen. Er kam in Begleitung eines vornehmen Besuchers, der von der kostbaren Kanope gehört hatte und Burns diesbezüglich ein Angebot machen wollte.

Die drei Männer setzten sich an den Tisch und wurden von Burns' einheimischem Diener bewirtet. Burns trug ein weißes Hemd und Chinos, Beni sein schwarzes pyjama-ähnliches Gewand, und Prinz Imhotep, wie Beni ihn Burns vorgestellt hatte, war eine große Erscheinung in einem schwarzen Kapuzengewand. Sein Gesicht war durch eine weiße Maske verdeckt, die sich seinen Gesichtszügen anpaßte. Die Augen funkelten aus mandelförmigen Öffnungen, was Burns natürlich nicht sehen konnte. Und zum erstenmal, seitdem man ihn seiner Augen und seiner Zunge beraubt hatte, verspürte er so etwas wie Hoffnung in sich aufkeimen. Ein Käufer für seinen Fund. Er würde mit Geld nach Hause kommen. Davon konnte er sich ärztliche Hilfe leisten.

»Freue mich Sie kennenzulernen«, murmelte Burns, so gut er es ohne Zunge vermochte, und streckte ihm eifrig die Hand entgegen. Eine in der westlichen Welt übliche Geste des Vertrauens und der Freundschaft, die der Besucher jedoch ablehnte.

Beni erklärte: »Tut mir leid, Mr. Burns, aber die Religion des Prinzen gestattet ihm nicht, jemanden unter seinem Stand zu berühren. Ein alberner Aberglaube, aber wir müssen es respektieren.«

»Verzeihung«, entschuldigte sich Burns.

Der einheimische Diener schenkte ihnen Tee ein, aber als Burns nach seiner Tasse griff, verschüttete er den Inhalt. »Oohh!« rief Burns. »Tut mir leid. Meine Augen sind nicht mehr das, was sie mal waren.«

»Der Prinz bedauert den Verlust Ihrer Augen«, sagte Beni und gab dem Diener mit einem unhöflichen Blick zu verstehen, daß er verschwinden sollte. »Seine Augen sind auch nicht die besten.«

Lange, spitz zulaufende Finger griffen nach der Kanope und das merkwürdig ausgetrocknete Fleisch seiner umwickelten Hand wurde sichtbar. Imhotep nahm sich die Kanope. Beni stand auf und wich zurück.

»Mr. Burns«, fuhr Beni fort, »der Prinz dankt Ihnen untertänigst für Ihre Gastfreundschaft, von Ihren Augen mal ganz abgesehen.«

»Äh … Augen?«

»Ja, und für Ihre Zunge.«

Nach anfänglicher Verwirrung bekam Burns es nun mit der Angst zu tun.

Beni sprach weiter. »Aber ich fürchte, Sir, wir müssen Sie bitten, noch etwas mehr beizusteuern. Sie werden sicher verstehen, daß der Prinz gehalten ist, den Fluch zu erfüllen, den Sie und Ihre Freunde auf sich gezogen haben.«

Angsterfüllt stand Burns nun auf und taumelte zurück. Er hatte die Orientierung in seinem kleinen Zimmer verloren und kam sich vor, als wandere er ziellos durch die Wüste.

Gnädig war nur die Tatsache, daß ihm Imhotep vor Tagen die Augen herausgerissen hatte. So blieb ihm der gräßliche Anblick der Mumie erspart, als sie ihre seltsame Maske entfernte und ihr abstoßendes Gesicht darunter enthüllte: ein Totenschädel, dessen Fleisch vor langer Zeit verwest war, eine graue, verzerrte Maske unter der Maske, die nur durch helle Augen, verkümmerte Zähne und eine rosafarbene Zunge lebendig wirkte.

In der schäbigen Spelunke in der Nähe des Forts saßen drei Männer zusammen an der Bar. Ihr unglücklich verlaufenes

Abenteuer in Hamunapatra hatte sie zusammengeschweißt. Zum Abschied stießen sie ein letztes Mal an.

»Viel Glück, Kumpels«, prostete Henderson den anderen beiden zu. Gleichzeitig kippten sie den Whiskey hinunter und spuckten ihn dann wieder aus. Die anderen Besucher taten es ihnen gleich. Sie spuckten ihre Getränke auf den Boden, auf die Tische und auf die Bar. Überall schimmerte rote Flüssigkeit.

»Du lieber Gott!« sagte Henderson und rieb sich mehrmals mit der Hand übers Gesicht. Er war ganz rot.

»Blut«, flüsterte O'Connell.

Der Boden der Spelunke sah aus wie nach einem Gemetzel …

»›Und die Flüsse und Wasserstellen in Ägypten‹«, zitierte Jonathan, »›färbten sich rot … und es ward Blut.‹«

O'Connell verspürte ein beklemmendes Gefühl in der Magengegend. Es lag nicht an dem ekligen Geschmack nach Blut in seinem Mund. Wenn eine der Plagen plötzlich hier auftrat, dann … »Er muß hier sein«, stellte er fest.

»Wer?« fragten Jonathan und Henderson wie aus einem Mund.

»Der Untote, ihr verfluchten Idioten!« fuhr O'Connell sie an und sprang von seinem Hocker. Rasch rannte er zur Tür. »Die Mumie!«

Draußen stellte er fest, daß sich der sonnige Nachmittag verflüchtigt hatte. Am Himmel waren dunkle Wolken aufgezogen, grelle Blitze zuckten – und das in einem Land, wo es nur einmal im Jahr regnete.

Er rannte über die Straße durch die Eingangstore ins Fort. Dort erspähte er Evelyn, die in ihre Bücher vertieft herumschlenderte. Ihre weiße Katze hielt sich dicht an ihrer Seite.

Plötzlich donnerte es am Himmel. Evelyn zuckte erschrocken zusammen und ließ die Bücher fallen. O'Connell packte sie am Arm und sie sprang wie eine erschrockene Katze zur Seite.

»Sie hatten recht«, sagte er atemlos. »Es ist auch mein Problem.«

Fragend blickte sie ihn an und versuchte aus seinen Worten klug zu werden. Aber dazu blieb ihr keine Zeit mehr. Hagel und Blitz beschossen den Hof wie bei einem Luftangriff. O'Connell zog Evelyn unter einen Dachvorsprung, als ein Holzspalier vor ihren Augen Feuer fing.

Der Hof wimmelte von Soldaten, Dienern, Kamelen und Pferden, die panisch in alle Himmelsrichtungen davonliefen. Die Männer versuchten verzweifelt, vor den riesigen Hagelkörnern und Kugelblitzen auszuweichen. Ein paar rannten zum Hauptbrunnen, um die kleinen Feuer zu löschen, die überall im ganzen Fort entstanden waren.

O'Connell umklammerte Evelyns Arme und schrie ihr über den Lärm der hysterischen Menge hinweg zu: »Er ist hier! Die Mumie ist hier.«

Diese Nachricht jagte ihr weit mehr Angst ein als das tobende Chaos um sie herum. »Sind Sie sich sicher?« Ein Kugelblitz schlug nur Millimeter von ihnen entfernt in den Boden ein.

»Nennen Sie es eine Vorahnung«, antwortete er ihr. Dann hörte der Hagel- und Feuerbeschuß so abrupt auf wie er eingesetzt hatte. Nur noch das Gebrüll der Tiere war zu hören und vereinzelt knisterte noch ein Feuer. Aber auch diese Geräusche verstummten und machten einer toten, unirdischen Stille Platz, die jedoch nicht lange anhielt. Ein Schmerzensschrei durchbrach die Stille, wie O'Connell ihn noch nie zuvor gehört hatte. Und in den letzten Tagen hatte er einige gehört. Der Schrei kam aus den Räumen genau über ihnen.

»Bleiben Sie, wo Sie sind!« befahl O'Connell und rannte die Holztreppe zu den Unterkünften hinauf. Evelyn folgte ihm natürlich.

Ein Diener, der nach seinem Herrn sehen wollte, war gerade im Begriff, das Zimmer fluchtartig zu verlassen. Die Augen quollen ihm beinahe aus dem Kopf und er schrie wie am Spieß. Als O'Connell die Räume des blinden Burns betrat, sah er den Mann, oder besser, das, was von ihm übriggeblieben war, ausgestreckt auf dem Boden liegen. Er war auf eine menschliche Hülle zusammengeschrumpft. Die ganze Körperflüssigkeit und auch seine Organe schienen wie aus ihm herausgesaugt.

O'Connell spürte plötzlich Evelyns Anwesenheit.

Sie hatte ihn von hinten umarmt, als klammere sie sich ans Leben. Dann wurden sie auf ein lautes Stöhnen aufmerksam, das von der anderen Seite des Zimmers, vom Fenster, zu kommen schien. Dort machten sie eine Gestalt aus, die in ein weites schwarzes Gewand gehüllt war.

Vor ihren Augen begann sich die Mumie zu regenerieren, die bis dahin nur aus einem Knochengerüst bestanden hatte. Der Abenteurer aus Chicago und die Archivarin aus Kairo hielten sich in den Armen und glaubten ihren Augen nicht zu trauen. Kräftige neue Muskeln bildeten sich auf den Knochen des Untoten. Feste Haut wuchs ihm und zog sich über die Sehnen. Fehlende Knochen sowie das klaffende Loch, das O'Connell in seinen Brustkorb geschossen hatte, erneuerten sich von selbst. Und dennoch war diese muskulöse Gestalt immer noch eine Leiche, eingehüllt in Leinenbinden, mit kränklicher grauer Haut. Es war, als habe die Hölle ihren besten Soldaten geschickt, um mit den Lebenden Krieg zu führen.

»Haben Sie das gesehen?« flüsterte O'Connell. »Oder bin ich verrückt?«

»Ja«, entgegnete sie.

Dann streckte sich die Mumie, als ob er sie aus einem langen Schlaf geweckt hätte.

»Jetzt haben wir ein Problem«, gab O'Connell zu.

Langsam, aber energisch bewegte sich die Mumie auf sie zu. Er hatte nur Augen für Evelyn.

O'Connell riß den Revolver aus seinem Schultergurt und bedrohte die Kreatur damit. »Ich gebe dir noch eine Chance.«

Aber die Mumie scherte sich nicht darum und O'Connell ballerte los. Er stellte sich dabei schützend vor Evelyn und verschoß seine ganze Munition. Der Mumie schien das jedoch nichts auszumachen. Sie rückte unaufhaltsam näher. O'Connell warf seine Waffen zu Boden. Dann verpaßte er ihr seinen besten rechten Haken mitten ins Gesicht – und seine Faust ging mitten durch das Fleisch und die Knochen und versank tief im Kopf der Mumie.

O'Connell starrte ungläubig auf den Kopf, in dem seine

Hand bis zum Knöchel steckenblieb. Mein Gott, muß das ein Schlag gewesen sein, dachte er, und mit einem schmatzenden Geräusch riß er seine Hand aus dem Kopf der Mumie, wie aus dickem, feuchtem Schlamm. Er hörte Evelyn hinter seinem Rücken schreien – oder war das etwa Jonathan? Vor ihren Augen zerfiel der Teil des Gesichts der Mumie, der mit O'Connells Faust in Berührung gekommen war, so rasch, wie sich der Körper der Mumie nur Minuten zuvor regeneriert hatte. Die Stelle verwelkte bis auf die Knochen, als ob O'Connells Hand sie infiziert hätte.

Die Mumie brüllte vor Wut und packte O'Connell bei den Armen, als ob sie ihn schütteln wollte. Dann schleuderte sie ihn quer durch den Raum mitten hinein in Jonathan, Henderson und Daniels, die wie Kegel beim Bowling umfielen.

Mit einer Hand hatte die Mumie jedoch O'Connells Fleisch berührt. Diese Haut begann zu schrumpfen und zu welken, als ob O'Connell die Plage wäre.

Als sich O'Connell benommen wieder aufsetzte, rückte die Mumie Evelyn zu Leibe, die mit dem Rücken zur Wand stand und sie mit vor Angst geweiteten Augen, die Hand auf den Mund gepreßt, anstarrte. Diese lächelte sie an! Sanft und zärtlich sprach sie in einer Sprache zu ihr, die O'Connell für Altägyptisch hielt. Das verfluchte Monster beugte sich über sie und wollte sie doch tatsächlich küssen!

O'Connell sprang auf die Füße und wollte diesen Bastard mit einem erneuten Hieb infizieren, als Cleo, Evelyns weiße Katze, sich zeigte. Sie stand fauchend oben auf einer Kommode und das Fell stand ihr zu Berge. Damit störte sie den zärtlichen Augenblick zwischen der Leiche und der jungen Frau.

Die Mumie fuhr zurück und schrie wie eine ängstliche alte Dame.

Mit einem plötzlichen Windhauch öffneten sich die Balkontüren und die Mumie schien sich in einen Windstoß aus Sand, Wind und Geschwindigkeit zu verwandeln, der zu einem Sandsturm wurde und wirbelnd nach draußen verschwand. Die Zeugen dieses Vorfalls konnten später selbst nicht glauben, was sie gesehen hatten.

Evelyn taumelte in die Mitte des Raumes und kauerte sich zusammen.

»Was hat sie zu Ihnen gesagt?« fragte O'Connell.

Sie zitterte. »Sie … sie sagte: ›Du hast mich gerettet. Ich bin dir dankbar.‹«

Bleich vor Angst flüsterte Henderson: »Wir sind verflucht … wir alle sind verflucht.«

Und der abgebrühte Amerikaner stolperte zu der Hülle seines toten Freundes hinüber und kniete sich daneben. Er fing an zu weinen. Ob um seinetwillen oder um Burns, das wußte niemand, und mit Sicherheit würde auch niemand danach fragen.

Zweites Kapitel

Seltsame Bettgefährten

Evelyn kannte nur einen Menschen, der ihnen dabei helfen konnte, *Den, der nicht genannt werden soll* zu bekämpfen, diese wandelnde Plage, die unaussprechliche Dinge und dunkle Magie in dem Zimmer vollbracht hatte, in dem Burns gestorben war.

Es sprach für O'Connell – das mußte sie zugeben –, daß er keinerlei männliche Überheblichkeit gezeigt hatte, als sie nun die Initiative ergriff. Er hatte nicht widersprochen, als sie Jonathan anwies, seinen *Düsenberg* zu holen.

Als ihr Bruder mit dem Cabrio wiederkam, stiegen sie alle ein – O'Connell, Jonathan, Henderson, Daniels und sie selbst – und machten sich auf den Weg zu ihrer alten Arbeitsstätte. Beim Anblick des vertrauten Gebäudes befiel Evelyn ein unheimliches Gefühl.

Ihre Schritte hallten über den Marmorboden des Museums von Kairo. Sie führte die Männer durch Hallen, an Galerien vorbei, in denen die Särge und Mumien antiker Könige ausgestellt waren. Im Vorbeigehen fühlten sie sich beobachtet. In all den Monaten, die sie hier gearbeitet hatte, waren ihr diese Ausstellungsstücke nie gespenstisch vorgekommen. Aber seitdem sie einer Mumie in ihrem verwesten Fleisch begegnet war, hatte dieses riesige Geisterhaus, diese Lagerstätte der Grabräuberei eine ganz andere Wirkung auf sie, und ihr lief eine Gänsehaut über den Rücken.

Sie ging voran. Die Männer sahen in ihren weißen Hemden, mit den geschulterten Gewehren und ihren Khakihosen wie eine Safarigruppe aus, die ein wildes Tier jagte. Damit kamen sie der Realität eigentlich ziemlich nahe. Sie waren auf dem Weg zum Büro des Kurators, das im hinteren Teil des Museums lag. Als sie jedoch um die nächste Ecke bogen, stießen Sie dort schon auf Dr. Bey, der nicht allein war.

Der dickliche kleine Mann mit dem runden Gesicht, der einen roten Fes auf dem pomadisierten dünnen Haar und seinen üblichen dunklen Anzug mit einer schmalen Krawatte trug, sprach mit einem ungewöhnlichen Gast: eine Gestalt in dunklen, fließenden Gewändern, unter denen ein goldener Krummsäbel hervorschimmerte … Ardeth Bay, der Anführer der Mumiakrieger, stand dort in voller Größe wie ein Museumsstück, das zum Leben erwacht war.

»Sie!« riefen alle überrascht aus. Wutentbrannt zückten O'Connell, Henderson und Daniels ihre Revolver. Aber Ardeth Bay warf ihnen nur einen finsteren Blick zu, der von einem verächtlichen Lächeln begleitet wurde.

Der Kurator wies auf Evelyn und ihr Gefolge. »Miss Carnahan, meine Herren, darf ich Ihnen Ardeth Bay vorstellen, einen Gast von außerhalb der Stadt.«

»Wir kennen ihn bereits«, schnappte O'Connell.

Evelyn trat einen Schritt vor und wandte sich ihrem ehemaligen Chef zu. »Was macht er hier?«

»Wollen Sie das wirklich wissen? Oder ziehen es Ihre impulsiven amerikanischen Freunde wie immer erst einmal vor zu handeln? Mit schneller und unsinniger Gewalt, ohne einen Gedanken an die Konsequenzen zu verschwenden?«

In der Tat waren die Gewehre der Amerikaner auf den Kurator und den Mumia gerichtet. Die Luft knisterte spürbar vor Spannung.

Wie ein Puzzle fügten sich die Teile in Evelyns Kopf zusammen und sie erwiderte: »Im Gegensatz zu Ihrer überlegten, clever gesteuerten Gewalt, Dr. Bey?« Sie zeigte auf Ardeth Bay. »Sie haben dem Mumia gesagt, daß ich das Kästchen besäße, den Schlüssel … Sie haben sie geschickt, um es mir zu stehlen und um mich zu töten!«

»Es war nicht mein Wunsch, daß Sie sterben und jetzt stehen Sie doch lebend vor mir.«

»Aber wenn ich getötet und das Kästchen zurückgebracht worden wäre, dann, vermute ich, wäre das ein angemessener Preis gewesen, oder?«

»Offengestanden, Miss Carnahan, ja. Das Leben eines dummen, eigensinnigen und unfähigen Mädchens im

Tausch gegen die Rettung der Welt, vor dem, was Sie in Ihrer Religion Armageddon nennen würden? O ja, und nochmals ja.«

O'Connell trat vor und steckte seinen Revolver weg. Er gebot Henderson und Daniels, das gleiche zu tun. Widerwillig senkten die Männer ihre Waffen, aber sie weigerten sich, sie zurückzustecken.

»Ich glaube kaum, daß Drohungen oder Beschimpfungen im Augenblick angebracht sind«, lenkte O'Connell ein und schlug dabei einen vernünftigen Ton an, der Evelyn überraschte. »Das Unheil hat seinen Anfang genommen. Vielleicht sollten wir einfach zusammenarbeiten.«

Dr. Bey lächelte von oben herab und sein Oberlippenbart zuckte. »Sind Sie sicher, daß Sie uns nicht doch lieber erschießen möchten?«

»Ich will nicht abstreiten, daß das nach einem guten Vorschlag klingt.« O'Connell schenkte Ardeth Bay ein gehässiges Lächeln. »Aber ich habe eben erst miterlebt, wie meine Faust im Kopf eines toten wandelnden Etwas verschwand. Daher bin ich gerne bereit, Ihnen in diesem Punkt zu vertrauen, wenn auch nur vorübergehend.«

»Sie würden das doch gar nicht begreifen …«

»Hey. Ich habe gesehen, wie ein Typ sich in einen Sandsturm verwandelt und durch das Fenster geflogen ist. Sie wären überrascht, was ich Ihnen im Augenblick alles abkaufen würde.«

Der Kurator musterte eingehend O'Connells Gesicht, als ob es eine Inschrift sei, die er gerade übersetzte. »Kommen Sie mit«, sagte er und ging der Gruppe durch die Galerie voran. Ardeth Bay blieb an seiner Seite.

Wie ein Reiseleiter führte er sie einen durch hohe Oberlichter sonnendurchfluteten Gang hinunter. Sie kamen an Ausstellungsstücken vorbei, die Evelyn nur zu gut kannte. Es waren herrliche Mumiensärge aus edlem Holz, auf deren Außenseite Bilder und erlesene Schnitzereien die Lebensgeschichte der Verstorbenen erzählten.

»Dies ist König Ramses, der mit Moses zur Schule ging, der Ramses-Stadt erbaute, die Israeliten unterdrückte, und die Tyrannei erfand, die Ihren Gott dazu veranlaßte, Ägypten mit den Plagen zu strafen.«

Der gut erhaltene Ramses schien ihren Blick zu erwidern. Die Zähne in seinem schwarzen Gesicht blitzten so weiß, als ob er sie am Morgen geputzt hätte.

»Und das hier ist Sethos I., der Vater von Ramses. Ein großer Krieger, der einen Kanal vom Nil zum Roten Meer gebaut hat.«

Zusammen mit seinem Schild und seinem Schwert lag Sethos in seinem Sarg aufgebahrt, die schwarzen Arme verschränkt vor der Brust. Der schwarze Kopf ruhte auf gelblichem Stoff. Seine Gesichtszüge waren friedlich. Der Thron von Sethos stand gleich daneben. Der Kurator nahm darauf Platz und schlug lässig die Beine übereinander. »Wie Sie sehen können, ruht Sethos friedlich, im Gegensatz zu seinem untreuen Hohepriester Imhotep, der mit einer verräterischen Geliebten heimlich geplant hat, ihn zu töten. Was ihnen auch gelungen ist. Aus diesem Grund wurde Imhotep lebendig begraben.«

»Und mit dem schrecklichen Fluch *Hom-dai* beladen«, flüsterte Evelyn.

»Meine Liebe«, bemerkte der Kurator spöttisch, »aus Ihnen wird doch noch eine Forscherin.« Er wies auf Ardeth Bay, der wie ein ergebener Diener neben dem thronenden Kurator stand. »Wir sind Mitglieder einer alten Sekte …«

»Die Mumia«, ergänzte Evelyn.

»Ich bin beeindruckt. Aber ich wage zu bezweifeln, meine Liebe, daß Sie wissen, daß diese geheime Sekte nie aufgehört hat zu existieren und seit dreitausend Jahren ihre heilige Mission verfolgt. Seit all der Zeit haben die Mumia die Stadt der Toten bewacht und sie vor der Schändung durch Grabräuber geschützt, darüber hinaus haben sie die Welt vor dem lebenden Fluch bewahrt, der dort unten begraben liegt. Zu Beginn unseres Mannesalters müssen wir schwören, daß wir alles in unserer Kraft stehende tun, um die Rückkehr des Hohepriesters Imhotep in diese Welt zu verhindern. Und neununddreißig Generationen lang ist uns das auch gelungen.«

»Aber jetzt haben wir Ihretwegen versagt«, war von Ardeth Bay zu hören, der mit dem Finger auf Evelyn zeigte.

Entsetzt erwiderte Evelyn: »Und das rechtfertigt den Tod unschuldiger Menschen?«

»Um diese Kreatur aufzuhalten«, sagte der Krieger, »würde ich Sie jederzeit mit Freuden umbringen.«

O'Connell trat zwischen sie und richtete das Wort an den Kurator. »Wir wollen doch höflich bleiben, oder? Wollen Sie weiter nach einem Trottel suchen, dem Sie alles in die Schuhe schieben können, oder wollen Sie uns jetzt endlich dabei helfen, diesen Mistkerl aufzuhalten?«

Evelyn warf O'Connell einen mißbilligenden Blick zu und fragte sich, ob sie gerade beleidigt worden war.

Der Kurator lächelte zustimmend. »Ich glaube, Sie haben recht ... Mr. O'Connell, wenn ich mich nicht irre?«

»Genau. Wissen Sie, warum sich dieses große böse Monster vor einer kleinen Katze fürchtet?«

»Katzen sind die Wächter der Unterwelt. *Der, der nicht genannt werden soll* wird sich solange vor diesen harmlosen Tieren fürchten, bis er seine ursprüngliche Gestalt wieder angenommen hat.«

»Sie meinen, bis er sich vollständig regeneriert hat.«

»Ja. Wenn ihm das erst einmal gelungen ist, braucht er vor nichts mehr Angst zu haben. Und es wird ihn nichts mehr aufhalten können.«

Daniels trat vor und fuchtelte mit dem Revolver vor dem Kurator herum. »Ich brauche diesen Clown im Freimaurerlook nicht, damit er mir erklärt, wie dieser Widerling das macht. Er wird jeden töten, der diese Truhe geöffnet hat. Er wird uns alle aussaugen.«

»Eine sehr scharfsinnige Beobachtung«, bemerkte der Kurator, »für einen ungebildeten Mann wie Sie.«

O'Connell warf Henderson einen scharfen Blick zu, der sofort begriff und zu Daniels hinüberging, um ihn zu beruhigen.

Evelyn näherte sich dem Kurator, der noch immer auf Sethos' Thron saß. »In Hamunapatra nannte mich Imhotep bei einem alten Namen.«

Beunruhigt fragte der Kurator: »Was war das für ein Name?«

»Anchsunamun.«

Der Kurator und der Anführer der Mumia sahen sich entsetzt an.

O'Connell fügte hinzu: »Ich hatte den Eindruck, daß das schleimige Biest sie gerade küssen wollte, als ihn diese Katze vergraulte.«

Dr. Bey nickte wissend. »Das ist der Name seiner Geliebten. *Der, der nicht genannt werden soll* wurde wegen seiner Liebe zu ihr verflucht. Sollte es tatsächlich möglich sein, daß er sie nach dreitausend Jahren noch liebt? Obwohl er den ewigen Tod erlitten hat und sein Fleisch von Skarabäen gefressen wurde?«

»Eine Liebe, die Jahrtausende überdauert«, meinte Evelyn. »Wie traurig ... wie romantisch ...«

»Machst du Witze?« fragte O'Connell sie fassungslos.

Ihr Bruder schüttelte den Kopf und grinste nur. Verlegen wandte sie den Blick ab.

Ardeth Bay meldete sich zu Wort. »*Der, der nicht genannt werden soll* wird versuchen, Anchsunamun von den Toten aufzuwecken.«

»Aha«, sagte O'Connell, »und wie zum Teufel wird er das genau anstellen?«

»Mit einem Menschenopfer«, erwiderte der Kurator. Dann wies er mit dem Kopf auf Evelyn. »Und offensichtlich hat *Der, der nicht genannt werden soll* sein Opfer bereits ausgesucht.« Evelyn fröstelte plötzlich. Alle Augen, einschließlich denen der toten Pharaonen, schienen auf sie gerichtet zu sein.

Jonathan schnalzte mit der Zunge. »Pech, Schwesterchen. Manchmal zahlt es sich eben nicht aus, berühmt zu sein.«

»O Gott«, flüsterte O'Connell. »Und ich dachte schon, es könnte nicht noch schlimmer kommen ...«

»Im Gegenteil«, sagte Dr. Bey. »Vielleicht gewinnen wir dadurch etwas Zeit und finden einen Weg, diese teuflische Kreatur zu töten.«

»Darum sind wir ja hier, Doc«, warf O'Connell ein. »Sie

sind der Fachmann. Können wir nicht eine andere Beschwörungsformel aus dem *Totenbuch* lesen?«

»Möglicherweise, wenn wir es erst einmal wiederhätten. Aber mir ist nichts bekannt, was diese Vermutung stützen würde, weder aus alten Schriften noch aus neuerer Forschung.«

In der Galerie, die nur von Gaslampen beleuchtet wurde, war es dunkel geworden. Ardeth Bay warf einen Blick nach oben und sagte: »Seine Macht ist stärker geworden.«

Evelyn und die anderen schauten ebenfalls nach oben zu den Oberlichtern, durch die noch vor wenigen Minuten Sonnenstrahlen gefallen waren. Und sie sahen, wie sich die Sonne verfinsterte und der Nachmittag zur Mitternacht wurde.

Jonathan saß hinter dem Steuer seines *Düsenberg* und lenkte ihn durch die Straßen einer verwirrten Stadt. »›Und er reckte die Hand gen Himmel und da ward eine Finsternis in Ägyptenland.‹«, zitierte er.

»Sie müssen mehr in der Sonntagsschule gelernt haben, als Sie zugeben wollen«, meinte O'Connell trocken neben ihm. Evelyn saß eingequetscht zwischen ihnen. Henderson und ein zunehmend wütender Daniels hatten den Rücksitz eingenommen.

»Es muß doch einen Weg geben, um ihn von seiner vollständigen Regenerierung abzuhalten«, sagte Evelyn.

O'Connell seufzte. »Sie haben doch gehört, was Ihr alter Boß gesagt hat. Steht er erst einmal wieder in der Blüte seiner Jahre, dann hält ihn nichts und niemand mehr auf.«

Als sie das Fort erreichten, sahen sie, wie britische Soldaten unter der finsteren Sonne exerzierten.

»Die Tage werden kürzer«, stellte Jonathan fest.

Kurze Zeit später waren sie in Evelyns Unterkunft versammelt. Henderson und Daniels ließen sich auf die Stühle fallen. Evelyn und ihr Bruder gingen unruhig hin und her. O'Connell hatte sich draußen ein bißchen umgehört. Während er die Tür hinter sich schloß, berichtete er: »Mein alter Kumpel ist heute hier gesehen worden. Er war in Begleitung eines großen Fremden in arabischer Kleidung. Nach den

Worten von Burns Diener sind Beni und dieser Fremde, der so etwas ähnliches wie eine Maske getragen hat, zu ihm reingegangen, um mit Burns über ›Geschäfte‹ zu sprechen.«

»Beni und die Mumie?« fragte Jonathan. »Was hat denn dieser kleine Schurke mit …?«

»Wer war dabei, als diese Truhe geöffnet wurde?« fragte Evelyn plötzlich. »Ich möchte eine genaue Liste.«

Henderson zuckte müde die Achseln. »Ich und Daniels hier, und natürlich der arme Burns, und, äh … Dr. Chamberlin. Das waren alle.«

»Beni nicht?« hakte O'Connell nach.

»Nee«, antwortete Daniels. »Er ist wie ein ängstlicher Hase rausgerannt, bevor wir das verfluchte Ding überhaupt geöffnet hatten.«

»Ein cleverer ängstlicher Hase«, bemerkte Henderson bitter. Evelyn baute sich vor ihnen auf. »Wir sollten Dr. Chamberlin in unsere Gruppe aufnehmen. Es ist sicherer, wenn wir alle zusammenbleiben.«

»Ich habe nachgesehen«, sagte O'Connell. »Er ist nicht in seinem Zimmer. Der Diener meinte, daß unser Ägyptologe letzte Nacht nicht in seinem Zimmer geschlafen hat.«

»Dr. Chamberlin hat das *Totenbuch!*« rief Evelyn. »Wir müssen es unbedingt finden!«

O'Connell schüttelte den Kopf. »Ich habe überall in seinem Zimmer nachgesehen. Er hat all seine Sachen mitgenommen.«

»Wir müssen ihn finden«, sagte Evelyn, »und ihn ins Fort holen, damit er hier in Sicherheit ist.«

»So sicher wie Burns, oder?« schnaubte Daniels verächtlich.

»Wenn die Mumie ihn findet«, erklärte Evelyn, »und ihm das gleiche antut, was er Ihrem Freund, Mr. Burns, angetan hat, wird Imhotep seiner Regenerierung einen Schritt näher sein.«

»Chamberlin hat ein Büro in Kairo«, sagte Henderson. »Irgendwo in den Gassen des Basars. Vielleicht ist er dorthin zurückgefahren.«

»In Ordnung«, meinte O'Connell. Er nickte den Amerikanern zu. »Sie beide kommen mit mir. Jonathan, Sie bleiben mit Evelyn hier und geben auf sie acht.«

»Den Teufel werde ich tun!« rief Henderson. »Ich werde Ihnen die Adresse geben. Sie können da hin fahren, wenn Sie es wollen. Ich werde nirgendwo hingehen.«

Daniels stimmte ihm zu. »Ich rühr mich hier nicht von der Stelle.«

Evelyn wandte sich aufgebracht an O'Connell, der scheinbar doch eine ungesunde Portion männlicher Überheblichkeit besaß: »Und ich leite diese Expedition, vielen Dank! Ich bin kein Kind, das man in die Obhut des nächstbesten Erwachsenen gibt!«

O'Connell schüttelte jedoch nur den Kopf und seufzte resigniert, als sei er eine arme, ausgenutzte Seele, die doch nur helfen wollte. Er packte sie kurzerhand am Arm und zog sie in ihr Schlafzimmer. Dann gab er ihr einen Stoß und schlug die Tür hinter ihr zu.

»Ihr Benehmen lasse ich mir nicht gefallen, Sie Grobian!« schrie sie und zerrte am Türgriff. Auf der anderen Seite fragte O'Connell: »Jonathan, haben Sie einen Schlüssel?«

»Ich denke ja, alter Junge.«

»Jonathan, du Verräter«, rief sie wütend. »Untersteh dich, diesem ...«

Sie brach ab, als sie hörte, wie der Schlüssel umgedreht wurde und O'Connell sagte: »Diese Tür darf unter keinen Umständen geöffnet werden, verstanden? Hier darf weder jemand rein noch raus.«

»Alles klar«, entgegnete Daniels.

»Sie passen auf sie auf, oder ich komme zurück und sauge Ihnen Ihr Hirn persönlich aus, verstanden?«

»Ja, ja«, sagte Henderson. »Hier ist die Adresse.«

»Kommen Sie schon, Jonathan«, drängte O'Connell.

Sie drehte am Türknauf, aber die Tür war fest verschlossen. Dann hörte sie Jonathan sagen: »Also, eigentlich hat mir Ihr erster Plan viel besser gefallen, alter Knabe. Bei dem ich im Fort bleiben konnte. Ich könnte, äh, rekognoszieren, zumindest wenn mir mal einer von Ihnen erklärt, was das genau ist.«

»Kommen Sie«, drängte O'Connell und dann wurde es still. Wahrscheinlich waren sie bereits fort.

Eine Zeitlang klopfte und schlug sie gegen die Tür. Aber auch ihr Schreien war umsonst. Sie warf sich aufs Bett und verfluchte Rick O'Connell. Vergeblich kämpfte sie gegen die Gefühle für ihn an, die sie durchfluteten.

Der Kairoer Basar war ein Gewirr aus engen Straßen, in denen sich die Geschäfte drängten. Hinter den Läden lagen betriebsame Werkstätten. O'Connell und Jonathan bahnten sich ihren Weg durch die Verkäufer, die schwarz verschleierten Frauen, die nackten Kinder, Eselsjungen und gelegentlichen Touristen und fanden schließlich den Glasmacherladen, über dem Dr. Chamberlins winziges Büro lag.

Die Tür war unverschlossen und nur angelehnt. Der Ägyptologe war nicht hier, dafür aber jemand anderes: Beni, der das Büro durchsuchte. Er hatte Schreibtischschubladen auf dem Boden entleert und Regale zerschlagen. Photos und Akten lagen überall verstreut.

Der hagere kleine Schurke hatte sich gerade unauffällig eine silberne Uhr in die schwarze Pyjamajacke geschoben, als O'Connell das Büro betrat. »Laß mich raten, Beni, hast du mal wieder deine Prinzipien verlegt?«

Beni rannte auf das offene Fenster zu, das zur Straße führte. Es war ja nur ein Sprung aus dem ersten Stock. Fast beiläufig packte O'Connell den Schreibtischstuhl, der umgestürzt neben der Tür lag, und warf ihn in Benis Weg. Beni stolperte und prallte gegen die Wand. Dabei riß er mehrere gerahmte Bilder von Chamberlins verschiedenen Ausgrabungen von der Wand.

»Ich freue mich, dir hierbei behilflich sein zu können«, sagte O'Connell fröhlich und ging zu Beni hinüber. Er packte ihn am Kragen, riß ihn hoch und drängte ihn gegen die Wand. Mit verzerrtem Lächeln und in der Luft baumelnden Füßen brachte Beni hervor: »Rick! Mir ist gar nicht aufgefallen, daß du es bist, mein alter Freund!«

»O, aber du hast doch jetzt einen neuen Freund, Beni,

nicht wahr? Du hast ihn doch aus der Wüste mitgebracht, oder?«

Blinzelnd heuchelte Beni Unverständnis: »Was für einen Freund? Du bist mein einziger Freund. Du weißt doch, was meinen Umgang angeht, bin ich immer schon pingelig gewesen.«

O'Connell ließ Beni langsam die Wand runterrutschen, bis er wieder Boden unter den Füßen hatte. Der kleine Mann seufzte erleichtert und glättete sein schwarzes Hemd. Erschrocken riß er die Augen auf, als er plötzlich eine Klinge in der Hand seines »einzigen Freundes« aufblitzen sah. Während O'Connell ihm das Messer an die Kehle drückte, sprach er leise und bedrohlich auf ihn ein: »Warum, Beni? Was springt da für dich raus? Warum hilfst du diesem Ungeheuer?«

»Ich … ich diene ihm nur, um mich selbst zu retten. Besser die rechte Hand des Teufels zu sein, als ihm im Weg zu stehen.«

O'Connell seufzte. Das war typisch Beni. »Was machst du in diesem Büro? Wonach suchst du?«

Selbst mit einem Messer an der Kehle gelang Beni ein rauhes Lachen. »Glaubst du wirklich, daß deine kleinen Drohungen etwas gegen Imhotep ausrichten können?«

»Imhotep kann dir jetzt nicht helfen. Glaubst du wirklich, ich würde dir nicht die Kehle durchschneiden? Ich frage dich noch einmal. Wonach suchst du, Beni?« O'Connell drückte ihm die Klinge fester an die Kehle.

»Das Buch! Das schwarze Buch, daß sie in der Stadt der Toten gefunden haben. Chamberlin hatte es. Imhotep will es.«

»Warum?«

»Ich weiß es nicht. Er hat mir nur gesagt, daß es sein Gewicht in Gold wert ist.«

»Gold?« hakte Jonathan interessiert nach.

»Spuck es aus, Beni«, forderte O'Connell und verlieh seinen Worten noch etwas Nachdruck mit dem Messer. »Was will er mit dem Ding?«

»Ich weiß es nicht. Das sagte ich doch bereits! Rick, komm schon. Hör doch bitte auf …«

»Spuck aus, was du weißt, oder du hast gleich zum letztenmal etwas gesagt! Du hast die Wahl.«

»Es hat irgend etwas damit zu tun, daß er ›sie‹ wieder zum Leben erwecken will …, wer auch immer ›sie‹ sein soll.«

»Und er braucht das Buch dazu.«

»Das Buch, ja, das Buch, und äh …«

»Und äh was, Beni?«

»Das Mädchen. Er braucht das Mädchen.« Beni schaute Jonathan an. »Seine Schwester.«

Jonathan runzelte die Stirn. »Dann muß er mich wohl zuerst töten.«

Beni zuckte die Achseln. »Das würde ihn nicht weiter stören.«

Draußen herrschte Nacht, obwohl es erst Nachmittag war.

Ein gellender Schrei wie das Aufheulen eines verwundeten Tieres erhob sich über dem Geschnatter im Basar. O'Connells Blick wanderte zum Fenster. Beni nutzte seine Unaufmerksamkeit und versetzte ihm einen Tritt in den Unterleib. O'Connell krümmte sich vor Schmerz und Beni kroch an ihm vorbei. Er sprang aus dem Fenster und rutschte die Markise hinunter in die Freiheit.

Jonathan half O'Connell wieder auf die Beine. »Hat Ihnen schon mal jemand gesagt, daß Sie Pech bringen?« fragte ihn O'Connell durch zusammengebissene Zähne.

»Fast jeder sagt das, alter Knabe … Sollen wir mal nachschauen, was da draußen los ist?«

Unten im Basar hatte sich nach dem Schrei ein großes Stimmengewirr erhoben. Entsetzensrufe übertönten besorgtes Gemurmel. Von oben konnten O'Connell und Jonathan die enge Straße überblicken. Nicht weit von ihrem Fensterplatz aus hatte sich die Menge geteilt und eine kaum noch identifizierbare Leiche lag ausgestreckt da. Nur durch den Tropenhelm und die Khakikleidung konnten sie erkennen, daß die zusammengeschrumpfte Hülle einst Dr. Chamberlin gewesen war. An seiner Seite war noch eine andere menschliche Hülle zu sehen: Imhotep, der über der Leiche kauerte. Das schwarze Totenbuch hatte er sich bereits wie ein großes und schweres Schulbuch unter den Arm gesteckt. *Der, der nicht genannt werden soll* entwand dem toten Ägyptologen nun noch eine juwelenbesetzte Kanope.

Irgendwie schien die Mumie zu spüren, daß sie beobachtet wurde. Unvermittelt schaute die Kreatur zum Fenster hinauf und erkannte O'Connell und Jonathan. Imhotep hatte seine Gestalt erneuert. Die Wunden, die O'Connell ihm zugefügt hatte, waren vollständig verheilt.

Wie schon einmal hängte sich die Mumie den Kiefer aus und riß den Mund zu unvorstellbarer Größe auf. Ein Schwarm Stechfliegen, die eher wütenden Hornissen ähnelten, tauchten daraus hervor. Die schwarze summende Masse raste zielstrebig auf das Fenster zu, von dem aus O'Connell und Jonathan wie erstarrt das Geschehene beobachteten.

Gerade noch rechtzeitig schlug O'Connell die Fensterläden zu und Jonathan schloß die Innenfenster. Die Stechfliegen prallten dagegen und trommelten auf die Holzläden ein. Die beiden Männer konnten nicht sehen, wie die Fliegen dann die Richtung änderten und sich wie Starfighter-Piloten auf die verwirrte und ängstliche Menge stürzten, die nun schreiend und um sich schlagend davonlief.

O'Connell atmete tief durch. »Das ist wieder eine dieser Plagen, oder?«

»Richtig. Aber es bleiben ihm nur noch wenige.«

»O, gut zu wissen.«

»Er hat das Buch, Kumpel.«

»Ja. Jetzt braucht er nur noch ...«

»Evy.«

Und sie rannten aus dem Büro.

Drittes Kapitel

Die Schöne und das Biest

Die Finsternis ging ohne erkennbaren Unterschied in die Nacht über. Nur die Sterne und der Mond zeigten die vorgerückte Stunde an. In Fort Stack war die Wache verdreifacht worden. Die Soldaten marschierten auf und ab. Aber ihre Anwesenheit bot den beiden Amerikanern, die im Quartier der englischen Miss festsaßen, wenig Trost.

»Was hält O'Connell verflucht noch mal so lange auf?« fragte Daniels. Den Arm noch in der Schlinge, zog er brütend an einer Zigarette, während er hin und her wanderte und dabei gelegentlich aus dem Fenster schaute. Von dort aus konnte er die Straße, die zum Fort führte, übersehen. Gleichzeitig hatte er die Spelunke im Blick, wohin ihn die Lichter und die Musik lockten.

»Wahrscheinlich sind die Straßen verstopft«, meinte Henderson. »Die einheimischen Wilden sind in der Finsternis wahrscheinlich durchgedreht.«

»O, und einem großen weißen Jäger wie dir, macht das ja alles nichts aus.«

»Ich habe vor kurzem noch viel seltsamere Dinge gesehen.« Der flachsblonde Abenteurer saß in einem Sessel neben der Tür zu Evelyns Schlafzimmer. In den Händen hielt er seinen Anteil der Hamunapatra-Beute: eine juwelenbesetzte Kanope. Er drehte sie und betrachtete sie von allen Seiten staunend. Er hoffte, daß ihm das Kunstwerk einen hohen Preis einbringen und ihn für das entschädigen würde, was sie durchgemacht hatten.

»Ach zum Teufel damit«, sagte Daniels und drückte seine Zigarette in dem Aschenbecher auf dem Tisch am Fenster aus. »Ich gehe mal rüber und genehmige mir einen.«

»Warum bringst du mir keine Flasche mit, wenn du wiederkommst?«

»Bourbon?«

»Bourbon mit einem Bourbon zum Nachspülen.«

Daniels nickte und eilte davon.

Henderson zündete sich eine Zigarette an, die köstlich duftete und eine entspannende Wirkung auf ihn hatte. Er blies den Rauch durch die Nase aus und liebkoste die Kanope. Zum ersten Mal dachte er über ihr Alter und ihre Schönheit nach, und nicht über ihren Wert. Eine leichte Brise drang durch das offene Fenster, begleitet von Flöten und Tamburinklängen, die von der Taverne herüberkamen. Henderson schloß die Augen und träumte von verschleierten Bauchtänzerinnen. Hauchdünne Vorhänge bewegten sich im Wind, wie die Arme einer biegsamen jungen Ägypterin, die ihm verführerisch zuwinkte. Die Nachtkühle ließ ihn frösteln und Henderson, der seine wertvolle Kanope nicht aus der Hand legte, stand auf, um das Fenster zu schließen. Sehnsüchtig starrte er aus dem Fenster auf die beleuchtete Taverne und lauschte der fremdländischen Musik mit ihrem unwiderstehlichen Rhythmus. Zu gerne wäre er da hinüber gegangen, um Daniels Gesellschaft zu leisten. Vielleicht gab es da ja auch ein Frauenzimmer zu sehen, das zu der exotischen Musik tanzte. Mit einem Blick auf die Schlafzimmertür fragte er sich, ob er Evelyn nicht doch für ein paar Minuten allein lassen konnte. Er brannte darauf, diesem Gefängnis zu entkommen …

Er wollte gerade die Fensterläden schließen, als ihn ein kühler Windstoß zurückweichen ließ und eine Sandwelle hereingeblasen wurde, die ihn zu Boden warf. Die Kanope fiel ihm aus der Hand und stürzte auf den Boden, wo sie unbeschädigt liegenblieb. Ein wirbelnder Derwisch aus Wüstenstaub verschlang ihn, hob ihn in die Höhe und zog ihn in seinen Trichter.

Während die Einrichtung von dem seltsamen Sandsturm, der in der Mitte des Zimmers tobte, nichts abbekam, wurde Henderson herumgewirbelt und drehte seine Todesspirale. Seine Schreie verstummten rasch, als das Leben aus ihm herausgesogen wurde. Dann zog sich der Sand von der Hülle zurück, die einst Henderson gewesen war, und nahm die

Gestalt Imhoteps an, der einen weiteren Schritt seiner Regenerierung vollzogen hatte. Er beugte sich über die vertrocknete Hülle des Amerikaners und hob die Kanope vom Boden auf. Ein Skarabäus kam aus einer Öffnung in seinem Brustkorb und huschte in ein Loch in Imhoteps Wange. Geradezu geistesabwesend kaute die Mumie den Käfer und verschluckte ihn. Dann hörte sie das Stöhnen einer Frau und richtete ihren Blick auf die verschlossene Schlafzimmertür.

Imhotep trat über die Hülle von Henderson hinweg und ging zur Tür. Vergeblich drehte und rüttelte er am Türgriff. Anschließend untersuchte er die Tür und schien zu überlegen, ob er sie eintreten sollte oder nicht. Vielleicht wollte er nicht übermäßig stören, denn er entschloß sich, auf weniger auffällige Art einzutreten.

Evelyn lag auf der Bettdecke und schlief friedlich. Sie trug kein Nachthemd, sondern ein schwarzes Trägerkleid mit einem herzförmigen und mit weißer Spitze besetzten Mieder. Es ließ sich bequem darin schlafen, und gleichzeitig war sie angezogen, falls sie plötzlich aufstehen mußte, je nachdem, was noch Schreckliches passieren würde. Die Angst davor verfolgte sie bis in ihre Träume. In ihrem unruhigen Schlaf stöhnte sie und schrie sogar.

Sie hatte nicht mitbekommen, was sich außerhalb ihres Schlafzimmers abgespielt hatte, etwas, das weitaus beunruhigender und seltsamer war, als die Bilder, die ihr ihr Unterbewußtsein vorgaukelte.

Durch das Schlüsselloch drang Sand in ihr Zimmer, der wie Wasser aus einem Hahn auf den Boden floß und einen immer größer werdenden Haufen bildete, bis die Größe einer kleinen Düne erreicht war. Dann begann der Sand sich zu formen, als ob ein unsichtbarer Bildhauer ihn zu einer Statue eines Gottes oder eines Mannes fügte. In diesem Fall beides und keines von beidem: *Der, der nicht genannt werden soll* – Imhotep.

In seinen dunklen wehenden Gewändern schwebte Imhotep fast auf die schöne schlafende Frau zu. Und wie der Prinz, der Schneewittchen weckt, beugte er sich über sie, flüsterte zärtlich »Anchsunamun« und küßte sie.

Er achtete nicht auf die Geräusche hinter sich: Das Rütteln am Türgriff, das Hämmern und das Krachen, als ein sterblicher Narr auf der anderen Seite versuchte, die Tür einzuschlagen.

Noch schenkte er den Auswirkungen seines Kusses Beachtung. Die Berührung mit Dornröschens Lippen ließ sein eigenes Fleisch verkümmern. Seine Lippen und die Haut um seinen Mund begannen, bis auf den bloßen Knochen zu verwesen. Mit dem scheußlichen Grinsen eines Totenkopfes, blickte er bewundernd auf die unruhig schlafende junge Frau hinunter.

Krachend barst die Tür auf und Holzsplitter flogen durch die Luft. O'Connell stürmte herein und blieb wie angewurzelt stehen, als er die entsetzliche Gestalt der Mumie sah, die an Evelyns Bett stand und sich über sie beugte.

Was der Kuß der Mumie nicht geschafft hatte, bewirkte nun mühelos O'Connells gewaltsames Aufbrechen der Tür: Evelyn schlug die Augen auf. Fassungslos starrte sie in das abstoßende Gesicht der Mumie, die sie zärtlich ansah und sie offenbar erneut küssen wollte. Evelyn öffnete leicht den Mund, als ob sie nichts dagegen einzuwenden hätte. Aber dann löste sich ein solch markerschütternder Schrei von ihren Lippen, daß selbst die Mumie zurückfuhr. Mit einem Ruck setzte Evelyn sich auf und schob sie zur Seite. Dabei kam ihre Hand mit dem alten bandagierten Fleisch in Berührung, versank in der breiigen Masse und verursachte sofortigen Fleischschwund.

»Bist du nicht etwas zu alt für sie, Kumpel, so zwei oder dreitausend Jahre?« O'Connell ging auf die Kreatur zu, ohne jedoch die Waffen aus seinem Patronengurt zu ziehen. »Nimm die Hände weg von meinem Mädchen!«

Wutentbrannt drehte sich Imhotep um und fauchte den Eindringling mit gefletschten Zähnen unter verwestem Fleisch zornig an.

O'Connell zuckte vor Ekel zusammen. »Wow! Wenn du das nächste Mal jemanden küßt, solltest du deine Lippen mitbringen.«

Die Mumie hob die Arme und taumelte auf O'Connell zu, der schrie: »Jonathan – jetzt!«

Im Türrahmen erschien Evelyns Bruder. Er hatte die weiße Katze auf dem Arm, die er O'Connell zuwarf. Dieser schleuderte sie in die Arme der Mumie, die sie instinktiv auffing. In unfreiwilliger Komik kreischten Katze und Mumie gleichzeitig auf. Imhotep ließ das Tier fallen. Deutlich geschwächt stolperte er auf das Fenster zu. Die Fensterläden flogen auf und ein Windstoß fuhr herein. Die Mumie begann sich zu drehen und sog sich wie ein Derwisch in einen Trichter aus Sand. Mit unglaublicher Stärke katapultierte sich die Mumie aus dem Fenster und schlug die Fensterläden hinter sich zu.

Nicht ein Sandkörnchen blieb auf dem Boden zurück.

Mit einem Revolver in der Hand kam Jonathan ins Zimmer, zitternd wie der älteste Insasse eines Pflegeheims. O'Connell stürzte zu Evelyn und nahm sie in die Arme. Sie wandte ihren Blick ab und rieb sich mit dem Handrücken den Schleim aus dem Gesicht. Ihr war schlecht vor Ekel.

Den Arm um ihre Schultern gelegt führte O'Connell Evelyn ins Wohnzimmer. Jonathan folgte ihnen. Im gleichen Augenblick kam Daniels mit einer Flasche Bourbon in der Hand zurück. Er ließ die Flasche fallen, die in tausend Glasscherben zerbrach. Der Inhalt ergoß sich über den Boden.

»Gütiger Himmel«, rief Daniels und starrte ungläubig auf die ausgedörrte Leiche seines Freundes Henderson. »Ich bin der nächste.«

O'Connell berührte den Mann an seinem gesunden Arm. »Keiner von uns ist der nächste, wenn wir diesen bandagierten Hurensohn töten. Und ich habe ihn gerade mit einem Kätzchen in die Flucht geschlagen.«

»Schade, daß Ihr berühmter Jutesack nicht voller Katzen ist«, bemerkte Jonathan trocken. »Alles, was wir haben, ist Munition.«

Nachdenklich betrachtete Evelyn Hendersons ausgetrocknete Leiche. »Ihr habt beide recht«, sagte sie zu O'Connell und ihrem Bruder. »Wir können den Kampf gegen dieses Ungeheuer aus der Antike nur mit Waffen aus der Antike gewinnen. Und ich glaube, ich weiß jetzt, was wir tun müssen.«

Kurz darauf rasten sie durch die Straßen von Kairo. Jonathan saß hinter dem Steuer des *Düsenberg* und hupte sich den Weg frei. Evelyn hatte sich wieder zwischen ihren Bruder und O'Connell gequetscht. Daniels, der einzige Überlebende der amerikanischen Gruppe, nahm den Rücksitz ein. Neben ihm lag O'Connells Waffenarsenal. In sein Gesicht stand die Angst geschrieben. Der einst so gleichmütige Abenteurer entfernte die Schlinge und testete seinen Arm. Offensichtlich war er der Meinung, daß zwei Arme doch ganz nützlich sein könnten.

Obwohl sie immer noch ziemlich mitgenommen war von ihrer Begegnung mit der liebestollen Mumie, gelang Evelyn ein kleines Lächeln. Neckend fragte sie O'Connell: »Dann bin ich also Ihr ›Mädchen‹, hmm?«

»Äh, ich wollte die Mißgeburt nur einschüchtern?«

»Sind Sie sicher, daß Sie nicht eifersüchtig waren?«

»Bitte? Gegen den Typen sieht Frankenstein doch aus wie Valentino! Wenn ich Sie küsse, werden Sie anschließend wohl kaum Knochen und Leinenbinden spucken.«

»Halten Sie die Klappe!« schrie Daniels von hinten. »Haltet die Klappe, ihr Idioten. Wir werden alle sterben, wenn wir nichts unternehmen.«

Evelyn wandte sich zu ihm um und sagte ruhig: »Das tun wir doch gerade. Genau in diesem Moment.«

Von weitem sahen sie das Museum von Kairo vor sich aufragen. Die Palmen am Eingang wiegten sich in der Abendbrise. Die brennenden Gasfackeln, die an den Sandsteinwänden hingen, flackerten in der Nacht. Überlebensgroße Statuen bewachten die Eingangstüren, vor denen Jonathan seine Passagiere aussteigen ließ.

Der Kurator erwartete sie bereits, da Evelyn ihr Kommen telefonisch angekündigt hatte. Der dickliche kleine Mann, der immer noch Besuch von Ardeth Bay hatte, geleitete Evelyn, O'Connell und Daniels durch den breit angelegten Eingangsbereich, in der beeindruckende Sarkophage, Barken und riesige Statuen ausgestellt waren. Ihre Schritten hallten durch das Atrium. Jonathan, der inzwischen das Auto geparkt hatte, holte sie ein. Während sie die breite Marmortreppe hinaufgingen, belehrte Evelyn zur Abwechslung mal den Kurator.

»Nach den alten Überlieferungen heißt es«, setzte sie an, »daß das *Totenbuch*, das in Hamunapatra entdeckt wurde, die Toten zum Leben erweckt.«

»Ja genau, das *Totenbuch*«, erwiderte Dr. Bey. »Meines Wissens nach haben Sie eine Beschwörungsformel daraus gelesen, die …«

»Ich weiß, das sind wir doch bereits gründlich durchgegangen, oder?« unterbrach ihn Evelyn. »Aber als Wissenschaftlerin war ich immer geneigt, diese Dinge von einem anthropologischen Standpunkt aus zu sehen. An irgendeine Form von Magie wollte ich nie glauben.«

Der winzige Schnurrbart des Kurators zuckte vor Lachen. »Dann haben Sie also Ihre Meinung geändert.«

»Das können Sie ruhig glauben, Kumpel«, warf O'Connell dazwischen. »Fragen Sie sie doch mal, wie dreitausend Jahre alter Atem schmeckt.«

Evelyn warf O'Connell einen verärgerten Blick zu und fuhr fort: »Ja also, ich glaube, wenn das *Totenbuch* die Toten zum Leben erwecken kann …«

»Ich hab's!« O'Connell schnippte mit den Fingern. »Das goldene Buch, nach dem wir suchen sollten!«

»Ganz richtig, Rick«, bestätigte sie angenehm überrascht. »Sie haben den Nagel auf den Kopf getroffen.«

»Na klar, wenn das schwarze Buch ihn ins Leben zurückholte, ist es nur logisch, daß das goldene Buch ihn wieder in die Hölle zurückschicken kann.«

»So ungefähr«, sagte sie. »Das ließe sich sicherlich mit den Überlieferungen vereinbaren.«

Ardeth Bay nickte nachdenklich und meinte: »Das könnte in der Tat den Schaden beheben, den Sie angerichtet haben, und *Den, der nicht genannt werden soll* in sein Grab zurückschicken.«

»Na endlich!« zischte Daniels wütend und drohte mit der Faust. Sie hatten den Gang erreicht und machten eine Pause.

»Eine Beschwörungsformel aus dem *Buch des Amun Ra*«, überlegte der Kurator. »Ja. Das könnte es sein! Aber dieses unbezahlbare Kunstwerk stand ganz oben auf der Liste derer, die seit der Zeit der Pharaonen das Tal der Könige geplündert haben, angefangen von den Grabräubern des Altertums bis zu solchen Leuten wie Ihrem Vater, Miss Carnahan.«

Sie zuckte die Achseln. »Vielleicht haben sie ja nicht genau gewußt, wo sie suchen sollten.«

O'Connell berührte ihren Arm. »Und Sie wissen, wo?«

»Möglicherweise. Es gibt eine Vitrine oben in der Galerie, in der wir vielleicht die Antwort finden.«

Sie stiegen hinauf zur Galerie und fanden die gesuchte Vitrine, in der Fragmente von Steinplatten mit Hieroglyphen ausgelegt waren. Der Kurator verwendete einen weitaus gewöhnlicheren Schlüssel als das Geheimkästchen und öffnete rasch die Vitrine. Dadurch, so schien es, löste er einen schaurigen Gesang aus.

»Was ist denn das für ein schreckliches Geräusch?« fragte Jonathan.

»Es kommt von draußen«, sagte O'Connell und zeigte mit dem Kopf auf das achteckige Fenster, das zum Parkplatz hin lag.

Der Gesang wurde lauter. Als sie endlich verstanden, was dort gerufen wurde, lief es ihnen kalt den Rücken herunter. *»Imhotep! Imhotep! Imhotep!«* erscholl es von unten.

Sie wandten sich zum Fenster und schauten auf die Menschenmenge hinunter, die aus den umliegenden Straßen zum Museum strömten. Es waren Männer und Frauen, Pöbel und Wohlhabende, selbst ein paar Touristen hatten sich unter diesen Mob aus Einheimischen gemischt, die wie Insekten zusammenliefen. Einige von ihnen trugen Fackeln.

»O Gott!« rief Daniels. »Was ist denn mit denen los? Sie sehen aus wie …«

»Zombies«, ergänzte O'Connell.

»Imhotep! Imhotep! Imhotep!«

»Was ist denn ein ›Zombie‹, alter Junge?« fragte Jonathan. Fassungslos starrte er auf den schrecklichen Anblick.

»Das sind lebendige Tote«, erklärte O'Connell.

Daniels zog seinen Revolver.

»Schauen Sie sich ihre Haut an«, warf der Kurator ein.

Viele von ihnen waren nah genug herangekommen. Mit weit aufgerissenen Augen und leerem Blick taumelten sie wie Schlafwandler. Ihre Haut war mit scheußlichen Wunden bedeckt.

»Die Pest!« rief Jonathan. »Eine weitere Plage!«

»Imhotep! Imhotep! Imhotep!«

»Und sie sehen nicht gerade glücklich darüber aus«, meinte O'Connell.

»Es hat angefangen«, flüsterte Ardeth Bay. »Das Ende beginnt.«

»Sie können gerne aufgeben, wenn Sie möchten«, wandte sich Evelyn an den Mumiakrieger und fügte sarkastisch hinzu: »Schließlich machen Sie das ja schon seit dreitausend Jahren. Vielleicht sollten Sie mal eine Pause einlegen. Uns steht noch ein Stück Arbeit bevor. Habe ich recht, Dr. Bey?«

»Imhotep! Imhotep! Imhotep!«

»Ja«, erwiderte der Kurator. »Sobald ich unten die Türen abgeschlossen habe ...«

Während der Kurator seine Worte in die Tat umsetzte, ging Evelyn die Steintafel-Bruchstücke durch. Sie warf die wertvollen Relikte wie leere Pappbecher beiseite, wenn sie ihr nicht die Information boten, die sie suchte.

»Imhotep! Imhotep! Imhotep!«

»Nach Meinung der Bembridge-Schule«, erklärte Evelyn, vollkommen konzentriert und scheinbar unberührt von der Menge Wahnsinniger draußen vor den Mauern, »wurde das goldene *Buch des Amun Ra* in der Statue des Anubis versteckt.«

»Aber da haben wir doch das andere Buch, dieses verdammte schwarze Buch gefunden«, mischte sich Daniels ein.

»Genau«, bestätigte Evelyn.

»Diese Bembrigde-Jungs haben sich schon einmal geirrt, als sie meine Schwester verschmähten«, meinte Jonathan. »Vielleicht haben sie sich auch in diesem Punkt vertan.«

»Imhotep! Imhotep! Imhotep!«

Daniels rannte aufgeregt mit dem Revolver in der Hand hin und her. »Ich will Sie nicht beleidigen, aber Ihre engli-

Von der strengen Wissenschaftlerin Evelyn Carnahan ist bald nichts mehr zu sehen.

Ein seltsamer Gast: »Prinz« Imhotep (*Arnold Vosloo*) am Beginn seiner Wiederbelebung.

Dafür müssen andere sterben.

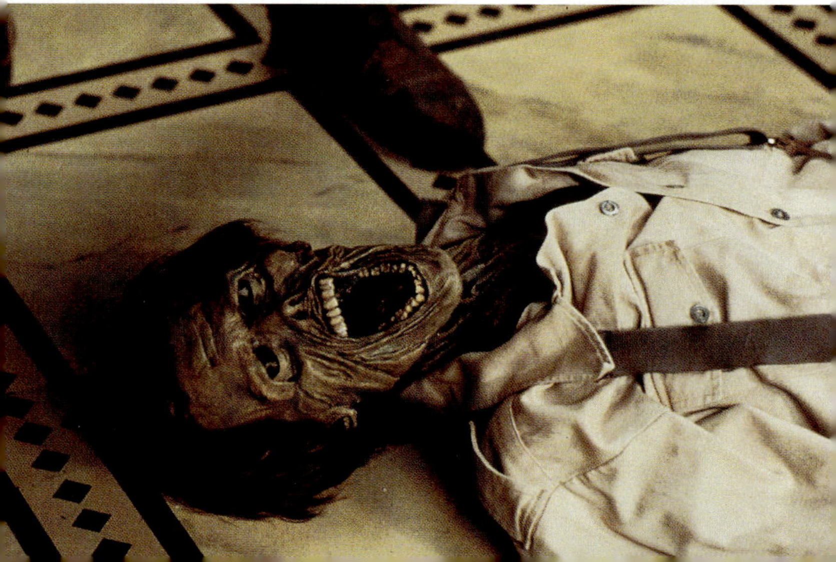

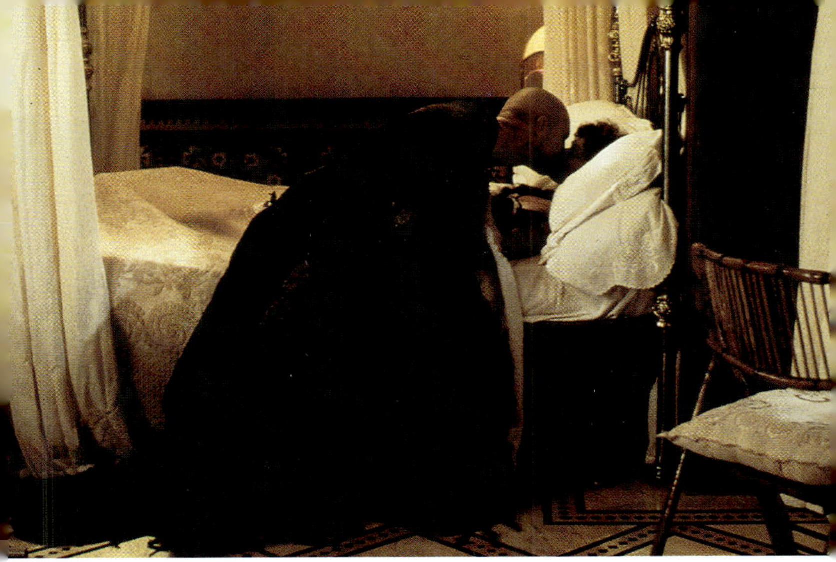

Der Kuß der Mumie.

Die letzte Plage: Imhoteps Pestarmee greift Rick und seine Begleiter an.

Bruchlandung in der Wüste.

Der Hohepriester zelebriert die Wiederbelebung seiner toten Geliebten.

Imhotep setzt an zum tödlichen Stich.

Tödlicher Kampf um einen Untoten.

Die Stadt der Toten versinkt im Wüstensand.

Rick und Evelyn glücklich vereint.

sche Zurückhaltung macht mich verdammt nervös. Können Sie nicht etwas schneller arbeiten?«

Rasch bewegten sich Evelyns Finger über eine große Steintafel. »Ich vermute, daß die Bembridge-Forscher die Bücher verwechselt haben und daher auch durcheinander gebracht haben, wo die Bücher versteckt worden sind. Wenn sich also das schwarze Buch in der Anubisstatue befindet, dann müßte das goldene Buch …«

»Imhotep! Imhotep! Imhotep!«

»Evy«, flehte Jonathan, »unser amerikanischer Freund, Mr. Daniels, hat da einen nützlichen Vorschlag gemacht. Mach schneller, Liebes, schneller!«

»Geduld ist eine Tugend«, erinnerte sie ihren Bruder.

»Atmen aber auch«, betonte O'Connell. Auch er hatte inzwischen einen Revolver in der Hand.

»Warum hole ich nicht etwas Zeit für uns raus«, schlug Jonathan vor, »und hole schon mal das Auto? Dr. Bey, gibt es einen Nebeneingang, den ich nehmen könnte?«

Der Kurator gab Jonathan schnell ein paar Anweisungen und zeigte ihm eine Hintertreppe. Jonathan wollte sich gerade auf den Weg machen, als ihn O'Connell zurückhielt. »Glauben Sie wirklich, daß Sie zwischen diesen Zombies hindurchkommen?«

»Imhotep! Imhotep! Imhotep!«

Die Menge warf sich gegen die Eingangstüren und die Wucht des Ansturms hallte durch die ganze Eingangshalle. Die kleine Gruppe konnte von der Galerie den Eingang einsehen und bemerkte beunruhigt, wie die schweren Holztüren bebten. Jonathan klopfte O'Connell auf die Schulter: »Mir bleibt nicht viel anderes übrig, Kumpel! Ich treffe euch am Seiteneingang!«

Damit eilte Evelyns Bruder davon.

»Imhotep! Imhotep! Imhotep!«

»Ich hab's!« rief Evelyn. »So viel zu den Bembridge-Forschern – das goldene *Buch des Amun Ra* liegt in der Statue des Horus!«

»Die Statue des Horus«, meinte der Kurator nachdenklich, »mußte 50 *Kadams* westlich von der Anubisstatue stehen.«

»Ach du lieber Himmel«, stöhnte O'Connell und verzog das Gesicht. »Sie wollen doch nicht etwa sagen, daß wir zurück in die Stadt der Toten müssen?«

»Nur, wenn Sie *Den, der nicht genannt werden soll* vernichten möchten«, schaltete sich Ardeth Bay ein.

Im diesem Moment gaben die Eingangstüren des Museums nach und stürzten mit einem ohrenbetäubenden Krachen zu Boden. Die erste Reihe des Mobs fiel gleich hinterher und wurde von den Nachdrängenden niedergetrampelt, die in völliger Trance waren. Die Masse ergoß sich in die untere Galerie und ihre verrückten Schreie nach Imhotep hallten durch das Atrium.

»Ein Ausflug nach Hamunapatra scheint mir jetzt genau das Richtige zu sein«, meinte O'Connell. »Los, gehen wir!«

Und sie liefen in die Richtung, in die Jonathan verschwunden war.

Viertes Kapitel

Imhoteps Triumph

Jonathan Carnahan hielt sich weder für tapfer noch für einen Feigling. Aber er rühmte sich seines Einfallsreichtums, der ihn immer einen Ausweg aus jeder noch so schlimmen Situation finden ließ.

Als Jonathan das Museum verließ und zum Parkplatz eilte, wo ihn sein Auto erwartete, sah er sich jedoch einer Situation ausgesetzt, in der er alle Register seines Könnens ziehen mußte. Eine Splittergruppe der verrückten, sabbernden Menschenmasse, die zum Museum schwärmte, stolperte mit weit aufgerissenen und glasigen Augen auf ihn zu. Ihre Haut war mit Eiterbeulen übersät, und sie kamen mit weit ausgestreckten Armen wie wahnsinnig gewordene Schlafwandler immer näher.

Ein weiteres Dutzend dieser Zombies rückte heran, lauthals im Sprechchor skandierend: *»Imhotep! Imhotep! Imhotep!«*

Jonathan blieb daraufhin abrupt stehen. Seine Augen quollen aus seinen Höhlen hervor. Er warf die Arme nach vorne, produzierte etwas Sabber und intonierte: *»Imhotep! Imhotep! Imhotep!«*

Die deformierten Sänger taumelten weiterhin zielstrebig auf den Eingang des Museums zu. Jonathan tat so, als ob er sich ihnen anschließen wollte, und torkelte neben ihnen her. *»Imhotep! Imhotep!«*

Kaum waren die Irren an ihm vorbeigezogen, wischte sich Jonathan den Speichel aus dem Gesicht. Die Angst saß ihm noch in den Knochen, aber er hatte insgeheim einen diebischen Spaß an seinem Einfall. Rasch lief er zu seinem *Düsenberg* hinüber, das einzige Auto auf dem ganzen Parkplatz. Erleichtert stellte er fest, daß es von der wild gewordenen Masse nicht überrannt worden war. Er startete, trat aufs Gas und wendete halsbrecherisch, wobei er einige Büsche in der Nähe des Seiteneingangs zum Museum mitnahm.

Mit laufendem Motor wartete Jonathan hinter seinem Steuer, und die Zeit kam ihm endlos vor. Er konnte hören, wie der Pöbel im Museum ein heilloses Chaos anrichtete und Kunstschätze in Abfall verwandelte. Die Fenster im zweiten Stock zerbrachen, als wertvolle Kunstgegenstände achtlos durch die Scheiben geworfen wurden. Jonathans Herz raste und mit feuchten Händen umklammerte er das Lenkrad. Er fragte sich, wie lange er es noch aushalten würde zu warten, wieviel Zeit er seiner Schwester und den anderen noch geben konnte … Ihm war nur zu deutlich bewußt, daß sie schon tot sein konnten.

»Imhotep! Imhotep!«

Aber Jonathan nahm all seinen Mut zusammen und wartete entschlossen. Endlich ging die Seitentür auf, und sie kamen heraus, O'Connell und seine Schwester Hand in Hand. Der Kurator und der Mumia waren mit Waffen und Krummsäbeln bewaffnet. Mit dem Revolver im Anschlag bildete Daniels das Schlußlicht. Sie sprangen in das Kabrio und quetschten sich irgendwie in die Sitze. Jonathan riß das Steuer herum und raste mit quietschenden Reifen auf die einzige Ausfahrt zu, die direkt am Eingang des Museums vorbeiführte.

Die quietschenden Reifen erregten die Aufmerksamkeit eines Menschen, der eine Ausnahme in der Masse des wahnsinnigen Pöbels bildete. Sein Verstand war nur durch Gier getrübt, nicht durch Imhoteps Fluch. Es war Beni.

Jonathan bemerkte, wie der kleine Schurke aus dem Portal des Museums kam. Beni hatte sie erkannt. Als er sah, wie sie im *Düsenberg* flohen, rief er laut nach Imhotep. Er stimmte nicht in den Sprechchor der anderen ein, sondern warnte seinen Herren.

Als das Kabrio aus der Einfahrt auf die Straße bog, schauten sie alle zurück und sahen mit Entsetzen, wie Imhotep an einem zerschlagenen Fenster im zweiten Stock des Museums erschien. Er streckte einen Arm aus, als könnte er sie aus dieser Entfernung noch aus dem Fahrzeug holen. O'Connell warf Beni einen bösen Blick zu, während er ihm mit dem

Finger drohte und brüllte: »Du kleiner Bastard kriegst noch dein Fett ab!«

Beni grinste nur gehässig und winkte ihnen zum Abschied. »Wir sehen uns bald, Rick! Schon sehr bald!«

Imhotep, der seine Regenerierung fast vollendet hatte und inzwischen weiches braunes Fleisch besaß, hängte sich den Kiefer aus, riß den Mund zu unvorstellbarer Größe auf und stieß einen dieser schrecklichen Schreie aus, die durch ganz Kairo drangen wie eine verrückt gewordene Sirene.

»Verdammt!« fluchte Daniels, der auf dem Rücksitz zwischen Ardeth Bay und dem Kurator saß und seine Kanope in einem Beutel über der Schulter trug. »Was macht dieser Hurensohn da?«

»Ich vermute, er gibt seiner Armee neue Befehle«, antwortete O'Connell und blickte zurück auf das kleiner werdende Museum, aus dem nun plötzlich die verstörten Anhänger der Mumie hinausströmten und offensichtlich die Verfolgung des *Düsenberg* aufnahmen.

Die Plage hatte sich in der ganzen Stadt ausgebreitet. Die Einwohner standen alle unter der Knechtschaft Imhoteps. Menschen verwandelten sich in Unmenschen. Eiterbeulen entzündeten ihren Körper und ihren Geist. Verzweifelt suchte Jonathan nach Straßen, die noch nicht von den brüllenden Irren bevölkert waren. Er hatte völlig die Orientierung verloren, und das, obwohl O'Connell ihn lotste und ihm die Richtung zum Fort wies. Seine Wegbeschreibung führte sie in eine schmale Straße entlang zum Basar, der völlig verlassen schien. Die Fahrgäste des *Düsenberg* wagten daraufhin ein zaghaftes Lächeln, erleichtert, weil sie scheinbar das Schlimmste hinter sich hatten.

Doch das Schlimmste stand ihnen erst noch bevor. Eine Schar Irrer schwärmte aus den Seitenstraßen auf die schmale Straße und versperrte ihnen den Weg. Jonathan trat auf die Bremse. Die menschliche Straßensperre drängte nach vorne und ging zum Angriff über.

»Im-ho-tep, Im-ho-tep, Im-ho-tep, Im-ho-tep!«

»Fahren Sie zurück, verdammt noch mal!« schrie Daniels. »Setzen Sie zurück!«

O'Connell warf einen Blick zurück auf die Horde, die sich ihnen von hinten näherte und Messer, Äxte, Spitzhacken und Knüppel schwang. Er umklammerte Jonathans Arm: »Nein! Fahren Sie die Bastarde über den Haufen!«

»Im-ho-tep! Im-ho-tep! Im-ho-tep!«

Jonathan zögerte. O'Connell langte mit dem Fuß herüber und betätigte das Gaspedal. Der *Düsenberg* machte einen Satz nach vorne und rammte die Menge. Die Irren wurden zur Seite geschleudert, und Blut spritzte auf die Motorhaube. Evelyn schnappte hörbar nach Luft und schrie entsetzt auf. Aber der mörderischen Masse machten ein paar Tote nichts aus, dazu waren sie zu viele. Die Leichen auf der Straße bremsten den Wagen. Einige klammerten sich daran fest und ein halbes Dutzend der Wahnsinnigen versuchte hinaufzuklettern, aber die Gruppe verteidigte sich. O'Connell und Daniels feuerten ihre Revolver leer und luden fieberhaft nach. Der Mumiakrieger und der Kurator kämpften mit ihren Krummsäbeln. Evelyn stieß die seelenlosen Angreifer einfach vom Wagen hinunter. Selbst Jonathan führte das Lenkrad nur mit einer Hand und schob mit der anderen die Verrückten, so gut es ging, aus dem Weg.

»Im-ho-tep! Im-ho-tep!«

Aber diese Aufgabe war nicht zu bewältigen. Jonathan fuhr schließlich einen Schlenker und prallte gegen eine Reihe von Verkaufsständen am Straßenrand. Körbe und Flaschen flogen durch die Luft, und das Auto bremste ab. Imhoteps Zombies krallten sich an den Fahrgästen fest. Zwei von ihnen packten sich Daniels und zogen ihn aus dem Wagen.

»Sie haben Daniels!« schrie O'Connell.

Ardeth Bay lehnte sich weit aus dem Wagen, um ihm zu Hilfe zu kommen.

Aber es war nichts mehr zu machen. Der *Düsenberg* war umringt und die Zurückbleibenden hatten ihren eigenen Alptraum, mit dem sie fertig werden mußten. Sie sahen nicht, was mit Daniels passierte.

Dem gelang es, sich von den Zombies freizumachen, die ihn aus dem Wagen gezerrt hatten. Er stolperte hinüber zum Gehweg und ballerte in die Menge, die ihn bedrängte.

Jede Kugel traf ihr Ziel und heilte Wahnsinn mit Tod. Aber auf jeden Toten folgte ein neuer Zombie. Bald war die Waffe leer …

Daniels stand mit dem Rücken zur Wand und die beulengesichtige Masse umringte ihn, kam aber nicht näher. Sie blieben stehen und starrten ihn an wie kreisende Geier, die darauf warteten, daß die Natur ihren Lauf nahm und sie mit Abendbrot versorgen würde …

Dann teilte sich die Masse wie das Rote Meer und die Mumie schritt hoheitsvoll durch sie hindurch. Dabei riefen sie *Den, der nicht genannt werden soll* bei seinem Namen: *»Im-ho-tep! Im-ho-tep!«*

Daniels, der sich in seinem Leben als Abenteurer immer etwas auf seine unbeirrbare Stärke und seinen unerschrockenen Mut eingebildet hatte, warf sich auf die Knie und flehte den hochgewachsenen Hohepriester unterwürfig um Gnade an. Er holte die Kanope aus seinem Beutel und bot sie Imhotep als Opfer dar. Dieser nahm das Opfer an. Er nickte und ein schwaches Lächeln, scheinbar der Dankbarkeit, zeigte sich auf seinem Gesicht.

Daniels grinste zu ihm hoch und erwiderte sein Kopfnicken. Ein Gefühl der Hoffnung durchflutete ihn. Er hatte Imhotep seine Ehrerbietung erwiesen. Bestimmt würde er jetzt verschont werden …

Währenddessen kämpften die anderen immer noch gegen das zahllose Heer aus Zombies, als sie einen Schrei hörten, der ihnen das Blut in den Adern gefrieren ließ. Der unsinnige Sprechgesang des eitrigen Bataillon setzte abrupt ab, und sie stellte ihre Angriffe ein. Jonathan nutzte die Gelegenheit und gab kräftig Gas. Er kollidierte mit weiteren Ständen. Dann schwenkte er um die Ecke in die mögliche Freiheit. Aber statt dessen krachte er direkt in einen Steinbrunnen und zerdellte dabei den Kotflügel des *Düsenberg*. Sie kamen nicht weiter.

O'Connell packte Evelyns Hand und schrie den anderen zu: »Los macht schon!« Sie sprangen aus dem Auto.

… aber es gab kein Entkommen. Imhoteps Zombiearmee

hatte sie umzingelt. Sabbernd und keuchend rührten sich die Gestalten nicht von der Stelle, obwohl sie von tödlichen Waffen bedroht wurden.

Dann teilte sich die Menge erneut und ließ Imhotep vortreten. Sein Diener Beni folgte ihm ergeben wie ein Hund. Evelyn klammerte sich an O'Connells Arm und rang nach Atem. »Er ... er sieht aus wie ein Gott!«

Imhotep stand wie neugeboren vor ihnen. Er war eine große, gutaussehende Erscheinung, dessen Haut, vom kahlgeschorenen Kopf bis zu den Zehen, bräunlich schimmerte. Von Leinenbinden war nichts mehr zu sehen, keine Anzeichen von verwestem Fleisch. In seinem schwarzen Gewand wirkte er geradezu majestätisch, und nicht ein fleischfressender Skarabäus krabbelte an ihm herum.

»Wir sind verloren«, sagte Ardeth Bay tonlos.

»Er ist komplett regeneriert«, flüsterte der Kurator feierlich.

»Jetzt muß er nur noch Anchsunamun von den Toten auferstehen lassen. Das ist der Beginn ihrer Herrschaft und das Ende der gesamten Menschheit.«

»Es sieht wohl nicht gerade rosig für uns an, wie?« bemerkte Jonathan.

Imhotep, der trotz seiner dreitausend Jahre jung und attraktiv aussah, ging zu Evelyn und blieb vor ihr stehen. Mit ungerührter Miene und undurchdringlichem Blick starrte er sie an.

»*Keetah mi pharos, aja nilo, isirian*«, befahl er mit tiefer Stimme.

Beni trat hinter seinem Herrn hervor, um die Worte für Evelyn zu übersetzen. »Er möchte, daß Sie mit ihm gehen.«

»Zu Ihrer Information, Sie mieser Wicht«, widersprach ihm Evelyn, »was er gerade gesagt hat, war folgendes: ›Komm mit mir, meine Prinzessin, es ist an der Zeit, daß du für immer die meine bist.‹«

Imhotep trat noch einen Schritt näher auf Evelyn zu, die O'Connells Hand fest umklammert hielt.

Aber die Mumie reichte ihr ihre Hand. »*Koontash dai na, aja nilo.*«

Wieder übersetzte Beni: »Geh mit ihm und er wird deine Freunde verschonen.«

Evelyn fuhr ihn an: »Glauben Sie wirklich, ich brauche Sie als Übersetzer, Sie schmieriger Zwerg?«

Der Pöbel setzte leise mit seinem Sprechgesang ein: *»Im-ho-tep ... Im-ho-tep ... Im-ho-tep ... Im-ho-tep!«*

Imhotep hatte sich ehrfurchtgebietend vor ihnen aufgebaut. Mit der Überheblichkeit von Jahrhunderten lächelte er auf seine in die Enge getriebenen Opfer hinab.

»Laß mich mit ihm gehen«, flüsterte Evelyn O'Connell zu. Sie zitterte und Tränen standen ihr in den Augen, aber ihr Kinn hatte sie entschlossen nach vorne geschoben. »Du weißt doch, wo er mich hinbringen wird. Wenn er dich jetzt tötet, kannst du mich später nicht mehr retten, stimmt's?«

»Liebes«, sagte er zärtlich. »Du hast mehr Mumm im Leib als Verstand.«

»Ja, ich weiß. Und dein Job ist, daß das auch weiterhin so bleibt.«

Imhotep trat plötzlich vor, packte Evelyn am Handgelenk und zog sie mit festem Griff in seine Arme. O'Connell machte einen Satz nach vorne, aber Ardeth Bay hielt ihn zurück. Leise warnte er ihn: »Bleiben Sie ruhig. Wir haben noch Zeit. Er muß sie nach Hamunapatra bringen, um das Ritual zu vollziehen.«

Lüstern grinste Imhotep Evelyn an und küßte sie auf die Wange. Dieses Mal bildete sich das Fleisch der Mumie nicht zurück. Völlig regeneriert war er nun immun gegen die Berührung sterblicher Menschen.

»Wenn du zuläßt, daß dieses Biest mich in eine Mumie verwandelt, Rick O'Connell«, erklärte Evelyn mit vorgeschobenem, aber bebendem Kinn, »bist du der erste, an dem ich mich rächen werde!«

Imhoteps Blick wanderte zu Jonathan, der neben O'Connell stand. Die Mumie schien etwas zu spüren. Seine Nasenflügel bebten, als ob er einen Geruch aufgenommen hätte. Mit erschreckender Schnelligkeit und Kraft riß Imhotep Jonathan die Jackentasche ab und zum Vorschein kam das goldene Kästchen, das die Mumie an sich riß und Beni gab.

»Sie hätten ruhig fragen können«, meinte Jonathan leicht pikiert.

Imhotep lächelte nur spöttisch. Dann legte er seinen Arm um Evelyns Taille und ging davon.

»Verdammt noch mal!« schrie O'Connell. »Das kann ich doch nicht so ...« Er versuchte ihnen zu folgen, aber der stählerne Griff von Ardeth Bay hielt ihn zurück.

»Nein«, sagte der Mumia. »Wir lassen ihm diesen kleinen Sieg und versagen ihm seinen letzten Triumph.«

O'Connell war fast so wahnsinnig wie die Menge um ihn herum, als er schrie: »Evelyn! Nein! Evelyn ...«

Beni verbeugte sich vor seinem völlig gebrochenen »Freund« und sagte: »Auf Wiedersehen, Rick. Ich würde ja gerne sagen, daß es nett war, dich kennengelernt zu haben, aber wie du ja weißt, lügt Beni nie.« Dann folgte Beni seinem Herren, der die widerstrebende Evelyn hinter sich herzog. Als sich die Reihen der Irren wieder schlossen, brüllte Imhotep einen Befehl in Altägyptisch – und die Geier rückten näher, um sie zu töten.

»Na, also ich muß schon sagen!« rief Jonathan und sah blinzelnd die näher kommenden Irren an. »Der Kerl hat uns tatsächlich angelogen.«

»Trau niemals einer Mumie«, meinte O'Connell, der schon wieder einen Schritt weiter war. Er bückte sich und öffnete einen Kanaldeckel. »Kommt schon!«

»Was ist mit meiner Schwester?« fragte Jonathan.

»Wenn wir das hier überleben«, erwiderte O'Connell, »dann können wir sie retten!«

Er schob Jonathan hinunter in den Regenwasserkanal. Mit ihren Krummsäbeln hielten Ardeth Bay und der Kurator die Menge in Schach. Als nächsten packte O'Connell den Mumiakrieger und schob ihn auf die Öffnung zu. »Gehen Sie da runter!« bat er ihn. »Ich brauche Sie!« Dann forderte er den Kurator auf ihm zu folgen, aber dieser schüttelte nur den Kopf.

»Einer von uns muß bleiben und kämpfen«, sagte er. »Dann werden sie weiterziehen. Es sind doch keine denkenden Wesen. Vertrauen Sie mir ... Sie müssen sehen, daß Sie einen Weg finden, um *Den, der nicht genannt werden soll* zu töten!«

Hinter O'Connell legte Dr. Bey den schweren Steindeckel wieder an seinen Platz. Dann versuchte er weiter tapfer den geistesgestörten Pöbel zu zerhacken, der ihn schon bald verschlungen hatte.

Unter ihm hielt O'Connell mit aller Kraft den Deckel fest, während die drei Männer in metertiefem Regenwasser standen. Aber keiner versuchte den Deckel zu öffnen. Der Kurator hatte offensichtlich recht gehabt. Das waren keine denkenden Menschen mehr, vielmehr Tiere, die durch Magie und Schmerzen in den Wahnsinn getrieben worden waren. Bald waren keine Schritte und kein Sprechgesang mehr zu hören.

O'Connell, Jonathan und der Mumia warteten noch einige Minuten ab, bevor sie vorsichtig und leise wieder auf die nunmehr leere Straße zurückkehrten. Vereinzelt lagen da die Leichen der Zombies, die sich gegenseitig getötet hatten, und natürlich die zerfetzte und zertrampelte Leiche des Kurators, der sein Leben für sie gegeben hatte.

Die Durchgangsstraße des Basarviertels wirkte in seiner Stille gespenstisch, als das Trio auf den ramponierten *Düsenberg* zustolperte. Jonathan setzte sich hinter das Steuer und startete.

Die drei Überlebenden fuhren davon. Sie waren angeschlagen und erschüttert, aber einig in ihrer Entscheidung, der Mumie ihren letzten Triumph zu verwehren.

Fünftes Kapitel

Der Wüstensturm

Das Hauptquartier der Royal Air Force, fünf Meilen hinter Fort Stack, hatte schon bessere Tage gesehen. Es war nicht mehr als eine baufällige Geisterstadt aus ramponierten Nissenhütten. Ein einziger schäbiger Doppeldecker, ein Veteran aus dem Weltkrieg, stand wie ein vernachlässigtes Museumsstück auf der Landebahn, die mit Schlaglöchern übersät war und eher an eine Bahn für Hindernisrennen erinnerte. Es gab nicht einmal einen Tower, von dem aus Starts und Landungen überblickt werden konnten. Dazu hätte man auf die umliegenden Dünen der Sahara klettern müssen.

O'Connell, der mit Jonathan und Ardeth Bay in dem qualmenden, verbeulten *Düsenberg* gekommen war, fühlte sich durch diesen Anblick nicht gerade ermutigt. Außerdem war er alles andere als begeistert davon, daß sie ein gewisser Winston Havlock fliegen würde, ein lebensmüder Säufer mit einem mächtigen Schnurrbart.

Hier waren sie nun alle versammelt. Die Morgendämmerung malte die Wüste in goldene Farbe, und sie baten Havlock, der in verstaubter Fliegeruniform und Kappe vor ihnen stand, sie nach Hamunapatra zu bringen.

Nachdenklich runzelte Havlock die Stirn. »Was hat die königliche Luftwaffe damit zu tun?«

»Die Kreatur, die wir jagen, hat gestern zwei Männer in Fort Stack getötet«, erwiderte O'Connell.

Erstaunt zog Havlock eine Augenbraue über dem blutunterlaufenen Auge hoch. »Kreatur? Eine interessante Bezeichnung.«

»Winston«, erklärte Jonathan, »wir haben merkwürdige Vorfälle gesehen, die wir dir nur ungern erzählen möchten. Du könntest sonst glauben, wir wären betrunken gewesen.«

»Ich wäre eher enttäuscht, wenn ihr es nicht gewesen

wärt.« Winston legte eine Hand auf Jonathans Schulter. »Er hat deine Schwester verschwinden lassen, sagst du? Gegen ihren Willen?«

»Ja«, entgegnete Jonathan.

»Stimmt, Mann, das ist glatte Entführung.«

O'Connell schloß die Augen. Wie war es nur dazu gekommen, daß sich sein Schicksal jetzt in den Händen eines schnapsgetränkten alten britischen Fliegers befand?

»Sagt mir mal«, setzte Winston an, und seine Augen verengten sich zu Schlitzen, »haltet ihr diese Mission ... für gefährlich?«

»Wir können uns glücklich schätzen, wenn wir da lebend rauskommen«, gab O'Connell zu.

»Wirklich?« strahlte ihn Havlock an. »Jetzt bin ich an der Sache interessiert.«

»Vier unserer Männer sind bereits tot«, fügte Jonathan hinzu.

Havlock grinste so breit, daß die Enden seines mächtigen Schnurrbarts gen Himmel zeigten. »Diese Herausforderung könnte mich schon reizen. Die junge Frau in Not retten und den bösen Schurken zur Strecke bringen ...«

»Und die Reichtümer mitnehmen«, fügte Jonathan hinzu. »Das sollten wir nicht vergessen.«

Havlock nahm Haltung an und salutierte ihnen zackig. »Captain Winston Havlock, zu Ihren Diensten, meine Herren!«

O'Connell seufzte, halb erleichtert, halb verzweifelt.

Havlock setzte sich in Richtung auf sein Flugzeug, das auf dem Rollfeld stand, in Marsch. »Wer von euch hat vor, mit mir zu fliegen?«

»Na, wir alle«, antwortete O'Connell und fiel in den forschen Schritt mit ein, den der Pilot vorlegte.

Havlock schüttelte den Kopf. »Nein«, sagte er schroff. »Ich kann nur einen mitnehmen.«

Jonathan, der Mühe hatte, mit Havlock Schritt zu halten, meinte: »Das geht nicht, Winston. Wir werden alle drei gebraucht, neben dir natürlich.«

Abrupt blieb Havlock stehen. »Jonathan«, sagte er und

wies auf die nächstgelegene Nissenhütte. »Ich habe eine Aufgabe für dich. An der Wand über der Werkbank hängen aufgerollte Seile.«

»Seile?« fragte Jonathan stirnrunzelnd. »Wofür sollen die denn gut sein?«

»Passagiere, Junge«, erklärte Havlock, »Passagiere.«

Bald war der Doppeldecker schon hoch über der Wüste. Der tollkühne Steilflug amüsierte ohne Zweifel den Piloten, zwei seiner Passagiere dagegen ganz und gar nicht. O'Connell, der mit dem Rücken zu Havlock auf dem Bordschützensitz saß, machte es nichts aus – im Gegenteil zu Jonathan und Ardeth Bay, die mit ausgebreiteten Armen auf jeweils einem der Flügel festgebunden waren und diesen Flugwinkel eher beunruhigend fanden. Der scheinbar furchtlose Ardeth Bay war endlich auf etwas gestoßen, das ihn zu Tode ängstigte. Ein Gefühl, das er mit Jonathan teilte, der Angst durchaus kannte, aber nicht so panische.

»Alles klar?« fragte ihn O'Connell.

Jonathan, dessen Magen rebellierte, schaute O'Connell erbost an, während der Wind an ihm zerrte, und schrie gegen den Motorenlärm an: »Sehe ich verflucht noch mal so aus, als ob es mir gut geht?«

O'Connell warf einen Blick zu Ardeth Bay hinüber, der ein Gebet in seiner Muttersprache murmelte.

Aus dem Cockpit hörte er Havlock munteren Zuruf: »O'Connell! Schauen Sie mal nach links, alter Junge!«

Havlock zog die Maschine zur Seite, damit er einen besseren Blick auf einen ungewöhnlichen Anblick unter sich auf dem Wüstenboden hatte. Ein Sandsturm glitt dort unten entlang, der sich scheinbar auf einem festgelegten Kurs befand.

»Ein Sandteufel!« erklärte Havlock.

Der Wind, der die Sandhose vorantrieb, schüttelte die Maschine. Jonathan begann lautstark zu fluchen, und Ardeth Bays Gebete waren trotz des Motorenlärms gut zu hören.

»Ist das so ungewöhnlich?« schrie O'Connell dem Piloten zu.

»Ich habe einen solchen Sandsturm noch nie gesehen! Noch nie einen so großen!«

O'Connell gefiel das gar nicht. Der Anblick dieses Naturereignisses erinnerte ihn an Imhoteps seltsame Abgänge in Gestalt von Sand. War das die Mumie da unten, die als übernatürlicher Sandsturm reiste?

Dann löste sich der wirbelnde Trichter auf, und O'Connell sah nur noch eine dichte Sandwolke.

»Fliegen Sie näher ran, Havlock!« rief O'Connell. »Ich möchte mehr sehen können.«

»Wird gemacht!«

O'Connell konnte von der Höhe aus jedoch nicht erkennen, daß der Sand langsam abbremste und anhielt, wie ein Karussell, das sich dem Ende seiner Fahrt nähert. Zwei Reisende wurden herausgeschleudert und landeten unsanft auf einem Sandkissen.

Evelyn und Beni rappelten sich langsam auf und schüttelten den Sand aus den Haaren.

»Was … was ist passiert?« fragte Evelyn erschöpft und klopfte sich Staub von ihrem schwarzen Kleid.

Beni holte den Sand aus einem Ohr. »Ich kann mich nicht mehr erinnern … Sand ist um uns herumgewirbelt …«

Evelyn zeigte auf etwas. »Meinen Sie etwa so?«

Im gleichen Augenblick schienen sich die wirbelnden Partikel am Fuß der Düne zu kondensieren und formten eine Statue aus Sand … eine Statue von Imhotep.

Beni umschloß die zahlreichen religiösen Anhänger an seiner Halskette mit festem Griff, und betete in mehreren Sprachen. Fasziniert beobachtete Evelyn, wie sich der Sand zu verwandeln schien. Hautfarbe und Gestalt veränderten sich, bis schließlich *Der, der nicht genannt werden soll* vor ihnen stand: Ein dunkler, gutaussehender Mann mit glänzendem kahlem Kopf und funkelnden Augen, hoheitsvoll in seinem schwarzen Gewand, das viel von seiner haarlosen muskulösen Brust freiließ.

»O mein Gott«, rief Evelyn. Aber dieser Ausruf bezog sich nicht auf den zugegebenermaßen beeindruckenden Anblick von Imhotep, der die Düne zu ihnen emporstieg, sondern sie hatte gerade die Umrisse eines markanten Wahrzeichens in der Wüste erkannt: Es war der Vulkan, der den Eingang zum Tal der Stadt der Toten markierte.

Sie schaute Beni an. »Wir sind wieder hier.«

Beni zuckte die Achseln. »Der Boß hat Pläne für Sie, Lady.«

In diesem Moment stieß der Doppeldecker nieder, um sich die Lage genauer anzusehen. Das Dröhnen der Motoren war weithin hörbar.

Evelyn schaute nach oben und strahlte die ramponierte Maschine an. Sie wußte, es war Rick. Es *mußte* Rick sein! Beni wußte es auch, aber er grinste nur höhnisch und schüttelte den Kopf. »Weiß der Typ denn nicht, wann er genug hat?«

Aber Imhotep nahm dies weit übler auf als sein Untergebener. Er fauchte den Himmel an, und sein ebenmäßiges Gesicht verzog sich zu einer grotesken Maske. Er hängte seinen Kiefer aus, und riß seinen Mund zu unvorstellbarer Größe auf. Ein gräßlicher Schrei löste sich von seinen Lippen, ein Kampfschrei, der den Sand zum Angriff aufrief. Eine Lage Sand erhob sich von der Wüste, Millionen Partikel flogen hinauf in die Bahn des Doppeldeckers. Evelyn rannte zu Imhotep hinüber, der wie ein geisteskrankes, selbstzufriedenes Genie dastand. Die Hände in den Hüften grinste er zu seinem teuflischen Werk hinauf.

»Nicht! Du tötest sie!« rief sie. »Aufhören!«

Die Mumie würdigte sie noch nicht einmal eines Blickes. Dann sagte Evelyn ihr etwas in ihrer eigenen Sprache. Jetzt wandte sich ihr Imhotep zu. Sie stand nur wenige Meter von ihm entfernt. Ihr Kinn hatte sie vorgeschoben, und der Wind zerrte an ihrem Kleid und ihren Haaren.

»Das ist der Zweck der Übung«, erklärte ihr Imhotep.

Im Doppeldecker bangte O'Connell um sein Leben. Er hatte staunend mitangesehen, wie die Wüste auf phantastische Weise zum Leben erwachte und auf sie zukam. Havlock hatte die Motoren gedrosselt und setzte zum Sturzflug an. Er brüllte: »Haltet euch fest, Männer!«

Jonathans Antwort war nicht zu verstehen. Er schrie unentwegt und setzte nur kurz zum Luft holen aus. Ardeth Bay schrie ebenfalls, aber er schien dabei Worte zu bilden, die entweder weitere Gebete oder arabische Flüche waren.

Der Doppeldecker stürzte scheinbar direkt in den tödlichen Trichter des Hamunapatra-Vulkans. In letzter Minute riß Havlock jedoch die Maschine hoch und flog in scharfem Steilflug über den Kraterrand hinweg in das dahinter gelegene Tal, während der Sand den riesigen Vulkan unter sich begrub.

»Havlock!« schrie O'Connell. »Sie sind ja ein Teufelskerl von einem Piloten! Sie haben soeben einen Sandsturm ausgetrickst!«

»Das war das erste Mal für mich, Junge!« schrie Havlock vergnügt zurück.

Aber die Sandmauer erhob sich erneut, nahm nach ihrem Absturz in den Vulkan wieder Gestalt an und jagte hinter ihnen her. Es war unglaublich, aber der Sand schien sich in ein Gesicht verwandelt zu haben. Ein riesiges Gesicht starrte ihnen aus den Sandwolken entgegen – das Gesicht von Imhotep!

O'Connell, der schließlich auf dem Platz des Bordschützen saß, packte das Lewis-Maschinengewehr und schoß auf das drohende Gesicht. Ohne Schaden anzurichten, durchschlugen die Kugeln den breiten, lachenden Mund, der das Flugzeug einkreiste, als ob er es verschlucken wollte. Ein kleiner Imbiß für die riesige Öffnung.

»Halt!« schrie Evelyn, als sie sah, wie das Flugzeug in einer Sandwolke verschwand. Sie wiederholte den Befehl auf Altägyptisch. Aber Imhotep schien sie nicht zu hören. Seine Augen waren fast geschlossen. Mit finsterem Blick starrte er in den mit Sandwolken verdunkelten Himmel. Er hob die Arme und bewegte die Hände, als seien die Sandkörner sein Orchester und er ihr Dirigent.

Inmitten des Sturms trudelte der Doppeldecker in einer Todesspirale der Erde entgegen. Die saugende Wirkung der gewaltigen Windhose riß ihn nach unten. Das Dröhnen der Motoren wurde durch den heulenden Wind übertönt. Nur die Entsetzensschreie der Männer, die auf die Flügel des Doppeldeckers gebunden waren, konnte man hören. O'Connell, der sich für den Aufprall rüstete, glaubte seinen Ohren nicht zu trauen: Havlock lachte! »Ich komme, Jungs!« schrie er in irrem Wahn. »Haltet an der Bar einen Platz für Winston Havlock frei!«

Vielleicht, so ging es O'Connell durch den Kopf, während er versuchte, an den Seiten des Flugzeugs Halt zu finden, vielleicht war es doch keine so geniale Idee gewesen, mit einem selbstmordgefährdeten Piloten zu fliegen …

Unten in der Wüste lief Evelyn verzweifelt auf und ab und beobachtete die Sandwand am Himmel, in der ihre Freunde gefangen waren und in das unendliche Sandmeer unter ihnen gezogen wurden. Ein Gefühl der Hilflosigkeit übermannte sie. Sie wirbelte zu Imhotep herum, um ihn zu beschimpfen – und erstarrte. Wie er so in sich versunken dastand, kam ihr die rettende Idee.

Sie ging auf den gutaussehenden Mann zu, packte ihn bei den Armen und zog ihn zu sich hin. Sie leckte sich die Lippen, senkte die Lider und sagte in seiner Sprache zu ihm: »Seit Tausenden von Jahren warte ich auf dich, mein Liebster. Was hat dich so lange aufgehalten?«

Dann küßte sie ihn mitten auf den Mund.

Überrascht wich Imhotep zurück, aber als er in Evelyns Gesicht schaute und ihren hingebungsvollen Blick sah, verwandelte sich seine Überraschung in Lust, und er erwiderte leidenschaftlich ihren Kuß.

Dadurch fiel ihm nicht auf, wie die Sandwand wie trockener Regen vom Himmel stürzte. Der Doppeldecker, der immer noch trudelte, tauchte in einen klaren Himmel und fiel schließlich auf eine Sanddüne im Tal von Hamunapatra.

Sand wurde aufgewirbelt, diesmal jedoch nicht durch Imhotep, sondern durch das Flugzeug, das eine Bruchlandung gemacht hatte. Der Lärm riß Imhotep jedoch aus seinen lüsternen Träumen. Ihm wurde bewußt, daß ihn das Frauenzimmer aus dem zwanzigsten Jahrhundert ausgetrickst hatte. Sie grinste ihn höhnisch an und befreite sich aus seiner Umarmung. Verächtlich spuckte sie in den Sand, um die Erinnerung an seinen Kuß loszuwerden.

Imhotep brüllte vor Wut auf und verpaßte ihr eine Ohrfeige. Evelyn stürzte zu Boden. Sie setzte sich sogleich wieder auf und grinste ihn weiter höhnisch an, während sie sich das Blut aus den Mundwinkeln wischte.

Obwohl die Landung durch den Sand verlangsamt und

gedämpft worden war, hatte sich der Flieger gedreht und lag nun wie ein Käfer auf dem Rücken auf einer Sanddüne. O'Connell fiel von seinem Sitz, griff in seinen Jutesack und lehnte sich gegen das umgestürzte Flugzeug.

»Wäre es wohl zuviel verlangt«, fragte ihn eine Stimme höflich, »wenn ich Sie um Hilfe bitten würde, aber natürlich nur, wenn es Ihnen nicht zu viele verdammte Umstände macht!«

O'Connell sah zu Jonathan hinunter, der ihn mit großen Augen unter dem Flügel hervor anblickte, an den er immer noch gebunden war.

»Einen Augenblick, Jonathan ...«

»Einen Augenblick?«

»Ich muß erst nach Havlock sehen. Das Flugzeug liegt gefährlich geneigt. Ich habe das Gefühl, es könnte die Düne hinunterrutschen, mit der Spitze unter dem Sand, und ich muß ihn vorher aus dem Cockpit holen!«

Aber O'Connell fand Havlock zusammengesunken über seinem Steuerknüppel mit einem dümmlichen Lächeln unter seinem riesigen Schnurrbart. Offensichtlich hatte er sich beim Aufprall das Genick gebrochen.

Das Flugzeug rutschte bereits ab. Ein natürliches Phänomen, nicht durch Imhotep ausgelöst, aber dennoch gefährlich. Rasch band O'Connell Jonathan los. Ardeth Bay war es gelungen, an seinen Krummsäbel zu kommen und sich selbst zu befreien. Der Krieger riskierte es noch, das Lewis-Maschinengewehr zu lösen. Er warf sich den Patronengürtel über die Schulter und zog mit seiner Beute davon. Während O'Connell Jonathan stützte, dessen Schädel immer noch brummte, folgte er Ardeth Bay auf eine Felsnase zu. Der Sand unter ihren Füßen bewegte sich und gab nach. Der Doppeldecker rutschte und glitt mit der Nase voran die Düne hinunter.

Sie schafften es bis zu den Felsen. Nachdem sie festen Boden unter den Füßen hatten, wagten sie es, eine Pause einzulegen. Von diesem günstigen Aussichtspunkt konnten sie das Flugzeug die Düne hinuntergleiten und in einem Sandstrudel verschwinden sehen. Der Veteran der Lüfte und sein tapferer Pilot fanden hier ein unbekanntes Grab.

O'Connell seufzte tief und warf Havlock einen letzten Gruß zu. Dann wies er mit dem Kopf auf die Ruinen, die vor ihnen lagen.

Die Stadt der Toten hatte bereits Winston Havlock gefordert. Während sie auf Hamunapatra zustolperten, wußten sie alle nur zu gut, wer ihre nächsten drei Dauergäste sein konnten.

Sechstes Kapitel

Zu viele Mumien

Unter der glühenden Morgensonne lagen die Ruinen von Hamunapatra verstreut da wie die umgeworfenen Klötzchen eines Kindes. Am Rande der Stadt der Toten trafen O'Connell und seine beiden Begleiter auf das einsame Begrüßungskomitee aus zurückgelassenen und herumstreunenden Kamelen, die noch immer auf die Rückkehr ihrer toten Reiter warteten und die Neuankömmlinge hoffnungsvoll beäugten.

Keine Spur von der gefangenen Evelyn, dem Monster Imhotep oder seinem Speichellecker Beni. Instinktiv ahnte O'Connell, daß die Mumie sie hier geschlagen hatte. *Der, der nicht genannt werden soll* war bereits in der unterirdischen Stadt und traf die notwendigen Vorkehrungen, um seine Geliebte von den Toten auferstehen zu lassen, indem er das Leben eines unschuldigen Mädchens dafür opferte.

Es kam ihnen so vor, als hätten sie diesen Ort erst vor Stunden verlassen, nicht vor Tagen. Die Seile baumelten immer noch in der Felsspalte neben dem offenen Schrein der halb unter Sand begrabenen Anubisstatue. Aus seinem Jutesack holte O'Connell ein paar Fackeln hervor. Eine behielt er für sich, die anderen verteilte er an Jonathan und Ardeth Bay, der das schwere Lewis-Maschinengewehr trug.

Bevor sie jedoch in die Dunkelheit hinabstiegen, ging O'Connell die Ruinen mit einem Kompaß ab. Er folgte den Anweisungen, die ihnen der verstorbene Kurator gegeben hatte: »Die Statue des Horus müßte fünfzig Kadams westlich von der Anubisstatue stehen.« Am Fuße der Horusstatue sollte es ein Geheimfach mit dem goldenen *Buch des Amun Ra* geben, das Imhotep bannen und Evelyn retten konnte. »Okay«, sagte O'Connell. Er stand auf einer kleinen Sanddüne, unter der sich vermutlich die gesuchte Statue befand. »Jetzt wissen wir, in welche Richtung wir uns halten müssen.«

Sie ließen sich in die Vorbereitungskammer, in die »Mumienfabrik« hinunter, wie Jonathan sie genannt hatte. O'Connell übernahm die Führung, und mit dem Kompaß in der Hand begannen sie ihre Untergrundtour durch die Tunnel, Höhlen und Kammern in Richtung der Horusstatue.

»Können Sie die Hieroglyphen in diesem goldenen Buch lesen«, fragte O'Connell Jonathan, während sie durch einen schmalen Gang krochen, »wenn wir es finden sollten? Ihre Schwester wird wohl kaum dazu in der Lage sein.«

»Ich hatte ein paar Stunden«, sagte Jonathan steif.

»Beantworten Sie meine Frage.«

»Ich kann sie bestimmt ... äh ... möglicherweise lesen.«

»Sie können ägyptische Hieroglyphen lesen?«

»Ja ... zumindest reicht es, um ein Menü zu bestellen.«

O'Connell zuckte zusammen. Das Schicksal der Frau, die er liebte, lag in den Händen eines unfähigen Dummkopfs, der zufällig ihr Bruder war. Verglichen damit sehnte er sich direkt nach einem Flug mit Winston Havlock zurück. Vielleicht würden sie ohnehin schon bald Winston wiedertreffen ...

Kurz darauf stiegen sie eine enge gewundene Treppe hinunter, die direkt in den Felsen gehauen war und in die undurchdringlichen Tiefen der unterirdischen Stadt führte. Die Treppe erschien endlos, als ob sie direkt in die Hölle führte. Aber schließlich waren sie am Ende angekommen und liefen über sandigen Boden. O'Connell folgte genau seinem Kompaß.

Nach einer Weile fragte er: »Diese Statue – wie zum Teufel sieht denn dieser Horus aus? Löwenkopf, Widderkopf, Hundekopf?«

»Falkenköpfig«, erwiderte Jonathan. »Ein süßer kleiner Kamerad mit einem großen Schnabel.«

O'Connell war beruhigt, daß Jonathan überhaupt irgendwelche ägyptologischen Kenntnisse besaß, und stieß weiter in die Dunkelheit vor. Seine Fackel stellte bald unter Beweis, daß er seine kleine Gruppe in eine Sackgasse geführt hatte. Der Gang war eingestürzt.

»Wir müssen hier durch«, stellte O'Connell fest und leuchtete mit der Fackel die Felsbrocken ab, die ihnen den

Weg versperrten. Vorsichtig sah er sich um und meinte anschließend: »Ich glaube, da kommen wir durch. Wir müssen nur das, was hier herumliegt, beiseite räumen.«

Da sie sich gegenseitig im Weg standen, konnten nur zwei gleichzeitig arbeiten. In einer seiner Pausen bemerkte Jonathan eine Anordnung von Juwelen, die in die nahe gelegene Wand eingebettet waren. Glitzernde Juwelen, angeordnet in der Form eines Skarabäus. Bei näherem Hinsehen fiel Jonathan auf, daß die Juwelen genau wie diese schrecklichen Käfer aussahen, deren Überreste in Imhoteps Sarg entdeckt worden waren.

Wie auch dem dahingeschiedenen Gad Hassan war Jonathan nicht bewußt, daß diese Steine relativ wertlos waren. Ihr Glitzern lockte ihn wie der Juwel im Nabel einer Bauchtänzerin. Mit Daumen und Mittelfinger rührte Jonathan an jedem Stein, bis er auf einen stieß, der locker saß. Er rüttelte daran und versuchte das skarabäusförmige Juwel zu lösen. Der Stein fiel heraus. Interessiert untersuchte Jonathan ihn auf seiner Handfläche und war erstaunt, als das Ding zu glühen und blinken begann. War etwas darin verborgen? Etwas, das … krabbelte?

»Na, also wirklich, Jungs«, sagte Jonathan. »Macht mal eine Pause und seht euch das an. Wirklich bemerkenswert …« Und dann zeigte ihm der Skarabäusstein wie bemerkenswert er war. Er brach von selbst auf, wie eine Nuß, die aus ihrer Schale bricht. Und plötzlich krabbelte ein echter Käfer aus seinem Quartzkokon. Verzweifelt versuchte Jonathan das Ding von seiner Hand zu schütteln. Die Hülle des Käfers fiel auch herunter, aber nicht der heimtückische Käfer, der sich in sein Fleisch grub!

»Gütiger Himmel, helft mir!« schrie Jonathan und führte einen Schmerzenstanz auf.

O'Connell drehte sich ruckartig um und erkannte die Ursache für die wahnsinnige Tarantella auf der Stelle. Mit diesen Schritten hatte sich der Direktor zu Tode getanzt. Jonathan hatte seine Khakijacke von sich geworfen und kratzte an seinem Arm, eine neue Variation des Tanzes.

»Pack ihn!« befahl O'Connell dem Mumiakrieger. Ardeth

Bay bekam Jonathan von hinten um die Taille zu fassen. Instinktiv riß O'Connell Jonathan den Ärmel vom Hemd. Etwas grub sich unter der Haut den Arm des armen Kerls hinauf.

»Ein Skarabäus!« schrie Jonathan. »Ein Käfer!«

Wenn er nicht ohnehin schon wahnsinnig vor Schmerzen gewesen wäre, wäre Jonathan spätestens jetzt in Ohnmacht gefallen, als O'Connell sein Messer aus dem Gürtel zog. Die Klinge zog an Jonathans hervorquellenden Augen vorbei. Jonathans Schreie hallten durch die Höhle, als O'Connell den Käfer mit seinem Messer aufhielt. Er schnitt dem Käfer den Weg ab, grub mit der Spitze nach dem Tier und mit einem Schwall britischen Bluts schleuderte er ihn auf den sandigen Boden.

Der schwarze Käfer schien immer noch hungrig zu sein und krabbelte zurück zu Jonathan. Er war gerade im Begriff, seinen Schuh hochzuklettern, als O'Connell einen Revolver zog und den Bastard zu Brei schoß.

Da O'Connells Kugel so nah neben seinem Fuß einschlug, kreischte Jonathan, der inzwischen nur noch wimmerte, laut auf. Er rutschte die Wand hinunter und blieb stöhnend dort sitzen. Ardeth Bay verwendete seinen abgerissenen Ärmel als Bandage.

»Die Wunde ist nicht so schlimm«, sagte O'Connell und schaute sie sich an, bevor der Mumiakrieger sie verband. »Nur ein Kratzer.«

Jonathans Unterlippe zitterte. Wie ein verletztes, ängstliches Kind saß er da. »Es fühlt sich aber überhaupt nicht wie ein Kratzer an!«

»Von jetzt an, fassen Sie hier nichts mehr an!« warnte ihn O'Connell. »Finger weg von der Ware!«

Jonathan schluckte und nickte wie betäubt. Dann sagte er: »O'Connell ...«

»Ja?«

»Meine, äh, zukünftigen Kinder und ich danken Ihnen.«

»Noch haben wir den Tag nicht überlebt. Sie ruhen sich hier aus, während wir den Durchgang freiräumen.«

Jonathan nickte erneut und lehnte sich zurück. Sein Atem ging immer noch schwer.

O'Connell und Ardeth Bay tauschten einen Blick und teilten die stille Gewißheit, daß dieser kleine Vorfall erst die geringste aller Mutproben, Kümmernisse und Schrecken war, die noch auf sie zukamen.

Dann machten sie sich wieder an die Arbeit.

Während O'Connell und sein kleines Team an den Seilen in den Vorbereitungsraum hinuntergeklettert waren, befand sich Evelyn schon längst tief unten in den Katakomben. Ungewollt schritt sie als zweite in einer Dreierprozession durch die Nekropolis, wo vor gut dreitausend Jahren Imhotep und Anchsunamun gestorben waren.

Evelyn ängstigte sich nicht so sehr, da sie annahm, daß Imhotep sie als die Verkörperung seiner Geliebten betrachtete. In Gedanken rezitierte sie ihre Zeilen in Altägyptisch, so daß sie vortäuschen konnte, die wiedergeborene Anchsunamun zu sein, welchen Hokuspokus er auch immer an ihr vollziehen wollte. Sie würde abwarten und dann im richtigen Moment die Flucht ergreifen.

Mit einer Fackel in der einen und dem *Totenbuch* in der anderen Hand lief Imhotep vor ihnen her. Sie kamen an einer Steintafel an, die als Brücke über einen Graben mit einer brodelnden schwarzen Masse diente. Von deren Rand flohen große haarige Ratten, als sie menschliche Stimmten hörten. Zwei der Biester ließen sich jedoch durch die Eindringlinge nicht stören, da sie damit beschäftigt waren, eine kleinere tote Ratte zu fressen.

»So etwas passiert mit Ungeziefer wie dir«, sagte sie über die Schulter hinweg zu Beni, der einen Revolver auf sie gerichtet hielt.

Beni lachte sie nur aus. Dann folgte er ihrem Blick und sah, wie die Ratten ihren kleineren Genossen auffraßen. Er wurde blaß.

»Du brüstet dich doch, mit so vielen Religionen vertraut zu sein, oder Beni?« Sie überquerten die Steinbrücke.

»Gehen Sie weiter!« sagte Beni und drückte ihr den Revolver in den Rücken.

»Na, dann bist du ja auch mit dem buddhistischen Konzept des Karma vertraut. Typen deines Schlags zahlen drauf, Beni. Das haben sie immer getan.«

»Natürlich tun sie das.« Beni lachte. Dann schob er die rhetorische Frage nach. »Tun sie das?«

Imhotep führte sie in eine tief unten gelegene Halle. Die Wände mochten denen einer Höhle ähneln, aber der Sandsteinboden war so glatt und vollkommen wie der eines Tempels. Eine steil in den Fels geschlagene Treppe endete an diesem Ort. Obwohl die Halle mit Spinnweben verhangen war, konnte man ihre schlichte Würde nicht übersehen.

Imhotep eilte durch die riesige Halle, zündete alle alten Fackeln an, die an den Wänden befestigt waren, und tauchte den Raum in ein tiefes Gelb. Unzählige Anubisstatuen, Götzenbilder und andere wertvolle Gegenstände standen auf Sockeln und Felsvorsprüngen. Blickfang war ein unheimlicher Altar aus schwerem dunklen Stein, der höchst beeindruckend war. Er war mit Skarabäen, Kobraköpfen und Steinbockhörnern verziert. Als Tochter von Howard Carnahan konnte Evelyn nicht umhin, von dieser finsteren Schönheit überwältigt zu sein. Als Geisel einer wiedergeborenen Mumie wirkte dieser Opferaltar allerdings nicht gerade beruhigend auf sie.

Im gleichen Augenblick hörten sie das Echo von O'Connells Schuß, das durch die Katakomben hallte.

Bei diesem Geräusch zog der Hohepriester ein finsteres Gesicht. Evelyn dagegen strahlte, da sie nun wußte, daß Rick, und damit Rettung, nahte. Ein Gefühl der Hoffnung durchflutete sie. Der Mann, den sie liebte, und ihr Bruder hatten die Bruchlandung in den Sand überlebt. Jetzt war sie dessen gewiß!

Imhoteps kaltes schönes Gesicht jedoch bebte vor Zorn. Auf dem Altar lagen die Scherben einer zerbrochenen Kanope, die – wenn Evelyn sich nicht irrte, da sie rasch die noch erhaltenen Hieroglyphen überflog – die vertrockneten Reste eines lebenswichtigen Organs von Anchsunamun enthielt. Wahrscheinlich war es ihr Herz.

In der offenen Hand hielt er die verwesten Überreste dieses Organs. Ja, es mußte ihr Herz sein, denn er starrte mit dunkler und respektvoller Bewunderung auf das vertrocknete Gewebe. Dann machte er eine Faust und zerquetschte das Herz zu Staub. Evelyn stockte der Atem und ein Schauer jagte ihr über den Rücken. Beni grinste sie nur höhnisch an, so wie ein Schuljunge ein kokettes Schulmädchen angrinst.

Mit wehenden Gewändern eilte Imhotep auf eine Wand zu. Er hielt das schwere *Totenbuch* wie ein Gesangbuch aufgeschlagen in einer Hand und rezitierte eine alte Beschwörungsformel daraus. Mit der Stärke eines kleinen Sturms blies er in die offene Hand und schleuderte den Staub gegen die Wand, die sich zu bewegen begann, als etwas darin zum Leben erwachte.

Beni stockte der Atem, er zitterte. Jetzt wäre es an Evelyn gewesen, ihn höhnisch anzugrinsen, aber sie war ebenso ängstlich wie er.

Aus den sich auflösenden Wänden traten zwei lebende Mumien. Sie waren nicht so gutaussehend und hoheitsvoll wie Imhotep, sondern hatten das altvertraute Aussehen einer lebenden Mumie: in zerfallende Leinenbinden gehüllt, übelriechend und verwest. Sie stolperten auf Imhotep zu und verbeugten sich vor ihm. Er sprach mit ihnen Altägyptisch.

»Gütiger Gott«, flüsterte Evelyn. »Es sind seine Priester! Seine Priester, die schon seit Urzeiten tot sind!«

Beni, der in einer Hand den Revolver hielt und mit der anderen die Symbole der verschiedenen Religionen festhielt, betete lautlos in einer Sprache nach der anderen. Dann gingen die Mumien in Richtung eines Gangs davon. Evelyns Mut sank. Imhotep hatte diese Kreaturen sicher losgeschickt, um Rick, ihren Bruder und den Anführer der Mumia anzugreifen.

Mit Genugtuung stolzierte Imhotep daraufhin zum Altar hinüber und langte in seine weiten Gewänder. Aus versteckten Taschen zog er behende wie ein Zauberer einzeln die Kanopen hervor und stellte sie zärtlich auf den Altar. Während er sie in einer Reihe aufstellte, sprach Imhotep nicht Altägyptisch, sondern Hebräisch. Das wunderte Evelyn, aber dann fiel ihr ein, daß er vielleicht seine eigene Sprache bewußt mied, da sie ihn sonst verstehen konnte. Mit Beni verständigte er sich in der Sklavensprache Hebräisch.

»Was sagt er?« wollte Evelyn von Beni wissen.

»Ach, und jetzt wollen Sie, daß Beni übersetzt? Na gut, ich sage es Ihnen. Prinz Imhotep freut sich darüber, Ihr Herz für sich gewonnen zu haben.«

Sie verzog das Gesicht. »Vielleicht sollte er sich damit nicht brüsten, vielleicht habe ich es ja bereits an einen anderen verschenkt.«

Imhotep, der immer noch die Kanopen ordnete, fuhr in hebräischer Sprache fort, und seine Stimme hallte durch den großen Raum.

Beni lauschte und grinste dann, als er die Worte für Evelyn übersetzte. »Vielleicht sollten Sie sich nicht zuviel einbilden. Er will nämlich auch Ihr Gehirn, Ihre Leber, Ihre Nieren, und – wie sagen Sie noch dazu … diese langen, schleimigen Dinger in Ihrem süßen Bauch?«

Obwohl ihr ein Schauer über den Rücken lief bei dem Gedanken, daß Imhotep sie nicht als die Verkörperung seiner verlorenen Liebe betrachtete, sondern vielmehr als einen passenden Organspender, gelang es ihr, gelassen zu erwidern: »Das heißt Darm, Sie dämlicher Wicht.«

»Ach ja! Den will er auch. Eigentlich will er alles von Ihnen. Wie sagen die Amerikaner? Den ganzen Krempel.«

Mit vorgeschobenem Kinn sprach sie Imhotep in seiner Muttersprache an. »Du willst mich also nur wegen meines Körpers? Typisch Mann.«

Imhotep kam auf sie zu und zeigte ihr, wie hoch man ein Kinn wirklich halten konnte. Von oben herab grinste er sie an und musterte sie von Kopf bis Fuß auf höchst erniedrigende Art und Weise. Dann schlug er sie so hart ins Gesicht, daß sie das Bewußtsein verlor, bevor sie zu Boden fiel.

Beni, der angesichts dieses hinterhältigen Schlags zurückgewichen war, blickte ängstlich zu seinem Herrn, der ihm auf hebräisch befahl, die Frau zum Altar zu tragen. Unter Aufbietung all seiner Kräfte gelang es ihm irgendwie. Er zupfte ihr das Kleid zurecht, glättete es und bedeckte ihre Beine. Dadurch erhielt sie etwas von ihrer Würde zurück, auch wenn dabei seine Finger lüstern über ihre Rundungen glitten.

Evelyn bekam davon nichts mit. Sie lag bewußtlos da und sah nicht, wie Imhotep sich abwandte und in eine angrenzende Grabkammer lief. Dort suchte er das letzte Element, das für das alte Ritual vonnöten war. Aber der Hohepriester wurde durch das Geräusch von Schüssen gestört, die ihm aus dem Labyrinth entgegenhallten. Stirnrunzelnd kehrte er eilig zum Altar zurück und griff mit der Hand in eine andere Kanope. Er nahm die Leber seiner Geliebten in die Hand und zerquetschte sie zu Staub. Hastig las er eine Passage aus dem *Totenbuch*, das aufgeschlagen am Ende des Altars zu Evelyns Füßen lag. Dann blies er das vertrocknete Gewebe von der Hand, und der Staub wirbelte in einen Gang.

Mit donnernder Stimme befahl Imhotep: »Tötet sie! Tötet sie alle! Und ich bitte euch, mir das *Buch des Amun Ra* zu bringen!«

Daraufhin stürzte Imhotep in die Grabkammer und ließ Beni mit der bewußtlosen Evelyn allein. Beni, der immer noch unter dem Schock von Imhoteps Gewaltausbruch stand, mal ganz abgesehen von den Mumien, die aus einer Wand krabbelten und zum Leben erwachten, entschloß sich, die Gelegenheit beim Schopf zu packen und mit den anderen Ratten in die Dunkelheit zu entwischen.

O'Connell und seine Begleiter hatten den Gang freigeräumt und liefen weiter, als sie eine Öffnung in der Wand erspähten, durch die ein Mann sich durchzwängen konnte. Er leuchtete mit der Fackel in die Öffnung und sah etwas glitzern. Nachdem er seinen Kompaß überprüft hatte, schaute er in das verschwitzte, stoppelige Gesicht von Ardeth Bay. Jonathan tauchte hinter ihm auf.

»Dieser Gang bringt uns vom Weg ab. Ich glaube, daß sich hier eine angrenzende Kammer befindet, durch die wir wieder auf den richtigen Weg kommen.«

Ardeth Bay, der keinerlei Erschöpfung zeigte, obwohl er sich die ganze Zeit mit dem schweren Maschinengewehr abgeplagt hatte, stimmte ihm zu.

O'Connell reichte ihm Jutesack und Fackel. Dann zwängte er sich durch die Felsspalte und sprang auf den Boden der

Kammer. Ohne Fackel konnte er fast nichts erkennen – bis auf einen Lichtspalt, der durch ein kleines Loch in der Decke drang, und hoch oben an der Wand auf einen ovalen Gegenstand traf. Angestrengt blinzelte O'Connell hinauf und fragte sich, ob es wohl sein könnte, wofür er es hielt? Er zog einen Revolver aus seinem Schultergurt und zielte, so genau es in der Dunkelheit möglich war, auf eine der Spiegelscheiben. Die Kugel brachte den Spiegel in die Bahn des Lichtstrahls, der auf weitere Spiegel gelenkt wurde. Das Beleuchtungssystem wurde in Gang gesetzt und erhellte den Raum.

Er hatte richtig vermutet. Das Licht wurde von goldenen Oberflächen zurückgeworfen, von funkelnden Juwelen, vergoldeten Statuen, Elfenbeinmöbeln, Schätzen im Übermaß, unvorstellbaren Reichtümern, die vor seinen Augen funkelten und glitzerten. Nachdem ihm Ardeth Bay sein Waffenarsenal gereicht hatte, kamen auch der Krieger und Evelyns Bruder in die Kammer. Vor Staunen blieb ihnen der Mund offenstehen.

»Sethos' Schätze«, brachte Ardeth Bay hervor.

»Stimmt«, sprudelte Jonathan hervor, »der ganze Reichtum Ägyptens in eine Kammer gestopft! Was für ein verdammtes Vermögen! Na, aber was ist denn das für ein merkwürdiger Geruch?«

Die drei Männer wandten sich von den Schätzen ab und sahen sich in der Kammer um. Sie entdeckten, daß aus einem der vielen Gänge, die in diese Kammer mündeten, zwei faulige Mumien auf sie zukamen, die über das Eindringen der Fremden nicht sehr erfreut schienen. Mit ausgestreckten Armen wankten sie näher.

»Wenn ich mal wild drauf los raten darf«, sagte O'Connell und zog vorsichtig seinen Elefantentöter hervor, »dann haben wir es hier mit Mumienmüll zu tun.«

»Das sind Imhoteps Priester«, war Ardeth Bay mit tiefer Stimme zu vernehmen. »Sie sind von den Toten zurückgekehrt, um seine niederträchtigen Befehle zu erfüllen.«

»Niederträchtig ist das richtige Wort«, meinte O'Connell und schoß einer der Mumien den halben Oberkörper weg. Das gleiche Schicksal ereilte die zweite Mumie.

Als sich die Rauchwolken gelegt hatten, starrte O'Connell fassungslos auf den merkwürdigsten Anblick, der sich ihm je geboten hatte: die unteren Hälften der beiden Mumien liefen weiter, die weggeschossenen Oberkörper rührten sich und krabbelten auf die drei Männer zu, die in blankem Entsetzen zurückwichen.

»Zur Hölle damit!« knurrte O'Connell, feuerte und lud den Elefantentöter immer wieder nach, bis er die Mumien zu Staub zerschossen hatte. Die wenigen Teile, die noch zuckten, zertrat O'Connell mit seinen Stiefeln wie große häßliche Käfer.

Jonathan hatte Zuflucht auf dem goldenen Thron gesucht, auf dem er fassungslos sitzenblieb. »Sowas sieht man nicht alle Tage«, räumte er ein.

Unter ihren Füßen knackte es und eine Faust durchbrach den Steinboden.

»Das wohl auch nicht!« bemerkte O'Connell und lud nach. Zwei weitere Mumien krochen aus dem Boden hervor. Mit Totenkopfgrinsen und hängenden Leinenbinden taumelten sie näher, während ihr übler Gestank die Kammer erfüllte.

»Keiner von euch ist auf die Idee gekommen, einen Sack Katzen mitzubringen, oder?« fragte Jonathan.

Dann kamen sie plötzlich von überall her. Aus dem Boden, durch die Wände, selbst aus den Schätzen stolperten die widerlichen Kreaturen mit ausgestreckten Armen auf sie zu. Nur durch die schwerfälligen Bewegungen ihrer Angreifer hatte O'Connells Gesellschaft Zeit für ein Gebet.

An der Wand bezogen sie Stellung, und O'Connell meinte zu Ardeth Bay: »Wir wollen diese Hurensöhne im zwanzigsten Jahrhundert willkommen heißen!«

Er half Ardeth Bay, das Maschinengewehr in Stellung zu bringen und zu laden. Der Krieger eröffnete das Feuer. O'Connell griff zu seinem Elefantentöter und Jonathan schoß mit einem Revolver in jeder Hand. Er zerschmetterte die Kniescheiben der Mumien oder ließ Totenschädel zerplatzen.

Aber die Mumienvermehrung nahm kein Ende, und schließlich stürmten sie aus der Kammer in den Gang. Sie sahen Beni nicht mehr, der von einem anderen Gang aus die

Kammer betrat. Der Anblick der zerstreuten Mumienteile, die mit der Unverwüstlichkeit von Untoten zuckten, erfüllte ihn mit Angst und Ekel. Als er jedoch der herrlichen und prächtigen Schätze ansichtig wurde, überwand er diese Gefühle. Lachend fiel Beni in einen Haufen Edelsteine und goldene Juwelen. Er wälzte sich hin und her, als badete er in seiner Beute.

In den unterirdischen Gängen war das O'Connell-Team weiter auf der Flucht vor den zahllosen Mumien, die sie unerbittlich verfolgten. Die meiste Zeit liefen sie rückwärts und feuerten auf ihre Verfolger, die zumindest nicht mehr aus den Wänden kamen.

»Ich habe keine Munition mehr«, schrie Ardeth Bay, als das mächtige Maschinengewehr schließlich verstummte.

Ohne Kompaß irrten sie umher. O'Connell ging den anderen beiden voran durch einen Tunnel, um eine Ecke und in eine kleine Kammer, in der eine falkenköpfige Statue über einen engen Raum herrschte.

»Horus, alter Junge!« rief Jonathan und ein leicht verrücktes Lächeln umspiegelte seine Lippen. »Hallo!«

»Wir sind umzingelt«, stellte O'Connell fest.

Mumien, mehr als man sich vorzustellen vermochte, taumelten den Gang hinunter auf sie zu.

O'Connell holte aus seinem Jutesack eine Dynamitstange. »Damit können wir uns abschotten, aber das ist unsere letzte Chance«, sagte er. An Ardeth Bays Bartstoppeln entzündete er ein Streichholz, worauf dieser zusammenzuckte, sich aber nicht beschwerte. O'Connell zündete die Lunte an und warf die Dynamitstange in den Gang. »In Deckung«, schrie er, und sie warfen sich zu Boden. Als das Echo der Explosion verhallt war und sich der Staub endlich legte, standen sie auf, klopften sich ab und bewunderten den schönen Anblick eines mit Gesteins und Schmutz versperrten Gangs.

»Wenn von diesen Bastarden noch irgend etwas übrig sein sollte«, meinte O'Connell, »dann wollen wir doch mal sehen, ob sie da durchkommen.«

»Ich bitte Sie, Rick«, meinte Jonathan. »Wir wollen doch die Gegenseite nicht auf dumme Gedanken bringen.«

Es blieb ihnen immer noch ein Fluchtweg: ein dunkler, enger Gang. Mit seiner Fackel leuchtete O'Connell hinein.

»Jonathan, passen Sie hier auf, und wenn Sie irgend jemanden in voller Leinenmontur den Gang herunterkommen sehen, dann geben Sie Bescheid, okay?«

»Wird gemacht!«

Zu Ardeth Bay sagte O'Connell: »Kommen Sie, wir wollen man sehen, ob wir das Geheimfach finden und es öffnen können.« Er wies mit dem Kopf auf den Sockel der Statue. »Vielleicht entdecken wir ja das goldene Buch ...«

Es kam ihm nicht in den Sinn, daß die Helfer, die durch eine tödliche Säurefalle gestorben waren, bei solch einem Versuch ums Leben gekommen waren. Die Amerikaner hatten sich nicht in die Karten gucken lassen und ihm lediglich erzählt, daß mehrere Einheimische umgekommen waren, aber ihm nicht gesagt, wie. In der Annahme, daß sie nichts zu befürchten hätten außer den blutrünstigen Monstern, eilte O'Connell auf den Sockel der Horusstatue zu. Schon bald entdeckten Ardeth Bay und er die Umrisse des Faches, machten die Fugen im Gestein aus und begannen fieberhaft, die Tür mit ihren Spitzhacken aufzubrechen.

Siebtes Kapitel

Die Braut der Mumie

Evelyn schreckte jäh auf, wie aus einem schrecklichen Alptraum. Allmählich wurde ihr mit bestürzender Gewißheit bewußt, daß die Wirklichkeit schlimmer war als jeder Traum, den ihr das Unterbewußtsein vorgaukeln konnte. Ihr wurde schlagartig klar, daß sie auf dem Opferaltar in Imhoteps Halle lag. Hände und Füße waren mit Ketten an den Stein gefesselt.

Aber Evelyn war eine starke Frau. Vielleicht nicht körperlich, aber sie war willensstark. Sie rühmte sich ihrer Selbstbeherrschung und der Fähigkeit, den Intellekt stets Oberhand über ihre Gefühle behalten zu lassen. Während sie an die Decke der höhlenartigen Kammer starrte, stützte sie sich auf den Gedanken, daß Rick in der Nähe war und sie retten würde. Sie vertraute darauf, daß dieser Mann, den sie lieben gelernt hatte und der alles ausgetrickst und bekämpft hatte, was sich ihm bisher in den Weg gestellt hatte, sie vor dem Tod bewahren würde. Auch wenn sie wußte, daß Imhotep die untoten Mumien seiner verstorbenen Priester herbeigerufen hatte, glaubte sie, mußte sie einfach fest daran glauben, daß Rick sie retten würde.

Sie war entschlossen, Imhotep ihre Furcht nicht zu zeigen. Auf keinen Fall würde sie ihm das Vergnügen gönnen, sie leiden zu sehen. Sie würde sich nicht wie ein ängstliches Schulmädchen aufführen. Dann schaute sie zur Seite und blickte in das verweste Gesicht einer Leiche, die neben ihr auf dem Altar lag. Ein markerschütternder Schrei löste sich von ihren Lippen.

Als sie sich allmählich wieder beruhigte und ihr Verstand wieder Oberhand gewann, fiel ihr der Kopfschmuck der Leiche neben ihr auf. Sie bemerkte das hauchdünne, knappe Gewand und ihr war klar: Ihre Nachbarin konnte nur Anchsunamun sein!

Evelyn wandte ihren Blick von dem schrecklich grinsenden Gesicht der toten Geliebten Pharao Sethos' ab. Sie zerrte und rüttelte an ihren Ketten, in der Hoffnung, daß ihre Festigkeit im Laufe der Jahrtausende gelitten hatte. Es war vergebens. Währenddessen vernahm sie einen schwachen, bedrohlichen Singsang in einem Dialekt der altägyptischen Sprache, den sie nicht verstehen konnte. Der Sprechgesang wurde lauter, aber nicht verständlicher. Dann sah sie die taumelnden Umrisse von Gestalten, die aus der Dunkelheit in das gelbliche Licht der Kammer traten. Weitere von Imhoteps untoten Priestern stolperten auf sie zu.

Bald hatten sie den Altar umringt. Sie bewegten ihre Körper hin und her oder vielmehr versuchten sie es, denn die Bewegungen ihrer alten Knochen waren schwerfällig und ungelenk. Dann ging ihr auf, daß es sich nicht um einen Dialekt handelte. Sie konnte die Worte deshalb nicht verstehen, weil die bandagierten Sänger keine Zunge mehr hatten. Manchen fehlte sogar der Kiefer, wenn nicht sogar der Mund.

Sie mußte lächeln, dann lachen.

Es war wirklich komisch. Die ganze Situation war so entsetzlich, daß sie sie gleichzeitig als furchtbar komisch empfand. Einem hysterischen Anfall nahe wagte sie noch einen weiteren Blick in das Gesicht der grinsenden Leiche neben sich. Sie schien in ein lachendes Spiegelbild zu blicken, das sie schlagartig in die Wirklichkeit zurückkatapultierte. In eine schreckliche und unvorstellbare Wirklichkeit, aber in die Wirklichkeit.

Neben Anchsunamun waren die juwelenbesetzten Kanopen, auch die zerbrochene, sorgfältig in einer Reihe aufgestellt. Die Priester bildeten eine Gasse, durch die Imhotep hoheitsvoll in seinen dunklen fließenden Gewändern schritt. In einer Hand trug er das *Totenbuch*, als sei es federleicht. Der Hohepriester streckte die Hand in Evelyns Richtung aus. Sie wich zurück, doch er berührte sie nicht, sondern liebkoste die verweste Wange seiner toten Geliebten.

Imhotep las laut aus dem *Totenbuch*. Von ihrem Platz aus konnte sie nicht sehen, welche unheimlichen Dinge er durch seine Worte in Gang setzte. Sie hörte ein seltsames Geräusch, als würde eine gewaltige Suppe zum Brodeln gebracht. Dennoch hätte sie sich die übelriechende schwarze Brühe, die in den Becken am Rande der Kammer kochte und brodelte, kaum vorzustellen vermocht.

Sie sah nicht, wie der schwarze Schlamm, einem lebendigen Wesen gleich, über den Beckenrand trat und über den Boden der Halle glitt. Er umschloß die knochigen, bandagierten Füße des dröhnenden Mumienchors, selbst die Füße von Imhotep, der die Zauberformel aus dem *Totenbuch* beschwor.

In fassungslosem Entsetzen wurde sie jedoch Zeugin, wie der Schleim in die Kanopenkrüge eindrang und wieder hinauskroch. Sie wußte nicht, ob sie lachen oder schreien sollte. Wie gelähmt starrte sie auf den Schleim, der warm über sie hinwegglitt, als sei sie ein Strand bei Flut. Der ekelerregende Schleim kroch weiter auf den verwesten Leichnam der Geliebten, hüllte ihn in eine graue Hülle und verwandelte ihn in eine glänzende schwarze Statue. Die Flüssigkeit schien förmlich von dem Leichnam aufgesogen zu werden und verschwand in jeder Öffnung.

In diesem Augenblick öffnete sich Anchsunamuns Mund, und sie rang nach Atem.

Evelyns Mund öffnete sich ebenfalls. Ein lauter, markerschütternder Schrei löste sich von ihren Lippen. Selbst Imhotep verschlug es den Atem und er unterbrach seine Beschwörungsformel. Auch die zum Leben erwachende Mumie neben ihr blickte Evelyn aus ihren leeren Augenhöhlen erstaunt an.

Verzweifelt zerrte Evelyn nun wieder an ihren Fesseln und versuchte mit aller Kraft, die Ketten zu lösen. Sie hielt auch nicht inne, als Imhotep bereits das dolchartige Opfermesser mit dem breiten Griff direkt über ihrem Herzen hielt.

»Durch deinen Tod«, verkündete Imhotep in seiner Sprache, die Evelyn schmerzhaft deutlich verstand, »wird Anchsunamun leben. Zusammen werden wir eine unbesiegbare Plage für diese bedauernswerte Welt sein!«

Über ihr schwebte die scharfe Klinge, die jeden Moment

zustoßen konnte. Der flackernde Lichtschein der Fackeln spiegelte sich darin und zwinkerte ihr zu, als sei dies alles nur ein grausamer Scherz.

In der kleinen Kammer, dem Hoheitsgebiet von Horus, kauerten wenige Minuten vorher O'Connell und Ardeth Bay über den Fugen des Geheimfaches am Fuße der Statue und legten sie frei. Es war ihnen bereits gelungen, den Hebel zu lockern. Jeden Augenblick, so schien es, würde er nachgeben.

»Okay«, sagte O'Connell schwer atmend. Er legte eine Pause ein. »Ich zähle bis drei, dann geben wir noch mal alles, und dann müßte dieses verdammte Ding doch aufgehen …«

Ardeth Bay nickte nur, selbst nach Atem ringend.

»Eins«, zählte O'Connell. »Zwei …«

»Wir kriegen Besuch!« schrie Jonathan.

O'Connell und Ardeth Bay ließen ihr Werkzeug fallen und liefen hinüber zu Jonathan, der am Eingang des Durchgangs stand. Dort sahen sie eine Horde Mumien, die entschlossen auf sie zu stolperte. Ardeth Bay packte den Elefantentöter und holte ein paar Granaten aus dem Jutesack. »Graben Sie weiter! Holen Sie das Buch!« forderte er O'Connell auf.

Gemeinsam mit Jonathan kehrte O'Connell zum Fuße der Statue zurück. Sie stießen die Spitzhacken in die Fugen und versuchten erneut, die Tür aufzubrechen, als der laute Knall des Elefantentöters in dem Durchgang widerhallte. Bleich vor Angst hielt Jonathan inne und warf einen Blick in Richtung des Tunnels, wo sich Ardeth Bay gegen die näherkommende Horde der Untoten zur Wehr setzte.

»Machen Sie weiter!« sagte O'Connell. »Gleich haben wir es. Reißen wir uns zusammen, Jonny-Boy. Auf drei … zwei … eins … Mist!«

Entsetzte blickte O'Connell auf die Skeletthand, die sein Fußgelenk umklammerte. Es war die Hand der Mumie, die durch den Sandboden gebrochen war.

Jonathan wich zurück und setzte die Spitzhacke als Waffe ein. »O mein Gott – sie sind überall!«

Wie Pilze schossen sie aus dem Boden. Erst waren die

Hände zu sehen, dann kletterten die bandagierten, schmutzigen Körper hinterher.

O'Connell schwang die Spitzhacke wie eine Keule und schlug sie in den Brustkorb der ersten herannahenden Mumie. Aber er konnte sie nicht aufhalten. Brutal schlug sie ihn nieder. Als er wieder auf die Füße kam, versperrte ihm die Mumie den Weg, als wolle sie ihn vom Fuß der Statue fernhalten. Dorthin war schon eine andere Mumie unterwegs und beugte sich hinunter … O'Connell wurde es schlagartig klar: Imhotep hatte diese Kreaturen geschickt, um das *Buch des Amun Ra* zu holen, nicht um sie zu töten!

Ein anderer dieser Teufel hatte Jonathan an der Kehle gepackt und hob ihn vom Boden hoch. Er würgte ihn, um ihn vom Geheimfach fernzuhalten.

Die dritte Mumie griff in die Fuge des Fachs. Mit unvorstellbarer Kraft riß sie an der steinernen Tür und zog sie auf. Säure schoß ihnen entgegen und durchnäßte ihn und seinen Kollegen, der O'Connell den Weg blockiert hatte. Beide Mumien brutzelten und rauchten wie Würstchen auf einem Grill. Selbst das Ungeheuer, das Jonathan würgte, wurde von der ätzenden Säure am Rücken getroffen. Völlig benommen stolperten sie dampfend umher. Das trockene Fleisch schmolz von ihren Knochen, bis ihre Skelette zusammenbrachen und sich in abscheulichen Schleim verflüssigten.

Die Kreatur, die Jonathan gewürgt hatte, hatte nicht genug Säure abbekommen, um sich vollständig aufzulösen wie seine Genossen. Sie krabbelte über den Boden und verschwand in einem der Löcher, aus denen sie gekommen waren. Aber das verdammte Biest packte sich dabei mit einer knochigen Hand O'Connells Jutesack und zog ihn mit sich! Eine einzelne Dynamitstange war herausgefallen, doch die übrigen Waffen waren nun alle weg.

»Verdammt!« zischte O'Connell.

Aus dem Tunnel drang der unaufhörliche Donner des Elefantentöters. Aber schon bald würde der Krieger ohne Munition dastehen. Da war sich O'Connell sicher. Er rannte zum Fuße der Statue, wo das Fach nun geöffnet vor ihm lag. Er rief zu Jonathan hinüber, der sich seine Kehle massierte.

Er keuchte noch immer wie ein Läufer nach einem langen Rennen.

Sie knieten nieder und zogen eine hölzerne verzierte Truhe heraus. Sie war in erlesener Handarbeit mit einer Vielzahl von Hieroglyphen verziert.

»Könnte dieses verdammte Ding auch mit einer Säurefalle versehen sein?« fragte Jonathan ängstlich.

Der Krach des Elefantentöters hallte durch den Gang.

»Ja«, entgegnete O'Connell, »aber wir haben keine Zeit, uns darüber Gedanken zu machen.«

Er klemmte die Spitzhacke zwischen Riegel und Truhe und hebelte den Deckel auf. Das luftdichte Siegel brach und der Deckel schlug auf. In der Truhe lag eine große Tasche aus Sackleinen, die offensichtlich einen großen Gegenstand verbarg. O'Connell und Jonathan tauschten kurz besorgte Blicke. Dann holte O'Connell entschlossen den verpackten Gegenstand aus der Truhe und entfernte den Beutel. Zum Vorschein kam ein Buch mit Scharnieren. Es war der goldene Zwilling zum *Totenbuch*.

»Das *Buch des Amun Ra*«, stellte Jonathan atemlos fest.

»Verflucht, das ist ja schwerer als das Telefonbuch von Chicago«, sagte O'Connell und hob es hoch.

»Rettet die Frau!« rief in diesem Augenblick Ardeth Bay. »Tötet die Kreatur!«

O'Connell und Jonathan krabbelten zur Öffnung des Tunnels. Nicht weit von ihnen entfernt stellte sich Ardeth Bay mit dem leergeschossenen Elefantentöter der Horde Mumien entgegen. Dann wurde er von den Monstern überrannt, die auf die kleine Kammer des Horus zustürmten.

O'Connell entzündete die Dynamitstange. Suchend schaute er sich um und warf sie dann gegen die am entferntesten liegende Wand.

»Das ist unsere letzte!« sagte er und zog Jonathan mit sich in Deckung. »Jetzt brauchen wir etwas Glück!«

Die Wand brach ein, und als die Staubwolken sich gelegt hatten, kam ein Tunnel hinter den Trümmern zum Vorschein. Als die Mumien in die Kammer taumelten, kletterten O'Connell und Jonathan durch die Öffnung in den

Gang und rannten um ihr Leben. So hatten sie eine Chance, denn schnell konnte man die untoten Monster nicht gerade nennen.

Orientierungslos liefen sie durch die Gänge. Beinahe wären sie durch einen Türbogen gerannt, als O'Connell dahinter ein merkwürdiges, unbeschreibliches Geräusch wahrnahm. Er blieb abrupt neben dem Türbogen stehen und zog Jonathan hinter sich.

Vorsichtig spähte er durch den Torbogen und war fassungslos über den entsetzlichen Anblick, der sich ihm bot. Inmitten einer höhlenartigen Halle, am Fuße einer riesigen in den Fels gehauenen Treppe, lag Evelyn im gelblichen Licht der Fackeln, umgeben von altertümlichen Reliquien, gefesselt auf einem Altar. Ein Chor aus verwesten Mumien umringte sie und wiegte sich schwerfällig im Rhythmus des Sprechgesangs. Neben ihr standen die glitzernden Kanopen aufgereiht. Auf der anderen Seite lag eine weitere Mumie – Anchsunamun, da war sich O'Connell sicher! *Der, der nicht genannt werden soll,* der regenerierte Imhotep persönlich, näherte sich ihr mit dem Opfermesser in der Hand.

Jonathan wagte auch einen Blick auf dieses schreckliche Szenario. »Meine arme Schwester«, rief er mit weinerlicher Stimme.

»Bewahren Sie Haltung, Jonny«, mahnte ihn O'Connell. Er hatte einen angrenzenden Gang entdeckt, der steil in die Tiefe führte. »Machen Sie sich bemerkbar … Ich werde einen Hintereingang finden!«

Evelyn rang mit sich. Sie weigerte sich, die Augen zu schließen und ihre Niederlage einzugestehen. Vielmehr starrte sie trotzig auf die Klinge, die über ihrem Herzen schwebte. Imhotep streichelte ihr mit der anderen Hand über die Wange. Fast liebevoll, so wie er die Wange seiner toten Geliebten liebkost hatte.

»Dir widerfährt eine seltene Ehre«, erklärte die wiedergeborene Mumie. »Du wirst nicht sterben. Du wirst im Körper von Anchsunamun weiterleben. Sie wird wiedergeboren, und dein Herz wird in ihrer Brust schlagen.«

»Gute Neuigkeiten, Evy!« rief ihr eine bekannte Stimme zu. Oben auf der Treppe stand ihr wunderbarer, alberner Bruder und fuchtelte mit dem goldenen *Buch des Amun Ra* herum. Der Bann war vorerst gebrochen. Sichtlich aus dem Konzept gebracht trat Imhotep vom Altar zurück und musterte den Eindringling.

»Schlag das Buch auf, Jonathan!« schrie sie. »Nur so kannst du ihn aufhalten!«

Imhotep kehrte nur kurz zum Altar zurück, um das Opfermesser vorsichtig neben die Kanopen zu legen. Dann lief er rasch auf die Treppe zu, um sich Jonathan vorzunehmen.

»Er kommt zu dir, Jonathan!« schrie sie. »Schlag das Buch auf – töte ihn!«

Jonathan war sich nur allzu deutlich bewußt, daß der Hohepriester auf dem Weg zu ihm war. Aber es gelang ihm einfach nicht, das verdammte Buch zu öffnen. Plötzlich wußte er auch warum. Das Buch wies ein Schloß auf, das nach einem sehr speziellen Schlüssel verlangte.

»Ich brauche das verdammte Kästchen, um es zu öffnen!« schrie er. Imhotep hatte jetzt schon die Hälfte des Weges zurückgelegt.

»Er hat es in seinen Gewändern versteckt!« rief sie und riß hilflos an ihren Ketten.

»Was mache ich denn jetzt, Evy?« fragte er zurück. Die ehrfurchtgebietende Kreatur kam bedrohlich näher und blickte ihn aus dunklen Augen hypnotisch an. »Was zum Teufel mache ich jetzt nur?«

In Panik floh Jonathan in den Gang. Evelyn rief ihm noch zu: »Lies auf keinen Fall die Inschrift! Das ist ein Fluch gegen die Entweihung des Buches!« Jonathan hatte in seiner Angst nur drei Worte von dem verstanden, was seine Schwester ihm zugerufen hatte: »… lies die Inschrift!« In der Annahme, den Anweisungen seiner Schwester Folge zu leisten, mühte er sich mit seinen mageren Kenntnissen der altägyptischen Sprache ab. »*Keetash*-soundso«, murmelte er und rannte weiter, während er das schwere Buch in den Händen hielt. »*Naraba* soundso …«

Evelyn, die nicht wußte, daß ihr Bruder gerade versehentlich versuchte, ihnen einen Fluch aufzuerlegen, war erleichtert, als sie Rick O'Connell erblickte. Mit einem riesigen Schwert in der Hand, das er sich offensichtlich von einer der vielen Statuen am Rande der Halle besorgt hatte, griff er den Kreis der Mumien an.

Er holte aus und schlug eine der Mumien in zwei Teile. Dann hieb er die Ketten entzwei, die ihr rechtes Handgelenk umklammerte. Den Mumien schien gar nicht aufzufallen, daß einer aus ihrer Gruppe in zwei Hälften geschlagen worden war. Sie unternahmen keinen Versuch, O'Connell davon abzuhalten, die anderen Ketten zu lösen.

Erleichtert, weil sie endlich wieder frei war, setzte sich Evelyn auf. Imhotep, der die oberste Treppenstufe schon fast erreicht hatte, hörte den Lärm und drehte sich um. Als er O'Connell erkannte, der versuchte, Evelyn zu retten, tobte er vor Zorn. Von der Treppe herunter brüllte er einen Befehl auf Altägyptisch, den Evelyn nur allzu gut verstand: »Tötet den Eindringling!«

Kaum hatte O'Connell ihren linken Fuß von der Kette befreit, wurden die Mumien aufmerksam und gingen mit ihren verwesten Klauen zum Angriff über. Bald hatten sie ihn umzingelt. Mit ihren knochigen Fingern versuchten sie ihn auseinanderzureißen. Sie zerfetzten sein Hemd und fügten ihm blutige Striemen zu. Mit dem Schwert schlug er Köpfe, Arme und Beine ab. Er wehrte sich mit Händen und Füßen, und schließlich gelang es ihm, die letzte Kette zu zerschlagen.

Er legte ihr den Arm um die Taille und zog sie vom Altar. Schwer atmend und ebenso stolz wie Rennpferde, die die Zielgerade erreicht haben, standen sie voreinander. Ihre Blicke hielten sich gefangen. Ein ewiges Versprechen lag darin, sie verstanden einander auch ohne Worte.

In diesem Augenblick des Triumphes stolperte Jonathan in die Halle und überquerte eine Steinbrücke, die über den schwarzen Schleim führte. Evelyn hörte, wie ihr Bruder die tödlichen Worte des alten Fluchs aussprach.

»*Rasheem ... ooloo ... Kashka!*« Ungemein stolz auf sich las Jonathan die Inschrift des goldenen Buches vor.

»Jonathan!« schrie Evelyn entsetzt. »Was hast du getan?«

»Was hat er getan?« fragte O'Connell, der Evelyn immer noch in den Armen hielt. Die getöteten Mumien lagen verstreut zu seinen Füßen.

Mit einem Schlag gingen die zwei riesigen Flügeltüren der angrenzenden Grabkammer auf. Der Knall hallte durch die riesige Halle wie Kanonendonner. Marschierende Schritte und metallisches Klirren schien Soldaten anzukündigen.

Mitten auf der Treppe stand Imhotep mit verschränkten Armen. Er warf den Kopf nach hinten und brach in schallendes Gelächter aus. Wieder einmal kam er Evelyn vor wie ein maßlos von sich selbst eingenommenes Genie.

Zehn Soldaten, zehn von Pharao Sethos' besten und tapfersten Männer marschierten durch die Doppeltür in die Halle. In alter Aufmachung trugen sie Schilde und hatten Speere und Schwerter im Anschlag.

Soldaten des Todes.

Mumien.

»Huch«, sagte Jonathan.

Achtes Kapitel

Die Armee der Dunkelheit

Die zehn Soldaten des Todes blieben unvermittelt hinter der Doppeltür stehen. Wie jede gute Militäreinheit hielten sie sich bereit und erwarteten ihre Befehle. Vor ihnen brodelte die schwarze Masse. Eine Brücke trennte sie von O'Connell, der am Fuße des Altars stand und Evelyn immer noch beschützend im Arm hielt.

»Dabei habe ich gedacht, daß dein Bruder kein Altägyptisch lesen kann«, meinte O'Connell.

Imhotep eilte die Stufen hinunter und zeigte auf O'Connell und Evelyn. In seiner Muttersprache brüllte er ihnen einen Befehl zu.

Evelyn übersetzte: »Er befiehlt ihnen ...«

»Ich denke, das habe ich verstanden«, sagte O'Connell und stellte sich vor sie. Mit beiden Händen umfaßte er den breiten Griff des Schwertes.

Im Gleichschritt marschierten die Soldatenzombies auf den übelriechenden Schleim zu, als wollten sie mitten hindurch waten. Dann setzten sie jedoch mit einem riesigen Sprung darüber und landeten gleichzeitig auf der anderen Seite. Sie marschierten auf das Liebespaar zu.

»Unternimm etwas, Jonathan!« rief O'Connell seinem Freund zu, der auf der anderen Seite der großen Halle stand. »Du hast das Buch!«

»Verflucht noch mal!« schrie Jonathan und lief am Rand der Schlammbecken entlang. »Ich weiß nicht, was ich tun soll!«

»Lies die Inschrift zuende!« brüllte Evelyn ihrem Bruder zu. »Wenn du sie ganz vorliest, hast du Kontrolle über sie!«

»Wirklich!« sagte Jonathan und starrte auf den goldenen Einband. »Na, dann lege ich mal los.«

»Ja«, forderte O'Connell ungeduldig. »Warum fängst du

nicht endlich an?« Er wich zurück, als die zehn Mumien auf ihn zukamen, die Waffen im Anschlag.

Evelyn, die genau hinter ihm stand, trat ebenfalls ein paar Schritte zurück, als sich die Soldaten in einer Reihe vor ihnen aufstellten und sich zum Angriff bereit machten.

Evelyn stieß einen Schrei aus, als eine Hand sie an der Schulter packte und herumwirbelte. Wieder einmal schwebte das Opfermesser über ihr. Doch diesmal war es nicht Imhotep. Der stand am Fuße der Treppe und führte seine Truppe. Nein, der wiederbelebte Leichnam von Anchsunamun hielt das Messer in der Hand. Unbemerkt war die Mumie vom Altar heruntergerutscht. Sich nur mit Mühe auf den Beinen haltend, hatte sie das Messer aufgenommen. Offensichtlich hatte Anchsunamun ihre Regenerierung in die eigene Hand genommen. Obwohl keine Augen aus den Höhlen des grauen Totenschädels starrten, hatte die Geliebte des Pharao keine Schwierigkeiten, Evelyn zu ›sehen‹. Das Messer hielt sie genau auf ihr Herz gerichtet.

Evelyn sprang zurück und stieß gegen O'Connell. Das Messer verfehlte sie nur um Millimeter. Verblüfft registrierte O'Connell den neuen Mitspieler in dem tödlichen Spiel.

»Du mußt sie aufhalten, Süße«, sagte O'Connell und ging in Kampfstellung, da die Soldaten bedrohlich näherrückten. »Sie hat das Messer, aber du wiegst mehr.«

»Genau das, was ein Mädchen hören will«, meinte Evelyn und wich der näherkommenden Anchsunamun aus.

Mit dem Schwert im Anschlag wandte sich O'Connell den zehn Soldaten zu, die ihre Schilde hoben und einen schauderhaften Kampfschrei erklingen ließen. Er stieß seinerseits einen Kampfschrei aus und schwang das Schwert. Evelyn stürzte auf eine Reihe von Statuen und Reliquien zu, um sich mit der Mumiendame eine nette kleine Verfolgungsjagd zu liefern.

Imhotep schrie einen Befehl, und fünf Soldaten sprangen in einem Satz über O'Connells Kopf und landeten leichtfüßig auf dem Altar. O'Connell war nun von beiden Seiten umzingelt. Da half nur noch eins – wie der Teufel Reißaus nehmen!

Auf der anderen Seite der Halle lief Jonathan am Beckenrand entlang und trat dabei Totenschädel und Mumienteile hinunter in die schwarze Brühe. Er starrte auf die Inschrift des goldenen Buches und mühte sich ab, die Hieroglyphen zu entziffern. »*Hootash im ... Hootash immmm* oder so ähnlich, verflucht noch mal!« murmelte er.

»Beeil dich, Jonathan!« rief Evelyn, während sie einen mit der messerschwingenden Anchsunamun tödlichen Ringelreihen um die Anubisstatue herum tanzte.

Jonathan bemerkte nicht, wie Imhotep langsam, aber unaufhaltsam näherkam. »Ich kann dieses letzte, verfluchte Symbol nicht entschlüsseln«, rief er.

»Beeil dich!« schrie Evelyn, die sich vor einem Hieb duckte, und auf das nächste Götzenbild zulief. »Er kommt! Imhotep ...« Aber Evelyn hatte keine Zeit, sich zu unterhalten, selbst um ihren Bruder zu retten. Irgendwo in ihrem Hinterkopf nahm sie wahr, daß sie ein kostbares Relikt der Antike zerstörte, als sie eine Vase von einem Sockel riß und der Mumie in den Weg warf. Dadurch gewann sie kostbaren Vorsprung.

Mit den Soldaten auf den Fersen raste O'Connell durch die Halle. Er lief auf ein Seil direkt neben der Treppe zu, das an einem Pfahl befestigt war. Das Seil reichte weit nach oben zu einem Flaschenzug, an dem ein großer Metallkäfig hing. Ohne Zweifel war das einst ein Folterinstrument gewesen. In diesem Augenblick versprach es eine Möglichkeit zur Flucht, wenn auch nur für kurze Zeit ...

Er zerschnitt das Seil, klammerte sich daran und entkam knapp den Soldaten, die an seinen Fersen klebten. Der Flaschenzug riß ihn so rasch nach oben, daß selbst eine der Mumien, die zu einem hohen Sprung ansetzte, ihn verpaßte und gegen die Wand prallte wie ein Käfer gegen die Windschutzscheibe. Der riesige, schwere Käfig am anderen Ende des Seils stürzte von der Decke herab krachend zu Boden und zermalmte einen weiteren Soldaten zu Staub.

Wie Tarzan schwang sich O'Connell mit dem Seil zur obersten Stufe der Treppe hinüber und sprang leichtfüßig zu Boden. Er wollte Evelyn nicht im Stich lassen, aber durch dieses geschickte Manöver würde er Zeit gewinnen. Die Soldaten würden versuchen ihm zu folgen, während er durch den Gang entwischte und durch eine Hintertür Evelyn zu Hilfe eilte …

Mit diesem Plan im Hinterkopf stürzte er in den Gang und hatte bereits die Hälfte des Weges zurückgelegt, als er geradewegs in die verfluchten Soldaten lief. Imhotep hatte offensichtlich seine Strategie durchschaut und ihm seine Truppe entgegen geschickt.

O'Connell machte auf dem Absatz kehrt und rannte den Weg zurück, den er gekommen war. Er floh durch den Torbogen und raste zwei, drei Stufen auf einmal nehmend die Treppe hinunter. Die toten Soldaten waren direkt hinter ihm. Er hätte sich nicht träumen lassen, daß sie sich der Schwerkraft widersetzen und wie Spinnen an Wänden und Decke entlangkrabbeln konnten.

Als er unten angekommen war, wirbelte O'Connell herum. Das Schwert in der Hand war er bereit zum Angriff. Aber es waren keine Soldaten zu sehen! Hinter sich hörte er ein metallischen Klicken. Rasch drehte er sich und sah, wie die untoten Bastarde von der Decke fielen und sich hinter ihm aufstellten. Die Schilde hoch, die Waffen im Anschlag waren sie zum Angriff bereit.

Ach, was sollte es! Schwertschwingend drang er in die bandagierte Brigade. Er stieß das Schwert in den Rumpf der am nächsten stehenden Mumie und beförderte sie in die schwarze Brühe, die dankbar die Opfergabe verschlang.

Er focht mit dem nächsten Soldaten und manövrierte ihn in die Nähe des Schlammbeckens. Mit dem Schwert holte er weit zum tödlichen Schlag aus und rammte es unbeabsichtigt in den Schädel eines anderen Teufels, der sich von hinten mit einer Streitaxt angeschlichen hatte. Erstaunt, einen Schädel an seiner Klinge zu finden, führte er den geplanten Schlag aus und schob den Soldaten in die Brühe. Der kopflose Angreifer, der immer noch die Streitaxt schwang, stolperte orientierungslos in den Schlamm.

Zwei Soldaten rückten an den Platz ihrer gefallenen Kameraden. O'Connell nahm eine Fackel aus der Wandhalterung und schlug sie der Mumie ins Gesicht. Offensichtlich waren die alten Leinenbinden höchst brennbar, denn der Soldat stand in Sekundenschnelle von Kopf bis Fuß in Flammen und wurde zu einer Art lebenden Fackel. O'Connell trat dem lodernden Bastard in den Magen, so daß er gegen seinen Kameraden fiel und ihn ebenfalls anzündete. Beide tanzten ein wildes Flammenballet, bevor sie in das Schlammbecken fielen.

Noch vier Soldaten waren übrig. O'Connell parierte ihre Schläge, wich ihren Speerwürfen aus und hielt die Stellung. Wieder einmal fand er sich am Fuße der steinernen Treppe wieder. Rückwärts kletterte er hinauf und hielt sich mit dem riesigen Schwert die Soldaten vom Leib, die ihm folgten. Er landete einen Tritt in das Schild einer Mumie, die in die nachfolgenden Mumien stürzte und sie von der Treppe hinunter mit sich auf den Steinboden riß. Als ob nichts gewesen wäre, sprangen sie wieder auf die Füße, während O'Connell sich mit dem letzten Soldaten im Duell maß. Er schlug ihm die Beine weg und zwang ihn auf die knochigen Knie. Dieser Erfolg wurde jedoch zunichte gemacht, als die anderen drei Soldaten mit einem riesigen Satz vor und hinter ihm zum Stehen kamen.

O'Connell wurde von einem Schild getroffen und stolperte über den Torso der Mumie. Kopfüber fiel er die Treppe hinunter und landete auf dem harten Steinboden. Dabei verlor er sein Schwert. Unbewaffnet blickte er in die grinsenden Gesichter der drei Soldaten, die bedrohlich näher kamen.

In der Zwischenzeit hatte Jonathan endlich bemerkt, daß Imhotep auf ihn zukam. Immer noch versuchte er vergeblich, die verbleibenden Symbole der Inschrift zu entschlüsseln. Er bat seine Schwester um Hilfe, die immer noch vor Anchsunamun auf der Flucht war. Nach ihrer Jagd durch die Halle waren sie inzwischen wieder am Altar angekommen und umkreisten ihn. Jonathan, der in ein ähnliches Spiel mit Imhotep verwickelt war, rief seiner Schwester zu: »Was bedeutet noch mal das Anck-Symbol mit den zwei schnörkeligen Linien? Sollen das ein Vogel und ein Storch sein?«

»Ahmenophus!« rief Evelyn und stolperte.

Anchsunamun nutzte den Vorteil und war gleich über ihr.

Sie packte Evelyns Kehle. Die knochigen Finger hatten eine unvorstellbare Kraft. Sie drehte Evelyns Gesicht zu sich hin. Evelyn drohte, ohnmächtig zu werden, und blickte in die grinsende Totenkopfmaske einer einst schönen Frau, die in der anderen Hand ein bedrohlich scharfes Messer hielt.

O'Connell lag auf dem Rücken und krabbelte unbeholfen auf Händen und Fersen rückwärts. Die Schwerter schwingend kamen die drei Soldaten immer näher.

In diesem Augenblick sagte Jonathan: »*Hootash im Ahmenophus!*«

Die Soldaten hielten in ihrer Bewegung inne, und ihre Klingen machten kurz vor O'Connells Gesicht halt. Dann wandte sich das Trio Jonathan zu, der am Rande der Halle mit Imhotep Fangen spielte.

Jonathan zuckte zusammen und rief den Soldaten zu: »Schaut mich doch nicht an!«

Aber Evelyn, die unter dem würgenden Griff von Anchsunamun nach Luft rang, krächzte: »Du mußt ihnen Befehle erteilen!«

Jonathan blickte seine Soldaten an, zeigte auf seine Schwester und schrie: »*Fa-hooshka Anchsunamun!*« Die Soldaten drehten sich um und marschierten im Gleichschritt auf Anchsunamun zu. Imhotep drängte Jonathan in die Enge.

Hilfe war bereits unterwegs, aber als Evelyn sah, daß die Mumiendame zum tödlichen Schlag ausholen wollte, setzte sie unter Aufbietung all ihrer Kräfte zu einem rechten Haken an, den sie in dem grauen Gesicht plazierte. Anchsunamun taumelte zurück.

Dann waren die Soldaten bereits bei ihr und zerfetzten die Möchte-gern-Braut des Imhotep mit ihren Klingen.

»Anchsunamun!« schrie Imhotep mit vor Schmerz schriller Stimme. Als Jonathan versuchte, zu entfliehen, war der Hohepriester des Osiris ihm dicht auf den Fersen. Noch leicht benommen stand Evelyn auf und rang nach Atem. Entsetzt sah sie, wie Imhotep ihren Bruder an der Kehle packte, so wie es Anchsunamun mit ihr gemacht hatte.

»Rick!« rief sie auf dem Weg zu ihrem Bruder. »Hilf ihm! Hilf Jonathan!«

Doch O'Connell hatte bereits gesehen, wie Imhotep Jonathan angriff. Er rannte und holte sein Schwert. Der Hohepriester riß Jonathan vom Boden und nagelte ihn an die Wand. Das Schwert in der Hand raste O'Connell ihm zur Hilfe. Mit einer Hand würgte die Mumie ihr Opfer und mit der anderen entriß sie ihm das goldene *Buch des Amun Ra*, als ob sie einem Kind ein gefährliches Geschenk wegnahm.

Dann war O'Connell zur Stelle. Er schwang das große Schwert wie eine Sense und schlug Imhotep den rechten Arm ab. Mit dem *Buch des Amun Ra* fest umklammert in der toten Hand fiel der Arm zu Boden.

Imhotep ließ Jonathan fallen, der von der Wand rutschte und sich an die Kehle faßte. Er gab ein gurgelndes Geräusch von sich. *Der, der nicht genannt werden soll* wirbelte herum und starrte O'Connell zornig an. Imhotep fühlte weder Angst noch Schmerz. Noch war Blut zu sehen. Die Stelle, an der der Arm abgeschlagen wurde, zeigte das verweste Innenleben einer Mumie.

»Wollen wir doch mal sehen, wie weit du mit einer Hand kommst«, sagte O'Connell grinsend zu dem Monster und umklammerte das Schwert mit beiden Händen.

Imhotep packte O'Connell mit dem verbleibenden Arm und schleuderte ihn gegen eine Säule. O'Connell schrie vor Schmerz, als er gegen die Steinsäule prallte. Er spürte, wie er sich eine Rippe brach und eine weitere, als er hart auf den Boden schlug. Stöhnend kam er wieder hoch. Schmerzen durchbohrten ihn. Dann sah O'Connell, wie Imhotep mit finsterer Miene auf ihn zukam.

Okay, der Bastard war also Linkshänder …

Benommen stellte sich O'Connell wieder auf die Füße und suchte nach seinem Schwert, das er auf dem Flug zur Säule verloren hatte. Imhotep war schon fast bei ihm, als er Evelyn rufen hörte: »Beschäftige ihn!«

»Mal sehen, was sich machen läßt«, erwiderte O'Connell. Schon war Imhotep bei ihm, packte ihn und schleuderte ihn wieder durch die Luft. Neben dem Altar fiel er zu Boden. Er versuchte wieder auf die Füße zu kommen, aber er hatte kaum noch Kraft.

Evelyn beugte sich über ihren Bruder und stellte erstaunt fest, daß er lächelte.

»Was …?« setzte sie an.

Schwer atmend hielt Jonathan ein Kästchen hoch. »Ich hab es«, sagte er, offensichtlich stolz darauf, daß er sich auf seine Fähigkeiten als Taschendieb besonnen hatte, während er von einer lebenden Mumie gewürgt wurde.

»Hol das Buch«, befahl sie ihm, während sie das Kästchen öffnete, damit sich der ungewöhnliche Schlüssel entfaltete.

»Das brauchst du nicht mehr«, erklärte Jonathan Imhoteps toten Arm, als er das goldene *Buch des Amun Ra* aus der Umklammerung der leblosen Finger löste.

Evelyn kniete über dem Buch, das Jonathan in seinen Händen hielt. Er steckte den Schlüssel in das Schloß und das goldene Buch öffnete sich mit einem Zischen. Ihr Bruder hielt das Buch fest, während Evelyn rasch die schweren goldenen Seiten umschlug und in Windeseile überflog.

O'Connell hing im Griff des Imhotep wie ein Stück Wäsche an der Leine. Er war kaum noch bei Bewußtsein, als die teuflisch grinsende Mumie in Altägyptisch mit ihm sprach.

Evelyn war zu sehr mit Lesen beschäftigt, daß sie nicht bemerkte, in welcher Gefahr O'Connell schwebte.

»Ich fürchte, dein Freund ist bald hinüber«, sagte Jonathan bedrückt.

»Niemals«, fuhr sie hoch und rief ihm zu: »Halte durch, Rick! Halt durch!«

Aber es war Imhotep, der nicht aufgab und seinen Griff um O'Connells Kehle nicht lockerte. Im Gegenteil. Er verstärkte den Griff noch und drückte ihm die Kehle zu. Hustend und nach Atem ringend hatte sein Körper keine Widerstandskraft mehr, und er drohte bewußtlos zu werden …

… er fühlte sich zurück versetzt ins Gefängnis von Kairo. Mit der Schlinge um den Hals, die sich festzog, den Füßen, die hilflos um sich traten. Die Welt wurde rot, dann schwarz … Vielleicht war ja alles nur ein Traum gewesen; ein letzter Alptraum, der seine letzten wachen Minuten durchzuckte. Er hing immer noch am Galgen, ein weiterer Deserteur der Fremdenlegion, der hingerichtet wurde …

Evelyn stand auf. Sie las aus dem Buch, das ihr Bruder für sie aufgeschlagen hielt, und behielt dabei *Den, der nicht genannt werden soll* im Blick, während er den Mann würgte, den sie liebte. Mit lauter fester Stimme sagte sie: »*Kadessh mal!*« Imhotep erstarrte. Er lockerte den Griff um O'Connells Kehle, aber er ließ ihn nicht los. Wütend starrte er Evelyn an. Doch in seinem Blick lag noch etwas anderes: Angst.

»*Kadessh mal!*« schrie sie. »*Pared oos! Pared oos!*«

Imhotep ließ O'Connell fallen und drehte sich zu ihr um. Seine Gesichtszüge waren angstverzerrt. Angst und Schrekken standen dort geschrieben, wie die Hieroglyphen auf den goldenen Seiten, mit denen sie nun sein Schicksal bestimmte.

Torkelnd kam O'Connell wieder auf die Beine. Imhotep wandte sich zur Treppe. Durch den Torbogen kam ein plötzlicher kalter Windstoß. Er zerrte an Imhoteps Gewändern und Evelyns Kleid, und es war nicht das Werk der Mumie, sondern das Evelyn Carnahans, die bis vor kurzem nicht an Flüche geglaubt hatte. Mit dem kräftigen Windstoß tauchte ein schwarzer Streitwagen auf. Oder war es eine Vision, da er verschwommen und real zugleich wirkte? Evelyn war sich nicht sicher. Er schwebte die Stufen hinunter, und weder die Hufe der beiden schwarzen Pferde noch die Räder des Streitwagens berührten die Stufen. Gelenkt wurde er von dem schakalköpfigen Gott Anubis, der offensichtlich gekommen war, um einen eigensinnigen Hohepriester zu maßregeln.

Mit demütig ausgestreckten Armen stand Imhotep ergeben da. Seine Haltung signalisierte Ergebenheit, sofern dieser stolze Mann dazu fähig war. Der Streitwagen fuhr mitten durch ihn durch und zog ein schwarzes, halb durchsichtiges Bild von Imhotep hinter sich her. Der Mann selbst rührte sich nicht von der Stelle. Er sank in sich zusammen. War dieser gespenstische Schatten, den der Streitwagen mit sich riß, Imhoteps Seele? fragte sich Evelyn.

Der Wind peitschte immer noch durch die Halle. Obwohl er nicht wirklich sichtbar war, machte der Streitwagen einen Höllenlärm. Instinktiv wichen Evelyn und Jonathan vor ihm zurück. Jonathan, der das goldene Buch in den Händen hielt, stolperte und knickte um. Dabei fiel das *Buch des Amun Ra* in den schwarzen Schlamm. Als das glänzende Buch unter der brodelnden Oberfläche versank, empfand Evelyn nichts. Ihr Bruder dagegen sah aus, als ob er jeden Moment in Tränen ausbrechen könnte.

Der Streitwagen fuhr die Treppe wieder hinauf. Anubis trieb seine Pferde an und zog das schwarze, verschwommene Bild von Imhotep hinter sich her, das sich sehnsuchtsvoll nach der physischen Form streckte, die es zurückließ. Aber der Streitwagen verschwand in dem aufpeitschenden Wind, aus dem er gekommen war.

Imhotep stürzte hinterher. Seine Seele mochte fort sein, aber seine Wut war unverändert. Mit zornigem Blick und wehenden Gewändern rannte er auf O'Connell zu, der inzwischen sein Schwert wiedergefunden hatte. O'Connell hatte zwar seine Seele nicht verloren, aber er war böse zugerichtet. Sein ganzer Körper schmerzte, und er fragte sich, ob er an diesem seltsamen Tag, der ihm endlos erschien, einen weiteren Kampf überstehen würde.

Hinter sich hörte O'Connell die Stimme der Frau, die er liebte. »Du brauchst keine Angst vor ihm zu haben, Süßer«, sagte sie. Selbst unter diesen Umständen mußte er lächeln über die zärtliche Anrede. »Er ist nur ein Mensch.«

Als Imhotep nun auf ihn zukam, stieß ihm O'Connell das Schwert in den Magen.

Imhoteps Augen weiteten sich vor Überraschung und Schmerz. Er starrte auf das Schwert, das ihn durchbohrte und berührte die Wunde. Seine Hand war blutüberströmt.

»Sag ihm, daß er nun doch noch seinen Willen bekommen hat«, sagte O'Connell zu Evelyn, aber er spie Imhotep die Worte ins Gesicht. »Sag ihm, daß er jetzt endlich wieder ein Mensch ist.«

Evelyn übersetzte und schrie die Worte trotzig heraus. Als O'Connell sah, daß Imhotep begriffen hatte, zog er das Schwert heraus und schob *Den, der nicht genannt werden soll* in die schwarze Brühe.

»Gute Show, Rick«, meinte Jonathan. »Ich habe nicht eine Sekunde an dir gezweifelt.«

Imhotep versank langsam in dem schwarzen Schlamm, der ihn fast liebevoll hinabzog. Ein letzter arroganter Blick galt denen, die ihn besiegt hatten.

Dann verschwand sein Kopf in der siedenden Brühe.

»Ist es jetzt endlich vorbei?« fragte Jonathan.

Wie zur Antwort kam Imhoteps Kopf noch einmal an die Oberfläche. Er warf ihnen eine spöttische Bemerkung in seiner Muttersprache zu, dann zog ihn der Schleim endgültig nach unten.

»Was hat er gesagt?« fragte O'Connell.

Auf Evelyns Gesicht spiegelte sich eine beinahe geisterhafte Leere. Fast ausdruckslos antwortete sie: »Er sagte: ›Der Tod ist nur der Anfang.‹«

Neuntes Kapitel

Treibsand

Während sich Menschen und Mumien in der riesigen unterirdischen Halle eine Schlacht lieferten, eilten die Ratten von Hamunapatra ihren Geschäften nach, ohne sich über das ewige Leben oder unsterbliche Lieben Gedanken zu machen. Sie sorgten sich einzig und allein um ihr Wohlbefinden, ihre eigene kleine Existenz.

Beni war da keine Ausnahme.

Als er die Kampfgeräusche in den Gängen der Stadt der Toten vernahm, kam dem kleinen Dieb nur eines in den Sinn: Die anderen waren beschäftigt und er konnte sich ungestört umsehen. Die Schatzkammern des Pharao Sethos I. (er hatte noch einige andere entdeckt) hatte er bereits um etliche wertvolle Edelsteine und goldene Kunstwerke erleichtert. Er stopfte sie in Satteltaschen, die er sich von den in den Ruinen herumstreunenden Kamelen geholt hatte. Während O'Connell und seine Gefährten ihren aussichtslos scheinenden Feldzug gegen den mächtigen Imhotep führten, schaffte der clevere Beni nach und nach die funkelnde Beute über die Eingangstreppe nach draußen, die die amerikanische Expedition entdeckt hatte.

Dort stapelte Beni die Satteltaschen auf dem Rücken von drei Kamelen. Dann eilte er zurück in die unterirdische Welt, um sich weiter in den Schatzkammern zu bedienen. Er huschte von Kammer zu Kammer, um sich nach leicht zu transportierenden Dingen wie Edelsteinen, Statuetten und goldenem Kleingerät umzusehen.

Als die Kampfgeräusche verstummten, wußte Beni, daß er sich nun beeilen mußte. Er nahm an, daß Imhotep über die Sterblichen gesiegt hatte und nun bestimmt nach seinem Sklaven suchen würde. Obwohl er nur ungern so viele Schätze zurückließ, war ihm bewußt, daß dies sein letzter Abstieg in die Kammern gewesen war.

Daher packte er so viel wie möglich in die Satteltaschen. Er hängte die schweren Taschen über einen goldenen verzierten Stab, der aus der Wand ragte wie ein ausgefallener Kleiderhaken. Als er sich gegen die Wand lehnte, um auszuruhen, hörte er ein lautes mahlendes Geräusch, als ob ein Stein gegen den anderen rieb.

Da ihm das Geräusch gar nicht behagte, griff Beni nach den Satteltaschen, die er an den goldenen Stab gehängt hatte. Dabei fiel ihm auf, daß sie den Stab nach unten gedrückt hatten. Erschrocken und ängstlich wich Beni zurück und fragte sich, ob er aus Versehen einen Hebel betätigt hatte.

Seine Frage wurde ihm sofort beantwortet: Er hörte das zischende Geräusch von rinnendem Sand, das in seinen Ohren dröhnte. Die Wände der Schatzkammer begannen in die Erde zu sinken, doch der Boden bewegte sich nicht!

Beni warf die Satteltaschen zur Seite, griff sich die Fackel und rannte durch den sinkenden Eingang in das Labyrinth. Aber auch dort wurden die Gänge niedriger und die Decke rückte bedrohlich näher. Bald schon krabbelte er wie eine Ratte voran, die Fackel zwischen den Zähnen.

Kurz nach Imhoteps schleimigem Abgang – O'Connell, Evelyn und Jonathan standen noch am Rand des Beckens – hörten auch sie das Grollen der mahlenden Steine und das zischende Geräusch des rinnenden Sandes. Schlagartig ging allen auf, daß irgend etwas nicht stimmen konnte. Evelyn vermutete, daß es mit dem Tod von *Dem, der nicht genannt werden soll* zu tun hatte.

»Gütiger Gott«, sagte sie. »Erinnert ihr euch an die Legende?«

Besorgt ergänzte Jonathan, dessen Fähigkeiten als Ägyptologe nun geschärft waren: »Die Pharaonen haben Hamunapatra so gebaut, daß es mit einem Knopfdruck unter dem Sand verschwindet?«

O'Connell hatte genügend Expertenmeinungen eingeholt. Das mahlende Geräusch aneinanderreibender Steine und der unaufhörlich rinnende Sand sagten ihm genug. Rings um sie her bebten die Wände. Man konnte zusehen, wie sie versanken.

»Kommt!« schrie O'Connell. Er packte Evelyns Hand und sie folgte ihm. Jonathan lief ihnen hinterher. Sie rasten über eine Brücke, vorbei an den drei Soldaten, die wie festgewachsen dastanden und auf den nächsten Befehl warteten, der nie kommen würde. Sie hasteten um sinkende Säulen herum und eilten durch einen untergehenden Eingang.

Gebückt liefen sie durch die Gänge. Die Decke kam bedrohlich näher, Sand rieselte von den Wänden und sammelte sich zu einem reißenden, staubigen Strom, der das Atmen in den stickigen Gängen erschwerte.

»Haltet euch die Hand vor den Mund!« rief O'Connell und befolgte dann seinen eigenen Rat.

Evelyn war direkt hinter ihm. Ihr Bruder bildete die Nachhut. Unaufhaltsam senkte sich die Decke auf sie herab. Vornüber gebeugt versuchten sie weiterzulaufen. So kamen sie nur mühsam voran, aber es gelang ihnen.

Bald erreichten sie die Schatzkammer, in der O'Connell, Jonathan und der Mumia gegen die Mumien gekämpft hatten. Beim Anblick der funkelnden Edelsteine und anderen Schätze blieb Evelyn unvermittelt stehen und riß die Augen vor Staunen weit auf. Aber O'Connell hatte nur Augen für die Wände, die um sie herum versanken. Der Lärm der sinkenden Steine war ohrenbetäubend. Sie mußten einen Weg nach draußen finden, einen Weg in eine andere Welt. Er packte ihre Hand und zog sie weiter auf eine versinkende Tür zu.

»Rick!« hörte er eine bekannte Stimme hinter sich rufen.

O'Connell warf einen Blick zurück und sah, wie Beni auf allen Vieren in die Kammer kroch.

»Komm mit!« rief O'Connell ihm zu.

Beni schloß sich ihnen an. Als sie den Durchgang passiert hatten, kamen sie am Fuße einer Treppe heraus. Am oberen Ende der Treppe war ein Torbogen zu sehen, der schon um die Hälfte eingesunken war.

O'Connell stürzte die Treppe hinauf, zwei, drei Stufen auf einmal nehmend. Jonathan und Evelyn blieben dicht hinter ihm, während der Durchgang langsam versank, wie eine Guillotine in Zeitlupe.

O'Connell tauchte hindurch und wirbelte herum. Jonathan zwängte sich an seiner Schwester vorbei durch den engen Spalt. Evelyn krabbelte durch, blieb aber mit ihrem Gewand hängen. Entsetzt schrie sie auf. O'Connell packte sie an beiden Armen und zog sie mit aller Kraft hindurch.

Durch den verbleibenden winzigen Spalt war Benis ängstliches Gesicht zu sehen.

»Rick! Mein Freund!«

Beni streckte ihm seine Hand hin, O'Connell griff sie und versuchte ihn durchzuziehen. Aber es war zu spät. Als der Türbogen weiter nach unten sank, zog Beni seinen Arm zurück, bevor er ihm abgeschlagen wurde. Mit einem dumpfen Krachen fiel der Eingang zu und schloß Beni ein.

Entgeistert starrten Evelyn und Jonathan auf die verschwundene Tür.

»Wir können ihn nicht mehr retten«, sagte O'Connell kopfschüttelnd. »Kommt weiter!«

Auf allen Vieren krochen sie voran. O'Connell hatte seinen Kompaß wiedergefunden und versuchte nun, so gut es ging, die kleine Gruppe zurück in die Vorbereitungskammer zu führen. Dort hoffte er, die rettenden Seile noch vorzufinden. Als sie die Vorbereitungskammer erreichten, stellten sie zu ihrer Erleichterung fest, daß der Boden sich erhöht hatte und sie nur wenige Meter von der Oberfläche entfernt waren. Gegenseitig halfen sie sich nach draußen. Dann rannten sie durch die Ruinen, die im Wüstensand versanken. In einem gewaltigen unterirdischen Erdbeben verschwand Hamunapatra für immer.

Sie entdeckten drei Kamele, die in Panik flohen. Auf der steinernen Auffahrt außerhalb der Eingangstore holten sie die Tiere ein und fingen zwei davon. Rasch bestieg Jonathan das eine, Evelyn und O'Connell nahmen das andere, dann rasten sie in Richtung Wüste. Wo einst die Ruinen von Hamunapatra gewesen waren, stand nun eine riesige Staubwolke, die sich wie nach einer großen Explosion aufbauschte.

Sie ritten langsamer und blieben schließlich stehen. Als sie zurückschauten, konnten sie jedoch nichts erkennen. Die Sandwolke hüllte alles ein.

»Ich fürchte, dein Freund hat es nicht mehr geschafft«, sagte Jonathan zu O'Connell.

Die Kamele, die offensichtlich glücklich darüber waren, wieder irgendeinen Reiter zu haben, waren einfach zu handhaben.

»Beni hatte keine Freunde«, erwiderte O'Connell, obwohl ihn ein leichter Schmerz durchzuckte.

»Er war ein schlimmer Kerl«, meinte Evelyn, die hinter O'Connell saß und sich an ihm festhielt. »Aber solch ein Ende hätte ich auch einem Schurken wie ihm nicht gewünscht.«

»Er hat immer jemanden gefunden, den er ausnutzen konnte«, erklärte O'Connell.

»Nun«, entgegnete Jonathan. »Jetzt ist er jedenfalls auf sich allein gestellt.«

Nicht ganz.

Nachdem sich der Durchgang vor seinen Augen geschlossen hatte, war Beni auf allen Vieren zurück in die Schatzkammer gekrabbelt. Seine Fackel brannte immer noch, wenn auch nur schwach. Es strömte zwar noch wie vor Sand in die Kammer, aber die Wände sanken nicht weiter. Die Decke würde ihn also nicht wie einen Käfer zermalmen.

Mit der Fackel leuchtete Beni umher und sah sich um. Überall glitzerte und funkelte es, aber er saß in der Falle. Dennoch würde er einen Ausweg finden, wie immer. Die Luft wurde jedoch immer schlechter und dünner, und seine Fackel drohte auszugehen. Er saß auf Juwelen und versuchte über einen Ausweg nachzudenken, obwohl ihm der Kopf schwirrte …

Dann hörte er ein Geräusch: ein Kratzen, nein, kein Kratzen, eher ein Schaben.

In einer Ecke saß ein Skarabäus und schien ihn anzustarren. Beni wußte nur allzu genau, was nur ein einziger dieser Käfer einem Menschen antun konnte.

Der Käfer kam auf ihn zu. Beni wich zurück und versuchte, ihn mit der Fackel zu vertreiben. In diesem Augenblick ging die Fackel aus. Das jedoch war sein Glück, denn der

Anblick der unzähligen Käfer, die unter den Schätzen hervorkrochen, hätten ihn sicher in den Wahnsinn getrieben.

In der Dunkelheit waren die Schreie des kleinen Diebes zu hören, während die hungrigen Käfer an ihm nagten. Und schon bald traf er auf die anderen Bewohner dieser Stätte, wenn er auch nicht mehr ganz der alte war.

Von einer hohen Düne aus beobachteten O'Connell, Evelyn und Jonathan, wie sich die Staubwolke endlich legte. Einen letzten Eindruck nahmen sie noch in ihre bizarre Bildersammlung auf: Der Vulkan selbst verschwand unter dem Sand. Von der Stadt der Toten war nichts mehr zu sehen, nur noch der ewige Sand der Sahara.

Eine Hand legte sich auf Jonathans Schulter, der vor Schreck aufschrie. O'Connell und Evelyn wandten sich erschrocken zu ihm um.

Ardeth Bay stand erschöpft, aber lebend vor ihnen. Er bot das klassische Bild eines arabischen Kriegers in schwarzen Gewändern, der hoch oben auf seinem Kamel thronte.

»Eigentlich würde ich mich freuen, Sie lebend wiederzusehen«, sagte Jonathan, »wenn Sie mich nicht gerade zu Tode erschreckt hätten.«

»Das war nicht meine Absicht«, erwiderte Ardeth Bay und verbeugte sich.

»Wie ist es Ihnen bloß gelungen, gegen diese Mumien anzukommen?« fragte O'Connell.

»Das gleiche könnte ich Sie fragen«, entgegnete Ardeth Bay mit einem Lächeln. Eine Hand ruhte auf seinem goldenen Säbel. »Vielleicht können wir ja eines Tages unsere Geschichten austauschen … aber jetzt müssen wir voneinander Abschied nehmen. Vorher möchte ich Ihnen noch meinen untertänigsten Dank aussprechen und Ihnen die Hochachtung meines Volkes übermitteln.«

»Gern geschehen«, grinste O'Connell.

»Das ist ja alles schön und gut«, seufzte Jonathan, »aber die unermeßlichen Schätze, die wir gesucht haben, sind jetzt alle unter dem verfluchten Wüstensand verschwunden.«

»Warum kommen Sie nicht mit uns zurück nach Kairo?« schlug Evelyn vor.

»Dort gehöre ich nicht hin«, sagte der Krieger. »Ich habe noch verschiedene Dinge zu erledigen.«

»Was denn?« fragte O'Connell.

»Ich muß zu meinem Volk zurückkehren. Die Mumia müssen erneut die Bewachung des Sands aufnehmen, damit *Der, der nicht genannt werden soll* auch dort unten bleibt.«

»Ich glaube ja wohl kaum, daß er noch mal zurückkommen wird«, bemerkte O'Connell etwas großspurig.

Aber Evelyn schien nicht überzeugt davon zu sein. »Imhoteps letzte Worte waren: ›Der Tod ist nur der Anfang.‹ Daher halte ich es für keine schlechte Idee, ein Auge auf dieses Gebiet zu halten.«

Ardeth Bay verbeugte sich und sagte: »Möge Allah Ihnen immer gnädig sein.« Damit ritt er davon.

»Allah ist gnädig.« Jonathan verzog das Gesicht. »Ich dachte, er glaubt an alte Götter.« Verärgert trat er in den Sand.

O'Connell legte Jonathan eine Hand auf die Schulter. »Was ist denn los, Kumpel? Wir haben die Frau in Not befreit und den Schurken besiegt. Was denn noch?«

»Stimmt ja, aber was ist mit den Schätzen? Allah kann mich mal. Eine Handvoll Gold ist mir allemal lieber als seine Gnade.«

»Nicht für mich«, sagte O'Connell und schaute in das strahlende Gesicht von Jonathans hübscher Schwester. Der Wüstenwind zerrte an ihrem schwarzen Gewand.

Dann riß O'Connell – schließlich war er der Held – die junge Frau in seine Arme und küßte sie leidenschaftlich. Sie schlang die Arme um seinen Hals und erwiderte seinen Kuß, ganz und gar nicht die zurückhaltende Archivarin, die sie sonst war. Es sei hier vorweggenommen, daß sie als erste Frau in der Geschichte des Museums von Kairo zur Direktorin ernannt wurde.

»Unmöglich«, sagte Jonathan, empört über ihr Verhalten. Dann stieg er auf sein Kamel.

Ihr Kuß schien endlos zu dauern, aber schließlich erklomm auch O'Connell wieder sein Kamel. Er zog Evelyn hinter sich, wo sie sich eng an ihn schmiegte. Bei diesem Anblick drehte sich Jonathan der Magen um.

O'Connell schaute Jonathan an und grinste. Und plötzlich grinste auch er.

»Na, das war vielleicht ein Abenteuer«, sagte Jonathan.

»Das kannst du aber laut sagen«, entgegnete O'Connell.

Dann ritten sie in den prachtvollen Sonnenuntergang hinein auf die nächste Oase zu. Und noch wußten die drei Abenteurer nicht, daß sich in ihren Satteltaschen Gold und Juwelen aus dem Schatz des Pharao befanden, die ihnen der letzte Bewohner der Stadt der Toten unfreiwillig hinterlassen hatte.

Anmerkungen des Autors

Da ich schon seit meiner Kindheit ein Fan der *Monster Movies* der Universal Studios bin, habe ich mich über die Gelegenheit gefreut, die Romanfassung von Stephen Sommers' dramatischer Verfilmung dieser klassischen Geschichte schreiben zu dürfen.

Nachfolgend möchte ich gerne auf mehrere Quellen verweisen, insbesondere auf zwei Beschreibungen aus der gleichen Zeit wie der moderne Teil der Handlung: *Cairo to Kisumu* (1925) von Frank G. Carpenter und *Illustrated Africa – North, Tropical, South* (1925) von William D. Boyce.

Um eine stimmige Atmosphäre und einen möglichst korrekten Hintergrund schildern zu können, habe ich folgende Bücher zu Rate gezogen: *Ancient Egypt: Discovering its Splendors* (1978), herausgegeben von der National Geographic Society; *Ancient Lives: Daily Life in the Egypt of the Pharaohs* (1984) von John Romer; *The Curse of the Pharaohs* (1984) von Philipp Vandenberg (in der englischen Übersetzung von Thomas Weyr); *Egypt: Land of the Pharaohs* (1992) von den Herausgebern der Time-Life Bücher; *Everyday Life in Ancient Egypt* (1994) von Nathaniel Harris; *The French Foreign Legion* (1973) von Nigel Thomas; *The Egyptians* (1997) von John und Louise James; *Howard Carter Before Tutankhamun* (1992) von Nicholas Reeves und John H. Taylor; *The Mystery of the Pyramids* (1979) von Humphrey Evans; *Mummies and Magic: The Funerary Arts of Ancient Egypt* (1982) von John Romer; *The Pharaohs* (1981) von Lionel Casson; *The Time Traveller Book of Pharaohs and Pyramids* (1997) von Tony Allan mit Unterstützung von Vivienne Henry sowie *Wonderful Things: The Discovery of Tutankahmun's Tomb* (1976), herausgegeben vom Metropolitan Museum of Art mit Photographien von Harry Burton.

Ich danke Cindy Chang von den Universal Studios, die immer für mich da war. Mein Dank geht auch an meinen

Agenten Dominick Abel; und natürlich an meine Frau, die Schriftstellerin Barbara Collins, ohne die ich diese gefährliche Expedition nicht überlebt hätte.

MAX ALLAN COLLINS wurde insgesamt achtmal für seine historischen *Nathan-Heller-Thriller* von den *Private Eye Writers of America* für den *Shamus* nominiert und gewann diese Auszeichnung für *True Detective* (1983) und *Stolen Away* (1991) – ein beispielloser Erfolg.

Collins, der von den *Mystery Writers of America* sowohl in der *Fiction-* als auch in der *Non-Fiction* Kategorie für den *Edgar* nominiert wurde, ist als der Erneuerer des Detektivromans gefeiert worden. Zu seinen Arbeiten zählen vier Krimiserien, Filmkritiken, Kurzgeschichten, Songtexte, Texte für Sammelkarten sowie Romane zu Film- und Fernsehproduktionen. Dazu gehören internationale Bestseller wie *In the Line of Fire, Air Force One* und *Saving Private Ryan.*

Von 1977 bis 1993 schrieb er die Texte für das weltweit veröffentlichte Comic *Dick Tracy*. Er ist mitverantwortlich für die Entstehung der Zeichentrickfiguren *Ms. Tree* und *Mike Danger* und verfaßte das Comic-Buch und die Zeitungscomics von *Batman.*

In seinem Heimatstaat Iowa hat er als unabhängiger Filmemacher gearbeitet. Für den Thriller *Mommy,* in der Patty McCormack die Hauptrolle spielte, schrieb er das Drehbuch, führte Regie und war ausführender Produzent. Das gleiche gilt für den Nachfolger *Mommy's Day,* der 1997 erschien. Dreimal bekam er den Iowa Motion Filmpreis für das beste Drehbuch. Außerdem schrieb er das Drehbuch zu *The Expert*, einem *HBO Word Premiere*-Film, der 1995 erschienen ist. Erst vor kurzem hat er das Drehbuch zu der Dokumentation *Mike Hammer's Mickey Spillane* verfaßt und die Regie geführt.

Collins lebt in Muscatine, Iowa, zusammen mit seiner Frau, der Schriftstellerin Barbara Collins, und ihrem Sohn Nathan.